KB056097

대구 대건고 문예반 '태동기' 50년 기념문집

그리고,
우리는 쓰기
시작하였다

태동기문학동인회 엮음

모악

태동기, 영원한 꿈틀거림의 문학으로

'태동기'는 태어나기 전의 아기가 엄마 뱃속에서 살아 움직이는 시기를 뜻한다. 아직 완전한 상태가 되기 전에 부지런히 움직이며 준비하는 시기라는 의미로 쓰기도 하는 말이다. 본격적인 전문가가 되기 전 열심히 준비하는 시기, 문학의 자리에서 보면 문학인이 되기 전 열심히 습작하는 시기가 바로 '태동기'가 되겠다. 50년 전 이 말을 한 동아리 이름으로 쓴 청소년 집단이 있었으니 그것이 바로 대건고등학교 문예반이었다.

대건고등학교는 한국 최초의 가톨릭 사제 김대건 신부의 이름을 딴 학교로 국내에 같은 이름의 고교가 모두 셋이다. 그중 대구의 대건학교는 1938년 대구에 설립된 대구천주교회유지재단에서 1946년 9년 대건초급중학교 인가를 받아 개교했다. 1969년 4월 당시 고교 재학 중 교내 문예반 활동을 하던 2학년 박상훈, 김성일, 이대수, 장태진, 하광웅 학생이 '태동기'라는 별칭을 쓰면서 고교 문학운동의 새로운 장을 열었다. 이 책의 표지에 밝힌 '태동기의 명제'는 당시 문예반 지도교사이던 김시엽 선생님이 쓴 것으로 지금까지 태동기의 모든 행사의 머리글로 쓰이고 있다. 이렇게 시작된 '태동기문학동인'은 2018년으로 50년의 연수가 되었다.

태동기는 입시교육의 어려운 환경 아래서도 순수한 열망으로 문학을 읽고 쓰고 갈고 닦으며 학창시절을 보냈다. 전국 각지에서 개최되는 각종 문예대회에 출전해 입상한 실적으로 치면 아마 이 태동기를 당할 고교 문예반은 드물 듯하다. 게다가 지도교사(시인 도광의 선생님 외)와 선후배 회원들은 50년 세월을 두고 끈끈한 유대로 오늘날까지 관계를 이어가고 있다. 이 '태동기'의 시간을 이어 한국문학의 중심에서 독자 대중의 사랑을 받는 작가도 다수 생겨나 있고, 또는 문학교육의 현장에서 전문성을 발휘하거나 일반 직장에서 문학운동의 주역이 되어 활동하는 문학인들도 많다.

그런데, 안타깝게도 태동기도 그러하지만 대구의 고교문학, 나아가 국내의 고교생 문학은 팽배해진 자본의 가치관과 가중되는 입시의 억압으로 옛 시절의 낭만도 열정도 식어버린 상태다. 말하건대 십대들의 마음에 문학의 순수성이 그득해지지 않는 사회의 미래는 문학도 삶도 삭막해 버릴 게 분명하다. 태동기 50년을 기념하면서 이 문집을 내는 이유도 바로 이런 데 있다.

이 책을 위해 여러 대의 태동기 회원들이 글을 냈고, 특히 현 고교 재학생 회원들이 모두 함께 했다. 그동안 지도교사로 봉직한 선생님들의 글도 실었고, 태동기였다가 다른 지역으로 전학을 갔지만 뜻을 함께 해 온 분과 재학 중에는 문예반이 아니었으나 졸업 후에 등단해서 문인으로 활동하는 분은 준회원 자격으로 참여해 주었다. 또한 태동기 시절을 함께 한 이웃 문학인 여러 분이 동참해 그 시절을 즐겁게 회상해 주었다.

총 6부로 나누어 실은 글의 내용을 다시 설명하면 이렇다. 1부는 태동기가 출범한 배경을 비롯해 그 시절 울고 웃던 사연을 모았고, 2부는 가까운 곳에서 태동기 사람들을 지켜본 이웃 문우들의 어제 오늘 이야기를 실었다. 3부는 대건고 교사로서 태동기 학생들을 지도한 분들의 작품을 한자리에 모았다. 회원들의 작품은 4부에 시를 5부에 산문과 소설을 실었는데, 여기에는 대건학교를 다니면서도 태동기에 속하지 않았던 문학인 동문들도 준회원으로 함께 했다. 6부는 태동기 50년의 가장 어린 세대들인 고교생들의 시작품을 선보인다. 글을 준 모든 분들께 감사드린다.

50년, 이 세월이 만만치 않아 창립의 주역인 박상훈 회원을 비롯해 몇몇은 고인이 됐다. 문학에서 아주 멀어진 것을 자탄해 스스로 연락을 멈춘 회원도 있다. 그러나 대개는 고교시절의 문학, 태동기의 이름 아래 만나고 뭉쳤다. 이 책이 우리에게는 추억을 되살리는 자리에 그치지 않고, 희미해져 가는 대구의 고교문학, 나아가 한국 십대들의 잃어버린 문학적 상상력에 대해 생각해 보는 성찰의 공간이 될 수 있을 것이라 기대한다.

태동기 50년, 2018년을 열면서

태동기문학동인회 함께 씀

차례

책머리에 • 태동기, 영원한 꿈틀거림의 문학으로 002

1부 문학에 목숨 걸던 시절

태동기의 출범과 성장 • 박상훈 010
돌아갈 수 없는 영혼의 고향 • 조성순 016
문학의 첫길을 열어주신 도광의 선생님 • 안도현 021
그때를 아시나요? • 김완준 028

2부 그들과 함께 한 세월

에덴은 있다 • 오양호 036
학교 가는 길 • 이동순 040
간절함이라는 문학의 뼈 • 장옥관 052
어디 닭 우는 소리 들렸으랴 • 정영희 055
태동기의 몇 남자들 • 강남옥 059
트리갭의 샘물 • 박상봉 064
그들과 함께 한 세월 • 홍경윤 069

3부 아름다운 시심

삼월에 오는 눈 외 4편 • 도광의 076
목어 외 2편 • 변형규 081
초록의 유언 외 2편 • 신영조 084
아름다운 시심 • 진선주 087

4부 시처럼 50년

경작지 외 2편 • 박상옥 092

형용사의 가을 외 2편 • 이재행 095

록키산맥의 국어선생 외 2편 • 백종식 098

시처럼 50년 • 장태진 102

책 외 2편 • 박기섭 105

유동추 외 2편 • 김다호 108

내가 사는 세상 외 2편 • 홍승우 111

찔레꽃 외 2편 • 서정윤 115

마네킹도 옷을 갈아입는다 외 2편 • 정대호 118

가자미식해 외 2편 • 조성순 124

불혹의 구두 외 2편 • 하재청 128

둥근 사이 외 2편 • 박덕규 132

비질 외 2편 • 이기홍 136

일기 외 2편 • 안도현 139

풍장 외 2편 • 이정하 142

나루터 외 2편 • 이행우 145

식구 외 2편 • 오석륜 148

요즈음을 위하여 외 2편 • 박은학 151

남도의 바람 외 2편 • 오승엽 154

슈즈를 타고 외 2편 • 이태진 159

사랑하는 이유 외 1편 • 추대봉 162

샴쌍둥이, 스웨터 외 2편 • 박형민 164

5부 추억, 몇 장면

참 아름다운 인연 • 김길동 168
생명, 그리고 감사하는 마음 • 성명기 172
삼월에 눈이 오니 바람도 푸근하다 • 정임표 177
옛 스승과 제자들 • 장호철 183
대동면옥 물냉면이 그립지 않으십니까? • 김희근 187
두 가지 기억 • 권태현 191
문집과 백일장 • 박덕규 198
글쓰기, 열 개의 장면 • 하창수 204
40년 전의 일기장 • 이경식 210
봉란이 • 장삼철 213
내가 살던 집 • 최대순 220
글쟁이 혹은 시인의 탄생 • 하응백 223
편지에 대한 단상 • 곽호순 226
추억은 기억으로 • 신대원 230
이재행 선배님과 박상훈 형님 • 이행우 233
침묵 • 김완준 235
아름다운 악연 • 김현하 238
나의 고교시절 • 오석륜 242
부르고 싶은 이름들 • 김문하 245
35년 전, 그때 그곳 • 구교탁 248
흔적의 기억 • 이강형 250
그 시절의 추억 • 손영호 253
모자람의 눈 • 최준교 255
미당과 도광의 선생님 • 김영균 257

내 인생의 전환점 • 김기섭 260
어머님께 올리는 편지 • 김준태 263
어둠 속에서 부르던 태동가 • 김홍열 266
신몽유도원도 • 박상훈 268
눈꽃 피던 날 • 이연주 285

6부 우리들의 꿈틀거림

나의 올드 댄, 나의 리틀 앤 외 1편 • 김병민 306
바다로 가려 한다면 외 1편 • 김승준 308
꿈 외 1편 • 김정택 310
너에게 묻는다 외 1편 • 김준수 312
바지락 외 1편 • 김택규 314
등곳길 외 1편 • 류영재 316
여름밤 외 1편 • 배기호 318
별고래 외 1편 • 안희준 320
길 외 1편 • 윤석준 322
작은 나무가 죽은 나무에게 외 1편 • 이상윤 324
엉뚱한 생각에의 열망 외 1편 • 이현준 326
2등 천재 외 1편 • 김동우 328
2017년 외 1편 • 박산하 330
가로등 외 1편 • 박준완 332
고요 외 1편 • 설재상 334
내가 하늘이라면 외 1편 • 형한희 336

■ 부록 • 태동기문학동인회 명단 338

1부

문학에 목숨 걸던 시절

태동기의 출범과 성장

'태동기'는 1969년 4월 말에 태어났다. 당시 고교 2학년으로 문예반 반장을 맡고 있던 김상훈(후일 집안 문제로 박상훈으로 개명)이 함께 활동하던 김성일, 김시활, 이대수, 장태진, 하광웅의 동의를 얻고, 문예반 담당 김수업 교사에게 건의해 몇 번의 토의를 거쳐 '태동기'를 탄생시켰다.

교내 문예반을 굳이 '태동기'로 바꾼 데는 그럴 만한 까닭이 있었다. 그 무렵 대건고등학교 문예반은 침체기에서 벗어나고 있었다. 과거나 지금이나 이른바 교내 특별활동의 본질은 재학성의 정서적 취미활동을 통한 교육적 성취이지만, 그 실적의 척도는 대외적인 수상을 통해 학교의 명예를 높이는 것임을 부인할 수는 없다. 그런 면에서 문예반은(당시 개교 18주년의 짧은 역사에도 불구하고) 몇 명의 시인을 배출하고는 있었지만, 1966년 이후에는 뚜렷한 대외 수상 경력을 보이지 못하고 있었다. 그런데 1968년에 입학해서 문예반에 들어온 이른바 '태동기' 출산 팀은 각종 대외 경연대회에서 좋은 수상 실적을 보이고 있었다.

그 무렵은 이른바 6·3사태 이후 매우 혼란한 시대였다. 6·3사태란 1964년 3월 24일 서울대학, 연세대학, 고려대학 등에서 '굴욕적인 한일회담 반대'를 외치는 시위가 발생하며 전국적으로 확산된 것이었다. 정부는 6월 3일 오후 8시를 기해 서울시 전역에 비상계엄령을 선포하고, 4개 사단병력을 서울 시내에 진입시켜 대학 캠퍼스를 접수하는 한편, 7월 29일 계엄이 해제될 때까지 일체의 집회와 시위를 금지시키고 대학의 휴교는 물론, 언론·출판·보도의 사전검열, 영장 없는 압수 수색, 체포·구금·통

박상훈 태동기 1대. 1971년 대구 대건고 졸업. 1974년 매일신문에 「그날의 序章」 발표. 한국 편집 아카데미 실장, 도서출판 모음사 편집장, 월간 피아노 음악 주간 겸 상무이사, (주)청구 홍보 차장, 도서출판 맑은 책 주간 등을 지냄. 대건고 2학년이던 1969년 4월 김성일, 김시활, 이대수, 장태진, 하광웅 등과 함께 「태동기」 창단을 주도. 발표작품 「두 개의 구름바다」 「꿈에서 깨어」 「똥개」 「홍도는 울지 않는다」 외 다수. 2006년 12월 17일, 지병으로 별세.

행금지시간 연장 등의 조치를 취했다. 그리고 이듬해인 1965년 6월 22일, 들끓는 반대 여론 속에 한일협정이 조인되었다. 1968년 1월 21일에는 1·21사태라고 불리는, 북한 민족보위성 정찰국 소속의 무장게릴라들이 청와대를 습격하기 위해 서울에 난입하는 사태가 벌어졌다. 이에 놀란 제3공화국 정부는 1968년 4월 1일부로 250만 명의 향토예비군을 창설하고, 5월 29일 '향토예비군설치법(법률 2017호)'을 공포, 시행했다.

이런 일련의 사태에 따라 한일회담 반대를 부르짖던 지식인층과 학생들은 베트남전 참전 반대는 물론이고 향토예비군 창설에 이르기까지 데모로 맞서서 하루도 데모가 없는 날이 없다고 해도 과언이 아니었다. 이런 사태에 대해 정부는 모든 정보기관을 동원해 학원가와 지식인 사회를 감시했으며 대학가는 휴교를 밥 먹듯이 반복해야만 했다. 이에 따라 지식인들은 스스로 붓을 꺾고, 대학생들은 '농활' 또는 '야학당 개설' 등으로 현실참여 양태를 변모시켰으며, 휴교령이 내린 대학 캠퍼스를 방황하던 지방 출신 학생들은 고향으로 돌아갈 수밖에 없었다.

지방 도시들은 바로 이런 상황으로부터 역설적으로 문화적 자극을 받았다. 즉, 서울서 활동하던 각 분야의 지식인과 학생들이 탄압과 휴교령을 피해 지방으로 숨어들게 되면서 수동적이었던 지방의 문예활동에 자극을 주게 되었던 것이며, 그래서 비롯한 경우의 하나가 바로 대구 시내 고등학교 연합 문학동인회인 '회귀선'의 출현이라 할 것이다.

'회귀선' 동인은 1968년 10월 27일 경북대학교에서 발기총회를 가지고 11월 3일(이날은 학생의 날이다) 대구상고에서 창립총회를 개최하고 출범했다. '회귀선'은 김춘수(시인, 당시 예총지부장), 이응창(시인, 아동문학가, 당시 원화여고 교장), 이호우(시조시인) 등 당시 이름난 문사를 고문으로, 김시헌(수필가), 여영택(시인), 이성수(시인)를 지도교사로 모셨다. 또한 동인으로 1대 명예회원(고교 졸업자) 6명과 경북고·경북여고·대구고·대구상고·제일여상·대륜고·계성고·영남고·원화여고의 28명으로 2대 회원을 구성했다. '회귀선' 동인은 발기총회 이후 열두 번의 모임을 가지며 작품토론회를 거쳐 1969년 11월 22일 40쪽 분량의 『회귀선 동인문집』을 발간했다. '회귀선'의 출현은 오늘날까지도 그 사례를 찾아보기 힘든 예로 전후

일반적인 고교생들의 문예활동에서는 결코 찾을 수 없는 획기적인 문화 행동이었다.

시대적 상황과 '회귀선'의 출범은 당시 대구 고교생들의 문화 활동에 상당한 자극을 주었다. 대건 문예반원들은 당시 '회귀선'의 주축들에게 동참 제의를 받고 그 모임에 참석했다. 실망도 했고 희망도 품었다. 즉, 고등학교 연합문학동인회의 한계점–집회의 산만함과, 각 학교 간의 주도권 다툼, 본질적인 문학 공부보다 형식에만 집착하는 애매함–을 간파하면서, 한편으로는 스스로 문예반에 대외적인 명칭을 부여하고 동인을 결성하면 상당한 장점이 있겠다고 판단했다.

대건고등학교 문예반을 대외적 명칭을 지닌 동인으로 결속하게 되면,

1. 단순히 문예반에 머물지 않고 동인으로 그 결속감이 더해지고

2. 대외적인 활동에서 교내 문예반의 영역에만 머무르지 않는 활동–동인지 발간, 시화전 개최, 문학토론회 개최 등–을 보다 자유롭게 할 수 있으며

3. 동인이 결성됨으로 졸업 후에도 재학생과 동인의 자격으로 유대관계를 확보할 수 있고

4. 대건고등학교가 존립하는 한 동인의 역사와 전통은 이어질 것이다.

'태동기'의 탄생은 이런 생각에서 시작되었다. 1969년 4월 말 구교 본당 건물 도서관에서 간략한 회칙을 정하고 "아직 태어나지 않은, 그러나 미래의 생명으로서 움직인다."는 의미로 '태동기'라는 명칭을 붙였다.

'태동기'는 출범한 그해 늦여름 제1회 시화전을 개최했다. 미술부의 적극적인 협력을 얻어 여름방학 동안 시화전 준비를 하고 여름방학이 끝나자 당시 YMCA에서 시화전을 열었다. 1주일 간 열린 '태동기'의 첫 시화전은 당시 고교생들로서는 드문 행사인데다가 시와 그림이 모두 빼어나다는 평을 얻으며 학생들로서는 어울리지 않는 액자 판매까지 호황을 보여 적잖은 금전적 소득까지 얻는 행운을 얻었다. '태동기'는 이 수익금 전부를 매일신문사에 불우이웃돕기 성금으로 기탁했다.

1969년 출범한 '태동기'는 1971년 도광의 교사가 부임해 지도교사가 되면서 더욱 힘을 얻는다. 도광의 교사는 대건고 8회 졸업생으로 1965년

과 1966년에 매일신문 신춘문예 시부문 당선을 하고『현대문학』에 추천을 완료한 시인으로 이후 1990년대 중반 효성여고로 전근을 가기 전까지 지도교사로서 '태동기'를 장려하고 후원했다.

'태동기'는 학교에서 제공해 준 문예실에 모여 창작에 불을 지폈다. 주 1회의 정기적인 합평회도 있었지만 공모전 준비, 시화전 준비 등으로 거의 매일 모였다. 학교에 결석을 할 상황이 와도 문예실 출석을 위해 결석을 하지 않을 정도로 열성인 동인들이 많았다. 다른 고교들이 문예반 신입생을 뽑기도 전에 벌써 교내 첫 시화전을 개최하는 결집력도 보였다. 대구 경북 지역은 물론이고 전국 다른 지역의 백일장에도 참여하는 열의도 있었다. 그 열의는 수상 실적으로 보상받았다.

'태동기'는 1977년 5월, 졸업생과 재학생을 아우르는 70쪽 분량의 첫 동인지를 발간했다. 이후 1980년 2월 제2집이 78쪽 분량으로 발간되었고, 20주년을 맞은 1989년 9월 150쪽 분량으로『대건의 문학』이라는 제호로 3집이 발간되었다. 이러는 동안 '태동기' 출신들은 하나둘씩 문단에 진출했고 그 중에 어떤 이는 한국문학의 중심에 서 있게 되었다.

'태동기' 출신으로 등단 문인이 된 이들의 회상기를 통해 그 시절의 분위기를 알아본다.

> "학교마다 다소 사정은 있었으나 당시 대구 시내 고등학교에 학적을 두고 있던 대다수 문예반원들은 학교를 물론하고 봄철이면 시내 중심가에 있는 YMCA 화랑 등지에서 시화전을 열었고 언제 어떤 문학동아리가 시화전을 한다고 연락이 오면 떼로 몰려가 축하를 했다. 시화전 팸플릿을 만들고 포스터를 그려 각 학교를 방문하던 기억이 지금도 눈에 아삼하다. 마음에 두고 있던 여학생이 있는 학교를 갈 때면 마치 초등학교 때 소풍 전날 밤 잠 못 이룰 때처럼 가슴이 설렜다. 시화전을 며칠 동안 했는지 구체적으로 기억이 나지는 않으나, 학교의 허락을 받아 당번을 짜서 시화전을 하는 화랑을 지키고 방문객을 안내했다. 태동기는 미술반원들과 긴밀하게 협조를 하여 문예반원이 원고를 써주면 미술반원들은 만사를 제쳐두고 시화를 그려줬다. 그들의

시화 솜씨 또한 기성 못지않았으며 빼어났던 것 같다."

조성순(시인, 태동기 7대)

"백일장에 도전할 기회가 다시 찾아온 것은, 복학을 해 고1을 다시 겪으면서였다. 문예반에 가입해서 참가한 백일장에서 한 번 낙방을 하고, 두번째 백일장에서 난생 처음으로 산문부 차상을 받았다. 그게 1975년 가을이었다. 경주에서 해마다 열리는 신라문화제 백일장이었는데, 당시 대구에서 문예반 활동을 하는 학생들은 대부분 참가하는 대회였다. 백일장을 위해 동대구역과 경주역을 오고가는 기차 안에서 우리는 색다른 인생을 경험하곤 했다. 발표는 며칠 뒤였고, 시상식은 또 그보다 며칠 뒤였다. 시부에서 역시 차상을 차지한 같은 학교 선배와 함께 무슨 대단한 상이라도 받게 된 줄 알고 다시 기차를 타고 경주에 닿고 보니 시상식은 벌써 끝났고, 장원 다음인 차상에게 주는 상이라고는 상장 한 장이 전부였다. 문예반 지도교사 도광의 시인께서 이를 애석하게 여기시고 따로 상품을 만들어 전체 조회 시간에 시상하도록 배려해 주신 기억은 정말 새롭다."

박덕규(시인·소설가, 태동기 8대)

"1977년 봄, 고등학교 1학년이던 나는, 당시 대구의 남산동에 자리 잡고 있던 대건고등학교 별관 5층 건물의 맨 꼭대기로 땀을 삘삘 흘리며 올라갔다. 문예실이라는 낡은 푯말이 매달려 있는 그곳은 보통 교실의 삼분의 일 정도쯤 되는 크기였는데, 거기에는 어깨가 딱 벌어진 선배들이 시커먼 교복 주머니에 기세등등하게 두 손을 찔러 넣은 자세로, 어리고 연약한 후배 하나를 맞이하고 있었다. 나는 문예반에 들어가려고 용기를 내어 두근거리는 가슴으로 그곳을 찾아간 것이었다. 중학교는 어디를 졸업했느냐, 중학교 다닐 때 백일장에서 상 받아본 적이 있느냐, 어떤 작가를 좋아하느냐 따위의 아무런 형식도 갖추지 않은 '면접시험'과, 전통 있는 문예반이라고 선배들이 우쭐대는 소리를 수없이 들은 후에 나는 부사히 신입생으로서 문예반원이 되었다. 앞으로는 문예반원이라는 명칭보다 '태동기문학동인회'의 동인이라는 표현을 써야 한다는 근엄한 주문 사항도 그때 나는 귀를 기울이며 함께 들어야 했다. 그저 '백조'니 '창조'니 하는 우리 문학사를 수놓았던 아련한 문학동인 이름만 알고 있던 나로서는 하루아침에 대단한 문사가 된 느낌이 들지 않을 수 없었다."

안도현(시인, 태동기 10대)

"시화 비용을 아끼기 위해 우리는 밤늦게까지 문예실에 남아 서툰 솜씨로 그림을 그리고 삐뚤빼뚤 글씨를 써넣기도 했다. 그 와중에도 선배들은 1학년들에게 좀 더 예쁜 시화와 액자를 배려하는 일을 잊지 않았다. 그렇게 주머니돈을 털고 공부할 시간을 쪼개가며 힘들게 시화전 준비를 했던 것이 나중에는 커다란 보람으로 돌아왔다. 우리는 난생 처음 스스로의 힘으로 뭔가를 이루어 낸 것이었다. (……) 시화전 기간 동안 우리에게는 세 가지 즐거움이 있었다. 첫째, 시화전을 다녀가는 사람들을 위해 방명록을 준비해 놓고 있었는데, 그곳에는 시에 대한 품평이 적혀 있곤 했다. 하루의 전시회가 끝나면 우리는 그 방명록을 들춰보며 누구의 시에 대한 언급이 많은지, 혹시 내 시에 대한 칭찬의 메시지가 남겨져 있지 않을까 하는 기대를 품기도 했다. 그 시절 우리는 중앙파출소 근처에 있는 YMCA 회관에서 주로 시화전을 개최했는데, 간혹 정체불명의 여학생으로부터 1층 아루스 제과점에서 만나자는 핑크빛 메시지가 방명록에 적혀 있기도 했다. 그러나 그것은 고교문단에서 제법 이름을 날리고 있던 선배들만의 몫이었다."

김완준(시인·소설가, 태동기 12대)

---

* 이 글은 1969년 '태동기' 창립을 주도하고 초대 회장을 지낸 고 박상훈 동인이 생전에 발표한 글을 일부 다듬었습니다.

돌아갈 수 없는 영혼의 고향

조직에 가입하든지 복권을 사든지 어떤 선택이 우연이라고 생각했던 게 나중에 깨닫고 보니 필연이고 그게 당신 삶의 전부를 뒤바꾸었다면 그건 바로 알 수 없는 숙연이 영향을 미친 것이다. 그래도 우연이라고 생각한다면 그건 필연을 가장하는 신의 솜씨가 빼어나기 때문이리라. 그것도 전공으로 선택한 대학의 학과가 아니라 고등학교 때 잠시 몸을 담았던 동아리가 삶의 여로를 밝히고 끊임없이 작용을 한다면 당신은 그 인연을 어떻게 받아들일 것인가?

나는 대구에 있는 한 고등학교 문예반에 든 게 계기가 되어 대학에서 국문학과를 다녔고 고등학교 국어선생이 되어 30년 넘게 공부하며 학생들을 가르쳐왔다. 그 고등학교 문예반 출신 선후배들과 지금까지 서로를 그리워하며 만나고 있고 이들은 그들이나 내게 돌이킬 수 없는 변고가 생긴다면 아마 천재지변이 생길지라도 무릅쓰고 보러가는 사람이 될 것이다.

돌연한 아버지의 죽음의 여파와 정신적 공황으로 마약을 상습적으로 사용해 감옥을 오가던 전직 대통령의 아들 박 아무개가 첫 연합고사로 서울의 모 고등학교에 입학했을 때, 면 소재지에서 조금 공부한다던 나는 대처인 대구의 명문고 입학시험에 실패하고 다음 해 예정된 연합고사를 피해 2차로 대건고에 들어갔다.

대건고는 순교한 김대건 신부의 이름을 딴 천주교 재단에 속한 고등학교였지만 종교적 색채가 없이 비교적 자유스러운 분위기였다. 당시 선생님들께서는 마지막으로 시험을 치르고 들어온 제자들에게 각별한 애정을 가지고 대했고 열성적으로 가르쳤다. 무엇보다도 제대로 된 사람을 만들

조성순 태동기 7대. 1977년 대구 대건고 졸업. 동국대 국문과 졸업, 동 대학원 박사과정(고전산문) 및 한문전문교육기관 성균관 한림원 한림계제 수료. 1989년 이광웅 김진경 도종환 안도현 등과 함께 교육문예창작회 창립. 2008년 『문학나무』 신인상, 2011년 제12회 교단문예상 수상. 시집 『목침』 『가자미식해를 기다리는 동안』.

려고 많은 애를 쓰셔서 지금도 어쩌다 같은 학교를 졸업한 사람들을 만나게 되면 이구동성으로 그런 훌륭한 선생님들께 배운 걸 자랑스럽게 여기고 그리워하는 모습들을 보게 된다.

당시에 남산동에 있던 고등학교 교정에는 로마 교황청에 등록된 예스런 풍의 성당 건물이 있었고 교사 뒤편 주교관을 사이에 두고 효성여고가 있었다. 주교관이 있는 곳에는 아카시 나무가 여러 그루 있어서 꽃핀 봄날 바람이라도 부는 날이면 우리들은 코를 벌름거리면서 그 향기에 취해서 교정을 배회했다.

1974년 3월 어느 날 교실에 동아리 광고를 나온 선배를 따라 문예반에 들게 된 게 내 인생에서 가장 큰 줄기를 이루었고 그 이후 문학이란 바다를 떠나 살아본 적이 없다.

나중에 알게 되었지만 그냥 문예반이 아니라 태동기(胎動期, 생명체가 어미의 뱃속에서 꿈틀거리는 때, 이 이름은 6년 선배이신 고 박상훈 동문께서 명명함.)란 닉네임을 달고 있었다. 당시엔 그 의미도 잘 모르면서 태동기라고 하면 그냥 좋았고, 동아리에서 활동하는 우리는 기성 문인이 된 것 모양 우쭐했던 것 같았다. 돌이켜보면 1920년대 동인지 시대의 문인들 흉내를 낸, 겸허하면서도 한편으로는 다소 미래지향적인 별명이다.

당시 지도교사인 도광의 선생님께서는 매일신문 신춘문예와 현대문학을 통해 문단에 나온 키 크고 잘 생기신 분으로 태동기에 대해 남다른 애정을 가지고 있었다. 친구 분들이 동막(冬幕, 겨울 원두막)이라 부른다는 말씀을 들었는데 외람된 소견에 '겨울 과원을 지키는 원두막'은 좀 쓸쓸해 보이는 선생님께 어울린다는 생각이 든다. 선생님께서는 작품 한 편에 대해 이래라 저래라 말씀하시지 않고 주로 큰 범주에서 물꼬를 터주시는 말씀을 해 주셨던 것 같다. 선생님의 지도를 받고 문단에 나오거나 언론 등 문화 관련업에 종사하는 사람들이 80여 명을 넘는다. 그래서 대구 쪽 문단에서 대건 산맥이라 말씀들 한다는 걸 듣기도 하였다.

그때 문학동아리 방의 풍경은 구석에 야구방망이(한 번도 사용하지 않은 전시용이었다.)가 하나 놓여 있었고 기다란 책상 위에 책꽂이가 하나 놓여 있었다. 거기에는 교지와 시집과 소설집 몇 권 그리고 손때 묻은 공책이 한 권 있었는데 우리는 그 공책 속의 글을 외며 오로지 그 공책 속의 주인공이 되고자 애를 썼다. 푸쉬킨이나 박경리보다도 그 공책에 있는 주인공이 부러웠다. 그 공책은 역대 선배들이 백일장이나 대학 문예현상 공모에 입상한 명단과 작품을 적어놓은 이른바 태동기 족보였다. 당시 우리의 소원은 공부를 잘해서 상을 받는 것보다 족보에 이름 올리는 것이었다.

당시에는 경희대학교나 원광대학교 외에 문학특기생을 뽑는 대학교도 거의 없었다. 그러나 오직 족보에 이름을 올리기 위해 경주의 신라문화제, 진주의 개천예술제, 서울의 동국대 문학콩쿠르 등에 참가하기 위해 밤 열차를 탔다.

지금은 많은 대학교에서 문학특기생을 뽑으니 문호가 개방되어 다행이나 문학에 대해 순수한 열정으로 글을 쓰기 보다는 대학에 입학하기 위하여 글을 쓰는 것 같아 좀 아쉽기도 하다.

내가 대건고에 다니던 시절 전후 몇 년은 태동기 역사 가운데에서도 이른바 르네상스 시대였던 것 같다. 그 중 몇을 손으로 꼽아보면 위로 2년 선배로 신춘문예로 등단한 류후기 선배와 신인상 출신의 홍승우 시인이 있고 나와 같은 동기 중에는 『홀로서기』의 서정윤 시인이 있다. 한 해 후배로 단국대 문예창작과 교수로 있는 박덕규 씨와 신춘문예로 나와 소설을 쓰는 권태현 씨가 있으며, 2년 후배로는 문학평론가 하응백 씨와 시나리오로 대종상을 수상하기도 한 이경식 씨가 있다. 3년 아래로는 국어교과서에 시가 나오는 우석대학교 문예창작과 교수인 안도현 시인이 있으며 4년 후배로는 『너는 눈부시지만 나는 눈물겹다』의 이정하 시인이 있다.

태동기는 선후배간의 위계질서를 존중하는 동아리이다. 선배는 후배를 위해 주고 후배는 선배를 따르나 함부로 무람없이 굴지는 않았다. 박덕규 씨는 나와 같이 입학하여 같은 학급에 다녔으나 사정이 있어 1년 휴학을 하게 되어 문예반 1년 후배가 되었다. 지금은 어느 정도 받아들여지지만 문예반 동기생이 있는 데에서는 박덕규 씨는 내 이름을 함부로 부르지 않았다. 재학 중 박덕규 씨는 기타를 치며 송창식의 「피리 부는 사나이」를 잘 불렀다. 뒤풀이 자리에서 노래 부르는 게 부담스러운 나는 키 큰 그가 비브라토를 넣어 멋지게 노래를 부르는 게 참 부러웠다. 그는 고등학교 재학 때 소설에 재능이 빼어나 당시 모 대학현상공모에 입상한 「평행봉 선수」란 단편은 아직 내게 인상적으로 남아 있다. 시운동 동인으로 시를 쓰기도 하였으나 지금은 다시 소설가로 글을 쓰고 있다.

시집 『홀로서기』로 문명을 날린 서정윤 시인은 김춘수 시인을 사사했다. 서정윤 씨는 나와 앞뒤를 다툴 정도로 음치였으나 '지금도 마로니에는 피고 있겠지'로 시작되는 박건이 부른 「그 사람 이름은 잊었지만」을 열심히 불렀다. 그는 모교인 대건고에 재직하다가 뒤에 영신고 국어교사로 옮겼다.

하응백 씨는 「깨 엄마」란 수필을 써서 선생님의 칭찬을 받기도 했는데 빨리 어른이 되고 싶어 가끔 가발을 쓰고 문명화한 세상으로 외출을 했다. 현재 비평 활동을 하며 출판사를 경영하고 있다.

눈이 크고 잘 생긴 이경식 씨는 당시 대구에서 손꼽히는 수재로 서울대 경영학과에 입학했는데 경영학과 공부보다는 국문학과 수업을 열심히 듣다가 경희대 국문과 대학원을 마치고 문학판으로 돌아오게 되었다. 지금은 전문번역가로 활동하고 있는데 한때 시인 김정환 씨와 노동자문예운동을 하여 공연문화 발전에 기여하였다.

안도현 시인은 내가 대학 시절 대구에 내려갔을 때 태동기 시화전 뒤풀이에서 처음 만났다. 그는 맑은 눈빛으로 좋은 시인이 되고 싶다했는데 그의 말대로 일가를 이룬 시인이 되었다. 대구 출신의 그가 원광대로 간 것은 문예특기생이었기 때문이며 그의 뒤를 따라 이정하 씨도 원광대로 가서 같은 대학의 후배가 되었다. 안도현 시인은 전에는 서정주 시인의 시 「푸르른 날」을 송창식 씨가 가창한 것을 잘 불렀으나 이즈음은 김광석의 「거리에서」를 잘 부른다.

노래와 기타 솜씨가 빼어난 동인들이 많으나 그 중 가장 빼어난 사람을 들라면 이정하 시인을 꼽아야 할 것 같다. 언젠가 한 번 라이브 카페에 함께 갈 기회가 있었는데 출연자가 벌린 입을 다물지 못하던 기억이 떠오른다.

당시 대구의 고등학교 문예반은 제각기 닉네임을 지니고 있었는데 이를테면 대구고 문예반은 '계단', 계성고 문예반은 '근일점' 등이었다. 어느 학교 문예반이나 다른 학교 문예반원들과 서로 긴밀하게 교유를 했다. 대구 시내 각 고등학교 문예반원들이 모여 배구대회를 하면서 의를 돈독히 했고, 합평회를 하면서 문학에 대한 열정을 태웠다. 그 시절 만난 다른 학교 선후배들로는 홍영철, 황영옥, 문형렬, 박기영, 장정일 씨 등이 기억에 남아 있다.

학교마다 다소 사정은 있었으나 당시 대구 시내 고등학교에 학적을 두고 있던 대다수 문예반원들은 학교를 물론하고 봄철이면 시내 중심가에 있는 YMCA 화랑 등지에서 시화전을 열었고 언제 어떤 문학동아리가 시화전을 한다고 연락이 오면 떼로 몰려가 축하를 했다. 시화전 팸플릿을 만들고 포스터를 그려 각 학교를 방문하던 기억이 지금도 눈에 아삼하다. 마음에 두고 있던 여학생이 있는 학교를 갈 때면 마치 초등학교 때 소풍 전날 밤 잠 못 이룰 때처럼 가슴이 설렜다. 시화전을 며칠 동안 했는지 구체적으로 기억이 나지는 않으나, 학교의 허락을 받아 당번을 짜서 시화전을 하는 화랑을 지키고 방문객을 안내했다. 태동기는 미술반원들과 긴밀하게 협조를 하여 문예반원이 원고를 써주면 미술반원들은 만사를 제쳐두고 시화를 그려줬다. 그들의 시화 솜씨 또한 기성 못지않았으며 빼어났던 것 같다.

지금 돌이켜보니 문재가 있었으나 꽃피우지 못하고 일찍 지상을 떠난 이도 있으며 외국에 나가 연락이 돈절된 사람도 있다. 은사 도광의 선생님 시비 건립 얘기도 나오고 있으니 머지않아 동인들이 한 자리에 만나서 도타운 의를 확인하는 자리가 있으리라 믿는다.

태동기의 역사는 나 같은 천학비재가 쓸 글이 아닌 것 같다. 꼭 문학만이 아니라도 고시를 통과한 사람에서 국회의원과 의사와 화가도 있으며 현재 활동 중인 빼어난 언론인이 한둘이 아니다. 뛰어난 후배 문인이 나와 따로 자리매김을 해야 할 것이다. 그러하자면 지나간 시절의 영화를 자랑만 삼을 게 아니라 문학에 젖어 사는 사람이라야 가능한 일일 게다. 또 웅숭깊은 글을 쓰기 위해서는 손끝의 재주만 생각할 게 아니라 많이 공부를 해야 하며 그 공부가 즐거워야 할 것이다.

---

* 이 글은 문예지 『쿨투라』 2006년 가을호에 발표한 것을 일부 다듬었습니다.

문학의 첫길을 열어주신 도광의 선생님

1977년 봄, 고등학교 1학년이던 나는, 당시 대구의 남산동에 자리 잡고 있던 대건고등학교 별관 5층 건물의 맨 꼭대기로 땀을 삘삘 흘리며 올라갔다. 문예실이라는 낡은 푯말이 매달려 있는 그곳은 보통 교실의 삼분의 일 정도쯤 되는 크기였는데, 거기에는 어깨가 딱 벌어진 선배들이 시커먼 교복 주머니에 기세등등하게 두 손을 찔러넣은 자세로, 어리고 연약한 후배 하나를 맞이하고 있었다. 나는 문예반에 들어가려고 용기를 내어 두근거리는 가슴으로 그곳을 찾아간 것이었다.

중학교는 어디를 졸업했느냐, 중학교 다닐 때 백일장에서 상 받아본 적이 있느냐, 어떤 작가를 좋아하느냐 따위의 아무런 형식도 갖추지 않은 '면접시험'과, 전통 있는 문예반이라고 선배들이 우쭐대는 소리를 수없이 들은 후에 나는 무사히 신입생으로서 문예반원이 되었다. 앞으로는 문예반원이라는 명칭보다 '태동기문학동인회'의 동인이라는 표현을 써야 한다는 근엄한 주문 사항도 그때 나는 귀를 기울이며 함께 들어야 했다. 그저 '백조'니 '창조'니 하는 우리 문학사를 수놓았던 아련한 문학동인 이름만 알고 있던 나로서는 하루아침에 대단한 문사가 된 느낌이 들지 않을 수 없었다. 더욱이 태동기란, 포유동물이 어미의 뱃속에서 꿈틀대는 시기라는 설명을 듣고는 그 의미심장한 이름 앞에서 숙연해지기까지 하였던 것이다.

그날 처음 가 본 문예실의 벽에는 길게 늘어뜨린 한 폭의 시화가 걸려 있었다. 「풍경의 경사(傾斜)」라는 좀 까다로운 제목을 가진 그 시는, 어느 바닷가 마을의 오밀조밀한 풍경을 배경 그림으로 깔고 있었다.

안도현 태동기 10대. 1980년 대구 대건고 졸업. 1984년 동아일보 신춘문예 시 당선. 시집 『서울로 가는 전봉준』 『모닥불』 『그대에게 가고 싶다』 『너에게 가려고 길을 만들었다』 『간절하게 참 철없이』, 어른을 위한 동화 『연어』, 동시집 『기러기는 차갑다』 『냠냠』 외 다수. 시와시학 젊은 시인상, 소월시문학상, 노작문학상, 이수문학상, 윤동주상, 백석문학상 등 수상. 현재 우석대 문예창작과 교수.

바다가 보이는
언덕 위에
사는 사람은
바다가 수만 개 별빛을 바구니에 담아
남몰래 하나씩 주고 있음을
바다가 보이는
언덕 위에
사는 사람은
알게 된다.

언덕 아래에는
뜰이 넓은 양옥들과
교회당을 사이 하여
성냥곽만한 酒店들도
눈에 띄지만,
언덕 위에 사는 사람들이
아침 저녁으로 비탈길을 오르내리면서
바다가 아무도 모르는
별빛 하나씩 남몰래 주고 있음을
물감색 원피스나 입고 다니는
살아가는 지혜로는
알 수가 없다.

겨울이 지나고
바다에 봄이 와도
술렁이는 도시에는
異常이 없고
바다만이 더 깊은 제 사연으로
하얗게 하얗게 침잠해 가도
비탈길이 海岸通으로 길게 뻗어

해질녘 귀로에서는
목이 쉬고, 목살이 메어,
노을처럼 메아리져 가도
바다가 남몰래
별빛 찍힌 편지 한 장씩 노놔주고 있음을
그냥 사는 사람들은
알 리가 없다.

'傾斜'를 비롯한 몇 개의 한자어들이 중학교를 갓 졸업한 나를 괴롭혔지만, 이렇게 긴 시가 겨우 세 개의 마침표만 가지고 있다니! 나중에야 알았지만 시의 호흡이라는 것을 나는 이 시를 읽음으로써 조금씩 깨치게 되었던 것 같다.

"선배님, 저 시는 어떤 선배가 쓰셨는데예?"

"임마, 저 시는 선배가 쓴 게 아이고 도선생 시다. 아니, 도선생도 우리 학교를 졸업한 동문이니까 니 말대로 선배는 선배다."

"도선생예?"

나는 '盜先生'이 언뜻 떠올라 웃음이 쿡쿡 터져 나오려고 했다. 도선생이라면 으슥한 밤에 남의 집 담장이나 넘을 일이지 고상한 시를 왜 쓴담?

나는 그때 처음으로 도광의 선생님의 이름을 선배들한테서 들었다. 이 학교 교무실에 계시는 선생님들 중에 키가 제일 크고 외모부터 뭔가 시인처럼 생기신 분을 찾으면 문예반 지도교사인 도선생님이 맞을 거라고 했다.

문예실을 나와서도 내 머리 속에는 「풍경의 傾斜」라는 시의 앞부분이 지워지지 않는 것이었다. 바다가 보이는 언덕 위에 사는 사람들의 심성까지도 풋내기 문학소년의 마음으로는 헤아려질 것만 같았다.

이렇게 아름다운 시를 쓰는 분이 국어선생님 중의 한 분이고, 더욱이 문단에 이미 등단한 시인이라니! 그분으로부터 문학을 배운다면 머지않아 나도 시인이 될 것 같은 황홀한 착각이 그날 이후 계속된 것이다.

그러나 1학년이 다 끝나가는 데도 나는 도광의 선생님과 이야기 한 번 나누지 못하고 마음속으로만 선생님에 대한 문학적인 연모를 키우고 있을 수밖에 없었다. 선생님과의 대화 창구는 당시에 3학년 문예반장이던, 지금은 문학평론가이자 소설가로 활동 중인 박덕규 형 한 사람 뿐이었다. 조무래기 신입생인 나에게 도선생님은 범접하기 어려운 큰 산과도 같았다.

다만 선생님께서는 술을 무척 좋아하신다는 이야기, 문예반원 중에 누군가가 선생님한테 불려가 호되게 귀싸대기를 맞았다는 이야기, 수업 시간에 유난히 시에 관한 말씀이 많으시다는 이야기들을 풍문으로만 전해들을 따름이었다.

선생님은 수업을 하시다가도 곧잘 교실에서 주전자 물을 들이키고는 해서 금붕어라는 별명을 가지고 있다고 했다. 전날 과하게 마신 술 때문에 붙여진 별명이었던 것이다. 그 선생에 그 제자라던가, 일찍이 교사가 된 나도 일주일에 한두 번은 꼭 수업을 시작하기 전에, 숙취로 타는 뱃속을 달래고자 교실 뒤에서 냉수를 마시는 버릇을 고스란히 물려받았으니 말이다.

먼발치에서 바라보는 도광의 선생님은 정말 내 상상 속에 숨어 있던 전형적인 시인의 모습이었다. 1m 80cm가 넘는 미루나무 같은 훤칠한 키로 천천히 걸으면서 간혹 긴 머리카락을 뒤로 쓸어 넘길 때면 나는 아무 이유도 없이 쓸쓸해져서 내 시야에서 선생님이 사라질 때까지 서서 바라보곤 하였다. 사실인지 아닌지는 모르겠지만, 가을비가 오는 날, 대구의 중심가인 동성로 한복판에서 바바리코트를 입고 우산도 없이 걸어가는 선생님을 누군가가 보았다는 이야기를 듣고 가슴이 사정없이 울렁거리던 것도 그 무렵이었다.

도광의 선생님으로부터 아무 것도 배운 것이 없었으나 나는 이미 많은 것을 배우고 있었다. 아니, 많은 것을 선생님으로부터 느끼고 있었다는 말이 더 정확할지 모르겠다. 자기 주변에 사랑하는 사람이 존재하고 있다는 사실 하나만으로도 우리는 늘 든든해져서, 어두운 밤에는 그 존재를 가물거리는 등불로 여기고, 찬바람 부는 날에는 따뜻한 아랫목의 온기로 느끼면서 살지 않는가. 그 존재로 하여 삶의 의미가 날마다 새록새록 새로워지는 것, 그 충만감에 몸을 떨면서.

2학년이 되니까 드디어 선생님은 나를 부르셨다. 일년 동안 선배들의 뒤를 졸졸 따라다니면서 학교 바깥 백일장에서 몇 개의 상장을 받아온 덕분에 선생님의 눈에 들었던 것이다. 그동안 쓴 시들을 가지고 한번 찾아오라는 것이었다. 나는 너무나 황송하고 기뻐서 당장 그 이튿날 습작노트를 들고 교무실에 계시는 선생님을 찾아뵈었다.

내가 쓴 시들을 한참 들여다보시던 선생님은 아무 말씀이 없으셨다. 나는 슬그머니 불안해지기 시작했는데, 선생님은 내 노트에다 빨간 볼펜으로 밑줄을 긋기도 하고 수많은 가위표와 동그라미들을 그리기 시작하였다. 선생님의 빨간 볼펜이 내 노트에 적힌 시에 닿을 때마다 나는 생살이 베어지는 것 같은 지독한 아픔을 느껴야 했다. 전정가위에 싹둑싹둑 잘리는 생나무의 아픔이 또한 그러하리라. 스무 줄짜리의 시가 열 줄도 채 남지 못하고 앙상하게 뼈만 남는가 하면, 선생님의 볼펜 끝에서 아예 자신의 숨소리를 놓아버리는 시들도 생겨났다.

하지만 나는 선생님이 간혹 한 마디씩 던지는 말씀에 그저 예, 예, 알겠습니다만 되풀이 하면서 벌겋게 달아오른 얼굴로 엉거주춤 서 있을 뿐이었다. 그것이 나는 도마 위의 생선에게 가하는 난도질인 줄로만 알았다. 그래서 나중에는 반론 한번 제기하지 못하고 그냥 교무실 문을 닫고 나온 나 자신이 원망스럽기도 했다. 내가 밤을 하얗게 보내면서 고치고 또 고치고 해서 들고 간 시가 무참하게 찢어졌다는 생각에 아예 시 쓰기고 뭐고 다 포기해 버릴까 하는 자포자기의 마음도 들었던 게 사실이다.

그러나 지금 와서 생각해 보면, 그날의 비참함이 나에게 없었다면 나는 '언어'를 함부로 남발하거나 혹사시키는 언어의 난봉꾼이 되었을지도 모른다. 모름지기 시인이란, 언어를 다스리면서도 언어로부터 다스림을 당하는 자가 아니던가. 혹시 내가 쓰는 시에 그러한 언어를 절제하는 능력이 손톱만큼이라도 보인다면 그것은 다 도광의 선생님으로부터 배운 것이리라.

이따금 접할 수 있었던 선생님의 시를 나는 거의 외우다시피 하였다. '교외로 나오니 햇볕은 나뭇잎을 흔든다'로 시작되는 「물 오른 포플러」며, '명절날 둑길 위로 분홍치마 자락이 소수레바퀴의 햇살에 실려가면'이라는 구절이 아름다운 「갑골길」이라는 시도 좋았으며, '서서 우는 타관 풀잎'이라는 싯구를 읽으며 궁핍한 자취생이던 나 자신을 머쓱하게 돌아보기도 하였고, 이밖에도 「분교」 「저녁답이면」 「봄물빛에 묻어오는」 「눈 오지 않는 겨울」 등의 시가 끌어당기는 따스하고 그윽한 맛은 지금도 잊을 수가 없다.

선생님의 시는, 그 당시 유행하던 현학적인 모더니즘류의 시와는 상당한 거리를 두고 있었던 것 같다. 그래서 촉촉한 물기 어린 서정을 언제나 간직하고 있으면서도 쉽게 세상하고 타협하지 못하는 자의 쓸쓸함과 회한이 주조음을 이루고 있었다. 혹시 내가 쓰는 시에 인간의 냄새가 눈꼽만큼이라도 배어 있다면 그것도 다 도광의 선생님으로부터 익힌 것이리라.

선생님은 일찍이 1965년에 대구의 매일신문 신춘문예에 시가 당선되고, 그 후 『현대문학』지의 추천을 받은 이력을 가지고 있었다. 그런데 내가 고등학교를 졸업하고 난 후인 1982년이 되어서야 『甲骨길』이라는 표제로 첫 시집을 내셨다. 서문에서도 밝히고 있지만 선생님께서 문단에 나온 지 18년만의 일이었다.

인쇄 매체의 급속한 발달과 흘러넘치는 종이의 홍수 속에서 이런 일은 아주 못난 시인이거나 아주 특별한 시인에게서 나오는 법이다. 이른바 '문단 정치'하고는 담을 쌓고 글을 쓰는 선생님의 모습은 요즘 흔히 볼 수 없는 특별한 존재로 내 마음속에 각인되어 있는데, 나는 여기서 서슴없이, 도광의 시인은 아주 특별한 시인이라고 말해야겠다. 이 시집 한 권 속에는 선생님의, 욕심 없음의, 그러나 고투의 흔적이 역력한 삶이 고스란히 담겨 있기 때문이다.

내 문학소년 시절을 달구었던 숨 가쁜 말씀들의 집, 이제는 세월의 손때가 묻고 귀가 닳은 선생님의 시집을 나는 종종 펼쳐보곤 한다.

더운 이름으로 당신을 불러 봅니다
햇볕도 偏愛하듯
가는 숨결로 타고 있습니다
하늘 속 빗방울로 가슴을 씻고
피 흘리며 타고 있습니다
아빌라,
모든 것을 赦罪해 주십시오
살아 있는 남자에게 남은 할 일은
저무는 寒驛에서 눈을 감는 일입니다

「샐비어」 전문

나는 '편애'라는 딱딱하고 삐딱하고 비교육적인 한 낱말이 이 시에서처럼 빛을 발하는 글을 보지 못했다. 선생님은 편애를 통해 진정한 사랑을 꿈꾸는 분이 아닐까 생각해 본다. 이 세상 모두를 다 사랑하겠다는 것은 욕심 많은 인간의 환상이거나 한가한 종교적 잠언일 뿐이다. 그 욕심이 수많은 상처와 분열을 자꾸 재생산해 낸다고 할 때, 도광의 선생님은 그것을 미리 알고 자신만의 외로운 길을 걸어오고 계시는 것은 아닐까? 그런 외로움 속을 걸어가는 사람은 저무는 곳에서 자성의 눈을 혼자 감을 줄 아는 법이니까.

되돌아가서 옛날이야기 한 토막. 도선생님이 갑자기 나를 불러서 교무실로 가 봤더니 서무실에 가서 봉급을 좀 찾아오라는 것이었다. 나는 그달치 선생님의 봉급이 담긴 그 봉투를 차마 선생님께 전해 드려야 할지 말아야 할지 무척 망설이지 않을 수 없었다. 그 겉봉에는 이렇게 적혀 있었던 것이다.

'실수령액 : 7천원'

선생님은 나에게 묻는 것처럼 말씀하셨다.

"내가 이번 달에 술을 너무 많이 먹었나?"

그나마의 박봉을 가불해서 과연 선생님 혼자 그것을 모두 술값으로 썼는지, 아니면 쪼들리는 살림에 보탰는지는 그리 중요하지가 않다. 그게 선생님의 삶의 방식이고 현실일진대 제자인 내가 어찌 가벼운 입을 놀려 깝죽댈 수 있겠는가. 십대 후반이던 내가 사십대 중반으로 헐레벌떡 달려오는 동안, 도광의 선생님은 육십대의 유장한 강을 이미 건너가고 계시는 것을.

다가오는 겨울 방학에는 대구로 가서 선생님을 꼭 찾아뵈어야겠다. 그동안 자주 인사드리지 못한 것을 깊이 사죄도 하고, 따뜻한 정종이라도 한 잔 사 드리고 싶다. 술자리가 무르익으면 내가 쓴 시들을 보여드리면서 선생님의 손에 빨간 볼펜을 슬쩍 쥐어드리고 싶다.

---

* 이 글은 『신동아』 2006년 8월호에 발표한 것을 재수록했습니다.

그때를 아시나요?

문학에 목숨 걸던 시절

벌써 20년이 되었다. 중국음식점 구석방에 무릎을 맞대고 모여 앉아 공책 뒷장을 찢어 즉석 백일장을 열고 서로 돌려가며 채점하여 장원을 뽑고 나서 짜장면 시켜먹고 시커먼 입술로 뽀끔 담배를 하던 일이 엊그제 같은데 어느새 먼 이야기가 되어 버린 것이다.

돌이켜 보면 그 시대의 우리는 꽤나 암울했다. 까까머리에 시커먼 교복에 갇혀 지내던 시절. 마음대로 극장에 갈 수도 없고 제과점에서 여학생과 팥빙수 한 그릇 먹으려 해도 학생과 선생의 눈치를 살펴야 했던 시절. 어항 속의 금붕어처럼 우리에겐 최소한의 자유만이 허락되었다.

우리의 책가방 속에는 교과서 대신 몇 권의 시집과 소설책, 현대문학과 문학사상이 들어 있었고 필통 속엔 꼬깃꼬깃한 가치담배가 숨겨져 있었다. 그것이 우리에게 그 시절을 견디게 해준 유일한 버팀목이었다.

그렇다고 우리가 마냥 불량소년은 아니었다. 우리는 우리의 방식대로 세상을 살았다. 다른 학생들이 교과서에 파묻혀 있을 때 문학서적을 탐독하고 학원에서 보충수업을 할 때 전국 각지의 백일장으로 떠돌아다니면서도 우리는 우리가 잘못된 길을 가고 있다는 생각을 한 번도 해본 적이 없었다. 우리는 단지 '문학에 목숨을 걸었'을 뿐이었다.

태동기 가요제

해마다 봄이면 2학년들은 쉬는 시간에 1학년 교실을 돌아다니며 문예반 신입부원을 모집했다.

"연애편지를 잘 쓰려면 문예반에 가입하세요."

김완준 태동기 12대. 1982년 대구 대건고 졸업. 단국대 대학원 문예창작과 박사 수료. 1986년 대구매일신문 신춘문예 시 당선. 2002년 계간 『문학인』에 소설 발표. 장편소설 『the 풀문파티』 『소설 윤심덕』, 여행서 『8박 9일』 등. 현재 모악출판사 대표.

“여학교 문예반과의 그룹미팅도 적극 주선합니다.”

이것이 내가 고등학교를 다닐 무렵 문예반 신입부원을 유혹하는 단골 멘트였다. 이성에 대한 관심이 압도적으로 높은 10대들에게 그 멘트의 효력은 대단했다. 덕분에 문예반 신입생 가입자 수는 타 서클에 비해 월등했다.

지금은 달서구 월성동에 있는 대건고등학교는 내가 다닐 무렵에는 중구 남산동에 교정이 있었다. 도로확장공사로 사라지고 없는 남산동 로터리 대한극장 옆에 강해춘반점이 있었다. 3월 중순이면 그곳에서 ‘태동기’ 신입생 환영회가 벌어졌다. 짜장면이냐 우동이냐의 선택이 주어진 다음, 한바탕 단체 급식이 끝나고 나면 2학년 문예반 회장의 연설이 있었다.

“우리 문예반의 정식 명칭은 ‘태동기문학동인회’이다. 따라서 우리는 지금 이 순간부터 서로를 동인이라고 호칭한다. 내가 11대이므로 너희는 12대 동인이다.”

‘동인’이라니, 그것은 기성 문인 단체에서나 통용되는 용어가 아니던가. 독서라고는 만화책밖에 해 본 적이 없는, 여학생들과의 그룹미팅에 혹해서 온 몇몇 신입생들에게는 머리가 지끈거리기 시작하는 단계였다.

“우리 태동기문학동인회는 지금으로부터 11년 전에 1대 회장이신 박상훈 선배님을 중심으로 탄생하여 현재 12대에 이르고 있다. 태동기는 그 동안 수많은 선배 문인을 배출한 대구, 아니 대한민국 최고의 문학동인회다. 지금 이 자리엔 참석하지 못하셨지만 지도교사를 맡고 계신 도광의 선생님 또한 우리 학교를 졸업하신 대선배님으로, 매일신문 신춘문예를 2번이나 당선하시고 현대문학에 추천까지 완료하신 시인이시다. 대한민국 최초의 노벨 문학상 수상자는 우리 자랑스러운 태동기문학동인회에서 나올 것이라고 나는 확신한다.”

11대 회장의 어마어마한(?) 태동기 역사에 대한 연설이 끝나고 나면, 오늘의 메인이벤트인 ‘태동기 가요제’가 벌어졌다. 참가자는 신입생이고 2~3학년 선배들이 찬조 출연했다.

태동기 가요제를 겪고 나면, 문학이란 책을 가까이 하는 이들의 전유물이라고 생각했던 몇몇 신입생들의 머리가 본격적으로 아파왔다. 문학적 재능과는 상관없이 순전히 노는 실력 하나 만으로도 글을 잘 쓰게 되는 것인지, 선배들의 노래 솜씨는 하나 같이 끝내줬기 때문이다.

추억의 시화전

환영회 이후로 몇몇 신입생은 떨어져 나갔고, 남은 우리들은 시화전 준비에 들어갔다. 당시 태동기의 전통 중 하나는 대구 시내 고등학교 중에서 제일 먼저 시화전을 개최하는 것이었다. 이르면 3월 말, 늦어도 4월 초에는 열어야 했던 시화전을 위해 우리는 태어나서 처음으로 시도 써보고 액자 값을 마련하기 위해 용돈을 절약해야 했다.

지금은 사정이 어떻게 바뀌었는지 모르지만, 그때 우리는 학교로부터 아무런 지원을 받지 못했다. 시화전 포스터나 팸플릿, 시화, 시화를 담을 액자 등에 소요되는 경비를 우리 스스로의 힘으로 마련해야 했다. 선배 한 분은 한 달 치 버스비를 시화전 비용으로 몽땅 털어 넣은 덕분에 쌀집에서 배달용으로 쓰는 짐자전거를 타고 통학을 했다는 이야기가 전설처럼 전해지던 시절이었다.

시화 비용을 아끼기 위해 우리는 밤늦게까지 문예실에 남아 서툰 솜씨로 그림을 그리고 삐뚤빼뚤 글씨를 써넣기도 했다. 그 와중에도 선배들은 1학년들에게 좀 더 예쁜 시화와 액자를 배려하는 일을 잊지 않았다.

그렇게 주머니돈을 털고 공부할 시간을 쪼개가며 힘들게 시화전 준비를 했던 것이 나중에는 커다란 보람으로 돌아왔다. 우리는 난생 처음 스스로의 힘으로 뭔가를 이루어 낸 것이었다.

시화전이 열리는 날, 우리는 처음으로 문예반 지도교사이신 도광의 선생님을 가까이서 뵐 수 있었다. 배구선수를 연상케 하는 훤칠한 키에 한 손으로 쓰윽 머리카락을 넘기시는 모습이 인상적인 선생님 앞에서 우리는 감히 고개를 들지 못했다.

시화전 기간 동안 우리에게는 세 가지 즐거움이 있었다. 첫째, 시화전을 다녀가는 사람들을 위해 방명록을 준비해 놓고 있었는데, 그곳에는 시에 대한 품평이 적혀 있곤 했다. 하루의 전시회가 끝나면 우리는 그 방명록을 들춰보며 누구의 시에 대한 언급이 많은지, 혹시 내 시에 대한 칭찬의 메시지가 남겨져 있지 않을까 하는 기대를 품기도 했다.

그 시절 우리는 중앙파출소 근처에 있는 YMCA 회관에서 주로 시화전을 개최했는데, 간혹 정체불명의 여학생으로부터 1층 아루스 제과점에서 만나자는 핑크빛 메시지가 방명록에 적혀 있기도 했다. 그러나 그것은 고교문단에서 제법 이름을 날리고 있던 선배들만의 몫이었다.

시화전 기간 동안의 두 번째 즐거움은 시에 대한 설명을 듣고 싶어 하는 독자로부터 자신의 작품 앞으로 불려나가는 일이었다. 그럴 때마다 내 작품이 누군가로부터 주목을 받았다는 사실이 기쁘기도 했지만, 무엇보다도 어여쁜 여학생이 나를 기다리고 있지 않을까 하는 기대에 가슴이 콩닥거리곤 했다.

세 번째 즐거움은 자신의 작품 옆에 과연 몇 송이의 꽃이 꽂힐까 하는 기다림이었다. 주로 여학생들이 좋아하는 작품 옆에 장미나 카네이션을 한 송이씩 붙여놓곤 했는데, 꽃이 많으면 많을수록 인기가 높다는 증거였다. 그러나 그 또한 1학년들에게는 '해당사항 없음'이었다.

공포의 반성회

시화전 마지막 날, 재학생들에게는 공포의 대상인 '반성회'가 기다리고 있었다. 이날은 졸업한 선배들까지 대거 초청하여 대한극장 옆 강해춘반점에서 회식을 했다. 짜장면 아니면 우동밖에 선택할 수 없는 여느 날과 달리 이날은 특별히 짬뽕 국물이 추가되었다. 그것은 선배들이 따라주는 소주를 위한 안주였다.

몇몇은 난생 처음 들이킨 소주에 인사불성이 되고 몇몇은 끊임없이 이어지는 가요 메들리에 분위기가 점점 가열되는 가운데, 졸업한 선배들은 재학생을 3학년부터 차례로 화장실 근처 으슥한 곳으로 불러냈다. 그곳에는 덩치 좋은 선배가 대걸레자루를 들고 후배들을 기다리고 있었다.

이른바 선배들의 '사랑의 매'는, 공교롭게도 방명록에 이름이 언급된 횟수가 많거나 작품 옆에 꽂힌 꽃의 숫자가 많을수록 그 강도가 심했다. 이제 와서 생각해 보니, '시 좀 쓴다고 자만하지 마라'는 묵언이 그 사랑의 매에 깃들어 있었던 게 아닌가 싶다.

사랑의 매가 끝나면 다시 몇 순배의 소주잔이 돌고 '오늘도 걷는다마는~'으로 시작되는 '태동가'(「나그네 설움」)를 모두 함께 부르는 것으로 반성회는 끝났다. 그런데 그 어떤 선배도 우리에게 얘기해 준 적이 없었다. 왜 「나그네 설움」이 '태동가'가 되었는지에 대해. 우리는 감히 선배들에게 그것을 물을 수가 없었다. 왜냐하면 우리에게 선배는 '하느님과 동창생'이자 '예수님의 삼촌'이었기 때문이다.

서울행 밤 열차

문예반 시절의 최대 추억은 백일장 참가와 현상문예 투고였다. 현상문예는 상금이나 상품이 걸려 있어서 가난했던 우리를 유혹했지만, 당일 참가한 수많은 경쟁자들 앞에서 보란 듯이 상패를 받아들고 뽐낼 수 있는 백일장 또한 우리에게는 무척 영예로운 일이었다.

그 무렵 우리가 주로 참가하던 백일장은 건국대, 경희대, 동국대, 중앙대, 연세대 등 서울의 대학에서 벌어지는 것과, 대구에서 벌어지는 것, 그리고 경주의 신라문화제, 밀양 아랑제, 진주 개천예술제, 진해 군항제 등 경상도 일대에서 벌어지는 것들이었다.

서울에서 백일장이 벌어지면 객차 한 량이 꽉 찰 정도로 많은 숫자의 대구 지역 고교문사들이 밤 열차를 타고 서울로 향했다. 우리는 주머니 사정 때문에 지금은 사라지고 없는 완행열차인 비둘기호를 주로 이용했다. 지정좌석이 없고 아주 작은 간이역마다 꼬박꼬박 서는 비둘기호는, 부산에서 출발하여 우리가 탈 대구역에 도착했을 때에는 이미 만원이었다.

우리는 열차 바닥이나 통로에 신문지를 깔고 앉아 밤새도록 노래를 부르거나 문학에 대한 토론을 하면서 마치 수학여행을 가는 것처럼 즐거워했었다. 아, 그때 서울로 가는 길은 왜 그리 멀었는지. 가도 가도 창밖에는 시커먼 산과 끊임없이 이어지는 전선만이 우리와 동행하고 있었다. 새벽녘의 용산역은 왜 그리 추웠는지. 한밤 내내 완행열차에 시달린 우리는 당장 길바닥에 드러눕고 싶을 정도로 피곤했다.

하지만 백일장 장소에 도착하여 전국에서 몰려든 수많은 참가자들을 대하면 우리의 가슴은 이내 투지로 불탔다. 그리고 그 투지는 매번 괄목할 만한 수상 결과로 이어졌다.

대구에서 몰려 간 우리들은 모두가 한 팀이었다. 소속 학교를 불문하고, 같이 밤차를 타고 온 누군가가 수상을 하면 자기 일처럼 기뻐했다. 여러 개의 상패와 상장을 거머쥐고 다시 밤차를 타고 고향으로 향하는 우리는 개선장군처럼 의기양양했다.

그러나 대구나 경상도 일대에서 벌어지는 백일장의 경우는 사정이 달랐다. 이번에는 학교 대항의 성격을 띠었다. 어느 학교에서 몇 개의 상을 타느냐 하는 것을 두고 치열한 경쟁이 벌어졌다.

태동기 사람들

1970년대 중반부터 1980년대 초반 무렵, 전국의 백일장이나 현상문예에서 태동기의 수상 성적은 타 학교 문예반을 압도했다. 당시 대구 최대 규모였던 영남전문대학교 주최 백일장과 한국사회사업대학교(지금의 대구대학교) 주최 현상문예는 물론이고, 수상자에게 입학 특전과 장학금까지 제공하여 전국의 고교문사들에게 폭발적 관심의 대상이었던 경희대학교 주최 문예콩쿠르와 동국대학교 주최 백일장을 태동기가 몇 년 동안 석권할 정도였다.

그때 전국의 고교 문단을 주름 잡았던 태동기 동인들은 현재 대부분 문인이 되어 활발하게 작품 활동을 하고 있다. 그중 몇 사람만 소개해 본다면, 시인 홍승우, 시인 서정윤, 소설가 박덕규, 소설가 권태현, 평론가 하응백, 시인 안도현, 시인 이정하 등을 꼽을 수 있다.

이들은 백일장이나 현상문예에 참가할 때마다 어김없이 상을 수상하여, 월간지에 인터뷰 기사가 실리고 전국 각지에서 팬레터가 쏟아질 정도로 높은 인기를 누렸다. 이들의 활동은 대구 시내의 타 학교 문예반으로부터 위화감(?)을 조성할 정도의 부러움을 유발하는 한편, 전국 각지의 고교문사들과 활발한 교류를 하는 계기를 만들었다. 그 결과, 어떤 단체나 기관의 주도에 의해서가 아닌, 순수하게 자발적으로 전국의 예비 문인들이 참가한 대규모 시화전이 대구에서 몇 차례 개최되기도 했다.

영원한 지도교사

올해로 태동기는 33년의 역사를 갖게 되었다. 그 동안 세상은 많이 변했다. 교복과 두발은 학교에 따라 자율화를 시행하고 있고, 가중화된 입시 부담으로 인해 고등학교 시절의 낭만적인 서클 활동은 기대하기 어려운 형편이 되었다.

태동기도 많은 변화가 있었다. 가장 큰 변화는 대건고등학교가 이전한 것이다. 그 옛날, 한밤중에 숙직 선생님 몰래 숨어들어 문을 걸어 잠근 채

3층 난간에서 오줌을 누고 누가 왜 마련했는지 기억에도 없는 철제 침대에 누워 밤새도록 시집을 읽던 문예실은 이제 기억 속에서만 존재한다.

올 가을 태동기는 뜻 깊은 행사를 계획하고 있다. 그 동안 그 존재만으로도 우리들에게 커다란 정신적 지주가 되어주셨던 도광의 선생님께서 회갑을 맞으셨다. 한 손으로 슬쩍 쓸어 넘기시던 모습이 보기 좋던 머리칼도 어느새 반백이 되신 것이다. 학교도 옮기시고 퇴임을 눈앞에 두셨지만, 영원한 태동기 지도교사로 남으실 선생님께 제자들이 회갑기념문집을 만들어 바치기로 한 것이다. 선생님, 오래오래 사십시오.

지금 신이 내게 한 가지 소원을 들어주겠다고 제의해 온다면, 나는 서슴없이 고등학교 시절로 되돌아가게 해 달라고 말하고 싶다. 미래에 대한 꿈과 희망으로 가득해야 할 10대에게, 그리스 신화에 나오는 프로크루스테스의 침대처럼 획일화를 강요했던 암흑의 시대. 그 시대를 온몸으로 살아야 했던 사람에겐 어쩌면 다시는 돌이켜 보고 싶지 않을 시절일지도 모른다.

하지만 나는 그 시절을 사랑한다. 오래된 일기장을 넘기다가 우연히 발견한, 이제는 형체를 알 수 없을 정도로 말라 비틀어져 버린 네 잎 클로버처럼, 우리들의 고교시절은 태동기라는 이름과 함께 오래도록 소중한 추억으로 남아 있을 것이다.

---

* 이 글은 『계간 문예교실』 2000년 봄호에 발표한 것을 재수록했습니다.

2부

그들과 함께 한 세월

에덴은 있다

입학식

단추가 목에서부터 발끝까지 달린 두루마기 같기도 하고 아닌 것 같기도 한, 무슨 포대자루에 수없이 단추를 단 것 같은 옷을 입은 사람이 조례대에서 내려온 나를 손짓으로 부르시더니 내 머리를 쓰다듬으면서 "잘 했어."라고 칭찬해 주시었다. 입학을 하고 보니 그분은 최재선 교장 신부님이었다.

나는 입학식이 있는 날 새벽밥을 먹고 칠곡군 동명면 송산동에서 10리 길을 걸어 학교 주소와 위치를 적은 쪽지를 주머니에 넣고 면사무소 앞에서 삼천리 버스를 타고 대구 자갈마당까지 왔다. 거기서 오른쪽으로 시장을 끼고 2백 미터쯤 걸어갔을 때 둘째 형 말대로 버스정류장이 나타났다. 학교가 있다는 남산동쪽으로 가는 버스를 기다렸다. 버스는 자주 왔다. 그러나 차장이 뭐라고 뭐라고 가는 데를 외치는데 잘 알아들을 수가 없어 몇 대의 버스를 쳐다보다가 보내야 했다.

학교와 동네를 말하고 길을 묻고 싶었으나 참았다. 부끄러웠기 때문이다. 군복으로 만든 통 큰 바지에 형님이 입다 남긴 낡은 윗도리에 웬 농구화에 새까만 얼굴, 비실비실하는 걸음걸이…… 나는 어디를 봐도 영락없는 촌놈이었다. 길을 묻는 것은 스스로 '나는 촌놈이오'라는 짓이다.

계산동, 남문시장 어쩌고 하는 버스를 탔다. 형님의 설명에서 그런 말을 들은 듯해서였다. 한참 가니 내 또래 아이들이 몇 명 탔고 그 중에는 엄마랑 같이 탄 아이도 있었다. 거기가 대신동이었던 모양이다. 나는 그런 아이들의 대화에서 '대건중학'이라는 말이 흘러나오는 것을 들었고 그 아이들이 내리는 정류장에서 함께 내렸다.

오양호 1958년 대구 대건중 졸업. 문학평론가. 대구가톨릭대 교수, 교토대 객원교수, 인천대 인문대 학장, 한국문인협회 부회장 역임. 윤동주문학상, 신곡문학대상, 심연수문학상, 황조근정훈장 수상. 저서 『백석』 『낭만적 영혼의 귀향』 『만주이민문학연구』 『한국현대소설의 서사담론』 외 다수. 현재 인천대 명예교수.

밟으면 째각째각 소리가 나는 뾰죽한 자갈이 깔린 운동장을 지나, 할아버지 이마처럼 껍질이 벗겨진 나무의 열을 지나, 나는 타박타박 학교 뒤 오르막길을 넘어 혼자 입학식장에 갔다.

조례대를 내려왔을 때 햇볕이 눈을 찔렀다. 다리가 약간 비틀거렸다. 긴장이 심했던 모양이다. 나는 초등 2학년 때 6·25를 만나 대구 수성동으로 피란을 가 남의 집 방앗간에서 기거를 하다가 수족에 힘이 없는 병이 생겨 침을 맞고 겨우 나았다. 하지만 자주 다리가 재리고 힘이 빠져 서 있을 수도 없는 상태가 되었다. 우리 마을 약국 할배 말씀으로는 혈이 안 돌아서 그렇단다. 환영식 답사를 읽는 동안 피가 머리로 몰리는 통에 그런 증세가 또 나타났던 것 같다.

입학식이 치러지는 곳은 자갈이 깔리지 않은 황토 운동장이었다. 아까시 나무를 배경으로 서 있는 빨간 2층 건물을 흘끔흘끔 쳐다보았다. 동명국민학교와는 비교가 안 되는 벽돌로 새로 지은 2층이 아주 좋아보였다. 그 빨간 2층 건물은 낯이 익었다. 나는 그 건물 한 귀퉁이에 서 있는 철봉대에서 겨우, 용을 써서 1초쯤 턱이 철봉대에 걸린 것으로 턱걸이 하나를 인정받아 이 학교에 합격했기 때문이다. '저 건물에서 공부를 한다면…….' 그러나 그건 고등학교였다.

길, 국화만두, 케세라세라

인동촌, 달성공원, 서문시장, 계성학교를 지나 남산동 학교로 가는 그 꼬불꼬불한 골목을 대신동에 있는 두부공장 아들로 힘이 염소처럼 센 이병환과 함께 다녔다. 이병환이 대장인 친구들과 국화만두를 사 먹었고, 생전처음 도너쓰도 먹었고, 짜장면을 먹으며 중국인도 보았다. 주로 얻어먹었다. 나는 형과 함께 자취를 하는 처지라 버스비도 아껴야 했다.

중3시절은 나도 뺀질이 도회 아이가 되어 하교 길에는 친구들과 어울려 수성못까지 놀러 갔고, 거기서 그 시절 한창 유행하던 「케세라세라」를 열창하며 못둑을 돌았다.

휀 아이 워쓰 이를 걸 아이 아스크드 마이 마더……케세라세라.

'될대로 되라.' 이 막가파 노래는 한국전쟁이 막 끝난 쌍팔년도(단기 4288년)의 절박한 세상과 썩 잘 어울렸다. 그래서 쑥색 하복을 나팔바지로 고쳐 입고, 교모 창은 찢어 모자가 이마에 착 달라붙게 쓰고 이런 노래를 부르며 거리를 누비고 다니는 학생들이 많았다. 나는 이 노래가 「올드 블랙 죠」나 「오 스산나」보다 먼저 배운 서양노래이다. 나도 바지가랑이를 서부영화에 나오는 주인공 바지처럼 고쳐 입고 싶었다. 그러나 나는 모자만 그렇게 해 봤다. 별것 아니었다. 워낙 촌놈이라 디엔에이 자체가 절반의 모던보이밖에 될 수 없었던 모양이다.

초등학교 동창생 이칠화가 내 그런 이력을 잘 안다. 그는 지금 고향집을 지키며 도사 같이 늙어가지만 한때 나와 한패가 되어 남산동, 대신동, 서문시장 틈새 길을 함께 다니며 국화만두를 자기 혼자 먹겠다고 만두 접시에 침을 테테 뱉은 이병환을 밀치고 뜨거운 풀빵을 입에 물고 그 꿀맛을 즐겼던 아이다.

이제 그 아이들은 어디론가 사라지고 없다.

먼지 많고, 사람 많고, 바람 많고, 가난도 나 앉아 있던 그 길은 없다. 그 길에 가면 그 아이들이 몰려올 것 같은데 길은 사라졌다.

학교가 있던 남산동에 가면 그 아이들을 만날 수 있을지 모른다.

고속버스를 타고, 추풍령을 지나 칠곡 휴게소를 지나 팔달교 서부정류장에 내려, 주교좌가 있고, 플라타나스가 점잖고, 성모상 너머 어느 신부의 무덤이 있는 그 학교로 가는 길목에 서면 그 아이들이 사잇길에서 하나 둘 나타날지 모르겠다. 그렇게 해 볼까. 까만 교복에 '中'자 교표를 단 모자를 쓴 아이들이 웃으며 달려올지 모른다.

에덴의 겨울, 봄, 여름

까맣게 젖는 아스팔트 위에 퍼덕이던 하얀 꽃잎, 골목골목에서 소년들은 눈발 속에서 깔깔거리며 몰려오고, 천국의 그림자가 넘실거리는 교실 벽에는 사슴이 난무하고, 의자 밑에서는 거시기가 벌떡 벌떡 일어서서 징글벨을 합창하던 겨울 풍경.

기쁨이 발길에 채이고 남산동 골목이 아이들 웃음소리에 잠이 깨 머리 흔들며 "저놈들 봐라!"던 그 공화국의 봄.

플라타너스 잎새에 유월 햇볕이 때굴때굴 구르고, 교사(校舍) 지붕엔 까만 통영갓에 옥색 두루마기 입은 젊은이가 십자가를 메고 가고, 십자가에서 종소리가 울리고, 우듬지가 둘러싼 오목오목한 고린도 풍 건물 속에서 불타던 호수가 하늘로 오르던 곳. 성모상이 숨은 듯 아이들을 지켜보던 그 여름나라에 꼭 한번만 다시 가고 싶다.

내 이름을 알던 정문 수위 아저씨, 나를 아껴주시던 이태홍 선생님, 최기린 선생님을 뵙고 싶다. 이병환, 곽홍수, 김부기, 김영치, 김엽 그런 친구들을 만나 모진세월 쌓인 인간사 들으며 껄껄 웃고 싶다.

나는 2015년 '오양호 대건아드레아'가 되었다. 1955년 3월, 내 머리를 쓰다듬어주시던 최재선 교장 신부님이 대치동 성당에 오셔서 내린 이름, 에덴 공화국으로 가는 예비티켓이다. 60년만의 귀향. 학적(學籍)도 본적(本籍)이렷다.

> 歸去來兮여 / 田園이將蕪어늘 胡不歸여 / 旣自以心爲形役한데 / 奚惆帳而獨悲리오!
>
> 도연명, 「귀거래사(歸去來辭)」 중에서

이동순

학교 가는 길

1.

중학교 시절을 회상하노라니 가슴부터 먹먹해진다.

격동의 1960년대 초반, 4·19를 대구의 수창초등학교(壽昌初等學校) 5학년 때 보았고, 5·16은 초등 졸업반에 일어났었다. 극장 만경관(萬鏡館) 옆 대구경찰서 네거리에 기관총을 설치하고 그 토치카에서 철모 쓴 병사 여럿이 날카로운 눈초리로 행인들을 쏘아보던 삼엄한 현장모습이 떠오른다.

그 이듬해인 1962년에 대건중학교를 입학했으니 이로부터 대구의 북구 태평로 경부선 철도 너머에서 남산동 언덕까지 이후 3년을 줄곧 걸어 다녔다. 첫 돌 전에 어머니 잃고 대구로 옮겨온 이농민(離農民) 가족들은 아버지와 형님, 큰 누나까지 셋이 전매청 직원이었다. 그 인연으로 수창학교 뒤편 전매료(專賣寮)에서 여러 해를 살다가 대문이 유난히 크고 벽오동이 대문 옆에 우뚝 선 태평로의 한옥을 사서 이사를 했었다. 동네에서 우리 집 별칭은 '큰 대문 집'이었고 나는 '큰 대문 집 아이'였다. 그때 태평로에서 수창학교를 졸업하고 새로 진학한 곳이 대건중학교였다.

입학식 날 가본 대건중학교의 모습은 낯설었다. 붉은 벽돌로 지어진 성당과 유럽중세풍의 긴 회랑이 있는 건물들이 이채로웠지만 어린 나에게는 그리 특별한 친근감으로 와 닿지는 않았다. 태평로에서 학교가 있는 남산동까지 걸어가려면 우선 경부선 철로부터 건너야 한다. 차단기가 있는 원대동에 주민들이 '후미키리(踏切, ふみきり)'란 일본말로 부르던 건널목이 있었지만 그곳은 한참 더 돌아가는 거리라 보다 가까운 샛길을 더 좋아했다. 그 일대의 주민들은 대개 그 샛길로 다녔다. 샛길 입구까지 철둑길을

이동순 1965년 대구 대건중 졸업. 경북대 국문과 및 동 대학원 졸업. 동아일보 신춘문예 시(1973), 문학평론(1989) 당선. 시집 『개밥풀』『물의 노래』『지금 그리운 사람은』『철조망 조국』『마음의 사막』『발견의 기쁨』『묵호』『마을 올레』 등 16권 발간. 분단시대의 매몰시인 백석의 시작품을 수집 정리하여 『백석시전집』을 발간하고 시인을 민족문학사에 복원시켰다. 문학평론집 『잃어버린 문학사의 복원과 현장』 등 각종 저서 55권 발간. 신동엽창작기금, 김삿갓문학상, 시와시학상, 정지용문학상 등 수상. 현재 영남대 명예교수, 계명문화대 특임교수.

따라 걸어가노라면 마구간이 있었고, 내 친구 인걸이는 마부아들이었다. 눈이 펄펄 오는 날 인걸이네 집 앞을 지나노라면 일을 나가지 못한 조랑말이 마구간에서 푸르르 내뱉는 콧김소리와 목에 달린 방울소리, 바닥을 툭툭 긁어대는 말굽소리가 들렸다.

행인이 많이 다니는 샛길에는 만화방, 구멍가게, 오뎅집, 참기름집, 연탄집, 솜틀집, 잡화상 따위가 있었고, 떡 방앗간도 하나 있었던 듯하다. 골목길을 빠져나가면 바로 오른편이 자갈마당 재래시장으로 이어진다.(지금 이 시장은 없어졌다.) 왼쪽으로는 도원동 유곽(遊廓)과 전매청이 있었고, 자갈마당 삼거리(지금은 네거리)는 항시 오가는 행인과 차량들로 붐비었다. 도원동 쪽 큰길에는 동아극장, 소표 국수 공장이 있었고, 그 맞은편 쪽으로는 삼중당(三中堂) 백화점이 있었다. 소표 국수 사장 아들 K는 초등, 중학 시절의 동기였다. 워낙 부잣집 아들이라 친하게 어울리지는 못했다. 삼중당이란 이름은 원래 식민지시절 북성로에 있던 '삼중정(三中井) 백화점'의 명성을 빌려온 다소 큰 잡화상점이었지만 백화점 규모에는 훨씬 미치지 못했다.

일제 때 삼중정 백화점은 일본말로 '미나까이(みなかい) 백화점'이라 불렀는데 성씨에 가운데 중(中)이 들어가는 일본인 나까이(中井) 형제 두 사람과 나까에(中江), 여기에다 오꾸이(奥井) 등 4인이 공동출자를 해서 만든 곳으로 대구 북성로가 본점이었다. 미나까이는 그 공동출자자의 성씨에서 집자(集字)로 만든 명칭이다. 그 백화점은 개점 이후 사업이 불같이 일어서 서울과 일본 도쿄는 물론 만주의 신경(新京)까지도 지점을 둘 정도로 위세가 대단했었다고 한다. 광복 이후 삼중정 백화점은 막을 내리고, 옛 일본인거리 북성로는 지금 남루한 거리가 되었다. 하지만 자갈마당 로터리에 예전의 위세를 본뜬 삼중당 백화점이 세워져서 그 시절을 기억하는 노년세대들에게 야릇한 정감을 불러일으켰다. 늙은이들은 대구 북성로 거리를 지칭할 때 항시 '미나까이 골목'이란 말이 익숙한 듯 보였다. 그 삼중당백화점 앞은 버스주차장이라 늘 혼잡했다. 남산동까지 버스로 등교를 할 수도 있었지만 차비가 없어서 나는 항상 걸어 다녔다.

2.

골목길을 빠져나와 길 건너 동아극장 앞을 통과하면 바로 인교동으로 이어진다. 인교동 골목은 한국 최초의 영화감독 이규환(李奎煥, 1904~1982) 선생이 태어난 곳이다. 이규환 감독은 1932년 단성사에서 개봉한 흑백무성영화 「임자 없는 나룻배」 작품으로 제국주의 침탈을 비판하고 저항하는 영상물을 만들어 식민지 겨레의 심금을 울렸다. 이 영화에는 전설적인 배우 나운규(羅雲奎, 1902~1937)와 월북한 여배우 문예봉(文藝峰, 1917~1999)이 각각 뱃사공 아버지와 딸로 출연했다.

한편 인교동 골목 입구에는 초등 친구 H가 살고 있었는데, 중학교도 같이 대건으로 진학하게 되어서 우리는 등교 길에 꼭 함께 만나 같이 가고, 하교 길에도 동반자였다. 그래서 유난히 친했고, 자주 어울렸다. H의 집은 홀어머니가 운영하는 철공소였다. 자주 친구의 어머니가 술에 취해 전축에 걸어놓은 LP음반을 듣다가 눈물을 글썽이는 모습을 보았다. 일찍 남편을 잃고 과부신세로 험한 사업계에 뛰어들어 고달프고 힘겨운 사정인들 얼마나 많았을 터인가.

친구 어머니가 계시지 않을 때 전축은 항상 내 차지였다. 초록색 전등이 산뜻하게 들어오는 전축은 외양이 우아하고 예뻤다. 남인수, 백년설, 고복수, 이난영, 황금심, 장세정, 이인권, 신카나리아, 송민도, 이해연, 남일연, 백설희, 백난아 등등 기라성 같은 옛 가수들의 음반이 거의 빠짐없이 갖추어진 것으로 보아 친구 어머니의 가요사랑은 거의 광적이었다. 대부분 울면서 노래를 들었을 정도였으니까. 아무튼 현재 내 옛 가요 레퍼토리 수백 곡의 대부분은 그때 익힌 곡들이다. 나는 학교를 마치고 집으로 돌아오는 길, 친구네 집에 들러 음반의 옛 노래를 듣고 또 들었다. 나중에는 대학노트 두 권에다 재킷 뒷면의 가사를 모두 옮겨 적기까지 했다. 부잣집 아이들이 모차르트나 바하, 헨델, 요한 슈트라우스 등의 서양클래식에 심취할 때 나는 한국의 옛 가요로 늪처럼 빠져들었던 것이다. 친구네 방은 철공소 2층, 난간에서 보면 전매청과 도원동 유곽 쪽이 환히 내다보였다. 그 창문 난간에 아슬아슬 걸터앉아 나는 친구에게 첫 담배를 배웠다. 그게 중학 2학년 무렵이었으리라.

다시 등굣길로 돌아가자.

친구네 철공소를 지나면 서성로 방앗간 골목이다.

그곳은 삼성의 창립자 이병철(李秉哲, 1910~1987)의 삼성상회 옛 건물이 그대로 남아있던 거리다. 북성로에서 서성로에 이르는 긴 구간의 그곳은 각종 철공소, 철재상, 공구상, 베어링, 선반 기계 등 온갖 철물과 관련된 업체가 즐비하게 펼쳐져 있던 곳. 언제나 쇠 깎는 소리, 긁는 소리, 자르는 소리, 비비는 소리, 두들기는 소리, 용접하는 소리 따위에다 노동자들끼리 자주 싸움질하는 소란까지 잠시라도 조용할 틈이 없던 지역이다. 미군부대에서 쓰고 버린 빈 드럼통도 이곳에 오면 반듯하게 자르고 두들겨 온갖 생활도구로 다시 태어나곤 했다. 길바닥은 어딜 바라보나 오래 찐 기름때로 얼룩져 있고, 후줄근한 작업복을 입은 일꾼들이 낮술에 취한 불콰한 얼굴로 돌아다녔다. 이 때문에 주민들은 이 일대를 '깡통도로'라 불렀다.

그 서성로 거리 입구에서 아버지가 방앗간을 하던 K라는 친구도 있었는데, 코끝에만 살짝 천연두 자국이 남아있는 새침데기였다. 별명이 '살짝곰보'였고, 검정 뿔테안경을 쓰고 있었다. 자주 토라지는 그 친구가 마음에 들지 않을 때 악동친구들은 K의 코가 콩멍석으로 엎어질 때 그리된 것이라 놀리며 깔깔대고 웃었다.

대구의 지명들은 특이하다. 북성로, 서성로, 동성로, 남성로 등의 지명들을 지금도 그대로 쓰고 있는데, 원래 대구읍성(大邱邑城) 시절에 성곽이 세워져 있던 곳이다. 그 성곽을 파괴 해체한 장본인이 바로 당시 대구군수를 지내던 친일매국노 박중양(朴重陽, 1872~1959)이다. 그는 침략의 원흉으로 통감부의 초대 통감이던 이토 히로부미(伊藤博文, 1841~1909)의 양자로 자처하던 자였다. 가련한 식민지백성들 앞에 항시 지팡이를 휘두르며 다녔으므로 '박작대기'란 별명으로 불렀다. 그가 이토와 대구의 일본 거류민단 측의 비밀스런 합작으로 대구읍성 파괴해체를 주도했던 것이다. 일본인들은 성곽을 해체한 곳에 생긴 부동산을 헐값에 사들여 막대한 차익을 남겼다. 성곽 해체과정에서 나온 각석(角石)은 계성학교 본관을 지을 때 주춧돌, 밑돌로 가져가서 일부 썼고, 지금의 청라언덕에 있는 서양인 선교사 주택의 초석으로도 사용했다. 뿐만 아니라 해체 때에 나온 수천 소달구지의 흙과 자갈은 성 밖 서쪽지역의 저지대 상습침수지역으로 실어다 매립했다. 그곳은 성내에서 흘러나온 빗물이 고여서 늘 습지를 이루었고, 미나리가 저절로 돋아서 '미나리깡'이라 불렀다. 바로 이곳에 대구읍성의 흙과 자갈을 쏟아 부어 매립을 했는데 그로부터 이름이 '자갈마당'으로 불렸다.

매립 초기에 대구 거주 일본인 이와세(岩瀨)란 자가 헐값에 불하를 받아 시작한 첫 사업이 창녀촌, 즉 유곽(遊廓)이었다. 대구 '자갈마당'이란 말에서 곧장 유곽을 떠올리게 되는 역사적 배경엔 이런 사연이 숨어있다. 이 매춘굴(賣春窟)은 식민지의 공창시대(公娼時代)를 거쳐 해방 이후 잠시 위축이 되었다가 곧 살아났다. 6·25전쟁과 더불어 엄청난 피난민들이 무작정 대책 없이 대구, 부산으로 밀려들던 시절, '자갈마당'은 다시 번성한 모습으로 확장되었다. 함경남도 원산 출생의 구상(具常, 1919~2004) 시인이 쓴 『초토(焦土)의 시』는 시인이 자신의 고향친구인 화가 이중섭(李仲燮, 1916~1956) 등과 더불어 대구에서 피난살이하던 시절, 자주 보던 도원동 유곽풍경과 전쟁의 비극성을 다룬 시집이다.

3.

하고 싶은 말이 많아서 이야기가 자꾸만 다른 갈래로 흐른다.

친구네 방앗간이 있던 서성로 길엔 당시 달서천(達西川)이 흐르고 있었다.(지금은 완전 복개되어 흔적을 찾을 수 없다.) 달서천은 달성공원의 서쪽을 흐르는 하천이란 뜻이다. 앞산의 물과 대명동 영선못 쪽에서 흘러온 물줄기가 달서천을 이루고, 다시 팔달교 쪽의 금호강으로 합류해 간다. 그 금호강은 낙동강으로 이어져서 더 큰 강물이 된다. 달서천 둑길을 따라 한참 올라가면 서문시장으로 이어지는 넓은 도로와 만나게 된다. 이 도로 부근 일대를 시장북로(市場北路)라 불렀다. 시장은 필시 대구사람들이 '큰장'이라 부르는 서문시장(西門市場)일 터였다.

시장북로 어름에 1920년대를 대표하는 한국의 시인 고월(古月) 이장희(李章熙, 1900~1929)의 집이 있었다. 식민지시대의 주소는 '대구부(大邱府) 서성정(西城町) 1정목(丁目) 103번지' 그곳에서 고월은 대구의 친일부호였던 이병학(李炳學, 1866~1942)의 아들로 태어나 자랐고, 부친과 몹시 불화하였다. 고월의 부친은 아들이 대한제국 시절 통신원 하급주사로 시작해서 동양척식주식회사 설립위원, 조선총독부 중추원 참의 등 일본을 위해 전심전력으로 헌신하는 친일경력을 두루 거치게 된다. 그는 자신의 아들이 조선총독부 관리가 되기를 소망했다.

고월은 일찍 어머니를 여의고, 계모가 여럿 바뀌었다. 이병학은 여러 부인과 살면서 도합 21명의 자녀를 낳았다. 일본 교토중학을 다녔던 고월은 방학 때 대구 집으로 돌아와 사랑채에 기거하면서 일절 바깥출입을 하지 않았다. 부친에 대한 극도의 혐오 때문으로 보인다. 이상화(李相和, 1901~1943) 시인과도 비슷한 또래였지만 기질적으로 많이 달라 자주 어울리지는 않았다. 방안에 자신을 스스로 유폐시킨 채 고월은 줄곧 어항 속에 갇힌 금붕어만 빈 종이에 그렸다. 해가 저물면 집을 나와 찾아가는 유일한 곳이 남산동의 천주교 성모당(聖母堂)이었다. 고월은 성모당 풀밭에 한참토록 혼자 앉아 깊은 상념에 잠기다가 집으로 돌아오곤 했다. 그러던 어느 해 다량의 수면제를 삼키고 젊은 시인은 한 많은 스물아홉의 생을 자살로 마감하게 된다.

당시 나의 등굣길은 고월 이장희 시인이 다니던 산책길 코스 그대로였다. 또한 이 길은 이상화 시인이 마음 울적할 때마다 백부 댁이 있던 서성로 우현서루(友絃書樓)를 나와서 즐겨 찾아가던 앞산 밑 보리밭, 그 들판을 자주 다녀오던 바로 그 길이다. 상화 시인은 자신의 단골 산책코스이던 앞산 밑 보리밭이 어느 날부터 일본군 공병대의 군수장비로 마구 파헤쳐지고 비행장 활주로가 되어가는 처참한 광경을 보았다. 이 현장을 보고 격분의 심정으로 쓴 시가 바로 절창(絶唱) 「빼앗긴 들에도 봄은 오는가」이다. 이 소상한 과정은 시인의 아우 이상백(李相佰, 1904~1966) 선생이 1962년 동아일보 신문칼럼에다 밝힌 증언으로 확인되었다. 그 일본군비행장은 1945년 해방 이후 미군비행장으로 바뀌어 오늘에 이른 것이다. 아직도 대구시민들은 이곳을 미국으로부터 돌려받지 못했다. 바로 그 역사의 현장에 「빼앗긴 들에도 봄은 오는가」 전문을 새긴 시비(詩碑)가 건립되는 날이 오기를 진심으로 바란다. 이 사업을 대건 출신 문학인 동문회에서 선도적으로 주선해 보는 것은 어떨까 한다.

고월과 상화가 다녔던 그 도로를 횡단해서 다시 달서천 둑길로 접어들면 좌우로 아주 힘겹게 살아가는 빈민촌이 펼쳐진다. 지붕을 짚으로 이은 초가들도 흔했다. 거기서 조금만 더 가면 왼편으로는 계산동(桂山洞) 성당의 첨탑이 보였고, 그 맞은편으로는 성당보다 더 높은 언덕에 화강암으로 지어진 제일교회의 우람한 건축물이 보였다. 그 교회 아래쪽 넓은 터에는 매우 커다란 한옥 고가가 있었는데, 사람들은 그곳이 친일부호 장길상(張吉相, 1874~1936)의 집이라 하였다. 그는 경북 선산 출생으로 형조판서 장석용의 손자이며 관찰사를 지낸 장승원의 아들로 장직상(張稷相, 1883~1959), 장택상(張澤相, 1893~1969)의 형이다. 장택상은 미군정기 수도경찰청장으로 자유당정권 반공노선의 첨병이다. 장길상 형제들은 1912년 대구의 일본인 자본가들이 선남상업은행을 설립할 때 자본을 투자하여 모두 금융자본가가 되었다. 말하자면 일제와 영합하여 기회주의적 자본가로 득세할 수 있었던 친일파 세력이다.

이 장길상의 맏아들 장병천은 대중문화사에서 기억할 만한 인물이다. 여러분은 딱지본소설로 만들어진 『강명화전(康明花傳)』이란 작품을 혹시 아시는지? 대구 갑부의 아들 장병천(張炳天, 1900~1923)은 한강에서 기생 강명화(1900~1923)를 보고 사랑에 빠진다. 얼굴이 귀엽고 가무(歌舞)에 출중하던 강명화의 뒤를 장병천은 미친 듯이 따라다니는데 마침내 강명화는 장병천의 진심을 받아들이게 된다. 하지만 병천의 부모는 둘의 사랑을 결코 용납하지 아니한다. 이에 장병천은 일본으로 강명화랑 함께 유학길을 떠난다. 많은 박해와 멸시, 조롱과 비판이 그들 뒤를 따라다닌다. 마침내 험난한 곡절을 이기지 못한 채 강명화는 유서를 남기고 자살로 생을 마감하게 된다. 애인의 죽음으로 삶의 의미가 사라진 된 장병천도 곧 뒤따라 극약을 삼키고 생을 마감한다는 슬픈 순애보(殉愛譜). 둘의 비극적 사랑을 다룬 『강명화전』은 세간에서 엄청난 베스트셀러가 되었다고 한다. 이 사연을 담은 슬픈 강명화의 노래는 죽기 전 강명화의 심정을 옮긴 가사였다. 이것이 당시에 유행하기도 했다니 대단한 화제였다.

> 슬프다 꿈결 같은 우리 인생은
> 풀끝에 맺혀있는 이슬 같도다
> 무정야속 저 바람이 건들 불며는
> 이슬 흔적 순식간에 없으리로다

가정불화 사회책망 빗발치듯이
내외협공 짓쳐드니 침식 없으니
박명인생 나의 일신 관계없지만
우리 낭군 만리전정 그르치겠네

바로 그 장병천이 어린 시절에 살았던 옛집을 지나서 서현교회(西峴教會) 쪽 언덕길을 둑방 길로 곧장 올라가서 작은 다리를 하나 건너가면 바로 대건중학교 교문이 나타난다.

4.

나의 재학 시절은 1962년부터 3년 동안이다. 교장은 장병보(蔣秉輔) 베드로 신부였고, 1학년 때 담임은 지리의 이영로 선생, 2학년 때는 물상의 남규억 선생, 3학년 때는 영어의 김세태 선생 등이다. 이영로 선생은 칼칼한 성격의 청년교사로 나는 공납금 미납자 명단에 들어 자주 집으로 쫓겨 갔다. 하지만 집에 가도 별 뾰족한 수는 없었던 것! 멋쩍은 얼굴로 학교에 돌아오면 따가운 눈총을 줄곧 보내시던 분! 남규억 선생은 체구가 크고 피부색이 희었으며 외국인의 풍모를 지녔다. 출퇴근을 항시 멋진 스쿠터로 다니셨다. 당시 고상한 빛깔의 유럽풍 스쿠터는 매우 보기 힘든 물건이었다. 김세태 선생은 키가 작았다. 안경을 끼고 온유한 성품의 소유자였지만 특별히 인상적인 기억은 남아있지 않다. 별명이 '새털'이었다.

재학시절 전반을 통틀어 뚜렷하게 기억나는 그림은 그리 많지 않다. 집에서는 늘 불안기류가 감돌았고, 학교에서도 급우들과 친밀하게 어울리지 못했다. 2학년 때는 학교가 너무 싫어져서 아버지께 고향의 시골중학교로 전학을 시켜달라고 울면서 조른 적도 있었다. 차츰 마음이 안정되면서 학교 분위기에 젖어들었는데 음악의 안종배 선생은 몸매도 날렵한 멋쟁이셨다. 플라타너스 우거진 학교의 높은 언덕배기를 돌아가면 붉은 벽돌건물이 있었고, 그 2층에 음악감상실이 있었다. 빛이 차단되는 대형커튼으로 창문을 모두 가렸고, 우람한 스피커가 앞에 양쪽으로 놓인 그곳에서 어린 중학생들은 선생님 지시에 따라 지그시 눈을 감고 음악을 기다렸다. 이윽고 오스트리아의 작곡가 쥬페(Franz Von Suppé, 1819~1895)가 작곡한 명곡

「경기병 서곡(Light cavalry overture)」의 선율이 도발적으로 흘러나왔다.

병사들이 먼 곳에서 부는 나팔소리는 아득히 먼 곳에서 들여오는 듯했다. 들판 저 너머에서 달려오는 말발굽소리를 들었는데 그 소리는 이미 내 앞을 스쳐서 반대편 벌판으로 멀어져가고 있었다. 스테레오 음향효과의 기이한 놀라움을 난생 처음으로 경험한 것이다. 말굽소리는 왼쪽에서 오른쪽으로 다시 오른쪽에서 왼쪽으로 실감나게 재생이 되었다. 음악은 우선 귀로 듣지만 마음으로 감상할 수 있는 눈을 길러야 한다는 선생님의 알쏭달쏭한 말씀이 도무지 이해가 되질 않았다. 그러나 자주 감상실을 드나들면서 음악 감상의 효과와 즐거움을 조금씩 깨달아갈 수가 있었다. 예술에 대한 경험은 놀랍고 신선했다. 미술시간에는 유명한 강우문(姜遇文, 1923~2015) 화백으로부터 프랑스 인상파 화가들의 작품에 대해 설명을 들었다. 그만큼 대건중학교에는 쟁쟁한 교사들이 다수 포진해 있었다. 그 분들은 이후 전국의 문화계에서 명성이 높았고, 대학으로 자리를 옮긴 분들도 많이 계셨다.

대건중고등학교는 해마다 5월 행사가 크고 화려하다. 왜냐하면 가톨릭 대구교구에서 세운 학교라 교명도 성인 김대건(金大建, 1821~1846) 안드레아의 이름을 따서 지었다. 가톨릭에서 5월은 성모성월(聖母聖月)로 부른다. 모든 신자들이 하느님의 어머니인 동정마리아를 각별히 공경하면서 마리아에게 도움을 청하며 마리아의 모범을 본받도록 한다. 학교에서도 5월에 전교생과 가톨릭신자들이 함께 모여 성대한 미사를 드리는데 이때 부르던 찬송가가사를 아직도 기억하고 있다.

성모의 성월이요 제일 좋은 시절
사랑하올 어머니 찬미 하오리다
가장 고운 꽃 모아 성전 꾸미오며
기쁜 노래 부르며 나를 드리오리

장병보 베드로 교장신부님은 높은 모자를 쓰고 미사를 집전했다. 대구교구의 서정길(1911~1987) 요한 대주교는 위엄이 느껴지는 가운데가 뾰족한 고깔모자를 썼다. 이날 붉은 색의 작고 동그란 바가지처럼 생긴 주케

토(Zucchetto) 모자를 쓴 여러 신부님들이 다수 미사집전에 참석해서 화려하고 엄숙한 분위기를 더욱 고조시켰다. 인교동 친구 H의 세례명은 바미아마였다. 나는 입교한 신자가 아니었지만 그 분위기에 압도되어 미사 끝까지 흥미롭게 지켜보았다. 학교 바로 뒤쪽으로는 천주교 성모당(聖母堂)이 있었다. 이곳은 1911년 봄, 천주교 대구교구의 초대 교구장 드망즈(Demange, 한국명 安世華) 주교가 성모마리아의 발현지인 프랑스 루르드 동굴 모양을 그대로 본떠 만든 곳이다. 가톨릭신자들에겐 성지처럼 알려진 곳이기도 하다. 중학교 재학시절 나는 눈 쌓인 성모당을 배경으로 형이 입던 가죽점퍼를 입고 찍은 사진이 아직도 남아있다. 그것은 2학년 겨울방학이었을 것이다.

내 옆 짝 L군은 대구의 유명한 녹향 음악감상실 대표 이창수 씨의 아들이다. 넉넉한 집이라 옷도 남들보다 깔끔하게 입었고, 우표 수집을 비롯해서 다양한 취미생활이 남들보다 앞서가던 친구였다. 내 앞에 앉은 친구 S는 시를 제법 잘 써서 일찌감치 국어담당 이주홍 선생의 귀염을 받았다. 선생께서는 어느 날 시를 한 편씩 써오면 심사를 해서 문예반 가입을 결정한다고 했다. 반드시 문예반 가입을 하고 싶었지만 내 능력으로는 도저히 시를 써낼 재간이 없었다. 아무리 고심을 해도 단 한 줄의 글귀가 나오지 않았다. 고민 끝에 아버지께 털어놓았더니 가련한 막내를 도우려는 마음으로 한시 번역조의 뜬금없는 작품을 써주셨다. 제목은 「행화촌(杏花村)」! 누가 보더라도 중학생 작품이 아닌 것이 환하게 드러나는 야릇한 작품으로 낙심천만이었다. 차마 제출의 용기를 내지 못하고 결국 포기하고 말았다. 얼마 뒤 문예반원 특집으로 편집된 교지가 발간되었을 때 같은 반 친구 S의 시작품이 실린 것을 보고 선망(羨望)과 질투심으로 명치끝이 아파오는 것을 억누를 길이 없었다. 지금 생각해 보면 이런 수치의 경험이 나를 조금씩 성장시켰을 지도 모른다.

조회시간이면 동급생 P가 자주 전교생 앞에서 큰 상을 받는 광경이 있었다. 그는 서울의 전국 규모 백일장대회에 나가서 웬만한 상을 모두 휩쓸어오는 단골수상자였다. 서울에서 이미 받아온 상장과 상품을 아침조회 때 교장신부가 다시 생색을 내며 수상장면을 재연하는 것이다. 아래쪽에서 박수만 치고 있는 내 꼴이 한없이 초라하게 느껴질 뿐이었다. 국어를 가르치던 L선생은 몹시 무섭고 엄격한 성품이었다. 그분의 아들은 나랑 같은 반이어서 국어시간 아버지로부터 수업 받는 모습이 못내 부러웠다. 그 선생님은 상당한 세월이 흐른 뒤에 교통사고로 돌아가셨다 하니 너무 허무하고 안타깝기만 하다. 가깝게 지내는 친구도 별반 없었고, 외돌토리 신세의 적막함은 당시 내 처지이자 마음의 빛깔이었다.

5.

성모당 뒤편에는 대구의 천주교교구에서 평생을 일하다 세상을 떠난 가톨릭 교역자 묘역이 있다. 19세기 후반 대구교구에서 일했던 외국인 신부에서부터 비교적 근년에 선종(善終)을 한 교역자들까지 그곳에 묻혀 있다. 면적이 넓지 않은 그 성모당 내부의 묘역에 묻힌다는 것은 큰 영광이라 할 수 있겠다.

얼마 전 가족들과 성모당을 들렀다가 발걸음을 천천히 옮겨서 성직자 묘역으로 들어가게 되었다. 묻힌 시대에 따라 묘지의 형태와 비석의 모습들이 각양각색이라 골고루 들러서 두루 살펴보았다. 어느 한 곳에 이르렀는데 뜻밖에도 낯익은 성함이 보였다. 그 무덤은 내 중학교 시절의 교장 장병보 신부가 잠든 영면(永眠)의 장소였다. 서양식으로 사진도 비석에 들어 있었고, 생몰연대가 적혀 있었다. 나는 옛 교장 선생님 무덤 앞에 가서 재학시절을 생각하며 영계(靈界)의 평화를 빌고, 잠시 묵상(默想)에 젖었다. 선생께서는 후덕한 인상으로 음성도 잔잔하고 아늑한 사랑을 느끼게 하셨다.

성모당에서 내려다보는 옛 모교 대건중학교의 풍광은 그 시절 그 모습 그대로다. 고목이 된 플라타너스, 밑동에 굵은 주름이 잡힌 아카시아, 우아한 선으로 솟아있는 성당의 첨탑도 그대로다. 하지만 지금의 대건중학교는 대구의 서쪽 월성동으로 옮겨간 지가 어언 27년이 넘었고, 모교가 있던 터전은 대구신학대학으로 바뀐 지 오래다. 내 모교가 있던 곳에서 신학생들이 학업을 갈고 닦아 장차 사제(司祭)나 성직자로 배출되는 것이다. 무릇 학교라는 공간은 얼마나 뜻 깊고 보람 있는 육성(育成)의 장소인가? 그 누군가를 배움으로 이끌어 가꾸고 키워서 한 사람의 당당한 인간으로 배출시키는 것! 이보다 더 거룩하고 값진 일이 어디 있으랴?

나는 성모당 앞 벤치에 앉아서 옛 모교 쪽을 하염없이 내려다본다.

재학시절로부터 강물 같은 세월은 얼마나 흘러갔나. 눈을 지그시 감았다 뜨니 55년 광음(光陰)이 후딱 지나가버렸다. 그 시절은 비록 외롭고 고단한 심신이었으나 이제 와 되짚어 보노라니 얼마나 풋풋하고 싱그럽던 성장(成長)의 시간이었던가. 가슴 속에 꿈도 많고 사랑도 풍성했던 그 청춘의 시간은 이제 멀고 아득한 곳으로 떠나갔다. 그러나 눈물의 습기로 젖은 파릇파릇한 추억들은 내 가슴 속에서 햇살에 반짝이는 사금파리처럼 살아나 제각기 하나씩 생기(生氣)의 빛을 머금고 있나니…….

간절함이라는 문학의 뼈

그 시절을 떠올려보면 '광기'라는 말밖에 떠오르지 않는다. 미치지 않고서야 어찌 그런 용광로보다 더 뜨거운 시기를 견딜 수 있었으랴. 그 광기의 출발점은 고등학교 문예반 문턱을 넘어서는 순간이었다. 작은 망설임 끝에 찾은 대륜고 문예반, 양산박 같은 소굴에 선배들이 여럿 모여앉아 갓 중학교에서 올라온 우리를 날카로운 눈빛으로 쏘아보았다. 당시 대륜고 문예반은 박해수, 정호승 선배의 명성에 크게 빚지고 있었다. 문예반에 첫발을 디딘 그날 선배들은 환영회 열어주겠다며 수성구 범어로터리 부근 막걸리 집으로 우리를 데리고 갔다. 그냥 선술집이 아니라 한복 입은 여자들이 있는 기생집. 선배들은 바케쓰에 막걸리 부어놓고 밤새 술을 마시게 했다. 문학을 하려면 가무음주부터 배워야 한다며 젓가락 장단에 끝도 없이 '뽕짝'을 부르게 했다. 내 파트너는 '김 양'이었다. 한복 소매 걷고 교복 입은 내 머리통을 쓰다듬으며 귀엽다고 배시시 웃던 모습이 지금도 선명히 기억난다.

그 퇴폐적인 밤을 보낸 후 나는 어느 새 '시인 부락'의 일원이 되어 있었다. 문학보다 먼저 저주받은 시인의 운명을 감득하게 된 것이다. 그 일 이후 나는 동급생들이 '쌔피하게' 생각됐다. 너들이 하는 공부가 얼마나 하찮은 건지 니들은 모를 거다 라며 치기어린 우월감을 가졌다. 그리하여 나는 전 교과목을 국어로 통일하고 수업시간에 소설책을 읽어나가기 시작했다. 방과 후엔 '문학, 목 매달아도 좋을 나무!'라고 붙여 놓은 문예반 서클룸에서 늦도록 시를 습작했다. 그런 가운데 나도 모르게 문학이란 시커먼 늪에 서서히 빠져 들어갔다. 어느 정도인가 하면, '시를 잘 쓸 수 있다면 내 목을 내놓아도 아깝지 않겠다.'란 생각에까지 미치게 됐으니 미쳐도 단단히 미친 것이다. 당시 우리를 자극한 것은 선배들의 전설에 가까운 무용

장옥관 1973년 대륜고 졸업. 1987년 『세계의문학』으로 등단. 시집 『황금 연못』 『달과 뱀과 짧은 이야기』 『그 겨울 나는 북벽에서 살았다』 등. 김달진문학상, 일연문학상 수상. 현재 계명대 문예창작과 교수.

담. 고등학생 신분에 『꽃의 언어』란 삼인시집을 펴낸 이재행(대건고), 박해수, 장상태(이상 대륜고) 선배는 우리들에게 인간계를 벗어난 존재였다.

고교시절을 떠올리면 먼저 떠오르는 게 회귀선 문학동인이다. 대구시내 남녀 10개 학교 학생들이 모인 연합서클. 대구상고 권택명 선배가 1968년에 결성했다. 1970년에 고교에 입학한 우리가 5대였다. 경북고, 계성고, 대구고, 대구상고, 대륜고과 경북여고, 신명여고, 원화여고, 제일여상, 효성여고 등이 구성멤버였다. 학생들은 이성수, 김시헌, 여영택 선생님을 지도교사로 모시고 한 달에 한두 차례 모임을 가졌다. 한 학교 당 두 명만 가입자격을 주었기 때문에 경쟁이 치열했다. 대륜학교에선 김수복 시인과 내가 가입자격을 얻었다. 지금 기억나는 선배는 권도중(시조시인), 곽상문(언론인 · 정치인), 이창동(소설가 · 영화감독) 등이다. 동기로는 김수복 시인 외에 정경수(수필가, 원화여고), 황영희(시인, 효성여고) 등이 있었다. 당시 대건고가 회원 학교가 아닌 게 의아스러웠는데, 이번에 박덕규 교수를 통해 교내에 '태동기'라는 강력한 구심체가 있어서 외부로 눈을 돌릴 이유가 없었단 말을 들었다. 지금 이 글을 쓰는 순간 떠오르는 인물이 대건고 출신 박상훈 작가이다. 고교시절에 가끔 만났고 졸업 후에도 더러 만났는데, 문학에 대한 열정이 남달랐다는 생각이 든다. 그 분이 태동기 출범에 큰 기여를 한 것으로 기억된다.

경북의대 앞 미 문화원 강당에서 가진 문학의 밤, YMCA 복도에서 열었던 시화전 등 다양한 행사로 점철된 고교시절. 신라문화제 백일장과 각급 기관의 문예공모전 참여, 교지 편집 등 문학과 관련된 여러 일거리들로 심심할 틈이 없었던 그 시절. 그러나 외부행사에 너무 몰두하는 바람에 충분한 독서로 내실을 기하지 못한 게 지금에 와서 후회스럽다. 대구학생 문단의 전성기는 우리보다 두 해 뒤에 고교에 들어온 사람들에 의해 맞이하게 된다. 오정국, 송재학, 문형렬, 홍영철, 류후기, 오두섭, 박명호, 서지월, 이철희, 강석하 등이 그 면면이다. 이들은 회귀선 문학동인의 전통을 부정하고 봉산(蓬蒜, 후일 들은 바에 의하면 대건고 류후기가 한복 입고 미당을 찾아가 '마늘과 쑥'이라는 이름을 얻어 돌아왔다고 한다.)동인을 결성하여 대구 문학판을 휘젓고 다녔다. 이들의 문학 병이 얼마나 심했는지는 수십 명 문청 중에 대학에 일차로 합격한 인물이 송재학 말고는 없었다는 사실로 증명된다.

하지만 솔직히 말해 나의 관심은 후배들의 동정에 있는 게 아니라 바로 위 세대인 이하석, 이태수, 이동순, 정호승, 서종택 등 그 무렵에 등단했던 선배들의 활동에 있었다. 당시 최고 잡지였던 『문학사상』과 『현대문학』, 『심상』, 『현대시학』을 통해 발표되는 그들의 작품을 일일이 찾아 읽고 베꼈다. 1975년 무렵 은하다방에서 열린 선배들의 시화전을 부러움의 눈으로 바라보았으며, 향촌동 고구마식당과 동성로 옥천집, 아카데미 골목의 혹톨 구락부에서 먼발치로 선배들을 훔쳐보았다. 하루는 학보사 기자실에 있는데 국장이 심각한 표정으로 들어왔다. 그해 매일신문 신춘문예에 「루오의 손」이라는 작품으로 당선한 김원도 시인이 죽었다는 것이다. 그는 김원일, 김원우 두 형제 소설가의 막내 동생. 뛰어난 재능에도 불구하고 술로 자신의 삶을 탕진하다가 25세의 나이로 자진한 비극적인 인물이다. 시의 제단에 자신의 모든 것을 갖다 바친 대구 문청의 표상이 김원도였다. 그의 죽음이 당시 문청들에게 얼마나 극적인 사건으로 다가왔는지 알려주는 사례가 있다. 그가 간 뒤 얼마 뒤 향촌동에서 가졌던 술자리에서의 일이다. 어떤 문청이 술을 마시다말고 잠바 안주머니에서 무릎 뼈 하나를 꺼내더라는 것이다. "이게 원도 뼈다." 그러자 앞에 앉은 한 인물도 '원도 뼈, 나도 있다'며 주섬주섬 꺼내는 거라. 광기일까, 치기일까. 이들은 왜 친구의 뼈를 갖고 다녔을까. 시인의 꿈을 못다 피운 친구의 뼈는 그들에게 종교에 가까운 시의 상징이 아니었을까. 지금 생각해 보거니와 문학에도 뼈가 있다면 그 '간절함'이 아닐까 싶다. 그 시절 우리를 버티게 만들어 준 힘, 그게 그 간절함이었다. 광기에 가까운 간절함!

어디 닭 우는 소리 들렸으랴

까마득한 날에
하늘이 처음 열리고
어디 닭 우는 소리 들렸으랴

이육사의 「광야」 첫 연이다. 이육사 여름문학학교 '광야'반 담임을 1박 2일 하고 돌아왔다. 초등학교 학생부터 성인까지 문학학교 열기는 대단했다. 중요 행사는 시 암송대회와 백일장이었다. 내가 한 일은 그들이 시를 암송하고 백일장을 잘 치르도록 문학 전반에 대한 조언과 산문부문 심사를 하는 거였다.

암송은 이미 내가 지도할 것도 없이 줄줄 외우는 이들이 많았다. 그러나 심사를 할 때는 정신을 똑바로 차렸다. 내 결정이 한 사람의 인생을 바꿔 놓을 수도 있다는 걸 나는 알기 때문이다. 내가 그랬으므로. 초등학교 4학년 때 교내 백일장에서 장원을 했을 때 심사를 한 여선생님이 "넌 글을 참 잘 쓰는구나. 나중에 훌륭한 작가가 되겠다."라고 한 이후 내 꿈은 작가가 되는 거였다. 그때는 산문부문이었지만, 동아일보 소년소녀 글짓기 대회에선 시가 당선되기도 했다.

고등학교 2학년 때까지는 시를 더 많이 썼다. 생각해 보면 내가 시인이 아니고 소설가가 된 것 또한 어느 남학생의 말 한 마디 때문이기도 하다. 고등학교 1학년 5월, 어떤 경로로 영자신문 스튜던트타임사 학생기자가 되었는지 기억에 없지만, 아직도 그 임명장이 내게 있다. 아마 YMCA에 그 사무실이 있었을 것이다.

학교 수업을 마치면 그곳으로 가서 회의를 하거나, 책을 보거나, 기사를

정영희 1977년 대구 효성여고 졸업. 영남대 미대 졸업. 1978년 『시문학』에 단편 「아내에게 들킨 생」으로 등단. 1986년 『동서문학』 신인상 수상. 저서 『낮술』 『아프로디테의 숲』 『무소새의 눈물』 외 다수.

쓰거나 하고 놀았다. 같은 학년 학생기자가 나 말고도 남학생 세 명이 더 있었다. 그 중에는 내가 다니던 여고와 같은 가톨릭 재단이면서 성당묘지를 사이에 두고 마주한 D고에 다니는 남학생도 있었다. 이름은 생각나지 않는다.

어느 날 내 시 습작 노트가 없어졌다. 그 시절 꽃무늬가 연하게 프린트된 두툼한 시크릿 노트가 유행이었다. 그 두툼한 노트 가득 시를 썼고, 산문도 썼고, 때론 일기도 썼다. 말하자면 나만의 치기 가득한 '브레인스토밍' 노트였던 것이다. 누가 가져가지 않고선 사라질 리 없었다. 내 분신 같은 노트를 멍청하게 분실할 리 없었기 때문이다. 한 달 쯤 그 노트가 사라졌다. 고등학교 2학년 가을이었다.

가을이 되면 내가 다닌 여고는 국화꽃전과 시화전과 문집전을 같이 했다. 그 축제를 하는 동안에는 금역(禁域)의 여고에 남학생들이 마음대로 들어 올 수 있는 절호의 찬스가 되는 시간이었다. 시작 노트를 잃어버린 나는 어설프게나마 「미나리깡에서」라는 시화를 강단 벽에 걸고, 문집을 문집전에 출품했다. 일이학년 전원이 각자의 문집을 나름대로 엮어 전시했다.

내 시화 밑에 누군가 붉은 장미 한 송이를 붙여 놓았다. 다음 날에는 문집전 당번이 어떤 남학생이 내게 전해 주라고 했다며 장미 꽃다발을 안겨주었다. 그리고 내 문집 뒷장에 한마디를 남겼다.

그대의 울부짖음을 사랑하고,
그대의 절망을 사랑합니다.

옆집 K가

카프카의 K도 아니고, 옆집 K라니. 옆집이라면 D고가 아닌가. 그리고 사랑이라니. 나는 더러운 구정물이라도 튄 듯 기분이 나빴다. 축제는 끝이 났다.

'폴란드 망명정부의 지폐'는 내 어깨를 툭툭 쳤다. '황량한 생각 버릴 곳 없어' 걷고 또 걸었다. YMCA에 나올 날도 얼마 남지 않았다. 고3이 되면 대입준비를 위해 모든 서클 활동을 그만두었다. 어느 바람 부는 날 사무실에 갔는데, D고 남학생이 잃어버린 내 시 습작 노트를 주며 한 마디 했다.

시는 아니네요. 산문 쪽이지.

얼굴에 화롯불을 뒤집어 쓴 것 같았다. 나는 그 노트를 더 이상 찢을 수 없을 때까지 찢어서 버렸다. 그 후 다시는 YMCA 사무실에 가지 않았다. 그것으로 나는 문학과 결별했다.

학생기자 선후배들과 책을 읽고 토론도 많이 했었는데, 이름들이 하나도 생각나지 않는다. 그 남학생 때문에 그 시절의 기억을 완전히 지워버렸는지 모른다. 고3이 되어 나는 미술대학에 들어갈 준비를 했다. 오빠는 서울로 유학을 갔지만, 나는 서울로 가지도 못하고 지방대학 미술대학에 입학했다. 학교에 정을 붙일 리 없었다. 매일 도서관에서 소설을 썼다. 문학과의 결별은 속절없는 내 머리와의 약속일뿐, 내 가슴은 그 약속 따윈 지킬 수 없었다.

대학교 1학년 때 쓴 단편소설 「아내에게 들킨 생(生)」이 시문학이 주최한 전국 대학생 문예 소설부문에 당선되었다. 정을병 선생님이 뽑아주었다. 웬 미대생이 소설에 당선되자, 대구매일신문에 기사가 나기도 했다. 시인이기도 한 L기자의 기사인 걸로 안다.

'나는 아내의 애벌레였다.'로 시작하는 소설이다. 이상의 「날개」 오마주였다. 그러고도 대학교 3학년 때는 동성로 유경 다방에서 시화전도 했다. 뉴욕에 사는 내 절친 J는 아직도 그 '천마시화전' 팸플릿을 간직하고 있다. 문단에 이름은 못 올렸지만, 그녀의 시 「바래움」은 김춘수 선생님의 호평을 받기도 했다. 그때 같이 시화전을 한 사람 중 문단에 나온 사람은 현대문학에 있다가 소설로 등단한 강석하와 시인 서정윤 정도였다. 서정윤은 D고 출신이고, 나중에 시집 『홀로서기』는 베스트셀러가 되기도 했다.

D고에는 '태동기'라는 유명한 문예반이 있었다. 나를 문학과, 아니 시와 결별하게 만든 D고 남학생이 문집전에 꽃을 두고 간 '옆집 K'였는지 알 수 없다. 또한 그가 태동기 멤버였는지도 알 수 없다. 물증은 없지만 그러나 심증은 있다. 감히 남의 인생에 끼어들어 훈수를 할 정도면 어느 정도 문학의 냄새를 맡을 수 있었기 때문일 것이다.

한번 쯤 내 앞에 나타날 만도 한데 여태 '옆집 K'는 만나지 못하고, 수많은 태동기의 '옆집 K'들이 줄줄이 문단에 이름을 올렸다. 꽃을 든 남자는 휘발성이 강하다는 것도 알게 되었다.

정신을 똑바로 차리고 원고의 이름을 가린 채 산문부 심사를 했다. 자칫 남의 인생을 바꿔 놓을 수도 있기 때문이다. 아이스크림 쌍쌍바를 첫사랑에 비유한 남학생과 아들의 담임선생님(남자)을 짝사랑한 얘기를 쓴 두 작품을 뽑았다. 진솔하게 자신들의 마음을 묘사한 걸 높이 샀다. 첫사랑이나 짝사랑은 언제나 아픔을 동반한다. 사랑에 상처 받은 사람을 위무해 주는 것 또한 문학의 소임 중 하나다.

까마득한 날에 / 하늘이 처음 열리고 / 어디 닭 우는 소리 들렸으랴

이육사의 「광야」 첫 연은 언제나 D고의 문예반 '태동기'를 떠올리게 한다. '태동기'를 떠올리면 이름도 얼굴도 기억나지 않는 '옆집 K'가 생각나곤 했다. 그들이 벌써 50주년이나 되었다고 한다. 대단한 태동기다.

'태동기'는 영원히 '태동기'여야만 한다. 알에서 깨어나길 거부하는 새처럼, 세 살에 성장이 멈춰버린 양철북의 오스카처럼, 영원히 어른이 되지 않는 피터팬처럼, 그들이 영원히 소년이길 바란다. 알에서 깨어나거나, 청년이 되거나, 어른이 되면 무슨 짓을 할 지 모르기 때문이다. 태동기인 지금도 문단을 휘젓고, 남의 인생에 끼어들기도 하지 않는가 말이다.

어디 닭 우는 소리 들을까 겁이 난다. 그들 중 누구라도 닭 우는 소리 듣고 서서히 깨어난다면 세상이 위험해질 게 뻔하기 때문이다.

어디 닭 우는 소리 들렸나요?

태동기의 몇 남자들

모악출판사의 김완준 대표로부터 태동기 50년 기념문집에 수록할 특별 원고를 좀 써주십사, 라는 연락을 받고 그러마 한 것이 일주일 전쯤이다. 그런데, '그때 그 시절'의 실꾸리를 나는 이미 잃어버린 지 오래여서 실마리는커녕 실꾸리부터 찾는 일이 필요하다는 것을 알게 되었다. 당최 어디에서 놓아버렸는지, 그때 그 시절의 '바늘 당새기'를 침대 밑에서 찾을 건가, 소파 사이에서 찾을 건가, 난감한 며칠이 흘렀다. 결론은 찾을 수가 없으니 큰 틀에서 거짓말이 아니라면 '추억의 조작'도 피치 못하겠다 싶어진다.

오늘 나는 갱년기 여성이 당면할 수 있는 온갖 사연과 정황이 뒤범벅된 일로 골치가 아프지만, 그래, 태동기 원고를 비롯한 몇 가지 일을 핑계로 회사를 땡땡이치기로 하고나서도 염색을 한다, 오랜만에 친구에게 전화질을 해 본다, 토요일에 있을 주말 한국학교 개학식 프레젠테이션을 새 템플릿으로 바꿔 만든다, 등등 뒤범벅된 밀린 일들의 순서도 생각나는 대로 열었다 덮었다 하는 와중에 '태동기' 원고를 쓴다.

50년, 물론 내 나이보다는 적다. 대건고등학교, 딱 한 번 가본 적 있다. 내가 미국으로 오기 전 가톨릭 교구에서 하던 성령대회를 대건고 강당에서 했을 때다. 서동훈이라고, 어느 고등학교(아마 달성고?) 출신인지는 잊었지만 문학판에서 늘 함께 어울렸던, 당시 대구 가톨릭신문사 기자로 있었기 때문에 취재 차 가는 그를 따라갔던 터다. 대회 앞쪽에서는 무슨 병이 나았다고도 하고, 절름발이가 나았다고도 해서 참말로 인간들이 백주에 이 무슨 당치도 않은 거짓말들인가, 코웃음을 쳤었다. 그리고 미국 와

강남옥 1978년 대구 정화여고 졸업. 효성여대 불문과 졸업. 1988년 대구매일신문 신춘문예 당선. 시집 『살과 피』『토요일 한국학교』. 1990년 미국으로 이주하여 지금까지 살고 있음. 현재 필라델피아 해밀톤한국학교 교장.

서 살면서 기진맥진해서 간 성령대회에서 울고 웃고 자빠지는 사람들이 모두 '집단 최면'에 걸렸다고 생각했고, 나도 그 최면에 걸리기를 간절히 바랐다. 미국에서의 삶이 고통스러웠기 때문이다. 그 대건고에는 태동기 회원이던 박덕규, 권태현, 안도현, 김완준('씨'와 같은 호칭어는 다 빼기로 한다.)이 다녔던 학교다. 그들로서 투영되던 대건고와는 분위기 사뭇 다른 행사였지만 30년 정도 외국에서 살아보면 태동기라 하든, 내가 다녔던 정화여고 '알암'이라 하든, 동성로라 하든, 수성못이라 하든, 대구를 연상케 하는 그 무엇이라도 있으면 곧장 마음이 너그러워지고 비강이 뜨끈해지기 때문에 나는 '태동기=그때 그 시절'이라는 대승적인 등식 아래 이 글을 써나가지 싶다.

박덕규. 고등학교 시절 그는 아주 근사한 남학생이었다. 시골 중학교에서 대구로 유학 왔던 나로서는 어느 해(아마 고2?) 백일장에서 시부문 당선을 한, 소위 시에서의 운율이 파격적으로 무시된 박덕규의 산문시가 얼마나 세련되고 멋있어보였는지 모른다. 그래서인가, 박덕규가 아무리 소탈하고 꺼꾸정한 아제라 해도, 내가 후배 L을 보고 훼까닥 갔다고, 동성로 심지다방에서 좋아하기는 L을 좋아하고 고백은 내게 하던 엉뚱한 남자라 해도, 그래 결국 L과 결혼한 제부라 해도, 아직도 나에게는 요샛말로 까도남이다. 염매시장 곡주사에서 박덕규가 내가 던진 농담을 향해 크게 웃어주기라도 하면 까도남으로부터 인정받은 나의 사설이 스스로도 얼마나 기특했던지 모른다. 나는 아직도 앞뒤 정황 다 잘린 그 농담을 기억한다. "당신 맞은편은 벽이요!"였다. 몇 년 뒤 그는 내 첫 시집 『살과 피』의 해설을, 까칠하게(?) 썼다.

권태현. 그를 생각하면 마음이 따뜻해져 온다. 무슨 고작 고삐리가 구레나룻이 거뭇거뭇, 얄쌍한 얼굴에 서울말까지 쓰는 그가 경이로웠다. 게다가 온갖 파격적인 선을 넘는 언사는 또 얼마나 멋있었던가. 또래 여학생 정도는 우습게보며, 여선생까지 다 싸잡는 거침없는 서울말 언사에 대한 두려움과 경외가 내게는 함께 있었다. 구레나룻에 하얗고 조그만 얼굴, 세상을 비웃는 듯 비죽이는 입술, 살짝 뒤틀린 송곳니가 주던 그 퇴폐적이고도 탐미적인 금단의 영역이라니……. 그가 동참한 남쪽 어느 곳에서의 백일장을 마치고 대구로 돌아오던 완행열차 안에서 언제 어디서 마셨는지 비뚜름한 교모에 교복 첫 단추를 열어젖히고 도둑 술에 취한 과감성이 한없이 부럽고 두려웠던 날이 기억난다. 그는, 내가 한국에 가서 연락이 되면 빠지지 않고 나와서 따뜻하게 맞아준 사람이었다. 그 따뜻함은 예의 그 두렵고 부러웠던 과감함에 대한 경외 때문에 배가되어 내게 다가왔고, 두려움과 경이를 극복한 친밀감 때문에 나는 요즘도 서울시인 김경미와 통화할 때마다 꼭 "권태현 씨는요?" 하고 묻는다. 오랜만에 적는 이런 유의 글이라 그 따뜻함이 주체할 수 없게 넘어 나오는 눈물 같지만 그 느낌을 묘사하기가 어려운 것도, 시간과 지면이 부족한 것도 아쉽다.

안도현. 삶이란 보따리를 풀었다 쌌다 하면서 버리려고 밀쳐둔 것에서 쓸 만한 것을 회한어린 심정으로 골라내는 것, 때로 정신 사납게 늘어놓고 밟고 다니다 그 위에 퍼지르고 앉아 도매금으로 버려지고도 싶은 것이라 나는 생각한다. 확! 싸질러버리자, 하고 보따리를 풀 때마다 까까머리 주제에 내 어깨에 손을 척! 얹고 찍은 안도현의 사진이 툭! 떨어지곤 했었다. 예쁘고(죄송), 착하고, 글씨까지 엄청 예쁘게 쓰고, 시까지 엄청 잘 쓰고, 「서울로 가는 전봉준」이란 그럴 수 없이 가슴 애린 시로 애저녁에 동아일보 신춘문예에까지 당선되어 버리고, 이건 또 뭐야? 싶게 의외로 일찍 유경이 엄마와 결혼을 해서 무척 멀어져 간, 죽을 때까지 새신랑 같이 단정할 사람. 애처로운 듯 하지만 언제나 한 발 앞서거나 위에 서거나 하면서 세상을 살아간 궤적을 먼 곳에서 유튜브로 뉴스로 볼 때마다 아! 안도현 씨! 한다. 내가 다니는 성당 구역회에서도 안도현의 시를 읽었다는 것을 지식인의 척도로 삼는 '평민'이 있었고, 어느 핸가 한국으로 나간 연수에서 후배 성혜경과 통화하면서 "안도현 씨는 잘 있고?" 물었더니 룸메이트 선생님이 "누구? 시인 안도현이요?"하면서 나를 거룩하게 쳐다봐서 안도현을 안다는 것이 얼마나 자랑스러웠던지 모른다. (내가 너무 올드 패션인가? 한국서는 이미 다 아는 건데? 좌우단간.) 그래, 니들 '평민'들은 까까머리 안도현이 내 어깨에 손을 척! 얹고 찍은 사진을 본다면 까무라치겠지? 나이대 나온 여자, 아니고 나, 안도현과 사진 찍은 여자야. 그런 안도현이 도

미 27년 만에 내게 되는 내 시집의 원고를 검토하고 수락했다고 해서 또 나는 오랜만의 감동 속에 한밤을 보냈다. 흠…… 안도현이 오케이! 했단 말이지? 조만간 한 번 만나 다시 어깨에 손을 얹고 사진을 찍고 싶다. 죽는 날까지 그 사진은 내가 '시'에 속해 있음을 보증하는 인감이 될 것이다.

김완준. 미국 와서 한 일이 별로 없다. 시가 곧 삶이라는 말은 거짓말이니 여러분들은 속지 마시라. 나이 오십이 넘어가자 누가 꾸짖는 것도 아닌데 시를 다시 써야겠다는 생각에 시달렸다. 시를 모았고, 시집을 내기 위해 몇 군데 노크했으나 성사되지 않았다. 그려…… 이러다 그냥 죽는 것이여…… 저 노무 책들 다 싸질러 버리고 어느 날 허리 굽어 못 일어나면 이역만리 땅 밑으로……. 그러던 와중에 완준이가 '모악'출판사의 대표라는 말을 들었고, 근 30년 만에 내는 두 번째 시집 출간 일이 착착, 진행되어가고 있다. 완준아! 하고 와락! 불러보고 싶었지만 30년 만의 이메일 첫 단어는 김완준 사장님께, 로 시작되었다. 존대어에 갇혀 30년 동안의 늘어진 세월을 개키면서 답답해서 미칠 것 같았다. 완준아! 로 시작되던 이메일을 쓰던 날 그 갑갑함이 확! 뚫렸다. '누님, 기억나세요? 내가 누님 방에서 잔 날이요.' 물론 기억난다. 술 먹고 갈 데가 마땅찮았던 완준이가 내 자취방에 와서 잤다. '그런데 자고 일어나니 누님이 책상 앞에 앉아 시를 정서하고 있었어요. 그날이 신춘문예 마감일이었고, 그해 누님이 신춘문예 당선되셨어요.'라고 한다. 완준이가 내 곁에서 잔 것은 알겠는데, 시를 정서한 것은 기억나지 않는다. 그리고 연도가 틀린 것 같지만, 기억의 조작 법칙에 따라 수긍하기로 한다. 떽! 어데 가서 그런 말 하지 마래이, 사람들이 니 같고 나 같은 줄 아냐? 무서운 세상이란다, ㅋㅋ 하고 말했다. 그런 추억들이 있었다. 그 완준이가 머리가 하얗게 세고 얼굴이 부어서(살이 쪄서) 온라인상에 나타났다. 완준이와의 약속을 지키기 위해 나는 오늘 회사를 땡땡이쳤다고 우기고 싶은데, 그것도 아니다. 염색을 하고 청소를 하고 프레젠테이션을 만들고 저녁을 지을 것이다.

도광의. 참 독특한 이름의, 마치 관료 출신 산두목(죄송) 같은 느낌의 선생을 나는 태동기 회원들로부터 무수히 들었다. 예의를 차릴 수밖에 없다,

이 대목에서는. 키가 큰 것은 박덕규의 스승이 맞는 것 같은데, 관료적인 느낌(교육공무원이니까)으로는 권태현의 스승이라 믿기 어려웠던 분이다. 최근 뭔가를 검색하다가 큰 키에 베레모를 쓰신 모습을 인터넷상에서 뵈었다. 정정하신 모습에 아직도 왕성하게 활동하시는 모습을 보면서 위에서 말한 몇 남자들의 샘의 원천이 도광의 선생이시구나…… 생각한다. 도광의 선생님뿐이겠는가! 이름이 기억나지 않는 가물가물한 무수한 얼굴들. 거리상으로 오래 떨어져 살다보면 가까이 있는 사람들에 비해 기억력도 더 멀어지는 것을 절감한다.

우리가 다시 만나면 이렇게 말할 것 같다. 똑같다, 똑같애! 라고. 그러나 우리끼리야 똑같겠지만 옆에서 지켜보는 다른 대건고 태동기 회원이라도 있다면 속으로 그러겠지. '무신 할마이 할배들이 뭐이 똑같다고 저야단들이여?'라고. 그래도 우리는 똑같다고 우기지 싶다. 그래야 덜 쓸쓸할 테니까.

태동기는, 꿈을 꾸는 자에게는 언제 어디서나 존재해야만 하는 시간이다. 지천명(知天命)의 '태동기'에 내 겸손한 경의를 드린다.

트리갭의 샘물

기형도 시인이 '시인들만 우글거리는 신비한 도시'라고 불렀던 대구. 한때 이 도시를 문학의 도시로 불리게 하고 시의 고장으로 만들었던 샘이 있었다. 그곳에서 수많은 젊은이들이 자신의 꿈을 키우기 위해 샘물을 퍼 마셨다.

샘물을 마시면, 가슴에서 시심이 무한정 솟아났다. 마치 나탈리 배비트가 쓴 동화에 나오는 '트리갭의 샘물'을 마신 것처럼 영원히 시들지 않는 시의 꽃을 피우며 살 수 있을 것 같았다. 공부는 아예 뒷전이고 맹목적으로 문학을 좋아하고 글쓰기에 매달렸던 문청시절의 이야기다.

대건고등학교 문학동인회 '태동기'가 반세기를 맞아 그 시절의 샘물을 추억하는 자리를 만든다는 소식을 듣고 무척 기뻤다. 샘물에 대한 전설은 벌써 사라진 줄 알았는데 아직도 기억하고 그 물을 마시고 있는 사람들이 있다니 반갑고 신기한 일이다.

무라카미 하루키는 『1Q34』라는 장편소설에서 "세계란…… 하나의 기억과 그 반대편 기억의 끝없는 싸움"이라고 썼다. 어쩌면 내가 살아온 세월이 기억과의 싸움이었는지도 모른다. 어떤 기억은 쉬 잊히지 않고 시도 때도 없이 생각나 마음을 어지럽히기도 하지만 또 어떤 기억은 되돌아가고 싶을 만큼 그립기도 하다. 내 기억이 다른 사람의 기억과 다를 수도 있겠지만 '태동기'와 얽힌 그리움을 찾아 타임머신을 타고 40여 년 전의 과거로 되돌아가 본다.

'태동기'와 인연이 시작되기 전부터 박덕규와 나는 가깝게 알고 지낸 친구 사이이다. 1972년 어느 봄날에 대륜중학교 문예반 특별활동시간에 그를 처음 만났다. 덕규는 '군계일학(群鷄一鶴)'이라는 말이 어울릴 정도로 키가

박상봉 1978년 대구고 졸업. 계명대 영문과 졸업. 1983년 '국시' 동인으로 작품 활동. 1986년~1989년 문학카페 「시인」 운영. 시집 『카페 물땡땡』. 현재 한국산업단지공단 대경권기업성장지원센터 홍보실장.

도드라지게 컸다. 변성기를 먼저 겪어 그런지 목소리가 굵직하고 어른스럽게 보여 마치 형이나 삼촌을 대하는 느낌이었다.

그런 외형적 모습에서부터 주눅이 들었는데 글 솜씨 또한 빼어나 덕규 앞에만 서면 나는 유난히 더 작아지는 느낌이었다. 당시 대륜중학교 동기생 중에는 김상윤이라는 친구도 있었다. 그 역시 키가 덕규 만큼 크고 글 솜씨가 빼어나 두 사람 사이에 서면 나는 고양이 앞에 생쥐 같은 심정이었다.

큰 키 때문에 무얼 해도 눈에 쉽게 띄었던 덕규는 운동장에서 농구공을 갖고 캥거루처럼 껑충껑충 뛰어다니는 모습을 가끔 보았는데 어느 날 문예반에 나타났다. 그때 운동이 하기 싫어 도망 왔다는 말을 얼핏 들은 것 같다. 그날부터 덕규와 나의 질기고 긴 뜨신 끈 같은 인연이 시작됐다.

나는 고교입시 일차 시험에 떨어지고 이차 시험을 대건고등학교에 응시하게 됐는데 시험장에서 덕규를 또 만났다. 덕규는 대건고등학교로 바로 진학했고, 나는 다음해에 대구고등학교로 진학했기 때문에 다시는 만날 일이 없을 것 같았는데 YMCA 복도에서 그를 다시 만나게 됐다. 당시 대구 고교 문예반에서는 시내 YMCA 2층 복도에서 시화전을 하는 게 유행이었는데 덕규를 만난 그날도 어느 학교 시화전이 열리고 있었을 것이다.

그 시절 대구의 고등학교 문예활동은 꽤나 풍성했던 것으로 기억한다. 의례적인 교내 문예반과 별도로 문학에 관심이 큰 학생들이 따로 모여 동인회를 결성하고 교외 활동에 더 열성을 쏟았다. 덕규가 다닌 대건고는 '태동기문학동인회'였고 내가 다닌 대구고는 '계단', 대륜고는 '씨알', 대구상고는 '소라', 경북여고는 '햇살', 제일여상은 '코스모스', 정화여고는 '알암'…… 이런 식이었다. 그리고 연합동인회로 회귀선, 백야, 산정 등이 있었다.

엘리어트가 「황무지」에서 노래한 '잔인한 4월'이 되면 시내 고등학교별로 시화전이 열렸다. 봄가을에 주로 열리는 시화전은 학생문사들의 큰 축제였다. 대부분의 시화전은 조명시설도 제대로 갖추지 못한 어둡고 좁은 YMCA 복도에서 열렸는데 시화전을 보러온 여학생으로부터 꽃이라도 한두 송이 받을라치면 두고두고 큰 자랑거리로 삼았다.

시화전 시즌이 되면 YMCA 뒤뜰에는 여학생들의 화사한 교복 같은 백목련 꽃이 활짝 피어났다. 그 아래서 남녀 학생들이 어울려 시를 이야기하는 풍경은 또 다른 봄꽃이 피어난 것처럼 더없이 아름답게 보였다. YMCA 1층에는 아루스 제과점이 있었다. 그 제과점은 남녀 고등학생들의 데이트 장소로 이용되기도 했다.

내게도 당시 아루스 제과점에서 가끔 만나던 여학생이 있었다. 어릴 적부터 한 지붕 아래 같이 살아온 인연으로 오누이 같이 지내는 사이였지만 마음속으로는 에밀리 브론테의 소설 『폭풍의 언덕』에 등장하는 히스클리프의 연인 캐서린으로 생각하던 여학생이었다.

아루스 제과점에서 만나 빵과 우유를 나누어 먹고 길 건너편 향교까지 걸어간 다음 명륜당 뒤쪽 돌 축대에 앉아 시간가는 줄도 모르고 이야기를 나누다가 날이 어둑해져 헤어질 시간이 되면 아쉬운 마음에 여학생의 귓불 아래쯤에 입을 맞추기도 몇 번 하였다. 여학생도 거부하지 않았을 뿐만 아니라 가만히 안겨오기도 하였으니 연인 사이로 진도가 제법 나가고 있었다.

아루스 제과점에서 만난 커플은 헤어진다는 징크스 때문인지 셰익스피어가 말한 '별이 엇갈리는 운명'이었는지 어설픈 나의 첫 사랑은 맺어지지 못했다. 그러나 내 주변에는 고교시절 시화전이나 연합동인회에서 만나서 사귀다가 성인이 되어 결혼해 지금껏 행복하게 잘 살고 있는 성공한 커플도 여럿 있다.

현상문예공모나 백일장에 나가 두드러진 성적을 거두면 스타처럼 떠받들어지기도 했다. '계단'의 김상윤과 나는 운문부에서 단골로 입상했고, '태동기'의 박덕규, 권태현은 산문부에서 자주 상을 탔다. '계단'과 '태동기'는 대구 학생문단의 쌍벽을 이루면서 묘한 경쟁관계를 이어갔다.

박덕규와 권태현은 고등학교 시절부터 학생문사로 크게 두각을 나타낸 친구들이다. 덕규는 주로 산문을 썼는데 영남전문대 백일장에서 시로 장원을 차지하는 바람에 나는 차석에 머물러 또 한 번 기를 죽여 놓았다.

1985년 대구매일신문 신춘문예에 소설이 당선돼 소설가로 활동하고 있는 권태현은 나랑은 아주 각별하게 친했다. 고등학교 졸업할 무렵에는 앞산 아래 한 아파트에서 동고동락 한 적도 있다. 새해 첫 신문이 나오는 날 이른 아침부터 동대구역 신문가판대로 달려가 모든 신문을 한 부씩 수거해 신춘문예 당선작들을 돌려보며 반드시 신춘문예로 등단하자고 각오를 다짐하던 때가 생각난다.

'태동기' 선배들 중에는 이재행, 류후기, 장호철, 홍승우, 서정윤, 조성순 등이 기억난다. 후배들 중에는 하응백, 안도현, 곽호순, 이정하, 김완준, 김현하 등이 일찍이 학생문사로 이름을 떨쳤다. 특히 안도현은 '학원문학상'을 비롯하여 각종 백일장과 문예 현상공모 등 전국의 학생문학상을 거의 휩쓸며 일찍부터 뛰어난 재능을 뽐냈다.

'태동기'는 전국의 학생문예공모전과 각종 백일장에 부지런히 참여해 자주 입상자가 나왔기 때문에 꽤나 이름이 알려져 다른 도시의 학생문사들과도 교류의 폭이 넓었다.

포항 출신으로 부산에서 고등학교를 나온 이산하(본명 이상백)와 서울 용산고등학교를 나온 홍경윤 등은 '태동기'와 자주 어울려 다녀 나는 한동안 '태동기' 출신 후배들 인줄 알았다. 나중에 '시운동'의 주축이 된 하재봉, 류시화(안재찬), 이문재 등도 문청시절부터 대구를 들락거리며 태동기와 가깝게 지낸 시인들이다.

고3 때 졸업을 앞두고 동아백화점에서 시화전을 가졌던 일도 생각난다. 박기영의 주도로 '59문학회'가 1977년 12월 20일 시내 고려백화점 화랑에서 창립 시화전을 가졌다. 시화전에는 나를 포함해 강남옥, 김경호, 김정학, 김정희, 나문석, 박기영, 서유장, 손태도, 윤상수, 이상수 등이 참여했다. 대구의 각 고등학교 대표 문사들을 다 끌어 모았다. '태동기'는 다른 동인에 참여할 수 없다는 군기(?) 때문에 동인으로 직접 참여하지는 않았으나 적극 후원하는 형태로 동참하기도 했다.

'59문학회'는 1981년 3월 첫 동인지를 발간하고 시내 왕실다방에서 두 번째 시화전을 가진 다음 해체됐다. 1982년 11월에는 권승하, 김용락, 박기영, 오승건, 이문재, 장정일 등과 시내 런던제과 옆 골목 탈다방에서 7인 시화전을 가진 일이 있다. 그 자리에서 나와 박기영, 권태현, 안도현, 장정일 등이 '국시' 동인을 결성하기로 하고 활동을 시작했다. 나중에 이정하, 김완준까지 가세하였으니 '국시'는 태동기와의 질긴 인연을 이어가는 문학 활동이었다.

'태동기'가 어느덧 50년 역사를 가진 문학회로 성장했다고 하니 감회가 새롭다. 중앙파출소 옆 심지다방 구석자리에서 뭉기적거리며 종일 죽치다가 어스름해지면 몇몇 친구들과 염매시장 곡주사에 가서 찌짐 안주에 막걸리를 마시며 문학 이야기로 침을 튀기던 그 시절이 다시 그립다.

아무도 약속하지 않았지만 또래의 문학 지망생들은 하루에 한 번씩은 심지다방에 나왔고, 사람들이 어느 정도 모이면 염매시장의 술판으로 이어졌다. 그 시절 우리가 토론하는 문학 혹은 시는 청춘의 덧난 상처를 아물게 하는 처방이었거나 암울했던 시대의 한 점 불빛이었고 한 모금 희망의 샘물이었다.

그들과 함께 한 세월

빛고을 광주를 애써 외면하고 있었지만, 세상은 시끄러웠다. 민주화 열망은 뜨거웠지만 한국의 대통령은 체육관에서 선출되었고, 미국의 대통령 레이건은 워싱턴 힐튼호텔 앞에서 괴한에게 피격을 당했다. 안기부는 학원침투 교포간첩단을 검거했다고 겁을 주었고, 경산에서는 열차 추돌사고로 50여 명이 사망했다.

어지러운 세상, 잊고 살라고, 까불지 말라고, 「가요톱 10」과 「뽀뽀뽀」가 방영되었다. 「국뽕(?)81」을 계기로 팔도의 맛집들이 여의도로 진출했고, 이용은 「잊혀진 계절」로 이듬해 조용필과 송골매를 제치고 MBC 10대 가수 가요제에서 가수왕과 최우수가요상을 동시에 수상했다. TV나 보며 죽은 듯이 납작 엎드려 있으라고, 에너지 파동으로 중단되었던 아침방송이 8년 만에 재개되었다. 그리고 프로야구가 개막되었다. 그런 와중에 최초의 우주 왕복선 컬럼비아호가 발사되기도 했다.

세상이 쓰라린 상처를 보듬은 채 묵묵히 숨을 죽이고 있을 때, 나는 문청(文靑)의 길로 접어들고 있었다. 욕망으로 가득 찬 세상사에 염증을 느낀 선비나 은자(隱者)들이 호젓한 삶을 영위하기 위해 강호에 숨어들 듯, 그렇게 문학의 세계에 심취되어갔다. 하지만, 문학의 세계 역시 치열했다. 선비나 은자들과 달리, 모든 걸 얻기 위해 강호무림에 몸을 던진 무사들이 넘쳐났던 것처럼 백일장과 현상문예를 통해 일합을 겨뤄 이름을 날리려는 얼치기들이 적지 않았기 때문이었다.

1917년에 개교했던 나의 모교 용산고등학교는 해방과 함께 새롭게 문을 열었다. 당시 국어교사였던 고 안수길(소설가) 선생님의 지도로 고 오상원(소설가) 선배가 주축이 되어 용담문예반(龍潭文藝班)을 결성하였고,

---

홍경윤 1982년 서울 용산고 졸업. 인천대 국문과 졸업. 『주부생활』 기자, 『HIM』편집위원 등을 거쳐 현재 FM사업단 상무.

최초로 정기적인 문학발표회를 여는 등 남다른 문예반 활동으로 주목을 받았다.

이북출신이 많았던 용산고는 학풍이 유별났다. 대부분 해방촌 일대 무허가 판잣집에서 기거하고, 방과 후에는 남대문시장에서 잡역을 하며 고학을 했기에 정서가 우악스러웠다. 스스로의 신세를 화투판의 한 끗에 해당하는 38에 빗대어 '따라지'라고 자조했기에 작품 성향도 독특했다. 다른 학교 문예반 학생들이 서정적 작품세계에 빠져있을 때, 이들을 지배한 것은 분단과 죽음, 그리고 생존이었다.

용담문예반은 1960년대 초 정희성(시인), 윤후명(시인·소설가), 고 임정남(시인) 선배 등이 대학백일장을 휩쓸며 전성기를 구가했다. 이들은 1969년 강은교(시인), 김형영(시인) 등과 시 동인지 「70년대」를 결성하여 문단에 신선한 충격을 던졌다. 그러나 전성기 이후 20여 년 간 용담문예반은 명맥만 유지하고 있었다. 오죽하면 내가 연세대 백일장에서 시부 장원을 하자, 무려 16년 만의 일이라며 수상작 「불사조」를 전교생 상대로 국어 수업을 할 정도였을까.

선배들의 명성에 걸맞지 않게 나는 참으로 외롭고 쓸쓸하게 문학의 꿈을 키워야 했다. 어쩔 수 없이 강제로 문예반에 끌려 온 동기들은 학구파들이라 『수학의 정석』이나 『종합영어』를 베개 삼고 있었다.

용산고·경기고·서울고·경복고·경기여고·진명여고·무학여고·창덕여고·숙명여고 등이 참여한 서우문학회(書友文學會)라는 연합 서클이 있었지만, 치졸한 질투의 장이었다. 문학적 자극을 얻는 곳이 아니라, 학교의 명예를 위한 저급한 전투장이었다. 대건고의 태동기가 주도하는 대구의 고교문단과는 비교할 수가 없었다. 이런 와중에 나는 연세대와 동국대 백일장을 통해 이른바 '백일장 문단'에 등장했고, 이를 계기로 태동기와의 인연이 시작되었다.

여름방학을 앞누고 대구에서 열리는 '22인 시화전'에 참여하라는 연락을 받았다. 동대구역에는 당시 경북여고 문예반원이었던 두 여학생이 마중을 나와주었다. 시화전이 열린 시청 근처 갤러리와 염매시장의 곡주사에서 만난 여러 선배 및 동기들과 사형(詞兄)의 인연이 시작되었다. 대구의 젊은 지성과 문화예술인들이 시대적 울분을 삭이던 곡주사는 그런 이유로 나에게도 특별한 의미로 남아있다.

시화전 기간 동안 태동기와 대구 문청들의 성지(聖地)이자 집합소였던 심지다방과 염매시장에서 술과 문학적 세례를 아낌없이 받았다. 그때의 추억 하나가 '노털카'이다. 암울했던 시대에 유행했던 '노털카'는 중간에 잔을 놓지도 말고, 털지도 말고, '카' 소리를 내지도 말고 단숨에 마시는 것이다. 부마항쟁과 10·26으로 찾아 온 절호의 기회를 민주세력이 머뭇거리다 놓친 것과 달리, 군부세력은 거침없이 단숨에 권력을 잡은 세태를 풍자한 것이라고 할 수 있다.

당시 태동기의 김상훈, 김완준, 김현하, 오석륜, 이원만 군 등이 나와 동기였다. 나는 시화전이 끝나고도 김완준 군의 하숙집에 머물면서 문학에 대한 열정을 토로하며 밤을 지새웠고, 마침내 의기투합하여 '문학여행'을 떠났다. 김완준 군의 재산목록 1호였던 독수리표 카세트 녹음기를 전당포에 잡히고 마련한 경비로 호기롭게 떠난 여행의 첫 방문지는 박덕규 선배의 본가가 있는 상주였다. 대낮부터 시장통에서 다이애나 스펜서와 찰스 왕세자의 세기의 결혼식을 보면서 순댓국에 소주를 마셨고, 역시나 쉼 없는 대화를 나누었다. '우후죽순(雨後竹筍)'. 나의 문학적 깨우침은 그렇게 시작되었다. 이후 김완준 군과 「보는시」 동인을 만들어 『말의 외출』 등의 책을 펴냈다. 입대와 취업, 번다한 생활로 몇 년 만에 동인 활동을 접어야 했지만 내 삶의 치열했던 한때의 여정이 오롯이 담겨있는 유산이다.

어느덧 40여 년의 세월이 흐르는 동안 나는 태동기의 류후기, 홍승우, 조성순, 권태현, 박덕규, 하응백, 곽호순, 안도현, 이정하 선배 등과 더러 혹은 자주 만나며 교유했다. 특히 김완준 군과는 문학적 동인으로서 뿐만 아니라, 한때 직장 생활과 자취를 함께하는 등 가장 오랫동안 가장 깊은 친구로 살아오고 있다. 서로 취향도 다르고 성격도 다르지만 누구보다 서로를 잘 알기에 변함없는 우정을 나누고 있다.

따지고 보면 나와 김완준 군의 만남 이전에 이미 대건고와 용산고 문예반은 인연이 있었다. 바로 고 이재행 시인(대건고)과 윤후명 선배(용산고)

의 만남이 그것이다. 두 분은 나와 김완준 군처럼 고교 재학시절 당시 최고 인기였던 『학원』지에 글을 발표한 것을 계기로 교유를 시작하여 깊은 우정을 나누었던 것이다.

김완준 군과 더불어 오랜 세월을 가까이 한 태동기 친구는 김현하 군이다. 김현하 군은 털털한 듯, 무심한 듯 하지만 속이 무척 깊은 친구이다. 가끔씩 뵙는 도광의 선생님의 '제자 사랑'과 '문학에 대한 열정'도 참으로 부러웠다. 사춘기 때 불의의 사고로 형을 잃은 나에게 박덕규 선배는 든든한 버팀목이자 의지처였고, 권태현 선배는 나를 학원사가 발행하던 『주부생활』에 기자로 취직을 시켜주기도 했다. 어디 이뿐이랴! 안도현, 곽호순, 이정하 선배와 함께 했던 눈부신 시간들도 영원할 것이다.

이처럼 켜켜이 쌓인 태동기와의 추억으로 일부 지인들은 내가 당연히 대건고 출신으로 알고 있을 정도다. 40여 년 동안 태동기의 곁불을 쬐며 인연을 이어왔기 때문이다. 그래서 감히 고백하건데, 태동기는 나에게도 문학과 삶의 원천이었다.

여담 하나를 털어 놓자면, 중앙대로 진학하여 서울에서 자주 만났던 태동기 출신의 A군이 휴가를 나왔다. 당시 공수부대원이었던 A군이 찾아온 곳은 김완준 군과 나, 그리고 후배 하나 이렇게 셋이 칼잠을 자야 하는 봉천동의 자취방이었다.

수중에 돈은 없고, 비좁은 방에 무릎을 맞대고 술판을 벌렸다. 깡소주나 다름없는 술자리가 절정을 향할 즈음이었다. 무더위 때문에 속옷차림으로 술을 마시던 A군이 팬티까지 홀랑 벗어던지고는 집 밖을 향해 전력질주를 하는 게 아닌가. 서울대사거리에서 신림사거리 인근까지 야밤에 활주극이 펼쳐졌다. 앞서가는 A군은 당연히 나체였고, 뒤따르던 우리 역시 팬티바람이나 다름이 없었다. 불과 몇 달 전에 제대한 나는 저러다 A군이 경찰에게 잡히면 군기교육대가 아니라 영창감이라는 생각에 정신이 번쩍 들었다.

현역 공수부대원을 예비역 전투경찰 출신이 따라잡기란 여간 고역이 아니었다. 겨우 A군을 체포(?)했지만 집으로 돌아가는 길도 만만치 않았다. 결국 술값조차 아껴야 하는 형편임에도 어쩔 수 없이 길가의 여관으로 들어가야 했고, 술자리를 함께 했던 후배가 옷가지를 싸들고 와서야 집으로 복귀할 수 있었다. 암울한 시대와 갑갑했던 군대 생활에 대한 스트레스가 뒤섞여서 벌어진 해프닝이었으리라.

3부 아름다운 시심

삼월에 오는 눈

삼월에 눈이 온다고 전화가 왔다
아직도 괭이갈매기 나는 바다를 좋아하느냐고
아직도 연두색 베레모를 쓰고 다니느냐고
아직도 청춘으로 술을 마시고 다니느냐고
음성이 젖어 있었다

공원에 핀 산당화가 빨간데
담에 핀 개나리가 노란데
눈이 와서 하얗다고 전화가 왔다

추억이 경편기차(輕便汽車)를 타고 있다고
추억이 나귀가 끄는 마차를 타고 있다고
추억이 앵초꽃 분홍 입술로 눈을 맞고 있다고
음성이 젖어 있었다

통화가 끝나고
서느렇게 젖는 외로움
눈이 그치고 있었다

도광의 1959년 대구 대건고 졸업. 경북대 국문과 졸업. 1965년, 1966년 대구매일신문 신춘문예 당선. 1978년 『현대문학』 천료. 시집 『갑골길』 『그리운 남풍』 『하양의 강물』. 대구문학상, 금복문화예술상, 대구시 문화상 수상. 1971년~1996년 대구 대건고 교사로 있으면서 태동기 지도교사를 맡아 수많은 문인 제자를 길러냄.

열차가 모량역 지날 때

목월 선생 생가가 있는
열차가 모량역 지날 때
산수유 하도 피어
역사 지붕도 산수유로 노랗다
그래, 목월에겐 산수유 노랗게 흐느끼는 봄이다
열차가 모량역 지날 때
앉았다 날아가는 못가 까치들이
찰방찰방 못물에 잠기면
목월 선생 생각하는 마음에도
찰방찰방 못물에 잠긴다

날도래와 까치

여름 한철 사는 쓰르라미 가여워 보이지만
세로로 난 작은 이마 무늬로 날도래 더 가여워 보인다
이마 무늬로 가여워 보이는 날도래
자갈 모래 나뭇잎 꽃대궁 엮어 바람 통하고 물 흐르는 개울가에서 타원형 실고치 집 짓고 산다

배 어깨 희고 검은 머리 검은 등이 광택 나는 까치는,
지상 높이에서 차경(借景) 좋은 데 골라 마을 가까운 나무에 둥지 틀고 사는 까치는,
설 쇠고 둥지 수리하느라 쉴 틈 없고 짝짓기하느라 분답다

외로움 달래며 우는 쓰르라미보다는
반가운 손님 온다고 우는 까치보다는
추우면 타원형 실고치 집 이끌고 이사 다니는
달빛에 얼음 반짝이는 개울에서 설 쇠는 날도래
세로로 난 작은 이마 무늬로 더 가여워 보인다

포플러

삼월은 이등변 삼각형
사월은 다도해 가까운 바닷바람
오월은 마침내 여자가 된다

여자는 못다 피운 사랑을 방울지우며
금호강 둑에서 나부끼고 있었다

그대까지도

옛적엔 수더분한 씀바귀꽃이
남자 마음 편하게 해 주었는데
요새는 수더분히 피던 씀바귀꽃도
남자 마음 편하게 해 주지 않는다
반가운 손님이 온다고 울던 까치가
화사한 얼굴로 치장한 까치 여자가
몰려다니며 수다스레 야단법석이다
사랑이 아니면 죽음이라고 말한 그대까지도
돈이 가는 곳에 정이 간다고
돈이 아니면 사랑이 아니라고 말하는 그대가 되었다

목어

물고기가 운다는 것이
나무가 운다는 것이
말이 되겠냐마는
밤마다 머리 풀어 하늘 소리 담은 나무로
자면서도 눈감지 않는다는
물고기 형상을 깎아
목어가 되어서 운다는 것이 말이 되겠다.

질긴 바람을 녹음한 나이테
속살 아프게 징한 소리를 내면
청량산 말끔한 산사 기슭은
억만의 이파리들도 유선형 물고기가 된다.
매달려 살면서 참 소리가 고팠던 물고기들
바람 센 날 소리 듣고 산사로 와와 몰려드는 것이다.

잘 때도 눈 감지 않는 물고기 의기(義氣)
속 비워 맑게 소리치는 목어(木魚) 앞에서
억만의 이파리들은 박수갈채로 답하게 되어 있다.
속 비워 소신껏 말하는 사람 그리워
마른 시대에 참 소리 한 마디 듣고 싶어
산사에서는 저렇게 또 목탁을 치는가 싶다.

변형규 1971년 거창농림고 졸업. 영남대 대학원 졸업. 『대구문학』, 『월간문학』으로 등단. 한국문인협회, 대구문인협회 회원. 솔뫼문학회 회장 역임. 시집 『송방울박새』 『평의바람꽃』 등. 2008년~2014년 대건고 교사로 있으면서 태동기 지도교사를 지냄.

겨울비

월사금 오백 원을 내지 못해
학교에서 쫓겨났었습니다.
겨울비를 맞으며
집으로 돌아 올 때
거름 지게 비에 젖은 아버진
쫓겨 오는 녀석을 차마 바로 보지 못하시고
어머니는 할 일 없이 부엌에서
가난한 빈 그릇만 덜거덕거리셨습니다.
마굿간 암소도 무얼 아는지
하늘 담은 눈만
커다랗게 꿈뻑이고 있었습니다.
낮게 드리운 청솔가지 타는 연기가
눈시울 속까지 자욱해 오는데
생손가락 아려오는 그 때 풍경이
아직도 골목길을 맴돌고 있습니다.

사문진 엘레지

사문진(沙門津) 나루에 노을이 익어
강물은 백만 송이 장미를 띄우는데
노을이 익어 노을이 익어
그대의 붉은 얼굴 다시 보이네
머리카락 내음새 촘촘히 심어두고
속세를 버리고 사문(沙門)에 든다면서
흑백의 사진첩에 들어간 여인
그대 떠나 이후로 나의 노을은
날마다 울먹이는 그림이었다
기억은 흑백이지만 추억은 천연색
다시 찾은 사문진 주막집에서
장밋빛 추억 속의 그녀를 불러내본다.

초록의 유언

내 관 속에는 아무 것도 채우지 말라. 물빛도 대답도 안경도 발자국도. 그저 당신들을 한 잎 한 잎 초록으로 채색하던 붓자루의 휴식으로 남게 해 달라. 초록의 어머니인 풀잎의 미소 한 뿌리 채워 달라. 내 삶은 조약돌보다 따스하지 못하였으니 초록으로 물들던 강가의 조약돌 하나 손에 쥐어 달라. 안개 속에서 어제를 흑흑 울다 고개를 드는 초록휘파람고요새의 새벽을 채워달라. 새벽이 아침 식사를 하는 동안 온몸을 푸르게 흔들며 적선하는 상추의 의상을 온전히 입혀 달라. 그리하여 그 가득한 초록의 힘으로 저 우주로 날아가게 해 달라. 가서 유영하며 초록의 바다가 출렁이는 별, 지구를 바라보게 해 달라. 내 깃털의 무게가 지상에 남겨진 무게와 어떻게 어깨동무하며 날아오르는지. 날아서 어느 우주의 숲에 누워 심해(深海)보다 깊은 향기를 품은 초록으로 잠드는지, 어느 우주의 숲에 앉아 아침보다 고요한 향기를 지닌 초록으로 다시 태어나는지 묻지 말아 달라.

신영조 1982년 능인고 졸업. 2005년 『현대시학』 신인상 당선. 2012년 달구벌백일장 고등부 지도교사상 대구문인협회장상. 2016년 달구벌백일장 고등부 지도교사상 교육감 표창. 2016년 대구문인협회 올해의 작품상 수상. 2017년 상화백일장 고등부 지도교사상 교육감 표창. 1996년~2008년 대구 대건고 교사로 있으면서 태동기 지도교사를 지냄. 현재 효성여고 재직 중.

얼음의 질문*

누가 나를 찬 여자라고 말했어요
다치고 싶지 않으면 얼음처럼 입 다물고 지내세요
입 다문 하루가 허기지면 냉장고를 열어 보세요
물렁하게 살아왔던 자신을 시원하게 얼려 보세요
다시금 시린 청춘을 깨물어 보고 싶지 않아요
상처 없이 굳어지는 사람이 어디 있겠어요
희디흰 물 한 바가지 마시고 굳어지고 싶어요
한세상 이 꽉 깨물고 버티고 있어 보세요
달콤한 아이스크림으로 변할 지도 몰라요
얼음이 변신하여 함박눈이 내리는 기쁨도 누릴 수 있어요
내 속의 얼음을 함부로 깨뜨리지 말아 주세요
단단한 무게 중심을 끌어안은 얼음 속에서
북극처럼 잠들고 싶어요
내 속의 얼음을 잠들 때처럼 서서히 녹여 보세요
한세상 시원한 눈물이 나올 때도 있어요
누가 나를 찬 여자라고 말했어요

---

* 2016 대구문협 올해의 작품상 수상작

소설(小雪)과 소설(小說) 사이

읽고 나면 사라지는 이야기가 있다
투명해서 읽을 수 없는 이름이 있다
흔적을 남기지 않고 떠나가는 법을 아는 이야기
잊혀질만하면 눈에 파묻히는 겨울이야기

나보다 많은 눈은 소설 속에 살고 있다
펑펑 우는 눈
가득 가득 몸을 비우는 눈
나보다 많은 눈은 이야기를 흩날리며 살고 있다

눈송이로 살아가는 수많은 사람들
희다는 것은 추워서 눈이 부시는 이야기
일생이 머문 너의 손금 위에 앉은 눈 한 송이
흔적도 없이 사라지는 이야기

손을 쥐어 본다
겨울이야기처럼 한세상 한 움큼

아름다운 시심(詩心)

효성여자고등학교에서 근무하던 제가 대건고등학교로 이동해 온 것은 2009년도였습니다. 20여 년 동안 여학교에서만 있다가 남학교로 근무지를 옮긴 뒤에, 새 학교에서의 적응과 더불어 낯선 남학생들과 소통하기 위해 나름대로 애를 많이 썼습니다. 그러던 중 옆자리 선생님의 권유로 페이스북을 하게 되었고, 그를 통해 남학생들이 어떤 언어를 쓰고, 무슨 생각을 하고, 무슨 소망을 갖고 있는지, 심지어 어떤 욕을 하는지도 알고자 했습니다.

해마다 12월 중순이 넘어가면 대건고등학교 교무실 화이트보드에 수시합격생들의 이름이 대학별로 오글오글 적히곤 했습니다. 서울대, 연세대, 고려대, 서강대, 성균관대, 한양대, 중앙대…… 소위 말해 잘 나가는 서울권 대학에 합격한 3학년 학생들의 이름이 말입니다.

그 빼곡한 글씨들은 아무런 감정 없이 나열되어 있었지만 수없는 희비와 사연들이 그 안에 숨어 있었습니다. 기쁨과 당당함과 흐뭇함이 숨겨져 있는가 하면 안타까움과 숱한 고민들이 숨어있기도 했겠지요. 굳이 합격생 이름들을 특정 대학교명 옆에다 그렇게 써 붙여 게시를 해야 하나 하는 생각과, 그 화이트보드를 바라보면서 후회와 번민으로 괴로워할 학생들을 생각하면서 마음 한 구석이 불편했던 기억을 떠올립니다.

그 시기에 그 학생들을 생각하면서 페이스북에 써 올린 글이 있습니다.

"다른 이들의 성공을 보며 느끼는 후회와 번민과 약간의 시기심 같은 것 모두를 자신을 위한 에너지로 바꿀 수 있는 사람만이 미래에 성공할 수 있는 사람입니다. 운전 면허증도 실패 없이 한 번 만에 따 버린 사람은 자칫 운전을 너무 쉽게 생각해 함부로, 혹은 거칠게 차를 몰게 되듯이, 한 번도 실패하지 않고

진선주 1983년 효성여대 국문과 졸업. 경북대 교육대학원 국어전공 교육학석사 졸업. 효성여중 교사, 효성여고 교사를 거쳐 2009년~2017년 대건고 교사로 있으면서 2012년 1월~12월 태동기 지도교사를 지냄.

승승장구하는 사람보다 한두 번, 아니 몇 번의 실패를 거쳐 자신의 인생 궤도를 찾는 사람이 훨씬 더 진중한 사람이 될 확률이 많습니다.

인생 '새옹지마'니, '전화위복'이니 하는 말 잘 알고 있지 않습니까? 다만, 그런 역전과 변화, 발전의 기회는 넋 놓고 앉아있는 사람에겐 찾아오지 않습니다. 당장의 삶의 목표가 화이트보드에 자신의 이름이 적히는 것이라면 부디 '절치부심(이를 갈고 마음을 썩임, 대단히 분하게 여기고 마음을 썩이다)' 하기 바랍니다.

나는 실패했는데 성공한 다른 이를 보고 속을 썩이고 분하게 여기라는 말이 아니고, 자신의 의지 나약함을, 미래에 대한 설계 부족을, 자존감의 부재를 분하게 여기고 다시는 같은 짓을 반복하지 않겠다고 스스로 다짐하라는 말입니다. 그게 아니라면 전혀 다른 세상으로, 자기만의 꿈을 찾아 화이트보드 밖의 세상으로 날아가십시오. 지금까지와는 전혀 다른 눈으로 세상을 보고, '학교'라는 새장을 벗어나 높이 높이, 자유롭게 날아가기 바랍니다."

자칫 도발적으로 보일 수 있는 글이었지만, 나의 진심이 담긴 위로이자 격려의 말이었습니다. 돌아보면 입시를 가장 중요한 목표점으로 보고 달려가는 인문계 고등학교(더군다나 자사고!)에서의 근무 자체가 내게는 힘들고 코드가 맞지 않는 일이었는지 모르겠습니다.

대건에 옮겨 온 첫해에 담임을 하면서 특별활동 부서로 '문학답사반'을 만들어 소수의 학생들을 데리고 문학기념관이나 시비(詩碑)를 찾아 답사를 다녔습니다. 다음해에는 이름을 '문화체험반'으로 바꾸어 미술, 사진 전시회, 예술영화 관람을 위해 학생들을 데리고 갔고, 상설 동아리인 '태동기' 지도교사를 맡게 된 이후에도 기회만 되면 때론 특별활동반과, 때론 태동기 학생들과 함께 학교를 벗어나 답사 활동을 계속했습니다. 두류공원 내 문인과 예술인들의 인물 동산, 경주 보문단지 내 홍도공원과 불국사 옆 목월 · 동리문학관, 그리고 김동리 문학의 산실인 황성공원, 안동 이육사문학관과 하회마을, 거제와 통영에 있는 청마문학기념관과 시인 청마의 편지 이야기가 깃든 통영우체국, 효성여고 시 창작 동아리 '울림'과 함께 방문했던 이해인 수녀의 해인 글방과 부산 광안리 바닷가까지…… 참 많이 돌아다녔던 것 같습니다.

답사를 다녔던 곳곳에서의 크고 작은 기억들이 아직도 기억에 선명하게 남아 있습니다. 경주 보문단지 안, 박목월의 시비 앞에 펼쳐진 보문호수를 향해 잔돌을 집어서 물수제비를 뜨며 쉬 자리를 떠나지 않으려 한 학생들의 뒷모습, 안동 퇴계 종택에서 고택을 지키고 계신 어르신과 어설픈 큰절을 주고받으면서 종택의 역사와 옛 선조들의 삶의 이야기들을 듣던 학생들의 진지한 표정, 이육사문학관을 관리하고 있던 시인 이육사의 외동딸 이옥비 여사와 나누었던 육사에 관한 이야기, 안동 시장 안에 있던 '1박2일'팀이 다녀갔다는, 머리가 천장에 닿아 고개를 숙인 채 낄낄거리면서, 뜨거워 호호거리며 나눠 먹었던 안동찜닭의 맵고 달콤한 맛…….

그중에서도 가장 기억에 남는 것은 이육사문학관을 최종 목표점으로 하고 답사를 가던 중에 들렀던 도산서원 주차장에서 서원 입구까지 죽 늘어서 있던, 눈부신 황금빛과 선홍빛 단풍나무들의 기막히게 아름답던 빛의 향연! 학생들 중 누군가가 함께 걸어가던 옆에 친구를 보며 했던 말이 기억납니다.

"와~ 나는 별로 감성적이지는 않은데, 이건 진짜 내가 지금까지 본 것 중에 제일 예쁜 색깔이다!"

그 아름다운 정경에 다들 마음을 빼앗긴 것인지, 산기슭 쪽으로 층층이 자리잡고 있던 도산서원을 등지고 작은 호수 앞에 놓여 있는 몇 개의 벤치에 나눠 앉아서 다들 특별히 할 말이 없으면서도 한참을 앉아있었던 것이 기억납니다.

특별활동 동아리반과 상설 동아리 '태동기'의 활동이 뒤죽박죽 섞여 이루어진 대건에서의 특별한 여정들은 빡빡한 일상 가운데에서도 외유(外遊)를 통한 순간의 여유를 만끽하게 해 주었고, 그 여정을 통해 남학생들의 투박하고 거친 태도 안에 숨겨진 순수함과 따뜻한 감성을 알게 되었습니다.

다람쥐 쳇바퀴 돌아가는 것 같던 교내에서의 획일적인 삶이 싫었던 사심(私心)이 작용한 건지는 모르겠지만 학생들을 데리고 다닌 나의 '특별한 활동'은 시간이 지나면서 창의적 체험활동으로 이름이 바뀌고, 시간적으로 제약도 받게 되고, 교육과정과 학사 일정이 바뀜에 따라 어느 순간 멈추게 되었지만, 젊지 않은 나이에 렌터카를 빌려 운전하다가 졸기라도 할까 봐 학생들 몰래 각성제까지 마셔가며 장거리를 돌아다닌 그 여정들을 통해, 누군가에게서 들은 얘기–남학생들은 여학생들에 비해 시적 감수성이 떨어진다–가 틀렸음을 확인하고 싶었고, 학생들의 답답한 가슴 안으로 잠시나마 시원한 바람을 불어넣어주고 싶었습니다.

비록 짧은 기간 동안 '태동기'의 지도교사 노릇을 했지만, 그들이 지니고 있는 '시'에 대한 관심과, 창작에 기울이는 노력 자체만으로도 그 학생들이 너무나 특별해 보였습니다. 가을에 아주 짧게 열리는 축제 기간, 시화전에 자신의 작품을 내걸고, 부스를 차려놓고 시창작과 관련한 게임이나 이벤트를 벌여 놓고 올망졸망 번갈아가며 자리를 지키고 있던 학생들을 볼 때마다 내 입가엔 절로 미소가 떠오르곤 했습니다. 활동적인 남학생들이 할 수 있는 다양한 취미와 관심사 중에 하필이면 저 아이들은 소위 말하는 '삘(feel)'이라는 것이 머리 아픈 '시'에 꽂혔을까 싶어서, 한편 측은하기도 했지만 한편 기특하기도 했으니까요. 돌아보면 그들이 썼던 시에 관한 이야기를 나누거나 창작과 관련된 지도를 해 주는 것은 내 능력 밖이었고, 그럴 시간도 없었지만, 그 어려운 작업을 태동기 학생들은 용하게도 대를 이어 끊어지지 않게 이어가며 해 내고 있었습니다. 부끄럽게도 지도교사가 누구든 상관하지 않고 말이지요. 마치 훌륭한 선배들로부터 대대로 이어 내려오는 눈에 보이지 않는 '시심(詩心)의 유전적 에너지' 같은 게 있기라도 한 듯 말입니다.

이제 나는 대건에서의 교직생활을 끝으로 2017년 2월에 명예퇴직을 하고 집으로 일터를 옮겼습니다. 아직은 학교에서의 기억들이 완전히 지워지지 않았고, 또 태동기 학생들 중에 몇몇이 가끔 안부를 물어오기도 하니, 내가 한때 대건고등학교 교사였고 또 '태동기' 지도교사였던 건 분명한 사실인 것 같습니다.

지나간 어느 가을, 대건고등학교 본관 현관 앞에 죽 늘어서 있던 시화작품 뒤에 쑥스러운 듯이 뒷짐 지고 서 있던 한 학생의 모습이 떠오릅니다. 무엇이 그때 그 아이에게 시를 쓰게 만들었을까 생각하면 마음이 따뜻하고 숙연해집니다. 눈이 마주치자 쑥스럽게 고개를 돌리던 그 학생의 모습이 너무나 예쁘고 사랑스럽게, 오래오래 기억에 남습니다.

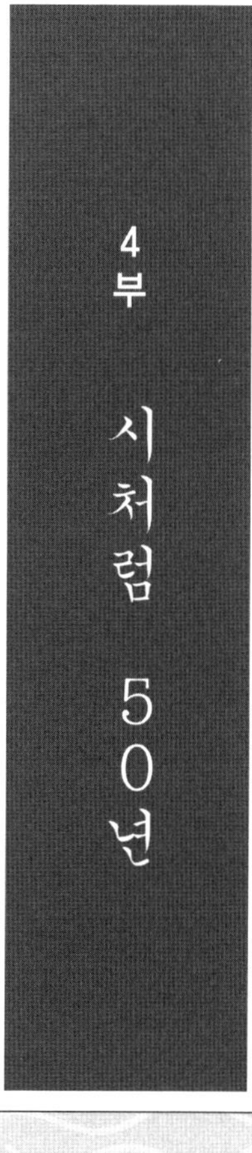

4부 시처럼 50년

경작지

들판에 서면
햇볕이 정장을 하고 있다.
저 햇볕의 등 너머
내 영혼의 경작지가 있으리.
그곳엔 해 돋는 날 놓쳐버린
말(言)들이 방목되고 있으리.
해는 언제나 정장 차림으로
함지를 향해 걸어가고
말(言)들은 야생의 발목으로
울타리를 넘기도 했다.
해지는 길이 보이는 날
휘파람 한소리로
내 야성의 말들을 불러 모아
고삐를 채우고
내 영혼의 경작지 골 깊게 갈아
오래지지 않는 꽃 심을 수 있을까.

박상옥 태동기 특별회원. 1964년 대구 대건고 졸업. 1993년 『심상』으로 등단. 시집 『내 영혼의 경작지』 『허전한 인사』 『세월걸음』 등. 대구시인협회 부회장 및 감사, 대구가톨릭문인회 회장 역임. 현재 대구시인협회 이사. 본명 박상순.

나비는 길을 묻지 않는다

나비는 날아오르는 순간 집을 버린다.
날개 접고 쉬는 자리가 집이다.
잎에서 꽃으로 꽃에서 잎으로 옮겨 다니며
어디에다 집을 지을까 생각하지 않는다.
햇빛으로 치장하고 이슬로 양식을 삼는다.
배불리 먹지 않아도 고요히 내일이 온다.
높게 날아오르지 않아도
지상의 아름다움이 낮은 곳에 있음을 안다.
나비는 길 위에서 길을 묻지 않는다.

무너짐에 대하여

작은 멧새의 울음에도
겨울은 황홀하게 무너져 내립니다.

그렇지요.
황홀하게 무너져야지요.
눈물보다 웃음으로
꽃의 영광으로 무너져야지요.

나비의 입맞춤에 꽃은 문이 열리고
물총새 부리에 숭숭 뚫리는 강물.

달맞이꽃 씨방 터지는 소리에
산의 정적이 가벼워지고요.
들판을 품은 아지랑이
봄비 한 방울에 초록을 내어 놓습니다.

궁시렁거리며 앞서는 세월
청춘은 어기대며 주름살 내어놓습니다.

形容詞의 가을

마리아 에메리따 수녀가 흰 말을 타고 가버렸다 무릇 모든 일체가 부서지고 나는 누워서 數百里 밖 푸른 하늘을 바라보았다 가문비나무의 슬픈 一葉 二葉이 지고 있었다 아 나의 無知도 이제 그 허무를 버리고 속절없는 가을의 눈시울이 적셔지고 있나니…

이재행 태동기 특별회원. 1965년 대구 대건고 졸업. 1963년 대건고 재학시절 3인 시집 『꽃의 言語』와 동인지 『抛物線』 발간. 1968년 매일신문 신춘문예에 시 「아침 遠景」 당선. 1969년 『現代詩學』 신진신인 특집에 시 발표. 1990년 시무크 『展開』 창간. 시집 『形容詞의 가을』 『허공의 손장난』, 시선집 『그리운 절망』. 대구문학상, 금복문화예술상, 금오대상 수상. 경북도청 공보관실 근무, 모국어문학회 회원, 대구문인협회 부지회장 역임. 1996년 11월 7일, 지병으로 별세.

허공의 손장난

나는 그것을 버린다
그것은 잠시 허공에서
그 나름의 심상을 느낀다
가슴이 턱 밑으로 와서
찢어진 그대의 순결을 엿보며
無限大空의 허무를 맛본다
나는 누워서 그것을 느낀다
그것은 실의에 잠긴
사나이의 턱수염처럼
시무룩한 궁지에 몰린다
그것은 파도의 부서진
웃음을 되찾고
때로 환희의 노랫소리로 가득 찬다
절정의 흥건한 밤물결 속에
그것은 끈적끈적한 溫水가 되어
나의 무게 위로 스며든다
나는 그것을 움켜쥐고
손장난이 심한 밤바다를 건너가리라
아 은밀히 완성되어 사라지는 刑象이여

三更

그대 간 자리에 그림자 지도다
지는 잎 무심히 밤하늘에 당도하여
이 강산 거센 눈물을 감추고 있으매
흐르는 물 한 굽이 거슬러 흐르고
여우에게 홀려서 밤새 들을 헤맨다
홀로 이 세상의 끝에 나가
팔을 베고 누웠으니
長安의 뭇별들이 시름에 젖고
나는 끝내 잠을 설친다
부끄러운 곳을 나뭇잎으로 다시 가린 뒤
세상에서 더 이상 못할 짓을 다해 버린다

록키산맥의 국어선생

—한형근 선생님*을 생각하며

충청도 벽지학교에서
처음 교편을 잡았던 그는 어쩌다 상경하여
저녁이면 반쯤 술에 찌들고,
술힘으로 어떤 횡포에 무작정 항거하다
비위가 틀려,
동대문 집 부근 포장마차에
그의 전용 소주잔 하나 남겨둔 채
싸락눈 내리는 어느 초겨울,
알래스카 경유 태평양을 훌쩍 날아가 버렸다.
문교부장관 발행 교사자격증도
거기선 휴지.
용케 익혀간 침술로
표백되어가는 교민들의 살갗 찜질해주며
네 식구 그럭저럭 밥은 먹고 지내나,
눈 뜨면 늘 마주하는 록키산맥의 버터 바람이
비위가 틀려,
가, 나, 다, 라, 마, 바, 사,
아, 자, 차, 카, 타, 파, 하, 하…, 하……
숨쉬기가 어려워,
카우보이, 인디언, 산쵸들이 엉기는 술청
소갈머리 없이 지껄이는 수작들이

백종식 태동기 특별회원. 1968년 대구 대건고 졸업. 단국대 국문과 졸업. 『시문학』 제1회 우수작품상 당선으로 등단. 36년간 교직생활 후 명예퇴임. 옥조근정훈장 수훈. 대구시교육청 문예영재교육원 지도강사 역임. 시집 『록키산맥의 국어선생』 『나는 섬이 되고 싶다』 『그리운 무게』 등.

영 비위가 틀려,
록키 중턱에 질펀한 잡색노을 등 뒤로 하고,
이 저녁, 양주잔으로 소주를 마신다.

---

* 필자의 교생실습(1976년) 지도교사.

택배(宅配)

기다리는 눈은 오지 않고,
희한한 택배가 왔다.
물품명, '눈'.

가진 것 너무 없는 청빈한 불충을,
이 겨울 가기 전에 눈이 와야만
그것으로 신세진 이들에게
떡고물인양 한 접시씩 듬뿍 대접하리라
마음먹는 딱한 그에게
하늘의 다급한 부름 받은 천사로부터
택배가 왔다. 허나,

뛰는 가슴 누르며 박스의 포장과
뚜껑 조심스레 열었을 때,
아, 그 안에는
기다림의 열기 너무 뜨거웠던지
애써 부쳐온 눈뭉치들은 다 녹아져 없고,
그 대신 한가득 격려만이
하얗게 그를 향해 미소 짓고 있었다.
그는 얼굴 모르는 그녀에게
또 새로운 신세만 지고 말았다.

눈 오지 않는 이상한 겨울의
신비스런 택배
멀고 먼 그리움…….

까치밥
—사모곡

어머니는 늘 저녁때가 되면
맨 먼저 푼 더운밥 한 그릇 뚜껑 고이 덮어
아랫목에다 이불 씌운 채 밤늦도록 지키고 앉아,
보고 싶은 까치가 얼른 돌아와
맛있게 먹어주기를 목 빠지게 기다리셨다.

나는 여남은 살 무렵까지
해마다 늦가을 우리 집 마당의 감나무 위에
어머니 애써 남겨 놓으신 너덧 개 바알간 홍시를
까치가 날아와 맛있게 먹는 광경을
한번 제대로 본 적이 없기에

반가운 소식 물어와 전하는 까치이기는커녕
어머니는 으레 그러한 사람이려니
그 저녁밥 식기 전에 먹어드린 적 제대로 없는,
밤늦도록 하릴없이 나돌아 다니기만 한
한 마리 밉살맞은 오리새끼였다.

장태진

시처럼 50년

그때 그 날들은
눈에도 가슴에도
추억의 고향 같은 것
외면해도 피할 수 없는 인연
분칠로도 감출 수 없는 세월
죽을 병 아니지만 몸살도 병이 되고
곡절 많은 삶도 작품 될 때쯤
이 길 끝에 별빛 총총 보일 것 같아
—이 나이쯤 되면 소망도 욕심이라더니

살아가는 멋 오가는 눈치에
어울리지 않는 어깨동무
떠난 아쉬움
남겨진 무서움
버려지듯 외로워
그 언덕에 꽃잎 흩날렸는지 아련하고
가슴에 못되어, 시방도
하늘 무거운 날엔 온몸으로 돋는다
—혼자 마시는 술은 눈물 되기 십상이고

마음 쓸쓸하니 비로소 가을이었고
사랑 떠나면 낙엽지고

장태진 태동기 1대. 1971년 대구 대건고 졸업. 박상훈, 조동화, 조향순, 최철환, 하종오와 함께 「석필(石筆)」 동인으로 활동. 「石筆」 1~5집 발간. 경주 건천 무산고 국어교사를 거쳐 대구 유신학원, 대전 한샘학원, 대성학원, 서울 강동 명문학원, CBS대구방송, 부산 동래 대신학원(1996년~2012년) 등에서 강의.

찬바람 살갗을 할퀸다
고향 새삼 그리워도
나이 들었다는 이유로 세상 핑계로
그렇게 이해하기엔 너무 뻔뻔한 듯해
내 마음 들키기 전
별빛 길잡이 삼고 싶은 날
눈길만 먼 산으로 옮길 뿐이다
—불은 태우는 것이 아니라 따뜻하게 하는 것

내일을 바라봄은 아직도 서툴고
어제를 돌아봄은 괜히 벅차서
50년 첫 장부터 찬찬히
넘기는 장마다 여백 천지
아, 미완성! 모자란 이 욕망의 끝은 어디쯤일까
거울 앞에서 스스로 낯설 때쯤
나도 걸음 한 번 고쳐 걸어볼까
—걸음만 잘 걸어도 만병을 고친다는데

걸어온 길 이미 돌아갈 수 없을 만큼 멀고
눈 뜨고 있는 지금은 오늘이다

시작 후기

잠자리에서 일어나면 아침 햇살을 반가워하고, 식탁 앞에 앉으면 농부의 노고를 감사하고, 꽃과 낙엽들을 대할 때는 자연의 섭리에 경의를 가지고, 긴 여행에서 돌아오면 절대자의 가호에 안도하고, 보람 있는 발견에는 인지(人智)의 무한함을 경탄하고, 하루하루 고운 시간 앞에 순응할 줄 아는 용기와 지혜를 가진 사람으로!

무종교(無宗教)인 내가, 소소한 일상에서, 사랑하는 우리 손자 준이와 진이를 위한 기원입니다. 그리고 또, 세상은 기도(祈禱)처럼 다가와 주문(呪文)처럼 이루어지는 그런 헛된 곳이 아니라, 적어도 개념과 의식으로 사고하고 결정하는 정확한 현실이라는 당부의 말 또한 잊지 않습니다.

그런데 나는, 나는 누구를 위한 한 줌의 향기도 못 되면서 자신보다 나은 사람으로 보이려고 너무 안간힘 쓴 것은 아닌지! 거울에 비친 주름살 새삼스럽고, 좀 과했던 한 잔 술도 그 회복이 더뎌지는 때쯤, '어느 깊고 / 고운 기억들…… / 먼먼 지평에 / 노을 터지듯 / 국화 향기 마음속에 돌을 던진다'* 그때처럼.

---

* 『대건』 8호(1969년)에 실린 졸작 「국화」 중에서.

책

아버지, 라는 책은 표지가 울퉁불퉁했고
어머니, 라는 책은 갈피가 늘 젖어 있었다
그 밖의 많은 책들은 부록에 지나지 않았다

건성으로 읽었던가 아버지, 라는 책
새삼스레 낯선 곳의 진흙 냄새가 났고
눈길을 서둘러 떠난 발자국도 보였다

먼지가 찢긴 줄은 여태껏 몰랐구나
목차마저 희미해진 어머니, 라는 책
거덜난 책등을 따라 소금쩍이 일었다

밑줄 친 곳일수록 목숨의 때는 남아
보풀이 일 만큼은 일다가 잦아지고
허기진 생의 그픔에 실밥이 다 터진 책

박기섭 태동기 준회원. 1973년 대구 대건고 졸업. 1980년 한국일보 신춘문예 당선. 1984~1994년 오류 동인으로 활동하며 10권의 사화집과 1권의 선집을 냄. 시집 『키작은 나귀타고』『默言集』『비단 헝겊』『하늘에 밑줄이나 긋고』『엮음 愁心歌』『달의 門下』『角北』, 5인선집 『다섯 빛깔의 언어 풍경』, 4인선집 『머리를 구름에 밀어 넣자』, 박기섭의 시조산책 『가다 만 듯 아니 간 듯』 등. 매일신문, 중앙일보, 경상일보, 서울신문, 농민신문 신춘문예를 비롯하여 여러 신인상, 백일장, 문학상 심사위원을 지냄. 대구문학상, 오늘의시조문학상, 중앙일보 시조대상, 이호우시조문학상, 고산문학대상, 가람상, 백수문학상, 외솔시조문학상 수상. 오늘의시조시인회의 의장 역임.

뻐꾸기 우는 날은

뻐꾸기 우는 날은
뻐꾸기 울음터에
여남은 개 스무 개씩 돌팔매를 날려본다
돌팔매 날아간 족족
앉는 족족
너 있다

아니면 또 한나절을
꽃밭 가에 나앉아서
봉숭아 채숭아를 송이송이 헤어본다
다홍빛 분홍빛 속에
그 꽃 속에
너 있다

뻐꾸기 우는 날은
뻐꾸기 울음 따라
십 리쯤 시오 리쯤 자드락길 걸어본다
하현달 사위는 서녘
그 서녘에
너 있다

角北
—눈

1
角北에 눈이 왔다, 뿔이 다 젖었다

행여나 귀 밝은 눈이 눈치라도 챌까 보아

햇볕을 조리차하여 언 콧등을 녹인다

그렇듯 한동안은 음각의 풍경 속에

마을도 과수밭도 앞섶을 징거맨 채

안으로 번지는 먹물을 닦아 내는 시늉이다

2
풍경이 다 지워졌다, 백색의 암흑이다

겉장을 뜯지 않은 천연의 공책 한 권

먼데서 경운기 소리가 한 모서릴 찢고 간다

밤새 흐르지 않고 두런대던 골짝물들이

얼결에 생각난 듯 빈 공책을 당기더니

썼다간 찢어 버리고 찢었다간 다시 쓴다

유동추(流動錘)

고개를 숙이면 등이 아프다
몸집보다 사윈 등줄기가 원인일 테지만
중심이동을 두려워하지 않는 부작용의 상처들

나무가 제 가지를 자르지 못하는 것처럼
고개를 숙일 때마다
등줄기 후벼 파는 통증의 시간

움직임과 상관없는
그림자들 하나, 둘 거두어 품에 넣고
망망한 하늘이나 향하는 일탈
불명의 시작과 끝이 당겨져 정지되고
상처에 길들여진 세월의 흔적

무게중심을 달고
뻣뻣해진 고개를 숙인다.

김다호 태동기 준회원. 1974년 대구 대건고 졸업. 1982년 『도가니문학』으로 등단. 시집 『경계에 서성이다』 『말들이 고여 있다』 등. 송파문인협회 이사, 강서문인협회 자문위원, 현재 서울홍사단 대표. 구명 김영태.

잠 속의 잠

차단기 앞에 서면 텅 빈 가슴속에서 기적소리 들린다
저무는 노래들 바람에 휩싸여 레일위로 눕고
빛인 듯 바람인 듯 흘러가는 철길을 멍하니 바라볼 뿐

눈을 감으면 장자의 껍질을 깨고 나와 날갯짓 하는
나비들 까마득 하늘을 뒤덮는데
거친 매듭을 닮은 나비 떼들 속에서 허둥대는 사이
가물가물 춘몽을 향해 흘러가는 기차

잠자고 싶을 때 잠들 수 없고
낮에도 밤에도 깊은 잠에 빠지지 못하는 것은
풀리지 않는 매듭으로 가득한 내 몸 때문일 테지만
철길위로 나비되어 퍼붓는 함박눈 보고 있으면
더욱 간절한 잠, 잠, 잠

꼬여진 매듭을 더듬을수록 잠은 잠속으로 숨어버리고
차단기 너머 스멀대는 잠의 소리를 깨물고 있으면
밤은 이승도 저승도 아닌 채 깊어간다

내 머릿속에는
벌겋게 녹슨 채 열릴 줄 모르는 차단기가 있다

양화환도(楊花喚渡)*

내 마음의 길 위에서 서성이는 그대
저 강물에 배를 내어 그대에게 닿으려니
부디 그대로 멈춰 계시라

기억처럼 반짝이는 잔물결 위에
진주빛 햇살은 눈부시게 쏟아지고
바람은 등을 밀어 강 건너를 재촉하는데
양화나루 뱃사공은 더디기만 하여라

물빛도 바람도 모두다 그대 향기
어디로 흘러가도 그대에게 닿는 것을

모른다 모른다
강물 혼자 일렁이네

* 겸재 정선의 그림.

내가 사는 세상

내가 사는 세상
그 곳에
그 자리에
그 시간에 내가 없어도
미루나무는 흔들리고
버짐은 핀다.

내가 사는 세상
그 곳에
그 자리에
그 시간에 내가 없어도
길 위에 길이 있고
타는 하늘 돌아누워도
돌아가는 세상

홍승우　태동기 5대. 1975년 대구 대건고 졸업. 1995년 계간 『동서문학』 신인작품상으로 등단. 시집 『식빵 위에 내리는 눈보라』. 2014년 「한민족작가상」 본상 수상. 2015년 중국 「시향만리문학상」(해외상) 수상. 대구문인협회 시분과위원장, 대구시인협회 편집홍보국장, 텃밭시인학교 교장 역임. 현재 대구시인협회 이사, 미당문학회 대구지회장, 문학풍류 편집위원. 본명 홍성백.

식빵 위에 내리는 눈보라

우리들 사랑의 나라
식빵 위에 내리는 축복의 눈보라
가난한 언어는 빛나고
식빵 위에 사랑의 버터를 바른다.

어둠이 마을로 내려올 때
우리는 양식을 걱정하며 물러앉는다.
마음을 태우는 햇볕은
바람을 불러낸다.

길 잃은 숲으로 강으로
겨울을 떠메고 떠나는 아들아
숲은 고요를 감추고 강은 잠잠하니
무너진 흙벽 더미에서
마른 입술 부비며 피어라 꽃아,

우리들 사랑의 나라
식빵 위에 내리는 축복의 눈보라
마을에 낮게 내려앉은 햇볕은
어디에나 살아서 떠돌고
어둠 속 도란도란 얘기를 나누며

따뜻한 마음에는 양식이 쌓인다.
별에 묻혀 지낸 오늘
문밖으로 내동댕이쳐진 얼굴, 어디에도
꽃은 모습을 드러내지 않는다.

멀고도 먼 나라의 입김과 가까운 나라의
꽃의 비밀을 새기면서
우리들 마을의 물레는 돌고 있다.

그래도 오늘만은

젖고 젖은 자여, 그대 적신 날개 아래
몸 풀고 있는 산
비 그친 뒤 젖은 자는 구름을 타고 앉아
조촐한 식탁을 마련한다.
길 떠나는 자여,
깨닫지 못한 꽃잎 하나 흔·들·리·면
아직은 깨어 있는 꽃
마른 눈물 데워질 때까지, 산 너머
꽃잎 피는 소리에 녹아드는 그리움
안타까움만 쌓이는데
잴 수 없는 것은 약속 어긴 마음뿐인가.
잠시 즐거워하는 자여,
그래도 오늘만은 꽃잎 지는 소리에
거짓은 진실을 드러내고
발자국은 그림자를 문지른다.

찔레꽃

별의 슬픔 품고 살겠네
달의 서늘함 안고 춤추네
하얀 꽃 잎사귀 하나
가지 흔들고 줄기 흔들고 뿌리 흔들고
나를 흔드네
노을 뿌린 길, 서쪽하늘 흔드네

가시 단단해지기 전에
웃어도 슬픈 꽃
송아지 울음보다 허전한 꽃
향기에 숨막히는 봄 별빛 안고
붙잡을 엄마치마
아! 없네

서정윤 태동기 7대. 1977년 대구 대건고 졸업. 영남대 국문과 졸업. 1984년 『현대문학』으로 천료. 시집 『홀로서기』로 한국 시집 사상 최초의 밀리언셀러 기록. 시집 『점등인의 별에서』, 산문집 『내가 만난 어린 왕자』 외 다수.

하루

바다가 주먹을 말아쥐고 바위를 때린다
내 가슴이다
하늘이 큰 바위를 들고 나무를 때린다
내 가슴이다

그냥 서있기도 힘든데
바다가 때리고
하늘이 때리는 삶
하루하루 넘기기가 참으로 힘들다
그래도 견딘다.
네가 있어서……

답이 없다

나이를 벗고 야자타임 하자던
문예반 선배가
문득 새털구름 볼 때의 눈빛으로 삶을 벗었단다

문학을 죽일 수 없다고 소주잔에 고인
날말들 부셔 마시며
혼자 토담집 바닥에 킬킬대더니
결국 그 낡은 외투 칭칭 감은 채
늘어진 손목시계 태엽 감는 소리 비틀며
불규칙적인 발걸음 쌓아놓고 가버렸다

성격 바뀐 것 아니냐고 했을 때 알았어야 했다
더 낡은 선배와 새 일 시작한다고 신나 있었다
시든 후리지아 꽃 사무실 밖 계단 구석에 버려지고
관음죽 잎 한 가닥씩 잘려져 나갔다
그 즈음 우리들은 조심해야했다
깨어지기 쉬운 것, 하지만 깨어져서는
안 되는 것을 가득 품고 있었다

말하지 않아도 알 수 있는 걸음. 뒤축.
소주 값을 기어이 내고야 마는 자존심에
울컥 등이 굽어보였다
무엇이 위하는 것인지 답이 없는 채로 보내고
그리고 그 험한 말 들었다.

마네킹도 옷을 갈아입는다

건넛집 옷가게를 바라보고 있으면
계절을 먼저 알고 마네킹도 옷을 갈아입는다.
이른 봄날 새 옷을 입어 참 좋을 것 같은데
기침을 자주하는 내가 보기에
철 이른 때다.
옷이 너무 얇아 감기들 것 같은데
가게 주인은 거침이 없다
옷을 훌훌 벗긴다
그것도 성이 차지 않으면
목을 뽑고
팔을 뽑는다
그러고도 제 성질을 참을 수 없는지
뽑은 머리 던지고
팔을 던진다.

언제나 같은 몸짓
같은 표정으로 서 있을
마네킹도 옷을 갈아입는다.
도회의 빌딩 숲을 걸으면
창문마다
높은 의자를 굴리며

정대호 태동기 준회원. 1977년 대구 대건고 졸업. 경북대 국문과 및 동 대학원 졸업. 문학박사. 1984년 『분단시대』 동인으로 작품 활동 시작. 시집 『다시 봄을 위하여』 『겨울산을 오르며』 『지상의 아름다운 사랑』 『어둠의 축복』 『마네킹도 옷을 갈아입는다』, 평론집 『작가의식과 현실』 『세계화 시대의 지역문학』 『현실의 눈, 작가의 눈』 등.

넥타이를 손질하는 근엄한 아저씨들이
제각기 마네킹이 되어 의식의 옷을 갈아입는다.
창밖에서 보면
언제나 같은 표정 같은 몸짓으로 서 있는 것 같은데
사무실의 마네킹들이 옷을 갈아입는다.

철 이른 것 같은데
생존방식이 이뿐이라
근엄하게 의식의 옷을 갈아입는다.
진흙탕 싸움을 준비하며 근엄하게 갈아입는다.
새 옷을 입어 좋을 것 같은데
목도 뽑히고
팔도 뽑힌다.
주인 마음에 들지 않으면 몸통도 꺾이고
다리도 꺾인다.

금수산 정방사에서

산꼭대기 바위 아래
제비집 같은 절 마당에서
멀리 바라보면
월악산 주흘산 조령산 같은
백두대간 크나큰 산들이 올망졸망
봉봉들을 발끝으로 뛰어보면
팔짝팔짝 징검다리 디딜 것 같은데

산 밑으로 다가가 한 발짝씩 오를 거라 생각하면
눈앞을 가로막는 거대한 봉우리들

부처님은 대웅전에 앉아 문 열고
벼랑에 붙어 앉아
속세의 저 봉우리 같은 크나큰 번뇌를
스쳐가는 귀여운 까탈 하나라고 깨달았을까

지나온 오십 년이 넘는 세상살이에
때로는 아버지와 눈을 부라리며 싸웠던 것들도
어찌 보면 저 귀여운 봉우리들처럼
지금 보면 산 아래
많고 많은 아버지와 아들 사이에 있었던 다툼의 하나

아내와 같이 산 이십오 년의 시간
아내가 울고불고
때로는 집을 나가 방황하게 했던 것도
어찌 보면 저 귀여운 봉우리들처럼

지금 보면 산 아래
많고 많은 남편과 아내가 다투었던 것들의 하나

앞으로 살아가다 만나는
넘을 수 없다고 생각되는
절벽 같은 일들이나
넘어서기에는 매우 고단해 보이는
저 산봉우리 같은 일들에도

대웅전에 앉아 크나큰 산들을 올망졸망
지긋이 묵상하는 부처님처럼
바위 벼랑에 삶의 집 틀어 놓고
여기서 바라보는 저 봉우리들처럼
가볍게 뛸 수 있는 귀여운 일들로
볼 수 있는 마음의 여유나 있었으면

날기 위한 연습

아버지, 날마다 여위어 가신다.
먹어도
먹어도
팔 다리는 뼈만 남는다.

땅위에는 미련이 없는가 보다
날·밤으로 하늘을 날으는
꿈을 꾸신다.
조금 더 가볍고 싶어
살을 내린다.
쉬이 날려면
땅이 당기는 것들을 줄여가야지
아버지,
방에 누워 쉬지 않고
하늘을 나는 연습을 하신다.

땅위를 사랑하는 사람들은
밥 한 그릇
과즙 한 컵
땅이 안아주는 의미를 부여하지만

하늘을 향해 쉬이 날아야 할 사람들은
땅위에 드리운 닻줄, 마자 끊고 싶어
그런 것의 의미를 거부하고 싶다.
아버지, 먹어도 먹어도
살을 내리고 있다.

방에 누워 하늘을 나는 연습을 하신다.

가자미식해

속초 아바이촌 어물전 명자네 가게에 가자미식해를 부탁해 놓고
그 가자미식해가 미시령을 넘어 서울의 내게 오기까지
고향이 청진인가 북청인가
술을 마시면 한껏 굴곡진 함경도 사투리를 쓰던
수학을 가르치던 이 아무개가 찾아오길 기다린다.
그이는 이젠 나를 만나러 올 수 없고
또 올 수 없는 걸 알지만
그곳에서 가자미식해를 먹으며
가자미 둥근 눈처럼 쌍꺼풀이 굵게 진 커다란 눈을 껌뻑이며
―이보라우 한 잔 들라
할 것만 같아
나도 이곳에서 가자미식해를 시켜놓고 그를 기다리는 것이다.
가자미식해는 기다리더라도 금방은 오지 않고 또 오더라도
그가 오지 않는 것은
기다림이 부족한 나를 시험하거나 뒤늦게 나타나
반가운 건 이런 거라고 보여줄 것만 같아
인내심을 갖고 기다린다.
미시령을 넘어 가자미식해가 내게 오기까지
청진 앞바다 파도소리 같은 그를 기다리는 건
쓸쓸하면서도 아름다운 일이다.
술이라도 한잔 들어가면 그 파도소리는 더 굴곡질 것이고

조성순 태동기 7대. 1977년 대구 대건고 졸업. 동국대 국문과 졸업, 동 대학원 박사과정(고전산문) 및 한문전문교육기관 성균관 한림원 한림계제 수료. 1989년 이광웅, 김진경, 도종환, 안도현 등과 함께 교육문예창작회 창립. 2008년『문학나무』신인상, 2011년 제12회 교단문예상 수상. 시집『목침』『가자미식해를 기다리는 동안』.

눈발이라도 듣는다면
그와 나는 어깨동무를 하고 허청거리며 청진으로 갈 것이다.
현실은 각박하여
그가 나와 함께 가자미식해를 먹으러 이곳으로 오거나
내가 그곳으로 그를 만나러 가기는 어려울 것이다.
그러나 가자미식해를 고개 너머 저 쪽에 시켜놓고 기다리는 것은
세상엔 내가 아는 것보다 모르는 게 더 많고
그 모르는 것 속에 그가 내게 오거나 내가 그에게 간다는 게 있고
또 불가능할 것도 같지 않아 기다려보는 것이다.
그러고 보면 가자미식해야말로 오묘한 존재인 것이다.
가자미식해를 기다리는 동안 그가 내게로 오고
가자미식해를 먹다보면 어느새 그가 떡하니 내 앞에 앉아
큰 눈을 껌뻑거리며 술잔을 권하는 걸로 보아
가자미식해엔
남과 북이
이승과 저승이
너와 내가
없다.

서영길*

술을 마시면 '비 내리는 고모령'을 잘 불렀던 서영길은 법적 사생아였다. 같이 살던 아비도 성을 준 아비도 가짜였다. 동국대학교 문학콩쿠르에 장원하여 문예특기생으로 입학해서 한 학기 다니고 방학하는 날 고향 가는 열차에서 낙상해서 죽었다. 주사가 심해 불시에 날리는 그의 왼손 어퍼컷을 모두 무서워했다. 먹장구름으로 짓누르던 가난과 응어리진 슬픔을 조금씩 게워내 누에 모양 깁실 같은 시를 써냈다.

시니컬한 미소가 1930년대의 모던 보이 이상 같은 그는 아직 스무 살이다. 목련꽃 핀화사한 봄날, 서영길이 허공에 어퍼컷을 한 방 날리고 씩 웃는다. 그럼 나도 봄날이다.

---

* 태동기 11대.

자화상

신들의 택배회사에서
지구별로 잘못 배송한 물건

不惑의 구두

예고도 없이 불어닥친 바람
이미 거리를 장악하고 있었다
낙엽은 더 이상 밟히는 존재가 아니다
동강동강 인화된 가을이
구두코에 부딪치며 몰려오던 날
그다지 바쁠 것 없는 귀가는
신발장에 버려진 낡은 구두처럼 고요하다
발뒤꿈치를 타고 가슴에 차 올라오는
먼 귀가길 모퉁이에 매달린 소용돌이
때론 먼지처럼 뚝뚝 피어나던 때도 있었다
그때마다 현관문을 열다 뒤돌아보곤 한다
내가 걸어온 이정표가
골목골목 훤하게 적시는 순간
예정된 귀가는 늘 서툴고 불편하다
신발장 구석 낡은 구두가
허리 아픈 아내보다 먼저 인사를 한다
구두 속 갇혔던 하루가 불쑥 튀어나와 나를 맞는다
그렇구나, 나를 맞는 하루의 시작이 지금부터구나
不惑을 넘긴 사람은 안다
저물녘이 고요에 젖어 흔들린다는 것을,
한 쪽으로 삐딱하게 닳은 구두 뒷굽이 나를 향해 휘청거린다
구두를 벗어 곧 살아 퍼덕일 내 하루를 신발장에 진열한다

하재청 태동기 7대. 1977년 대구 대건고 졸업. 2004년 시전문계간지 『시와사상』으로 등단. 현재 진주제일여고 국어과 교사.

낙엽에 할퀸 구두 뒤축
피 흘린 가을 몇 점.

화분

한동안 화분에 물주는 것을
나는 잊고 지냈다

수많은 교신이 오고간 어두운 층계에 앉아
이미 죽을 결심을 하고 돌아앉은 나의 화초
스스로 말라가는 물길을 악착스럽게 내고 있지만
앙증맞은 화분에 어둠만 가득 채우고 있을 뿐이다

나는 이제 난의 뿌리에 물 고이는 소리를 듣지 못하고
난의 뿌리가 속삭이는 소리를 알지 못 한다
한때 내 귓등에서는 뿌리의 속삭임으로 가득 찼는데
저 깊은 달팽이관에서는 적막이 감돌고 있다

스스로 물을 채우기에 너무 작은 화분

초록색 물고기가 수초 사이를 헤엄쳐 다니던 내 동공은
이제 어떤 교신도 허용하지 않는
어두운 동굴이다

어떤 송별회

그의 섬에 가고 싶어 집집마다 파프리카를 키운다

그의 자폐증으로 키운 파프리카는 어김없이 품질인증이지만

종신보험에 든 그의 하느님은 늘 하늘에만 계시고

전자상거래 문서에 떠다니는 풍문이 그의 손발을 묶어 버렸다

그가 할 수 있는 일이란 자신의 속을 비우는 일

그는 최첨단 유리 온실 속에서 산다

좀처럼 밖을 나오는 법이 없다

우리는 그를 파프리카 바이러스라 부른다

그의 자폐를 먹고 자란 파프리카

오늘 또 누군가 그의 품질인증을 받아 우리들 곁을 떠나갔다

그의 자폐를 먹고 자란 파프리카가 거리를 활보할 것이다

이제 그들이 활보하는 거리가 그의 집이 될 것이다

파프리카를 먹고 자란 아이들

둥근 사이

연탄집게로 연탄을 집어 든 어머니가
마당을 뛰어가신다.
연탄을 든 어머니의 한쪽 어깨가 올라가고
반대편 어깨가 낮아졌다.
어머니의 연탄 든 팔과 기운 몸 사이에 큰 틈이 생겨나 있다.
그 틈으로 바람이 예사롭게 지나다닌다.

지금 내 아내보다 더 젊은 어머니가
머리에 수건을 두르고
연탄을 집어 들고 마당을 뛰어가신다.
어머니의 연탄 든 팔과 기운 몸 사이의 틈으로
바람이 지나갈 때마다
어머니가 입은 치마가 살랑거린다.

한번은 그 연탄에서 불이 뿜어져 나와
어머니 몸이 공중에 떠오르기도 했다.
그때도 어머니는 공중을 뛰어가셨다.
꼬리치며 쳐다보던 개가 고개를 갸우뚱했다.
어머니의 연탄 든 팔과 몸 사이가 크게 벌어져
그 틈으로 비행기가 지나가기도 했다.

박덕규 태동기 8대. 1978년 대구 대건고 졸업. 1980년 동인지 『시운동』으로 시인으로, 1982년 「중앙일보」 신춘문예로 평론가로, 1994년 계간 『상상』으로 소설가로 등단했다. 시집 『아름다운 사냥』 『골목을 나는 나비』, 소설집 『날아라 거북이!』 『포구에서 온 편지』, 장편소설 『사명대사 일본 탐정기』 『토끼전 2020』, 평론집 『문학공간과 글로컬리즘』 등이 있음. 현재 단국대 문예창작과 교수.

아내는 어머니 흉내를 잘 낸다.
그래도 연탄을 집는 일은 없다.
연탄 힘으로 공중에 떠오르는 일은 상상도 못한다.
아내와 아내보다 젊은 어머니 사이에 틈을 그려 본다.
나는 그 틈으로 들어간다.
어느새 내 몸이 공중으로 떠올라 있다

땀띠

녹음 짙은 어느 일요일
학교 도서관에 공부하러 간다고 하고 시외버스 타고 근교에 놀러 갔다 와서는
하루 종일 책상에 앉아 있어서 땀띠가 다 났네 하고 엉덩이 까 내렸을 때
엄마는 사다 놓은 얼음을 깨 엉덩이에 대 주시면서
한 손으로는 부채를 들고 힘차게 부쳐주셨지요.
땀띠 난 살을 부채로 일부러 탁탁 때리기도 하시면서.
그러면 나는 짐짓 몸을 움찔움찔 해 보였지요.

지금도 가끔
혼자 책상에 오래 앉았다 엉덩이가 가려우면
거울 앞에 서서 바지를 내리고
땀띠가 나지 않았나 고개를 돌려 봐요. 그러면
어느새 어머니가 오셔서 부채로 엉덩이를 톡톡 쳐주시지요.

독서

나는 가끔 소리 내 책을 읽는다.
그러다 갑자기 울컥 해서 목이 멜 때가 있다.
무슨 슬픈 장면이어서가 아니다.

고등학교 시절 방에 누워 책을 소리 내 읽고 있는데
뒤에 앉아 바느질을 하고 계시던 어머니가
어느 대목에선가 쯧쯧 딱하지,
하고 혀를 차셨다.

그 소리가 책 읽고 있는 내 귓전에 울리곤 해서다.
돌아봐도 어머니가 뒤에 앉아 계시지 않다는 걸
내 몸이 어김없이 알아서다.

비질

어머니는 마당을 씁니다
한 식구처럼 모여 있는 감잎도 쓸고 눈도 씁니다
비자루가 닳아지면 닳아진 만큼 어머니 가슴엔
고된 물결이 일고 있습니다
칠십 중반 어머니는
오십 중반 아들이 안쓰럽습니다
아들도 어머니 가슴의 뜰에 모인 낙엽을 쓸어 모읍니다
바람이 흔들고 지나는 겨울이면
어머니는 감을 깎습니다
깎고 깎은 감만큼 어머니에게도
세월에 주름이 늘었습니다
댓돌 난간에 귀뚜리 울고
회색 베일을 두르고
음울한 십일월이 지나가고 있습니다.

이기홍 태동기 준회원. 1979년 대건고등학교 졸업. 계명대학교 영어영문학과 졸업. 2017년『문학예술』 신인상 수상으로 등단. 현재 포항 대동중학교 영어교사.

슬픈 별

누이야
쪼로미 나앉아 별을 보자
방을 나와 별들의 이야기 듣자
평상에 앉아 별을 보면
무논에 개구리 우는 소리
은하수를 따라 유성은 어디로 간 걸까
마구간 황소 쇠파리를 쫓고
수박껍데기 허기진 밤
누이야
오십 가까운 누이야
작은 집 제삿밥이 먹고 싶다고
안자겠다 떼쓰던 여름밤
쥐는 천장을 가르고
닭장에 있는 닭들이 오소리가 무서운 밤
먼 산에 도깨비불도 춤을 추며는
누이야
쪼로미 나앉아 별을 보자

어머니의 탓

송아지가 태어나자마자 죽은 것도
박복한 어머니 탓이랍니다
홍수에 밭 떠내려가도
사주 나쁜 어머니 탓이라 했지요
감이 여물기 전에 떨어져도
내가 술을 많 이 마시는 것도
박복한 당신 때문이랍니다
아닌데, 아니라 아무리 아우성쳐도
당신 탓이라 우깁니다
시집 안 가는 동생한테도
고스톱 좋아하는 동생한테도
동네 이웃과 실랑이가 있을 때도
어머니의 가장 슬픈 말은
"야아~ 박복한 내가 죽으면 괜찮아질거야"
슬픈 그 말입니다

일기

오전에 깡마른 국화꽃 웃자란 눈썹을 가위로 잘랐다
오후에는 지난여름 마루 끝에 다녀간 사슴벌레에게 엽서를 써서 보내고
고장 난 감나무를 고쳐주러 온 의원(醫員)에게 감나무 그늘의 수리도 부탁하였다
추녀 끝으로 줄지어 스며드는 기러기 일흔세 마리까지 세다가 그만두었다
저녁이 부엌으로 사무치게 왔으나 불빛 죽이고 두어 가지 찬에다 밥을 먹었다

그렇다고 해도 이것 말고 무엇이 더 중요하다는 말인가

안도현 태동기 10대. 1980년 대구 대건고 졸업. 1984년 동아일보 신춘문예 시 당선. 시집 『서울로 가는 전봉준』 『모닥불』 『그대에게 가고 싶다』 『너에게 가려고 길을 만들었다』 『간절하게 참 철없이』, 어른을 위한 동화 『연어』, 동시집 『기러기는 차갑다』 『냠냠』 외 다수. 시와시학 젊은 시인상, 소월시문학상, 노작문학상, 이수문학상, 윤동주상, 백석문학상 등 수상. 현재 우석대 문예창작과 교수.

너에게 묻는다

연탄재 함부로 발로 차지 마라
너는
누구에게 한 번이라도 뜨거운 사람이었느냐

공양

싸리꽃을 애무하는 山벌의 날갯짓소리 일곱 근

몰래 숨어 퍼뜨리는 칡꽃 향기 육십 평

꽃잎 열기 이틀 전 백도라지 줄기의 슬픈 微動 두 치 반

외딴집 양철지붕을 두드리는 소낙비의 오랏줄 칠만 구천 발

한 차례 숨죽였다가 다시 우는 매미 울음 서른 되

풍장

더는 갈 수 없었네.
인생은 기나긴 강 흐르고 흘러
어디서 왔는지도 모르게 흘러
아무 미련 없이 떠나려 했는데
그런 생각조차 없이 훌쩍 가려 했는데
한 발짝 가다 멈춰서고
다시 한 발짝 가다 뒤돌아보는
이 마음의 요동,

떠나시게 떠나시게
북망산천 험한 길 잊고 가시게
남은 자의 축원소리 생생히 듣고 있지만
아아 어찌하는가 어찌해야 하는가
내 살 같은 사람 두고
더는 갈 수 없는데.

이정하 태동기 11대. 1981년 대구 대건고 졸업. 원광대 국문과 졸업. 1987년 대전일보와 경남일보 신춘문예 시 당선. 시집 『다시 사랑이 온다』 『너는 눈부시지만 나는 눈물겹다』 『한 사람을 사랑했네』, 산문집 『돌아가고 싶은 날들의 풍경』 『우리 사는 동안에』 외 다수.

이끼

숨죽이고살아야한다뜨거운
햇볕속에서메말라죽지않으려면
지난가을아버지의부르튼입술에서
병균처럼한두마디의이끼가튀어나오고
올바르게사는법대신이끼처럼
양지에서물러나사는법묵묵히
음지속에서살아나가는법을배웠다
구석지고습기찬어느곳에나이끼는파고든다
어느날꿈속에서귀에익은신음소리가들려왔다
아버지의무덤깊숙이서식하고있는
무성한이끼

그해 겨울, 죽은 친구를 생각하며

바람이 불지 않았다.
왜 불지 않느냐 이유도 없이
그저 불지 않았다.

미성년에서 성년으로 넘어가는 길목
언젠가 우리 가슴을 적시는 것은
추위가 아닌 바람이었다.
눈이 내리지 않았다.
왜 내리지 않느냐 이유도 없이
그저 내리지 않았다.

썩지는 않겠구나.
한겨울 모진 추위에 꽁꽁 얼어붙어
썩어 문드러지지는 않겠구나
어느 하나 대수롭지 않은 것이 없었던
그해 겨울, 죽어 비로소 내 가슴에
정직하게 살아오는 사람이여.

나는 아직 숨 쉬고 있다.
악착같이 숨 쉬고 있다.

나루터

석양빛 물든 나루터에
수많은 인연이 뒤엉켜 흐르고
산허리 휘어잡는 낙조 그늘 아래서
오늘도 심호흡 일으킨다,

외로움 헤매이던 지난 시간들은
잿빛 노을만 보면
흔들리는 마음만큼
미련의 파문 일어
서러운 너털웃음 보인다,

은빛 강변 저만치
고요가 내리고
산 그림자 드리울 때
아직도
건너지 못한 미명의 세월을 더듬어
엄마의 따스한 손길로
엉클어진 마음, 타래를 푼다.

이행우 태동기 준회원. 1981년 대구 대건고 졸업. 대구대 대학원 복지행정학과 졸업(사회복지사). 대구문인협회 신인상 수상. 2004년『문예사조』천료. 2010년 청소년신문사 주최 청소년지도자 문학부분 대상 수상. 한국문협 복지위원, 한국현대시인협회 회원, 대구문협 회원, 대구펜문학 회원. 현재 보람상조 대구지점장..

감나무 잎 하나

하늘엔
별들이 주고받는 얘기가
고향집 앞마당에
속삭이듯 깔리고,

밤이 깊도록 도란도란 엮는
엄마의 따사로운 눈길,
말씀의 깊이만큼
정겨움 줍는다.

나는 키운 호롱불
두툼한 외투 속에 웅크린
날개를 파닥이며
흘러가는 시간을 붙잡아.

찬 어둠 덜 걷힌 새벽녘
토담 위 오소소 떨고 있는
감나무 잎 하나!
내일을 꿈꾸고 있다.

현실

목련 햇살 시샘하듯
하늘은 천둥소리로
초봄을 가득 채우고 있다.

언제부터인가
침몰하는 선상
상어잡이 그물코에 끌려
팔딱이는 새우 한 마리
넘치지 않아도 좋을 비웃음
세상을 향하여 쏟아내고

汚水에 젖은 넋두리에 갇혀
한 잔의 소주 가슴까지 차올라
오늘은 빈 잔마저 무겁다.

식구

끼니 거른 월세를 재촉 받을 때마다
문틈으로 새어나가는 집안의 허기를
온몸으로 가려주던
담쟁이넝쿨,

우리 집 식구라도 된 듯
악착같이 매달려
몇 해를 같이 살았습니다.

오석륜 태동기 12대. 1982년 대구 대건고 졸업. 동국대 일문과 및 동대학원 졸업. 문학박사(일본 근현대 문학 전공). 2009년 계간 『문학나무』로 등단. 시인, 번역문학가, 칼럼니스트로 활동 중. 저서 및 역서로 『일본어 번역 실무 연습』 『일본 하이쿠 선집』 『풀 베개』 등 30여 권. 현재 인덕대 일본어과 교수.

침이 아픈 이유

지하철에서 앉아 가고 있을 때였어요
내 옆의 여인이 꾸벅꾸벅 졸더니
내 어깨를 베개 삼아 얼굴을 파묻어 버리더라고요
얼마나 사는 게 피곤했으면 저럴까 싶어
그 여인의 얼굴을 쳐다보려는 순간이었어요
침을 흘리고 있는지
내 어깨 쪽이 촉촉해져 오더라고요
일어나라고 말을 해야 하나 말아야 하나
한참을 망설이고 있었지요

내 입은 점점 침이 말라가고
내 어깨는 점점 더 침이 고여 오고
살다보면 아무 죄진 것도 없는데
오늘도 침은
진퇴양난입니다

강가에서

강이 하루 중에서 가장 외로울 때는
노을이 사라질 때였다

강은
제 몸에서 완전히 빠져 나간 해가 그리워
가장 맑고 맑은 발성으로 흘렀다
누군가를 부르는 것 같았다

그 목소리가 하늘까지 전해졌을까
달 하나가 서둘러 나와
해가 빠져 나간 바로
그 자리로 찾아들어가고 있었다

강의 외로움이 조금씩 풀리고 있었다

요즈음을 위하여

가을 나뭇잎 사이엔 물결 소리가 난다

마음 작은 사람들 편지를 쓰고
햇살 한줌 내비치지 않는 새벽녘
개 짖는 소리 요란하다

대처에 와서 철공소에 다닌다는 삼식이 형
쉿소리를 내며 찬송가를 부르며 일터로 가고
야근에 지친 눈으로 봉제공장에
떠도는 먼지 같은 모습으로
됫박 봉지쌀에 꿈을 팔러온 우리들의 누이
돌아가는 발걸음마다 쌀봉지 만한
두 평 미만의 자취방만한 어둠이
낯설게 흔들리며 뒤따라간다

아침은 왜 이렇게 오지 않을까
아버진 휘파람을 불고 있겠지

가을 나뭇잎 사이엔 물결 소리가 난다
부르튼 그네들의 손처럼
차가운 물결소리
물결소리

박은학 태동기 16대. 1986년 대구 대건고 졸업. 영남대 국문과 졸업. 현재 씨앤피 코퍼레이션 대표.

마을근처 Ⅱ

텃골엔 할매 무덤이 있다더라
흰옷의 석상처럼 서있는 비석.
철따라 새 울고 진달래가 뿌려져 큰길 나고
공장이 들어선다는 텃골 근처에는
아직도 억새처럼 억센 적막이
자란다더라.
한 손에 쥐어진 호미, 건강한 콧노래,
어두운 마을과 골짜기와
들판에 남아
하루가 지워지는 밭이랑 사이로
이리저리 헤집고 씨앗을 배종하며
속속들이 살아나는데
우리 어릴적 웃음은 잠자리 날개를
닮았다며 눈물짓던 할매야,
슬퍼할 이유가 어디 있으며
기뻐할 일 또한 어디 있으랴
텃골 무덤 흰옷 입은 석상으로살아나
이제는 건강한 땅 잠자리 날개처럼
투명한 이웃들을 지켜야 한다
할매야.

하늘

사람들이 떠나가고 있다.
풀잎의 외진 그늘로
가지런하게 발을 맞추며,
그들의 가치관에 적합한
눈물의 소재를 찾고 있을 때
자꾸만 움추려드는 병든 육신을

버리고 가는 기계 같은 사랑과
시계소리와
목발과,
지붕도 없는 수수단 같은 집들.

바다가 내려다보이는 언덕에서
고향은 물빛을 닮아오고
은30냥에 양심을 팔고 돌아서는
그들의 팔다리가 회오리를 일으키며
울고 있는데,
타다 남은 하늘로 질주하는
빠른 금속성

남도의 바람

남도라 구례구역은 순천에 있다네
동구 밖 곧게 놓인 다리 하나 건너니
섬진강 물줄기 따라 새 봄빛이 완연하다

어두운 밤하늘 별빛을 헤아리며
신선한 여명의 빛 쫓아 건노라니
신선과 인간경계가 이러할까 싶으다

먼데서 혹은 가까이서 들려오는
개 짖는 소리에 어둠이 깨어난다
사월의 새침한 신록 오뉴월을 닮았네

돌아드는 마을마다 세월의 흔적들
정자목 풍치목 몇 아름의 수백 년 령
바람도 얽어 늘어진 가지 안고 잠든다

새초롬히 돋아나는 들판의 새싹들
연붉은 새잎들 몸치장에 바쁜 수목
다투어 맞장구치니 바람이야 신나지

남녘의 해질녘 비릿한 물 내음
바람은 신선하고 하늘은 허허롭네

오승엽 태동기 준회원. 1986년 대구 대건고 졸업. 현재 재경 대건총동문회 조직부장, 재경 대건총동문회 청운산우회 총무.

구름 뜬 산자락마다 댓잎새는 서럽다

새소리 물소리 바람소리 온갖 소리
소리에 소리를 싣고 바람에 바람을 실어
바람에 바람 가듯이 바람이고 싶어라

지리 천왕봉

중산리휴양림 구조대 서대장
소탈한 도인의 풍모에
지리산이 하늘에 더 가까워 보이고
별이 쏟아지는 꼭두새벽 04시 30분
내려서 오르고 굽이돌아
중산리 들머리
헤드랜턴의 빛 쫓아
발길 딛다
대한최고지에 위치한
적멸보궁 법계사
범상치 않다
무거운 방석 세 개
팔배(八拜)를 하고
짐을 내려놓다

개천문
하늘을 열어주느라 소리 한번 세차다
남강의 발원
천왕봉을 떠받드는 커다란 디딤석에서
솟아오르듯 쬐여 나오는 암반수
그 맛 또한 폐부를 찌르듯 시원하고 시원할세

하늘 길 열어 바다에 닿았는가
바람소리가 파도다
파도소리 쫓아 오르니
바다 닮은 운해(雲海)라

하늘의 왕이시여
여기 천왕봉(天王峰)!
온통 돌무더기 왕바위로 널찍하게 떡하니 버티고
내려서는 발걸음 하나하나에
하늘의 기운이 내리 뻗쳤다

하늘로 통하는 문
통천문(通天門) 지날 제
늦은 사월의 얼음을 밟고
아직 피우지 못한 진달래의
수줍은 꽃망울 미소를 삼켜 씹으며
팍팍한 종아리를 달랜다

장터목의 꿀맛 같은 오찬을 되새김하며
그제야
사막의 오아시스
참샘 약수로 목을 헹군다
이제 1박 2일의 짧고도 긴 여정이
목젖을 넘어가는 물이 되는 찰나다

아하
탁!
도(道)를 텄으니 지리(智理)로구나

진주성 촉석루

지리(智理)에서 발원하여
여기까지
일백삼십 리 굽이쳐
남강에 이르렀다
돌이 무성히 우거지고
부딪히고 깨어지니
촉석의 속울음
부셔지는 물보라에 실려
바람으로 흩날린다
칠만의 곱디고운 생명 또한
초개(草芥)같이 흩어졌다
목숨의 무게만큼
진주 남강의 흐름이
도도하다

슈즈를 타고

슈즈 광택을 내기 위한 다양한 방법을 연구하는 것은
작은 발이 어색해 보여서일까
상실감에 대한 역설일까 생각해보다가
어느 순간, 광택은 계급과도 같다는 생각에
거리의 신발을 유심히 살펴보다가
신발은 언제나 두 개가 하나라는 사실을 알게 되었지
사랑에 목마를수록 광택에 열광하였고
이별이 많을수록 상처투성이 슈즈는 조용히 잊혀 갔어

슬픔을 신발 끈에 묶어 두고
군중 속으로 묻히고 싶은 도시에서
구두약을 바르고 마른 헝겊으로
슥삭 슥삭 정성들여 문질러 광택을 내는 일은
사랑하는 사람과
반짝이는 슈즈를 타고
강물 위를 날아가고 싶은 꿈

이태진 태동기 준회원. 1991년 대구 대건고 졸업. 2007년『문학사랑』신인상 당선. 시집『여기 내가 있는 곳에서』『슈즈를 타고』. 제11회 대전예술신인상, 제14회 정훈문학상 작품상 수상. 극단 자유세상 대표. 현재 한남대 시설관리팀 재직 중.

뒤에 서는 아이

줄을 서면 늘 뒤에 서는 아이가 있었다
앞에 서는 것이 습관이 되지 않아서인지
뒤에만 서는 아이는 조용히 서있기만 했다.

시간이 흘러 뒤에 선다는 것이
무엇을 의미하는 것인지 알고 난 후에도
늘 뒤에 있는 것이 편안해 보였다.

주위의 시선과 관심에서 멀어져 가는 것을
왜 그리도 익숙해 하는지
도무지 이해할 수 없었지만

뒤에 선다는 것이 꼭 나쁜 것만이 아니라는 것을
침묵으로 대변하고 있다.

눈이 와도 좋은 밤에

눈은 밤새 내리었다
지독하게 추운 바람에
따뜻했던 너의 미소가 생각났지

성탄절의 분위기는
눈에 쌓여 버렸고
선물을 준비할까 하다가
새해 소망으로 남겨 두었어

보고 싶을 때 눈이 왔으면 좋겠어
펑펑 하늘이 무너질 정도로
하얀 세상에 너를 그릴 수 있게

편지를 보내는 심정으로
그리움만 쌓일 수 있게

사랑하는 이유

비가 내리는데 푸른 이유가 있듯
사랑이 흐르는 것도 연두빛 생각이 있다
유리컵에 물 고이는 것은
아주 작은 눈짓 한 방울에서 시작된다
물방울들이 서로 어깨동무하며
이 풀잎 저 나뭇잎에서 몰려나와
큰 강물을 이루어 네게로 간다

가장 좋았던 기억이 때로는
큰 상처가 되어 눈물 흐르듯
살다가 부딪치는 몇 번의 풍랑이
나머지 날을 살아갈 힘이 된다

큰 산은 힘들게 올라갈 용기를 깨울 뿐
나를 넘어뜨리지 않는다는 걸
작은 돌부리에 걸려 넘어져서 깨닫는다
다시 사랑을 찾아날아오르는
나비를 보며
하얀 이유가 있을 것이라 짐작한다

추대봉 태동기 21대. 1991년 대구 대건고 졸업. 대구보건대 방사선과 졸업. 현재 대봉전자 이사, 모바일 골프 대표.

오늘

살다보면
세상 따라가지 못할 때가 있다
마음은 아직
시간의 수레를 저 뒤쪽에서 돌리는데
무심코 들여다 본 거울을 뚫고 나온
새치

가끔 보이는 웃음의 주름에
시간의 단풍이 들어 어른이 된다
나는 안다, 오늘이 내게 제일 젊음인 것을

샴쌍둥이, 스웨터

등 뒤를 따라붙는 소리. 우리는 내세(來世)라도 서로를 놓지 못할 것이다. 이 심장 소리는 나의 것인지 너의 것인지 몰라 여지로 남겨두었다. 이 세계의 논리로 결합은 아름다운 것인데 우리들의 태생은 왜 울음으로 뒤덮였는지 몰라. 절필하기 위해 글을 쓰는 시인처럼 태어나면서 멀어져야 할 운명. 아직 방점은 알지 못하지만, 우리의 생이 반사경같이 다른 곳을 바라보고 있다. 서로가 서로를 향해서 울었던 날, 그날은 기뻐서 울었다 말할 수 있을까, 너의 입에서 나의 목소리가 들린다. 이런 것들로 우리는 태초부터 타인의 감정을 그리워하는 법을 배웠다고 할 수 있을까, 둘이면서 하나이고 하나이면서 둘인 건 이 세상에 존재하지 않는 말들이라고, 조금씩 서걱거리는 말들 속엔 이미 나의 반은 지워지고 있다. 무슨 몸짓으로든 이 정을 다 전할 길이 없지만, 너의 심장 속에 내가 함께 살았다고, 같은 마음을 나눈다는 것은 이처럼 불새처럼 뜨거운 것이었다고 탁언(託言)한다. 이 말은 네가 나에게 혹은 내가 너에게 하는 말이지만, 이름표 없는 쓸쓸한 죽음이었으나 저편에서도 태명처럼 다정하고 씩씩하게 살아야 한다. 이 세계의 영(靈)에서 다시 눈을 뜨더라도 반사경처럼 당신을 비추고 있겠지만, 처음 입은 가을날의 첫 스웨터는 따뜻하고 좋았다.

박형민 태동기 42대. 2012년 대구 대건고 졸업. 2017년 『시와 반시』 상반기 신인상 수상. 현재 영남대 국어교육과 재학 중.

구름

외진 자들의 바람은
타인의 구름에 쉬었다 가는 것은 불문율
언제나 바람은 구름과 많은 세계를 교감했다
모든 길이 내 손안에서 종결 나면 좋으련만,
민달팽이의 나선이 바람을 짊어지고 광휘(光輝)를 향해 걸어간다
가끔은 무고(無辜)의 외풍(外風)이 칼처럼 나를 쑤신다
불완전은 나를 살리는 마지막 길이었다
가장 우아한 칼을 뒤에 숨기기 위해
나는 타인의 감정을 그리워하는 자웅동체가 되기를 선택했다
겉과 속이 구분 없는 그림자가
나의 서늘한 뒷목을 만진다
세계가 너무나 혼잡하다고 생각하는 순간엔
이름표를 잃은 미아가 되었다
팔다리가 없는 구름이 가벼워진 몸으로 나에게 말했다
너는 아무리 어른이 되어도 나처럼 완벽히 변신할 수 없다
이 생은 긴 악몽이었다고 적고 싶은 날엔
나는 나의 가장 오래된 머리칼을 잘라
바람과 함께 황색 봉투에 넣어두었다
그럴 때마다,
우리의 평등 위엔 언제나 기요틴이 있다는 문장이 떠올랐다
인간은 완전히 실패했다고,
나는 신의 언어를 베껴 적고 싶었고
구름에 콘돔을 씌우며
신성(神聖)처럼 빌었다
잊힌다는 것은 살을 찢는 것만큼 두려웠다

노량진에서 쓰는 일기

남자의 중심이 기울 땐 낭심을 쓰다듬었다. 몰래 쪽방에 숨죽여 수음하는 날에도 거기는 줄어들지 않는다. 오래된 변비처럼 견고한 나의 몫은 줄지 않는다. 누구도 나에게 수음과 쾌변하는 법을 알려주지 않았다. 무성영화처럼 검은 묵언 수행의 날들. 낙방은 시원한 잔치국수 같은 것이었다. 그늘 같은 과거를 지우는 것은 결국 나의 숙명이었다. 가끔은 타나토스의 혼령을 불러와 복종하고 싶은 날이 있었다. 힘 앞에 복종하는 것은 무엇보다 안락했다. 네모 같은 일상, 술 담배 사랑 중 담배만이 유일하게 허락된 금기였다. 그럴 때마다 꺼지지 않는 담배는 우리의 생을 자축하는 폭죽 같은 것이라 정의 내렸다. 여전히 목이 꺾이는 구식 핸드폰은 생존을 희미하게 알리는 마지막 수단이었다. 내가 당신의 안부를 묻지 못하는데, 당신이 나의 안부를 묻는다. 유교가 유행처럼 싫어졌다. 아무렇지 않은 척하는 일은 이제 아무렇지 않은 일이었다. 아무것도 붙잡지 못한 손은 허기진 주머니를 버려진 이력서처럼 구겼다. 어쩌다 주머니에서 나온 천 원짜리 지폐는 너무 기뻤다. 나의 환희는 배고픈 것이었다. 편의점의 컵라면조차 나의 환희보다 귀한 것이었다. 그러므로 가졌다는 것은 아무에게나 허락된 것은 아니었다. 먼지처럼 가벼워지는 꿈을 꾸었지만, 차라리 그것이 묻은 휴지처럼 무거워지겠다는 게 현실성 있었다. 창살의 무덤에서는 어떠한 물음도 허락되지 않았지만, 시계를 잃어버린 쪽방에서 연필은 유구한 혁명 도구가 되어주었다. 다시는 불행에 질척이지 않겠다고 다짐했다. 어떤 참변도 나를 마계(馬契)에 매달아 두지 못 하게 하겠다고 새기며 연필을 부러트려 씹어 먹었다.

5부

추억, 몇 장면

참 아름다운 인연

내가 한 해 후배인 채준호 신부를 처음 만난 것은 고2 때인 1971년 '태동기'문예반에서였다. 웃을 때 눈부터 먼저 웃는 천진하고 수줍음이 많은 미소년이라서 아껴주고 챙겨주었더니 나를 친형처럼 따랐다. 1972년, 그가 삼덕성당에서 세례를 받을 때 나는 문예반 선후배라는 인연으로 친구 한 사람과 함께 조그만 꽃다발을 들고 가서 축하해 주었다.

고향이 청도였던 나는 대구에서 자취를 하고 있었다. 고향에 가지 않는 주말이면 그가 내 자취방으로 와서 함께 코스모스 핀 앞산공원도 가고 갈꽃이 아름다운 고산골도 가고 포프라 숲이 유명했던 청천 유원지도 가는 등 함께 지내는 날이 많았다.

내가 직장 생활을 서울에서 시작했을 때, 그는 입대를 했다. 남한산성에 근무하면서 외박을 나오면 늘 내 집에서 자고 갔다. 주변에서는 우리가 친형제 사이인줄 알 정도였다.

1980년의 어느 날, 그가 나를 찾아와서 이렇게 말했다.

"형님, 저 신부님이 되기 위해서 서강대 예수회에 입회하려고 합니다."

날벼락 같은 이야기에 나는 빌다시피 하면서 말렸다.

"준호야, 신부님은 아무나 되는 게 아니야! 고생길로 가지 말고 우리끼리 지금처럼 재미있게 살자!"

협박도 하고 회유도 했지만 그는 막무가내였다. 한참을 실랑이하던 끝에 진이 빠져버린 나는 이렇게 물었다.

"왜 신부님이 되려고 하는지 이유나 들어보자."

그러자 그는 아주 천진난만한 표정으로 말했다.

"형님을 위해서 매일매일 기도해 드리려고요."

김길동 태동기 3대. 1973년 대구 대건고 졸업. 1978년 영남대 졸업. 대우그룹, 벽산그룹, DSD 삼호그룹 등을 거쳐 현재 ㈜새한신용정보 재직 중.

그 말에 나는 정신이 아찔해졌다. 이 무슨 뚱딴지 같은 소리란 말인가.

"준호야, 앞으로는 내가 진짜 착하게 살 테니까 제발 신부님 된다는 소리는 그만 해라!"

필사적으로 말리고 타일러도 봤지만 끝내 그는 내 말을 듣지 않았다.

"10년 이내에 제가 꼭 신부님이 되어서 서품식에 형님을 가족으로 초대할 테니 꼭 와주셔야 해요!"

그 말을 마지막으로 남기고 그는 예수회에 입회를 하고 말았다.

온 나라가 서울올림픽으로 한창 들떠 있을 1988년, 명동성당에서 김수환 추기경의 집전으로 '마티아 채준호 신부 외 2명의 신부 서품식'이 열리므로 참석해 달라는 초청장이 왔다. 나는 그 초청장을 차마 다 읽지 못하고 한동안 하늘만 올려다보았다.

신부 서품식을 마치고 신부로서의 첫 강복을 내게 베풀고는 환하게 웃던 그의 모습을 나는 지금도 잊을 수가 없다. 아마 죽는 날까지 평생 잊지 못할 것이다.

신부님이 된 이후에도 그는 시간만 나면 나의 집을 찾아와 골방에서 기도도 하고 묵상도 하고 강론도 준비하면서 참으로 편안해 하던 모습이 눈에 선하다. 그러나 이제 그는 떠나고, 그가 기도하던 자리에는 책상만이 덩그러니 남아 있을 뿐…….

신부님이 됐을 때도, 박사님이 됐을 때도, 예수회 한국지부장이 됐을 때도, 아시아 지부장이 됐을 때도, 총장후보가 됐을 때도, 그는 늘 한결 같은 모습으로 흙보다도 더 겸손한 표정으로 웃으며 "저를 이렇게 키운 건 모두 형님 덕입니다."라고 했다. 그렇게 그는 나에게 겸손과 사랑을 가르쳐주었다.

과로한 봉사 활동으로 중병을 얻어 혼수상태에 빠졌다가 깨어났을 때, "아직도 형님을 위해 기도할 시간이 남았으니 행복합니다."라고 했다. 세상을 떠나는 날까지 단 하루도 빠짐없이 매일매일 나를 위해 기도해 주었다. 세상을 떠나는 마지막 순간에 "길동 형님이 보고 싶어요."라고 했다는 수녀님의 말을 듣고 얼마나 울었는지 모른다.

마지막까지 그의 수발을 들어주시고 가족을 대신해서 임종까지 지키신 수녀님이 그의 손때 묻은 묵주 하나와 생활 기도서 한 권을 내게 전해 주면서 이렇게 말했다.

"신부님께서는 형님께 '정말 고마웠다'는 말을 꼭 전해 달라고 하셨어요."

그 말을 듣고 좀 더 잘해 주지 못했던 게 얼마나 후회스러웠는지 모른다.

2012년 4월 초하루, 봄꽃이 지천으로 피던 날 그는 하늘나라로 돌아갔다. 평생을 '감사와 겸손과 사랑을 실천하며 살라'고 나에게 일러주고. 나는 그에게 진 빚을 조금이라도 갚기 위해서 열심히 종교 생활을 하고 있다. 주일에는 먼저 집에서 가까운 청담동 성당에서 그를 위해 새벽미사를 드린 다음 교회에 가서 주일 예배에도 참석한다.

매년 4월 1일 즈음의 주말에는 용인 천주교 예수회 성직자 묘지의 맨 꼭대기에 위치한 그의 묘소를 찾는다. 그의 묘 앞에 앉아 주과포를 차려놓고 '신부님 한잔 나 한잔' 주거니 받거니 하면서 울기도 하고 웃기도 하다가 온다.

태동기가 맺어준 채준호 신부와 나와의 인연, 아무리 생각해도 내게 이보다 더 '아름다운 인연'은 없다. 강 이쪽에는 형이, 강 저쪽에서는 동생이, 서로를 그리워하며 지내고 있으니 참 아름다운 인연이 아닌가.

그를 떠나보내고 3년여가 흐른 2015년 여름, 우연한 기회에 '태동기 아우'들을 연이어 만났다. 산행을 하면서 조성순 시인을, 북 토크에서 안도현 시인을 만났고, 시모임에서 이정하 시인, 오석륜 시인, 김문하, 박은학, 김동관 등을 만났다.

재학시절에는 태동기 동인은 아니었지만 대건고 22기 출신인 박기섭 시조시인과 재경 대건고 동문회의 기둥인 성명기, 권태우, 박병익, 재경 대건고 동문회장 최원영과 사무국장 박재우, 강경수, 박호열, 안희균, 이상천, 홍연집, 오승엽, 우치홍, 이승욱, 정인섭, 조원경, 김대기, 신정규 동문 등 시를 좋아하는 30여 명이 '앎닮시회'를 만들었다. 매달 넷째 목요일을 모이는 날을 정해서 함께 시낭송회를 하고 있으니 이 또한 얼마나 '아름다운 인연'인가.

이 모두가 '태동기문학동인회'가 씨앗이 되고 거름이 되어 벌어진 일이다. 이런 모임을 하면서 나는 나이가 들어가면서도 더욱 재미나고 즐겁고 행복하게 지내고 있다.

언제 어디서든 '태동기'란 말만 들어도 나는 아직도 반갑고 가슴이 설렌다. 재주가 없어서 다른 동문들만큼 글은 잘 쓰지 못하지만, 태동기 후배들과 어울려서 매달 시낭송회만 하는 것만으로도 남들보다 100배는 더 행복하다고 생각한다. 늘 감사하고 또 감사할 따름이다.

나는 태동기 출신 동문 모두를 지극히 사랑하고 진심으로 존경한다. 그리고 그들 모두에게 무한한 감사를 드리면서 보잘것없는 글을 마친다.

생명, 그리고 감사하는 마음

"어~헉!"

거대한 체구를 가진 짐승의 울음소리 같은 공포에 실린 낮은 목소리를 듣는 순간 암벽 주변은 팽팽한 긴장에 휩싸였다. 그 저음의 목소리는 우리들 눈앞에서 한 명의 산꾼이 리지(암벽으로 이루어진 능선으로 암벽등반 기술을 요함)의 물먹은 경사 길을 오르다가 이끼 낀 바위에서 미끄러지면서 내는 소리였다.

그 산꾼이 미끄러지기 시작한 지점에서 불과 3~4미터 아래에는 경사가 점점 더 급해지다가 10여 미터의 수직 절벽이 연결되어 있었고 절벽 바닥에는 큼직큼직한 바위가 제멋대로 깔려 있었기 때문에 추락의 의미는 염라대왕 앞으로 직행을 의미했다. 바로 그 장소에서 어리석은 한 무리의 산꾼들은 자기들의 실력을 과신하며 안전장치 없이 물먹어서 이끼 낀 미끄러운 바위를 오르고 있었던 것이었다.

2014년 늦여름 더위가 맹위를 떨치던 8월 말의 주말! 대학 산악부 후배들과 북한산 원효 염초 리지를 올랐다. 근년에 들어 우리나라 날씨는 기상청에서 '이제부터 장마가 끝났다'고 발표하자마자 그동안 마른 장마였던 하늘이 어디에 그 많은 물을 감추고 있었는지 그때부터 엄청난 비를 퍼붓곤 하여 기상청 관계자들을 곤혹스럽게 만들곤 했는데 그해에도 예외 없이 똑같은 일이 되풀이되다 모처럼 맑게 갠 토요일이었다.

주말 이른 시간에 암벽의 차가운 느낌을 느껴보고 싶어서 오른 바위는 며칠 동안 줄곧 내렸던 비로 인하여 도처가 물길이 되어 젖어 있었고 특

성명기 태동기 준회원. 1973년 대구 대건고 졸업. 제6대 중소기업기술혁신(이노비즈)협회 회장, 제어로봇시스템학회 부회장, 연세대 전기전자공학부 겸임교수, 중소기업기술혁신협회 수석부회장, 재경 대건동문회장을 지냈으며 현재 제8대 중소기업기술혁신(이노비즈)협회 회장, 동반성장위원회 위원, 여의시스템 대표이사.

히나 원효봉의 중간쯤에 있는 슬랩(급경사의 넓은 바위)의 움푹 파인 물길에는 평소와는 다르게 골을 따라 물이 조금씩 흘러내리고 있었을 뿐만 아니라 눈에는 잘 띄지 않았지만 물이끼도 살짝 끼어 있었다. 앞서가던 우리 팀 등반대장이 서너 걸음 옮겨보더니 "어이쿠! 바위가 너무 미끄러워서 그냥 못 가겠어요."라면서 바로 옆의 안전지대로 나와서 추락에 대비한 보호 장비인 자일(로프)과 등반용 안전벨트를 준비하기 시작했다.

바로 그때 한 패거리의 산꾼들이 우리가 왔던 길을 뒤따라오더니 자일을 풀고 있는 우리를 힐끔 쳐다보곤 이런 쉬운 데서도 자일을 사용하느냐는 비웃음 비슷한 표정을 지으면서 자일 없이 그대로 슬랩을 올라가기 시작했는데 물이끼가 그들이라고 봐주는 게 아니었기에 올라가는 도중에 한두 번씩 가볍게 미끄러지면서도 히히덕거리며 안전장치 없이 그 위험한 지점을 차례로 통과하고 있었다.

미끄러지면서 올라가는 그 모습이 너무도 위험하게 보여서 잠시 장비 준비하던 손을 멈추고 그들이 하는 행동을 쳐다보고 있었다. 그러다가 그 중 한 친구가 오르다가 중간에 두세 번 미끄러지더니 다리를 벌벌 떨면서 그 자리에서 오도 가도 못하는 신세가 되어버렸다. 참고로 이 불쌍한 산꾼이 위치한 지점은 경사가 50도 정도 되어서 젖어 있지 않을 때는 암벽등반을 하는 산악인이라면 안전장비를 쓰지 않고도 그냥 올라갈 수 있는 장소였는데 비에 젖은 바위와 물이끼로 인하여 위험한 곳으로 변해 있었다.

꼼짝을 못하는 동료를 보고 위험을 감지한 그 팀의 한 명이 배낭에서 자일을 꺼내려고 준비를 시작했지만, 불쌍한 친구는 다리를 후들들거리다가 공포에 질려서 "어~헉!" 하는 짐승 우는 소리를 내면서 수직절벽 쪽으로 미끄러져 내리기 시작했다. 위에서 그 팀의 동료들도 어 어 어~하면서 어쩔 줄 몰라 하였고, 근처에 있던 우리 팀도 미끄러져가는 산꾼의 손을 잡아주다가는 같이 절벽으로 같이 휩쓸려갈까 봐 아무도 도움의 손길을 주지 못하고 있었다. 바로 그 순간 불쌍한 그 친구는 내가 서 있는 바로 옆을 지나서 염라대왕님을 알현하러 가고 있었다. 이것저것 생각할 겨를이 없었다.

'하나님! 부처님! 도와주세요.'라고 속으로 중얼거리며 그 산꾼의 왼팔을 잡고 확 끌어당겼다. 다행히 그 친구는 부처님과 하나님의 가호로 지옥행 급행열차에서 무사히 내릴 수 있었다. 지옥에서 탈출한 그 인간의 제일성은 "에이 씨발!"이었다.

이 인간은 나에게 도움을 받은 것에 대하여 속된 말로 아주 쪽팔려 하는 것 같았다. 위험을 무릅쓰고 자기의 생명을 구해 준 사람에 대하여 고맙다는 말 한마디 없이 동료가 내려준 자일에 몸을 묶고는 그냥 올라가 버렸다.

함께 있던 우리 팀 후배들이 그 친구들이 사라진 이후에 "저렇게 싸가지 없는 놈들이 다 있느냐?"면서 "저런 놈은 그냥 떨어지도록 내버려 뒀어야 했는데……."라며 울분을 토했다.

잠시 후 우리 팀은 자일을 사용해서 확보를 봐주면서 물이끼가 낀 위험지역을 안전하게 통과했다. 그 지점에서 바윗길을 30여분 정도 더 올라가다보니 아까 그 패거리들이 평평하고 넓은 바위에 앉아서 간식과 사과, 포도와 같은 과일을 꺼내서 먹고 있었다.

그런데 우리 팀이 바로 옆을 지나가는데 어느 한 명도 아까 도움을 줘서 고마웠다고 말하거나 과일 한쪽 먹어보라고 권하는 인간이 없었을 뿐만 아니라 아예 우리와 시선조차도 마주치지 않았다. 그들의 곁을 지나간 후 흥분해서 화를 내는 등반대장에게 내가 말했다.

"송대장! 화내지 마! 당사자인 나도 화를 안 내는데 왜 화를 내? 그동안 나는 위험에 처한 사람을 여러 번 구해 주었는데 지금까지 고맙다는 이야기를 한번도 못 들었어. 삼척 7번 국도에서 교통사고 나서 부상 입은 사람을 연기가 피어오르는 차에서 구출했을 때도 119 응급차가 오자마자 바로 인계하고 온 것도 바로 그런 이유였어. 생명을 구해 주는 일이었기에 그 자체로도 얼마나 고마운 일이냐? 한번 생각해 봐라. 우리 눈앞에서 미끄러져간 놈이 피범벅이 되어 죽었다면 우리도 아까 그 자리에서 바로 하산했을 거고 괴로움을 잊으려고 술을 얼마나 많이 마셨겠냐? 나는 내가 작은 도움의 손길을 뻗쳤다면 살려낼 수도 있었을 텐데 하는 자괴감으로 원효봉을 생각할 때면 항상 죄책감을 느꼈을 거야. 우리가 한 생명을 살려낸 것으로 행복해 하자."

우리나라에서도 오랫동안 방영된 미국의 「911 긴급구조」라는 TV프로

그램이 있었다. 이 프로그램에서 직업적인 소방관이 위험에 빠진 사람을 구해 준 후 두 사람 사이에 평생 친구가 되어 서로 왕래를 하는 것을 본 적이 있다.

그런데 왜 우리나라 사람들은 생명을 구해 줘도 이토록 감사할 줄 모르나 싶다. 그래서 나는 위기에 빠진 사람을 구해 주고 나서 119 응급차가 오면 인계하고 바로 그 자리를 떠난다. 칭찬받으려고 한 일도 아니고, 위기에 빠진 분을 구해 준 것만도 내가 나 자신에게 감사해야 할 일이란 생각과 더불어 혹시라도 원효봉 리지 사건처럼 감사할 줄도 모르고, 자기 혼자 하는 말이겠지만 욕부터 하는 인간을 대하면 그 사람에 대한 좋지 않은 기억을 남길 수 있기 때문이다.

얼마 전, 성남 상대원동에 있는 고객사에서 일을 끝내고 지하 주차장에서 막 출발 준비를 하고 있었다. 순간 갑자기 자동차가 "부아앙~!" 하는 엄청나게 큰 가속 굉음을 내면서 지하 주차장으로 쏜살같이 들어왔다. 그 차는 내가 서있는 장소에서 멀지않은 주차장 램프 벽을 들이받아 버렸다.

차의 앞부분은 완전히 찌그러졌고 안전벨트를 안 한 운전자는 자동차 조향장치에 부딪혀서 큰 충격을 받았는지 기절상태로 꼼짝을 하지 않았다. 설상가상으로 자동차에서는 시커먼 연기가 피어오르기 시작했다.

그 상황을 근처에서 지켜보던 나로서는 자동차에 불이 붙거나 폭발할까 봐 온몸이 떨렸지만 의식이 돌아와서 고통으로 몸을 뒤트는 운전자를 빨리 차에서 빼내야지 하는 생각만으로 운전석 차 문을 열려고 했다. 하지만 충격으로 찌그러진 문은 쉽게 열리지 않았다.

허둥지둥하며 뒤를 돌아서 조수석 문짝을 열고 그쪽으로 운전자를 억지로 끄집어 낸 후 차에 불이 붙을까 봐 부상자를 질질 끌어서 옆으로 옮겼다. 다행히 불은 붙지 않고 연기는 조금씩 잦아들었다.

그러던 중 주차장으로 차를 가지고 들어오던 다른 분의 신고로 119 소방차가 왔기에 그분들에게 다친 운전자를 인계하고 내 차로 돌아와 보니 나의 하얀 와이셔츠는 온통 붉은 피로 물들어 있었다. 주차장 들어오기 전에 무인 티켓 발매를 위해서 차가 섰다가 다시 출발하는 시점에서 운전자가 가속 페달을 브레이크로 잘못 알고 밟았는지 아니면 차의 이상에 의한

급가속이었는지는 알 수가 없었다.

올해(2017년)로 내가 위암 수술을 받은 지 벌써 30년이 넘었다. 간혹 그런 생각이 든다. 그때 안 죽고 살아서 그동안 꽤 여러 명 생사의 기로에 선 생명에게 도움의 손길을 줄 수 있었던 것만도 나에겐 큰 축복이었다고…….

아참! 작년에 버려진 두 마리의 갓 태어난 고양이도 살려내서 무사히 무료 분양을 했었지. 그러고 보면 길 고양이 새끼의 생명 사랑을 실천했을 때도 행복했었는데 인간 생명을 구한 것은 그 자체만도 얼마나 더 큰 행복인가? 생각하면 생각할수록 감사하고 고마운 마음만 남는다.

삼월에 눈이 오니 바람도 푸근하다

선생님께서는 기어코 문재(文才)도 없는 어리석은 제자에게 글을 쓰게 하실 모양이시다. 글이라곤 기껏해야 관세행정과 관련한 행정이유서나 과세전적부심을 쓴 게 전부고 어쩌다가 동기회 행사의 인사말 정도를 대필해 준 것이 전부인데.

12월 어느 날인가 K군이 출장 온다기에 한 해가 마무리되는 즈음이라 정다운 친구들과 소주라도 한잔하려고 S군을 불러내었다. 중년의 술자리란 게 늘 그렇듯이 뚜렷한 화제가 있는 것이 아니고 일상의 신변잡사를 주고받다 시들해지면 만만한 정치 욕하며 열 올리다가 결국에는 학창시절 추억담으로 넘어가는데 동기생들이 삼삼오오 모이는 술자리의 마지막은 늘 도광의 은사님에 대한 추억담으로 끝을 맺게 된다. 친구들이 선생님을 자주 회고하는 이유는 감수성이 예민한 시절에 선생님께 문학(국어시간에 선생님은 온통 문학 강의만 하셨다.)을 배운 탓이기도 하지만 시가 무엇인지 전혀 문외한인 어린 제자들에게 시를 설명하시다 시와 당신과 하나가 될 정도로 몰입해 버리고, 급기야는 당신의 모습은 없어지고 당신의 몸을 빌려 시만이 드러나고야 마는 그 열정적인 강의에 다들 넋을 놓고 빠져들었던 추억 때문이고, 시에 대한 선생님의 그 열정과 순수함이 문학에만 그치지 않고 우리들의 무의식세계까지 지배하여 일생을 지켜주는 인격이 되게 하였기 때문이다.

보통 친구들 간의 술자리는 그렇게 하다 끝내고 돌아가는데 그날따라 유난히 서울친구 탓인지 과음 탓인지 선생님께 찾아가자고 의기투합하여 모교 숙직실에 전화하고 또 사람 찾는 데는 타의 추종을 불허할 정도로 노하우가 있는 S군이 이리저리 전화하여 어렵사리 선생님께 연결되었는데 댁 가까운 한 레스토랑이 만남의 장소였다. 도착하니 선생님께서 먼저 와

정임표 태동기 준회원. 1974년 대구 대건고 졸업. 『문학예술』, 『에세이21』로 등단. 저서 『꼴찌로 달리기』 『생각 속에 갇힌 인간』.

계셨다. 받지 않으시려는 큰절을 구석 빈방을 빌어 올리니 졸업 후 32년 만에 보는 옛 제자들의 얼굴이 생각이야 나시겠냐마는 그래도 그때 문예반에 들어 활동했던 동기 L군 등을 기억해 내신다. 제자들 주시려고 가져오신 시집과 문학지를 한 권씩 주시며 친히 서명도 해 주셨다. 제자와 스승이 만난 자리이고 선생님 또한 기생기사(氣生氣死)파이신 것은 익히 다 아는 일이니 그 뒤 분위기는 선생님을 아는 분이라면 대충 짐작이 가실 것이다.

술집 동천으로 자리를 옮겼다. 동천은 40대 후반의 중년 아줌마 혼자서 주인 겸 종업원으로 서빙하는 조그만 맥주집이다. 실내 인테리어도 없고 장식도 요란하지 않고 그냥 옛날 대폿집 같은 분위기인데 막걸리가 아닌 맥주를 팔고 있는 것이 다르다. 문을 열고 들어서니 12월의 냉기가 도는 낡은 탁자가 마중하여 영 앉을 기분이 아니다. 앉으라고 재촉하시는 선생님을 따라 엉거주춤 하니 의자 끝에 엉덩이를 걸치고 주인을 찾으니 그 꼬질 한 벽면에 개업 때 어느 지인이 축하로 보내온 듯한 미당(未堂) 서정주 선생님의 시 「동천(冬天)」이 액자 하나로 덩그러니 걸려 있다. 그때서야 야시(여우) 같은 마담이 있는 양주 집을 마다하시고 선생님께서 이 집을 찾으신 이유가 제자들 주머니를 아껴주시려는 속마음에 더하여 시 「동천」 때문이라는 것을 알게 된다.

내 마음 속 우리 님의 고운 눈썹을
즈믄 밤의 꿈으로 맑게 씻어서
하늘에다 옮기어 심어 놨더니
동지 섣달 나르는 매서운 새가
그걸 알고 시늉하며 비끼어 가네.

서정주, 「동천」

미당 선생님께서 새벽에 오줌 누러 일어나셨다가 하늘에 걸린 초승달이 서럽도록 밝아 잠을 들지 못하고 이 시를 썼다 하시면서 '서럽도록 밝다' 그 이미지를 제자들에게 전하기 위해서 창밖 하늘을 보며 깊은 감정을 실어 "서럽도록 밝아", "서럽도록 밝아"를 수도 없이 되뇌이시던 그 유명한 시가 거기 초라한 술집의 이름으로 소중하게 걸려 있는 것이다.

이 시는 영혼의 갈증을 못 이겨 억병의 술에 취한 시인이 혼미한 정신으로 잠에 떨어졌다가 잠결에 치밀어 오르는 그 엄청난 배설욕구를 움켜쥐고 엄동의 마당에다 뜨거운 것을 시원하게 뿜어낸 뒤에 오는 해탈감과 연이은 한기의 오싹함. 문득 고개 들어 바라보는 밤하늘. 모든 것이 정지해 있는 어둠 속에 걸린 초승달. 그 희미한 빛마저 얼어 멈춘 찰나 간을 찢듯이 나는 매서운 새 한 마리를 머릿속에 그려내야 조금은 그 느낌이 전달될 것이다. 쉰이 넘은 나이에 읽어도 잘 이해가 안 되는 이 시를 고1의 제자들에게 이해시키려 하셨으니 참으로 쇠귀에 경 읽기였지만 그래도 미당의 시심(詩心)을 제자들에게 조금이나마 전하려고 무진 애를 쓰시던 모습은 지금도 사진처럼 기억에 남아있다.

술이 몇 순배가 돌고 학창시절의 이야기로 분위기가 훈훈해지자 선생님과 같은 아파트에 살고 있는 R군이 생각나 불러 합석하였다. 군은 한학을 전공하여 자신의 호를 빌린 학취(學聚)서당을 열고 학생들을 훈도하시는 훈장님이다. 군을 함께 부른 것은 분위기 탓도 탓이지만 군이 늘 선생님을 존경하고 또 오늘의 시대가 잊고 지내는 공맹의 도를 현실에 맞게 재해석하여 후학들에게 가르치며 인의예지(仁義禮智)를 겸허히 실천하는 사람인지라 사람 잘 모으는 S군이 전화하자 쾌히 달려온 것이다. 거나해진 분위기에서 선생님께서 반주기도 없는 노래를 해 보라고 하시어 내가 선생님의 애창곡 「동백아가씨」를 젓가락을 두드리며 불렀다. 이미자의 노래가 다 그렇지만 특히 「동백아가씨」란 노래는 그 가사에 덧붙여 끊어질듯 밀어올리는 높고 애절한 음성이 듣는 이의 심금을 울리는 것인데 50이 넘은 사내가 목청을 올리려다 되지 않자 돌연 한 옥타브 내려 부르니 무슨 단심(丹心)이 살아나겠는가! 그것도 시인 앞에서……. 분위기가 영 아니다 싶은 차에 K군이 선생님 무드에 딱 맞는 무슨 노래를 불러 흥을 돋워 드렸다.

빈 맥주병이 구석에 수북이 쌓여가고 학취가 한학자답게 두보 시를 읊고 하다 학창시절 추억담으로 대화가 넘어갔다. 당시 선생님의 강의는 거의 광적일 정도였으니 우리 모두에게 한 소리 한 동작이 기억에 남지 않는 것이 없지만 내게 특히 오래 기억되는 것은 선생님의 문예사조에 대한 강의였다. 사조(思潮)가 무슨 뜻인지도 모르던 제자들에게 선생님께서는 그

특유의 열정으로 고전주의에서부터 실존주의에 이르기까지 모든 것을 쏟아 내셨다. 빅톨 위고, 셸리, 키츠, 발자크, 스탕달, 플로베르, 도스토예프스키, 모파상, 입센, 보들레르, 안톤 체홉, 말라르메, 랭보, 발레리, 버지니아 울프, 앙드레 부르통, T. S. 엘리어트, 에즈라 파운드, 앙드레 말로와 지드, 알제리 해변의 햇볕 때문에 살인했다는 카뮈까지 문학을 전혀 전공한 적도 없는 내가 지금 기억해 낸 이름만 이 정도일 만큼 정말 수많은 세계적인 대 문호들의 이름을 거침없이 토해 내며 들려주셨다.

특히 유미주의를 설명하시면서 당신의 그 큰 키가 허무 그 자체로 인식될 정도로 허무주의와 퇴폐주의로 흘러버린 이유를 이해시키려 하셨고 "위에 놈 내려와."라는 표현을 여과 없이 뱉어 내시며 분노한 젊은 세대의 행동주의를 설명하실 때는 혁명으로 질주하는 젊음의 광기가 그대로 전달되는 느낌이었다. "존재는 본질에 선행한다."는 한마디로 실존주의를 이해시키시려고 하셨지만 그때는 존재의 의미도 본질의 궁극도 알지 못하는 철없던 때였으니 그냥 치기로 친구들 앞에서 으쓱거리려고 읊조리던 것이 전부였다. 나이를 먹어가니 이제야 "질풍노도의 시대"도 알겠고 "실존이 곧 궁극"이란 말도 이해가 된다. 그 시절 선생님께 문학을 배운 것이 정말 행운이었다는 생각이다.

술이 취해 당시 선생님께 귀 동냥한 대 문호들의 이름을 마구 들먹이다 김춘수 선생님의 「꽃」을 넘어 급기야는 선생님의 대표작 「갑골(甲骨)길」까지 옮겨가 그때 그 시상을 전하려 했던 눈에 선한 선생님의 모습을 회상하여 말씀드리자, K군에게 선물로 주신 시집을 도로 받아 그 중 「지는 꽃이 피는 꽃을 만나듯이」 「삼월에 오는 눈」 두 편을 읽어보고 느낀 바를 말해 보라 하신다. 어두운 실내 술집에서 내가 무어라 말씀드렸는지 도무지 기억에 없으나 듣고 나신 선생님께서 "어이 정군! 자네 글 한번 써보게." 하신다. 선생님께서 너무나 진지하게 말씀하셔서 그때 그 순간의 느낌이란 솔직히 '어이쿠! 이게 아닌데'였다. 내가 술이 취해 선생님 앞에서 주제파악을 못하고 너무 멀리까지 나갔다 싶어 손사래를 치며 "저 같은 게 어떻게 글을 씁니까." 하고 겸양이 아닌 진지한 마음으로 불가함을 말씀드렸지만 속 모르는 친구 S군이 "이 친구 영남일보에 칼럼도 썼습니다."며 한수 더 거든다.

깊어지는 흥취도 이제 선생님 건강도 생각하셔야 한다면서 일어나지 않으려는 걸음을 친구 학취가 애써 모시고 감으로써 제자들의 32년만의 스승 상봉이 끝이 났다. 선생님의 이미지는 예나 지금이나 바람에 붙잡힌 미루나무 같다. 그것도 아마 "내 삶의 8할은 바람이었다"는 미당 선생님 탓일 것이다.

일상으로 돌아온 며칠 후쯤인가 자리를 비운 틈에 선생님께서 회사로 전화하셔서 문학예술 발행인님을 만나신 말씀과 또 다시 글을 쓰라는 메모를 남겨 놓으셨다. 이게 아닌데 라는 생각을 하면서도 일에 빠져 또 잊고 있었는데 정월 초이튿날 학취로부터 전화가 왔다.

"선생님께 세배 갔었는데 자네 글 써서 가져오라 하시더라. 그동안 쓴 것 있으면 가지고 꼭 찾아뵈라."한다.

"어휴 친구야! 내가 글 써서 모아 둔 게 어디 있나? 세상의 때 묻을 대로 다 묻고 순수성은 약으로 쓰려 해도 찾기가 힘든 마음인데 글이 그냥 아무나 쓰는 것이가." 하고 지나쳤다.

그런데, "어메!" 선생님께서 오해를 하셔도 크게 오해하신 모양이다. 아끼시는 당신의 시집 『그리운 남풍』을 보내오시며 그 속표지에다 친히 "정임표 賢契案下 '문학예술 신인상'에 보낼 원고를 기다리며"라는 글을 정성껏 적어두신 게 아닌가! '현계안하'란 표현이 한 번도 보지 못한 문자라 그 격이 어느 정도인지는 가늠치 못하겠지만 손수 또박또박 쓰신 글씨 모습이 예사롭지 않다. 제자에 대한 깊은 믿음을 담으신 것이 분명하다. 그렇지만 그냥 잡문도 아니고 '문학예술 신인상'을 준비하라 하시니 뭐가 잘못되도 크게 잘못되었다는 생각이다. 군자는 취중이라도 허언이 없다고 하였던가. 만나는 사람들마다 기분 좋은 말만 골라 립 서비스하던 악은 버릇이 선생님의 깊으신 시심을 조금은 이해한 양 떠벌린 결과가 이리될 줄이야……. 후회막급이지만 이제는 문재가 있든 없든 한번 글을 써보는 수밖에 없다. 문학예술 신인상은 말도 아닌 선생님만의 생각이시고 나는 이제 잘 쓰든 못 쓰든 몇 편이라도 성의껏 작성하여 선생님께 보내어 글재주가 없다는 것을 증명해야 한다. 그것이 진지하신 권고에 답하는 제자된 자의 최소한의 도리일 것이기 때문이다. 육조혜능(六祖慧能)이 글을 알아 홍인(弘忍)에게 가사를 받았겠는가? 배짱으로 필가는대로 한번 써보자는 호기도 생기지만 띄어쓰기 맞춤법 도무지 기초부터 자신 있는 게 없는데 걱정이 태산이다. 선생님은 50이 넘은 나이에도 깨우친 것 없는 아둔한 제자를 피는 꽃인 줄 알고 비단 가사(袈裟)도 주고 옥도(玉刀)도 주고 싶으신 것은 아닌지 모르겠다.

눈이 펑펑 내린다. 삼월인줄 알고 화들짝 놀라 달력을 보니 아직 정월 초열흘이다. 모든 게 '정임표 현계안하' 때문인데 창문을 여니 바람이 푸근하다.

옛 스승과 제자들

시인 도광의 선생님을 만난 것은 고등학교 1학년 때다. 그는 우리들 신입생에게 국어를 가르친, 학교 문예 동아리 '태동기'의 지도교사였다. 무엇보다 당시 내가 가지고 있었던 병아리 눈물만한 문재(文才)를 확인해 준 분으로 그를 기억한다.

그해 가을, 선생께서 야심차게 추진한 교내 현상문예공모에서 별 기대 없이 내가 써낸 소설이 당선작이 되었던 것이다. 나는 호마이카 처리가 된 세련된 상패에다 고급 손목시계까지 부상으로 탔는데, 선생님께선 내 작품에 대해 은근히 칭찬을 아끼지 않으셨던 듯하다.

성년으로 가는 어느 시기를 문학 소년으로 보낸 이들은 적지 않다. 사춘기의 문학에 대한 열망은 마치 운명처럼 다가와 열 몇 살의 영혼을 뒤흔들어 놓는지 모른다. 내게 그것이 찾아온 것은 중학교 2학년 무렵이었다. 나는 늘 허겁지겁 책을 읽어댔고, 습작노트에다 한국전쟁을 소재로 한 요령부득의 이야기를 만들어 가고 있었던 것이다.

중학교 3학년 가을이었다. 대한적십자사가 주최하는 시내 중고생 백일장에 나는 학교 대표로 참가했다. 주어진 글제는 '수학여행'이었다. 마침 전년도의 수학여행에 불참했던 나는 수학여행에 참가하지 못한 아이의 이야기를 썼고, 뜻밖에 그게 1등상에 뽑혔다. 대구 적십자사 사장실에서 커다란 트로피까지 타고 돌아와 한동안 나는 잔뜩 고무돼 있었던 것 같다.

고등학교에 입학하자, 나는 먼저 문예 동아리 '태동기'에 가입했다. 세상에, 고작 고등학교 동아리 주제에 '태동기'는 '문학동인회'라는 이름을 쓰고 있었는데, 그게 썩 마음에 들었다.(그 당시 대구 시내의 모든 문예동아리는 동인이라는 이름을 썼다.)

우리는 해마다 대구 YMCA의 좁고 어두운 복도에서 시화전을 열었다.

장호철 태동기 준회원. 1972년 대구 대건고에 입학하여 태동기 활동을 하다가 3학년 때 전학을 감. 1984년 안강여고 교사로 임용된 후 순심고, 안동여고, 의성여고를 거쳐 2016년 구미고에서 퇴직.

당시 우리 동아리 '태동기'는 신라문화제 등 각종 백일장에 참가하여 여러 명의 입상자를 내기도 해서 대구의 학생문단에서 꽤나 이름이 알려져 있었다.

학교에는 '문예실'이라는 이름의 교실 한 칸짜리 동아리 방이 있어서 우리는 점심시간과 방과 후의 많은 시간을 거기서 보내곤 했다. 그러나 거기 모여서 우리가 글을 쓰거나 작품 윤독회를 했던 기억은 없다. 우리는 늘 일상적 잡담과 시건방진 요설, 문학적 일탈을 모의하는 것으로 숱한 시간을 때웠던 것이다.

도광의 선생님은 180센티미터를 넘는 훤칠한 키의, 굉장한 귀공자형 미남이었다. 17살배기 까까머리 눈에 그는 시인이란 모름지기 이런 모습을 갖추어야 하는 것이라는 어떤 '전형성'으로 비쳤다. 수업시간에 그는 가끔 자신의 시를 줄줄 외면서 강의하기도 했는데 그 서정성 넘치는 시구를 들으며 나는 설익은 문학적 열정을 키워나갔던 것 같다.

불행하게도 나는 시는 습작조차 해 본 적이 없어서 학교에서의 공식적인 만남 외에 개인적으로는 선생을 거의 만나지 못했다. 게다가 3학년 때 고향으로 학교를 옮기게 되면서 자연스레 소식이 끊겨 버렸다. 군에서 제대한 후 시내에서 한번 잠깐 뵙고 인사를 드린 게 고작이다. 그러고 30년이 훌쩍 지났다.

나는 먹고 사느라고, 교육운동을 한답시고 싸댄 세월이 제법이었다. 그간 벗들을 통해 소식을 간간히 듣기만 했지 인사 한번 여쭙지 못했다. 10여 년 전에, 후배들이 선생을 모시는 만남이 있었는데 나는 거기도 가지 못했다. 올해로 예순여덟. 오래 뵙지 못했지만 칠순을 바라보는 풍채 좋은 노시인을 떠올리는 건 어렵지 않다.

수십 년간 남학교에서 아이들을 가르쳤으니 제자는 좀 많을까. 선생께 시를 배운 제자들 가운데 안도현을 비롯한 여러 명이 시인이 되었다. 쉰이 넘어서 시집(『식빵 위에 내리는 눈보라』, 나남, 2007)을 상재한, 나와 동기인 홍승우(5대), 시집 『홀로서기』로 유명한 서정윤(7대), 더 이상 설명이 필요 없는 안도현(10대), 그리고 베스트셀러 『너는 눈부시지만 나는 눈물겹다』를 낸 이정하(11대) 등이 그들이다.

후배 중 서정윤은 나와 학교를 같이 다녔지만, 안도현은 내가 제대했을 때 고등학교를 막 졸업하면서 처음 만난 사이다. 어쩌다 그와는 해직과 복직 동기가 되어서 가끔씩 안부를 나누곤 하지만, 학창시절을 함께 보내지 않았으니 다소 서먹하기도 한 사이다. 그러나 나는 이정하는 만난 적도 그의 글을 읽은 적도 없다.

선생께서 '나만큼 제자들 중 시집 많이 판 사람 있으면 나와 보라고 하라'는 농을 하시곤 할 정도로 모두들 재주가 출중한 친구들이다. 소설 쪽으로도 박덕규(8대)라는 친구가 있어 장편소설을 펴냈고 대학에서 문예창작을 가르치고 있는데 그도 나는 꼭 한 번밖에 만나지 못했다.

제자들과는 달리 1966년에 일찌감치 등단하였지만, 선생께서 첫 시집을 낸 게 1983년이다. 그것도 나는 이 글을 쓰면서 알았다. 2003년에 「문학동네」에서 두 번째 시집 『그리운 남풍』을 내셨는데 나는 지난 5월에야 이 시집의 존재를 알고 뒤늦게 구입했다. 사는 게 바쁘다고는 하지만 제자로서 무심했던 걸 뉘우치지 않을 수 없다.

『그리운 남풍』에는 30년도 전에 선생께서 수업 중에 줄줄 낭송해 주시던 시는 보이지 않는다. 그 시들은 첫 시집에 실렸을 터이다. 선생의 시에 대해서 이러쿵저러쿵 하는 건 외람된 일이다. 선생의 시에 대한 소개로는 시집 뒤표지에 실린 김명인(시인, 고려대 교수)의 글로 대신한다.

> '서정성이 한국시의 기본이라 해도 도광의 시인의 서정은 독특하면서도 편안하다. 서정을 관통하는 그의 정신이 인간에 대한 애정이기 때문에 그러하다. 도광의 시인의 시는 늦은 가을 감나무에 높게 매달려 시리고 푸른 하늘에 대비되어 붉게 반짝이는 홍시처럼 외롭게 보이지만 아름답다. 스스로 외롭기에 오히려 그의 시가 사람의 훈기를 가지게 된 것이다.'

선생님의 대표작이라고 할 수 있는 「갑골길」을 다시 읽는다. 인터넷에서 검색했더니 선생의 첫 시집은 헌책으로 올라 있다. 서슴없이 그걸 장바구니에 넣고 몇 번 마우스를 누르는 걸로 구매를 끝낸다. 시절이 좋다고 해야겠지만 선생님께선 이런 문화에 손을 홰홰 저으실 듯하다.

함안여고 교정에서 갑골길을 바라보는 '사십대 노총각 한 선생'은 아마 당신의 모습이리라고 나는 생각해 왔다. 선생의 우렁우렁 듣기 좋은 굵은 목소리가 귓전에 지금도 선연하다. 일흔을 바라보는 연세, 늘 건강하셨으면 좋겠다. 언제쯤 벗들과 함께 선생님을 모시고 약주 한 잔 드릴 수 있을는지.

* 이 글은 2009년 「오마이뉴스」 블로그에 실린 것을 재수록했습니다.

대동면옥 물냉면이 그립지 않으십니까?

—고 박상훈 형을 생각하며

2006년이 저물어 가던 12월 어느 일요일 아침, 휴대전화 벨 소리에 잠이 깼다. 고교 1년 선배인 홍승우 시인이었다. 형은 다급한 목소리로 박상훈 형의 임종을 전했다. 잠이 덜 깨 꿈인가 싶기도 했다. 오래 가지 못할 줄은 알았지만 이렇게 급하게 가시다니!

며칠 전 동산병원 입원실로 형이 평소 좋아하던 두유를 사들고 찾아갔을 때만 해도 "막걸리나 한 통 사오지 뭘 이런 걸 들고 오냐."며 면박을 주던 형이었는데……. 그러고선 퇴원하거든 대동면옥 가서 수육에 소주 한 잔 하자고 하시더니! 이북 출신 홀어머니께서 해 주시는 냉면을 무지 좋아한다던 형은 그해 여름 내가 소개한 계산동 대동면옥의 물냉면이 자신의 입맛에 딱 맞는다며 즐겨 드시곤 했다.

택시를 타고 허겁지겁 동산병원으로 갔다. 중환자실로 뛰어올라가 형을 만났다. 손을 잡았더니 아직도 체온이 남아 따듯했다. 마지막 숨을 몰아쉬다가 멈추었던 듯 입을 반쯤 벌린 채 형은 거짓말처럼 누워 있었다. 그것도 6척 장신에 침대가 짧은 듯 구부정하게……. 형의 채 다물지 못한 입을 보면서 문득 서산대사의 「임종게(臨終偈)」를 떠올렸다.

> '살아 있는 게 무엇인가 / 숨 한 번 들이마시고 / 마신 숨 다시 뱉어 내고 / 가졌다 버렸다 버렸다 가졌다 / 그게 바로 살아 있다는 증표 아니든가 / 그러다 어느 한순간 들이 마신 숨 다시 내뱉지 못 하면 / 그게 바로 죽는 것이지……'

형을 처음 만난 건 2003년 가을 영남일보 문화부장으로 일하고 있을 때였다. 문학담당 기자로부터 출판사를 하는 형이 대포 한 잔 하잔다는 연

김희근 태동기 준회원. 1976년 대구 대건고 졸업. 1985년 경희대 졸업. 경인일보 기자, 영남일보 기자, 영남일보 문화부장을 지냄. 현재 출판광고기획사 전무이사로 재직 중.

락을 받고 대명동 한 술집에 갔더니 다짜고짜 "김 부장 한테는 내 고마 말 놓겠다."고 했다. 고교 5년 선배라는 사실을 이미 알고 있었던 나는 그러시라고 했지만 형의 그 저돌성이 적지 않게 당혹스러웠던 것도 사실이다. 하지만 고교 때 은사이자 선배인 도광의 선생님을 비롯해 시인 몇 분이 참석했던 그 자리서 나는 꼼짝 못하고 최연소자로서 고개를 조아려야 했지만 기분이 썩 나쁘지는 않았던 기억이다.

듣던 대로 형은 말술이었다. 마시고 또 마셔도 취하는 것 같지 않았다. 나도 술이라면 남에게 지지 않는다는 치기어린 자부심이 있었던 터였다. 누가 부러 붙여주지 않았는데도 '술통'이라는 별명이 대학시절, 또 군대와 직장에서도 줄곧 나를 따라다녔다. 그랬는데 술통의 용량이 나보다 훨씬 더 큰 형에게는 도무지 당할 도리가 없어 두 손을 들고 말았고, 우리는 곧장 술로 맺어지는 사내들 간의 묘한 동지의식을 나누게 됐다.

그 시절 형은 적자투성이 출판사를 운영하면서도 수입이 좀 생길만 하면 나를 불러냈고, 술자리에는 으레 도광의 시인과 소설 쓰는 이수남 선생 등 문인들이 불콰해진 얼굴로 시론(詩論)을 다투곤 했다.

4월은 잔인한 달이라고 했지만 내겐 특히 그랬다. IMF 환란이 실체를 드러내기 시작했던 1998년 4월, 대한민국의 모든 월급쟁이들이 구조조정의 칼바람에 떨었던 시절, 나도 예외 없이 해직 대신 무급휴직이라는 날벼락을 맞았다가 3개월여 만에 복직했고, 신문사가 법정관리와 인수합병 과정을 거치면서 마침내 2005년 4월, 20년 넘게 해 온 신문기자 생활을 접어야 했다.

누구보다 내 해직을 아쉬워하며 잦은 술자리를 마련해 주던 형은 어느 날, 출판사에 놀기 삼아 나오기를 권유했다. 오갈 데 없었던 나는 지하철을 갈아타가며 대명동 남부시장 골목길 2층에 있던 형의 출판사를 드나들었다. 하지만 일거리는 거의 없었다. 별로 알려지지 않은 시인의 시집 몇 권, 정년퇴직을 앞둔 교장선생님들의 수필집 몇 편이 일감의 전부였다.

출판사에 쭈그리고 앉아 얼마 안 되는 분량의 원고를 교정보다가 해질 무렵이면 남부시장 대폿집에서 막걸리 추렴으로 하루를 마감하곤 했다.

술자리에서 형은 늘 당신의 일생에서 가장 화려했던 청구주택 홍보차장 시절을 이야기했다. 회사 홍보지에 투고하는 대구 문인들에게 후한 원고료를 지급했던 일, 문인들과 술집을 전전하며 원 없이 '카드를 긁었던' 일화들을 형은 자랑삼아 끊임없이 늘어놓았다.

형과 함께 생활하면서 몇 가지 남다른 형의 장단점들을 보게 됐다. 무엇보다 형은 돈에 대한 개념이 희박했다. 나도 어지간히 돈과는 인연이 없고, 그런저런 이유로 돈을 모은다든가, 재테크를 한다든가하는 일과는 거리가 멀었다. 하지만 형의 경우는 심했다. 몇 푼 있으면 마시고, 없으면 빌려 쓰거나 외상으로 하고, 나중에는 빌려 쓴 일조차 잊어버리는 것 같았다. 집에도 생활비를 거의 갖다 주지 않아, 형수님은 야채즙을 가정에 배달하는 일로 살림을 꾸려 나갔다.

지방선거가 있었던 2006년 봄, 출판사 운영난을 조금이라도 덜어보자는 차원에서 선거 출마자들의 홍보물을 수주키로 했다. 후배 채원태가 쫓아다니면서 기초의원 출마자 몇 명의 일감을 끌어와 어찌됐든 3천여만 원의 매출을 올렸다. 그러나 선거가 끝나자 형은 "내 몫은 얼마고, 니 몫은 얼만데 지금 통장에는 4만원밖에 없데이……." 하며 미안해 했다. 나는 어이가 없어 처음엔 따지고 들기도 했지만 곧 이런 시시비비가 형에겐 아무런 의미가 없음을 깨닫고 입을 다물고 말았다.

6척 거구에 범털 같은 인상의 형이지만 마음은 때론 소녀처럼 여렸다. 한번은 형의 오랜 친구 강삼수 형을 따라 갔던 미8군 후문의 한 클럽에서 곱상한 필리핀 처녀를 만나더니 정신없이 빠져들었다. 나중에 알고 보니 우리 몰래 혼자서도 몇 번 그 처녀를 찾아 갔던 모양이다. 형수님에게는 안됐지만 그게 형 생전의 마지막 로맨스가 아니었나 싶다. 물론 형에게 있어 일생의 여자는 고교 시절에 만난 연상의 여인인 형수 한 분 뿐이었음을 장담한다.

형이 돌아가시기 몇 달 전 그동안 써왔던 단편소설을 완성했다며 원고를 내게 보여주었다. 기실 그때까지 내가 읽은 형의 단편소설은 문학에 문외한인 내게도 좀 미진해 보이는 것들이었다. 시종일관 거친 문장과 경상도 사투리의 대화체로 이어지는 단편들은, 고교시절 천재적 소질을 보였다는 형의 문학적 재능에도 불구하고, 먹고살기에 바빠 소홀했던 문학수업과 그 시절 세상을 바라보는 형의 삐딱한 시선 탓인지 완성도가 떨어져 보였다.

그러나 마지막 작품이 되고만 형의 단편 「홍도는 울지 않는다」는 그때까지 형의 작품에 대한 나의 선입견을 확 바꿔 놓았다. 내가 원고를 다 읽고 형에게 외람되게 던진 촌평은 '신춘문예 당선감'이었다. 지나고 보니 형에게 미안하기 짝이 없다. 스스로는 중견작가라고 생각했을 수도 있는데 후배란 놈이 '신춘문예 운운'했으니 말이다.

한국전쟁 직전 월남해 대구에 정착해 온갖 풍랑을 겪은 형의 어머니를 모델로 한 소설이었다. 주인공의 죽음으로 끝나는 소설의 결말을 보면 당시 형이 자신의 죽음을 예감했던 게 아닌가 하는 것이 지인들의 후일담이었다. 지방신문 문화부장을 지낸 내 어쭙잖은 소견으로도 형이 괜찮은 여건에서 문학 공부에 매진했더라면 만만찮은 필명을 날렸을 것으로 믿는다.

형은 그해 여름 마지막 작품을 탈고할 무렵부터 시름시름 앓기 시작했다. 사무실에도 며칠씩 나오지 않을 때가 많았다. 병원 가서 종합검진 받아보라고 하면 겁이 나서 못하겠다고 했다. 마지못해 병원에 갔다 오더니 모처럼 환해진 얼굴로 의사가 과민성대장염 증세라고 하더라고 했다. 그러더니 얼마 못 가 동산병원에서 담도암이라는 진단을 받았다. 그때쯤 형은 그 당당했던 풍채는 어디 가고, 겨울 나뭇가지처럼 말라 허깨비 같았다. 그런 모습을 주위 사람들에게 보여주기 싫었을까, 형은 암 선고를 받은 지 한 달이 채 안 돼 눈을 감고 말았다.

형은 그를 아는 많은 이들에게 깊은 슬픔과 안타까움을 남기고 너무 일찍 우리 곁을 떠났다. 그래서 때때로 형이 그립다.

두 가지 기억

어떤 기억은 세월의 풍화작용에도 꿋꿋이 살아남는다. 수십 년이 지나도 잊히지 않는 기억은 마치 친숙한 동행자 같다. 고등학교 시절의 기억도 그 중 하나다.

우울한 상황에 짓눌려 있던 그 시절에 그나마 조금 밝은 빛을 띠는 게 있다면 문예반 활동과 관련된 것이다. 태동기라는 이름부터 멋지게 느껴졌다. 문예반을 드나들면서 갑갑하기만 하던 나의 현실에 조금 숨통이 트이는 것 같았다. 태동기와 연결된 여러 가지 기억이 있지만 그 중 가장 인상적인 것은 다음 두 가지다.

첫 번째 사건은 도광의 선생님과 관련된 것이다. 나는 선생님을 좋아하지 않았다. 싫어한 것도 아니었다. 문예반 지도교사이긴 하지만 문예반에서 마주친 적이 한 번도 없었다. 호불호를 느낄 기회가 아예 주어지지 않았다. 복도에서 마주치면 인사를 하는 정도였다. 내가 문예반인지도 모른다고 생각했다. 저렇게 무관심하면서 왜 문예반을 맡았나, 하고 생각한 적은 있었다. 선배들은 달랐다. 선생님이 자율권을 주는 거라고 했다. 궤변같이 들렸다. 시인이니까 문예반이 맡겨졌는데 열의와 관심이 없거나 귀찮아서 신경을 쓰지 않는 거라고 여겼다.

'그 일'이 있기 전까지는 그랬다. 그 다음부터는 내 생각이 달라졌다.

어느 날 플래카드 하나가 내 눈에 들어왔다. '양주동 박사 초청 강연'이라고 씌어 있었다. 장소는 한국사회사업대학이었고 시간은 평일 오전이었다. 그런가 보다 했다. 날짜가 다가오자 벽보도 여기저기 나붙었다. 벽보에

권태현 태동기 8대. 1979년 대구 대건고 졸업. 1981년 '국시' 동인으로 활동하며 시 발표 시작. 1985년 매일신문 신춘문예 소설 당선. 공동시집 『국시』 『잠시 나가본 지상』 『안경 너머 지평선이 보인다』, 짧은 소설집 『벌거벗은 웃음』, 장편소설 『돌아라 바람개비』 『길 위의 가족』, 산문집 『공감하라, 세상을 다 얻은 것처럼』, 장편동화 『찌그덕 삐그덕 우리집 사랑』 『어쭈, 굴러온 돌이?』 등.

는 한사대 학생들뿐만 아니라 타 학교 학생들도 참석할 수 있다고 적혀 있었다. 그런가 보다 할 수가 없었다.

양주동 박사는 자타가 공인하는 뛰어난 석학이었고 그 무렵 화제를 몰고 다니는 유명인사였다. 강연을 꼭 듣고 싶었다. '타 학교' 학생인 나는 자격이 있었다. '고등학생 입장 불가' 문구도 없었다. 가슴이 뛰었다. 강연이 있는 날 아침에는 가슴이 더 크게 요동쳤다.

담임선생님은 외출증을 끊어달라는 나의 요청을 단칼에 거절했다. 가소롭게 여기는 기색이 역력했다. 나를 흘깃 쳐다보면서 "수업 빼먹을 생각 말고 공부나 하라!"고 했다. 나는 사정했지만 바로 외면당했다. 또 사정했지만 거듭 외면당했다.

그때였다. 누군가가 다가오는 게 느껴졌다. 키가 큰 사람이었다. 약간 휘청이는 걸음걸이였다.

"이리 온나. 담임선생님이 안 끊어주면 내가 끊어주면 안 되나. 학교 공부가 다가 아이다. 문예반 아들이 그런 강연도 들으러 댕기야 된다."

도광의 선생님이었다. 당황한 건 나만이 아니었다. 담임선생님은 뺨이라도 한 대 얻어맞은 것 같은 표정을 짓고 있었다.

"선생님, 선생님 입장이 곤란하시믄 그래도 되지예?"

"아, 아입니다. 제가 끊어주겠심니다. 대학교에서 하는 긴데 그 핑계 대고 나갈라 카는가 싶어서……."

담임선생님은 말끝을 흐렸다. 의심을 품고 있지만 당신이 그렇게 나서니까 어쩔 수 없이 외출증을 끊어준다는 뉘앙스를 강하게 풍겼다. 도광의 선생님은 의심하지 않았다. 나만 의심하지 않는 게 아니었다.

"우리 문예반 아들은 그런 거짓말 안 합니다. 그라니까 그래 말하지 마소."

도광의 선생님은 더 이상 말하지 않고 휙 몸을 돌려 그 자리를 떠났다. 담임선생님은 아무 말 없이 외출증을 끊어주었다. 나도 마땅히 할 말이 없어서 고개만 숙여 보이고 교무실을 나왔다.

양주동 박사의 강연이 별로 관심을 끌지 못했다면 도광의 선생님에 대한 감사의 마음도 반감되었을지 모른다. 강연은 압도적이었다. 처음부터 끝까지 터져 나오는 웃음을 참을 수가 없었다. 그렇게 격렬하게 웃으면서 뜨겁게 감동받을 수 있다는 게 놀라웠다. 지금까지 내가 들었던 강연들 중

단연 최고였다. 나는 감전된 것 같은 상태로 한동안을 보내야 했다.

강연을 다녀온 후 나는 새로운 눈을 떴다. 발밑만 내려다보다가 고개를 들어 먼 곳을 본 듯한 느낌이었다. 그 당시에 내가 고민하던 문제들이 보잘것없다는 생각도 들었다. 갑자기 쑥 커버린 것 같아서 어색했다. 하지만 그 변화가 좋았다.

그때부터 나는 도광의 선생님을 좋아하기 시작했다. 수업시간에 들어와서 김승옥의 소설 「무진기행」을 줄줄 외우다가 나가도 멋있기만 했다. 수업 도중에 느닷없이 시를 낭송하거나 문인들의 기행에 대해 들려주신 날은 도서관에서 그 시인과 작가의 책을 찾아보았다. 그렇게 선생님을 좋아하면서 나는 문학에 조금씩 눈을 뜨게 되었던 것 같다.

두 번째 기억은 같은 학년이면서 태동기 동기인 박덕규와 관련이 있다. 고등학교 3학년 초에 있었던 일이다. 학교로 한 장의 공문이 날아들었고 우리는 서울행 열차에 몸을 실었다. 여기서 말하는 '우리'는 나와 박덕규를 포함한 대건고등학교 문예반 태동기 멤버 중 일부, 그리고 대구에 있는 여러 고등학교 문예반 학생들 중 일부를 말한다. 대략 이십여 명이 동행했던 것 같다.

목적지는 건국대학교 일감호 호수 앞. 그곳에서 전국의 고등학생들이 참가하는 백일장이 열렸다. 도착해 보니 각지에서 몰려든 학생들로 바글거렸다. 백일장에서 수여되는 상은 몇 개 되지 않기 때문에 그들 중 거의 대부분이 들러리라고 할 수 있었다.

물론 상을 받는 것만이 백일장에 참가하는 이유는 아닐 것이다. 그들 중에는 건국대학교 캠퍼스를 구경 온 학생들도 있었을지 모른다. 친구들과 가벼운 마음으로 나들이를 왔을 수도 있다. 더구나 그때는 학교 축제기간이었으니까. 그렇게 나왔다가 상까지 받게 되면 좋은 일 아닌가. 많은 학생들의 표정에서 그런 여유가 느껴졌다.

하지만 나는 달랐다. 상을 받고 싶었다. 대구에서 밤 열차를 타고 서울역에 와서 다시 그곳까지 찾아간 이유는 상을 받기 위해서였다. 일감호 앞에서 교복 차림의 무수히 많은 학생들이 운집해 있는 광경을 보고 나자 맥이 탁 풀렸다. 표준말을 쓰며 여유롭게 웃고 있는 서울 학생들을 보면서 더 기가 죽었다.

시간이 되자 주최 측에서는 학생들을 모이게 한 후 백일장 제목을 발표했다. 학교에서 직접 인쇄한 원고지도 나누어주었다. 나는 미리 준비해 간 종이에 글을 적어 내려가기 시작했다. 상을 받아야 했기 때문에 나는 서둘렀다. 서둘렀지만 글을 빨리 쓸 수가 없었다. 다 써놓고 나니 마음에 들지 않았다. 그것을 원고지로 옮겨 적으려다가 고개를 가로저었다. 내봤자 상을 받긴 글렀다는 판단이 들었다.

옆자리의 박덕규는 다 쓴 원고를 열심히 원고지에 옮기고 있었다. 나는 어차피 포기했으니까 친구에게 조금이라도 도움이 되고 싶었다.

"필요하면 내 원고지 갖다 써라."

내 말에 덕규가 눈을 동그랗게 뜨고 돌아봤다.

"와? 니는 벌써 다 옮깄나?"

"아니, 난 못 내겠어. 써놓고 보니 영 아냐."

어느새 덕규는 다 옮겨 적었다. 원고지가 모자라지는 않았다. 다 쓴 원고를 들고 일어서면서 덕규가 말했다.

"그라지 말고 고치가민서 빨리 옮기봐라. 내가 마감시간을 좀 끌어볼게."

그 순간 어떤 생각 하나가 머리를 꿰뚫고 들어왔다. 왜 진작 그 생각을 못했나, 하는 탄식이 흘러나왔다. 그걸 새로 쓰기에는 시간이 턱없이 부족했다. 원고를 접수한 덕규가 나를 향해 어서 쓰라고 손을 흔들어 보였다. 그게 신호라도 된 것처럼 나는 부랴부랴 쓰기 시작했다. 반도 못 썼는데 마감시간이 다 됐다고 빨리 제출하라는 소리가 들렸다. 하지만 나는 계속 써 내려갔다. 접수를 마감한다는 소리도 들려왔다. 나는 멈추지 않았다. 접수가 끝났다고 선언하는 소리도 들었다. 펜을 쥐고 있던 손에서 힘이 빠졌다.

그때였다. 다급한 목소리가 들려왔다.

"조금만 기다려주십시오. 지금 저기 오고 있습니다. 조금만요."

그 목소리의 주인공은 박덕규였다. 그가 사정을 하는 이유는 나 때문이었다. 나는 가고 있는 상태가 아니었다. 허겁지겁 쓰고 있는 중이었다. 쓰면서 나는 덕규가 사정하는 소리를 몇 차례나 더 들어야 했다. 덕규 때문에 자리를 못 떠났던 학보사 기자가 짜증난 표정으로 돌아설 때 가까스로 원고를 제출할 수 있었다.

점심시간과 휴식시간이 지나고 심사결과를 발표하는 시간이 되었다. 워낙 허겁지겁 써냈기 때문에 내 원고가 뽑힐 거라는 기대는 하지 않았다. 그래도 원고를 낸 건 시간을 끌어준 친구 때문이었다. 안 내면 덕규한테 더 미안할 것 같았다. 내가 상을 받을 가능성은 없었지만 대구 친구들 중 한 명 정도는 상을 받았으면 했다. 그 많은 인원이 올라왔다가 그냥 내려간다면 무척 쓸쓸할 것 같았다. 이왕이면 박덕규가 상을 받기를 바랐다.

백일장은 가작 입상자부터 발표한다. 그리고 차하, 차상을 거쳐 맨 마지막에 장원의 이름이 불린다. 시부문을 먼저 발표했는데 대구 입상자는 없었다. 그 다음 산문부문의 입상자들이 호명되었다. 차상까지 발표했을 때도 대구 친구들이 한 명도 불리어지지 않았다. 장원만 남겨놓고 있었다. 마지막 순간에 나는 귀를 의심했다.

그날 내가 장원을 차지하게 된 건 순전히 박덕규 덕분이었다. 전국 규모의 대회에서 1등을 한 건 그때가 처음이었다. 나는 엄청난 자신감을 얻었다. 그 후 경희대 문예콩쿨만 제외하곤 참가한 모든 대회에서 상을 받았다.(경희대 현상문예에서는 박덕규 소설이 당선되었다. 그래서 무척 기뻤다.) 한 번 생긴 자신감이 만들어낸 결과라고 나는 믿었다. 그리고 자신감을 갖는 데 결정적인 역할을 해 준 친구에게 늘 고마웠다.

선생님 덕분에 나는 명 강의를 듣고 새로운 눈을 뜰 수 있었고 친구 덕분에 생각지도 못한 자신감을 얻고 겁 없이 글쓰기를 해 나갈 수 있었다. 어쩌면 두 사람 모두 나를 위해 나서주지 않을 수도 있었다. 내가 먼저 요청한 것도 아니었다. 그러니 더 고마울 수밖에!

살아오면서 나도 남을 위해 나설 때가 있었다. 그때마다 내가 두 사람을 번번이 떠올린 건 아니다. 하지만 분명 영향을 받았다고 믿는다. 많은 세월이 흘렀는데도 그 시절의 일이 어제 일처럼 생생한 것이 그 증거다.

* 여기까지 원고를 써서 보냈는데, 이 문집의 편집책임자가 그때 장원한 작품이 있으면 첨부해 달라고 연락을 했다. 40여 년 전의 작품이 내게 남아있을 리가 없다. 그런데 우연찮게 오래된 문서를 찾아주는 사이트를 알게 되어 어렵사리 건대신문에 실린 그 작품을 찾았다. 지금 읽어보니 부끄럽기도 하지만 그

시절의 풋풋함이 느껴지는데다 이렇게 추억을 수집하고 회고하는 일도 의미가 있는 것 같아서 내놓는다.

여행

어린 시절을 인천, 그것도 바다와 접해 있는 마을에서 자란 나는 언제나 바다를 가슴 한쪽 구석에 지니고 있었다. 시원하게 차려 입은 사람들의 모습만 보아도 철없이 바닷물에 뛰어들어 첨벙대던 그때가 문득문득 생각났고, 예쁘게 채색된 그림에서 바다 위의 기선들을 볼 때도 난 지난 날 바닷가에 서서 지켜보던 돛단배를 생각해 내는 것이었다. 둥둥 떠 있다가 썰물이 되면 갯벌에 널린 채로 꼼짝 않고 있는 통나무 위를 빠르게 뛰어가던 기억도 떠오르곤 했다.

대구로 이사를 오면서 난 그 바다도 돛단배도 통나무도 몽땅 내 시야에서 잃고 말았던 것이다.

그런 내게 친구가 부산 태종대에 놀러 가자는 말을 꺼낸 건 올 봄이었다. 난 얼씨구나 하고 좋아했다. 이종형이 신혼여행을 태종대로 갔다 온 후 내게 보여준 사진 속의 모습에서도 물론 호기심은 있었지만, 어린 날 송림동에서 지켜보던 바다의 생각이 날 주체할 수 없는 흥분 속으로 몰아넣었다.

난 약속 날 아침 일찍 역 대합실에서 친구를 기다렸다. 그러나 친구는 나타나지 않았다. 기차시간이 임박해서까지 그가 나타나지 않자 난 혼자 기차에 올랐다. 부산의 지리를 전혀 모르는 터였고 더구나 처음 길이었으나 나의 들뜬 마음은 그런 조바심을 완전히 넘어서고 있는 것이었다.

다행히 기차 안에서 태종대로 간다는 여자를 만나서 수월찮게 목적지를 찾을 수 있었다.

확 트인 바다, 멀리서 밀려 들어와 부술 듯이 바위를 후려치는 파도, 조각나서 튀어 오르는 물거품. 아! 난 서투른 감탄사를 연발하지 않을 수 없었다. 내게 주어졌던 지루한 생활의 연속과 무질서와 짜증의 때가 말끔히 씻기는 순간이었다.

어릴 때 지켜보던 더럽고 냄새나던 바다 주변과는 너무도 다른 싱싱한 모습으로 난 완전히 세척당하고 있었다. 비록 아침에 출발해서 저녁에는 돌아가야 할 짧은 여행에 지나지 않았지만 기나긴 고통의 여정보다는 얼마나 값진 것일까, 하는 생각이었다.

한참 내 기분에 취해 있다 보니 몸을 날려버릴 듯이 불어대는 바람에 온 옷자락을 나부끼며 나의 안내자가 되어주겠다던 여자는 흐느끼고 있었다. 즐거워서 어쩔 줄을 모르는 나와는 너무나 다른 그녀의 모습에서 난 슬픔의 그림자를 뚜렷이 느낄 수 있었다.

돌아오는 기차에서 여자는 나의 꼬치꼬치 캐묻는 물음에 슬픈 바다를 보러 왔었다고 거침없이 대답을 했다. 성난 파도가 아버지를 삼키고 엄마의 화장한 뼛가루마저 삼킨 바다를 그녀는 죽을 때까지 잊을 수 없노라고 했다. 그리고 그녀도 몇 번이나 바다에 몸을 던지기까지 했다는 것이었다.

막연한 목적이 아니고 어떤 식으로든지 기억을 갖거나 의미를 갖고 있는 곳에 여행을 떠날 때는 충분히 그 내용들에 따라서 여행이 즐거울 수도 괴로울 수도 있다는 생각이 대구역에 도착할 때까지 내 머리를 뒤흔들었다.

박덕규

문집과 백일장

초등학교 3학년. 아버지가 교장 선생님으로 부임하신 학교로 전학을 간 지 몇 달 뒤. 교실 앞 복도에는 학생들이 여름방학 동안 만든 특별 과제물이 전시되어 있었다. 우연히 4학년 복도를 뒤꿈치 세우고 맨발로 걸어가다가 이상한 과제물을 발견했다. 검고 두꺼운 표지에 '나의 문집'이라고 쓴 책들이었다. 4학년 학생들이 자신이 쓴 글로 한 권의 책을 만들어 전시해 놓은 거였다.

세상에, 글을 써서 책을 만들어 낼 수 있다니!

자기 글로 책을 만드는 건 그때껏 '일기장' 정도였을 뿐, 동시나 산문 같은, 일기와는 다른 양식의 글을 묶어 한 권의 책을 엮을 수 있다는 사실에 나는 전율하고 있었다.

그 무렵 나는 집에 있는 초등학교 교사 문인들의 책들을 읽으면서 동시나 동화를 쓰는 흉내를 자주 내곤 했다. 그것들은 적어도 일기보다는 한결 재미있는 장르였다. 4학년 선배들의 '나의 문집'을 본 뒤로 나는 그런 장르의 글을 더욱 열심히 써서 3학년 겨울방학이 지났을 때, 시키지도 않은 방학 숙제로 '나의 문집'을 만들어 제출했다. 그 뒤로도 툭하면 문집을 만든다고, 시험지와 흑표지를 사서 송곳으로 구멍을 뚫어 책을 제본하곤 했다. 나름대로 예쁘게 오린 색종이에다 싸이펜 글씨로 '나의 문집'이라고 써서 풀로 흑표지에 붙이다가 싸이펜 잉크가 퍼져 손이 시퍼래지는 경험도 자주 했다.

내 문집 만들기는 중학교 1학년 때까지 거듭 되어 아마도 열 권 이상의 문집을 만들어 냈던 것 같다. 시, 산문, 소설, 희곡, 시나리오, 독후감 등 문

박덕규 태동기 8대. 1978년 대구 대건고 졸업. 1980년 동인지 『시운동』으로 시인으로, 1982년 「중앙일보」 신춘문예로 평론가로, 1994년 계간 『상상』으로 소설가로 등단했다. 시집 『아름다운 사냥』 『골목을 나는 나비』, 소설집 『날아라 거북이!』 『포구에서 온 편지』, 장편소설 『사명대사 일본 탐정기』 『토끼전 2020』, 평론집 『문학공간과 글로컬리즘』 등이 있음. 현재 단국대 문예창작과 교수.

학의 다양한 장르에다 신문에 난 기사를 오려 붙이고 내가 제목을 붙인 잡지 유형을 얹기도 했다. 내가 지금 문학의 여러 장르를 기웃거리며 글을 쓰고 또 출판 기획까지 손을 대고 있는 것도 그때 그런 경험의 습관이나 내 기질이 변하지 않고 남아선지도 모른다.

내가 그렇게 부지런히 책을 만들고 글을 써대고 있는 동안, 그러나 글 잘 쓴다고 나를 칭찬해 주는 사람은 전혀 없었다. 교내 백일장 같은 데서조차 나는 입상 경력이 없었다. 성적이 우수한 친구들이 장원이다 최우수작이다 하는 동안에 나는 학급대표에도 못 끼는 축에 속했다. 5학년 때, 수백 행 되는 장시를 써서 제출한 적이 있었다. 나로서는 대단한 야심작이었는데 그때 시조시인이신 담임선생님이 빨간 글씨로 단 한 줄짜리 품평이 이랬다.

"산문을 쓸 것!"

공부 대신에 소설책을 읽거나 뭔가 자꾸 쓰고 있는 나를 두고 형들도 "상 한번 못 타는 니가 무슨 문학이야?" 하고 윽박지르곤 했다.

그런 주변의 평에도 전혀 '문학에 대한 열망'이 식어지지 않은 것도 신기하다면 썩 신기한 일이랄 수 있다. 나는 중학교에 들어가서는 학교에서고 집에서고 공공연히 앞으로 커서 문학을 하겠노라고 떠들고 다녔다.

중학교 2학년 때 교내 백일장에 나가서도 나는 낙선했다. 내가 우리 반 반장이었는데 공교롭게도 부반장인 친구(그 친구는 나처럼 문학을 하겠다고 공언한 적도 없었다.)가 시부 장원에 뽑혔고, 그 입상작이 교실에 게시되었다. 그때 제목이 「우리 선생님」이었다. 어느 선생님이 공부 시간에 그 시에 쓰인 '타박타박'이란 표현은 '터벅터벅'이라 고치는 게 낫겠다는 식으로 비평을 하던 게 지금도 생생하게 기억난다. 그리고 방과 후, 장원한 부반장이 내게 이런 식으로 말했다.

"니가 쓰는 건 교과서에 다 나오는 거잖아."

그때 부반장 친구의 교내 백일장 장원으로 내 마음에 상당한 각성이 일어난 게 틀림없었다. 아마도 그 무렵부터 내 글이 서서히 달라지기 시작했던 것 같다. 그때 나는 어떤 사람이었는가 하면, 정의로운 세상을 내가 만들어야겠다고 생각한 사람이었다. 나는 '자랑스런 대한민국'이라는 말을 너무도 좋아하는 사람이었다. '우리의 유구한 역사와 빛나는 전통'에 대해서도, '베트남에 나가 베트콩을 무찌르는 우리 국군'에 대해서도, 아침마다 시끄러운 '새마을노래'에 대해서도 자부심을 느끼는(느끼지 않으면 안 된다고 생각한) 학생이었다. '위대한 한국'을 비난하는 사람을 나는 싫어했고, 그런 친구들이 있으면 나는 반장이라는 직분과 정의라는 명분으로 그에게 응징하곤 했다.(시 잘 쓰는 부반장도 내 시각에서는 해서는 안 될 일을 하다가 나한테 혼나기까지 했다.) 내가 그런 사람이었으니 내 시 또한 그런 식이었을 밖에.

중2, 중3, 사춘기였고, 입시에 대한 공포에 힘겨워하던 시절이었다. 나는 그때껏 행한 내 언동을 부자연스러운 일로 의식하기 시작했고, 점점 내 문학 전반, 아니 내 삶 전반에 대해 극심한 회의에 빠져 들었다. 성적은 오르지 않았고, 심해지는 갈등을 채워지지 않는 문학에 대한 열정으로 혼자 견뎠다. 물론 문학 쪽으로는 어떤 성과도 낼 수 없었다. 중3 때부터 앓게 된 두통을 핑계로 공부에 크게 열을 올리지 못했고, 간신히 고교 입학에 성공하고는, 한 달 만에 휴학계를 냈다.

백일장에 도전할 기회가 다시 찾아온 것은, 복학을 해 고1을 다시 겪으면서였다. 문예반에 가입해서 참가한 백일장에서 한 번 낙방을 하고, 두 번째 백일장에서 난생 처음으로 산문부 차상을 받았다. 그게 1975년 가을이었다. 경주에서 해마다 열리는 신라문화제 백일장이었는데, 당시 대구에서 문예반 활동을 하는 학생들은 대부분 참가하는 대회였다. 백일장을 위해 동대구역과 경주역을 오고가는 기차 안에서 우리는 색다른 인생을 경험하곤 했다. 발표는 며칠 뒤였고, 시상식은 또 그보다 며칠 뒤였다. 시부에서 역시 차상을 차지한 같은 학교 선배와 함께 무슨 대단한 상이라도 받게 된 줄 알고 다시 기차를 타고 경주에 닿고 보니 시상식은 벌써 끝났고, 장원 다음인 차상에게 주는 상이라고는 상장 한 장이 전부였다. 문예반 지도교사 도광의 시인께서 이를 애석하게 여기시고 따로 상품을 만들어 전체 조회 시간에 시상하도록 배려해 주신 기억은 정말 새롭다.

백일장이라고 하면 과거시험 때의 시문(詩文)에 관한 시험의 하나라 생각하기 쉬울 것이다. 시관(試官)이 보고 있는 자리에서 제목을 내걸고 시문을 짓게 해 훌륭한 글을 지은 사람에게 장원을 주어 시상하는 제도가 이 백일장인데, 관리 임용을 목적으로 하는 과거시험이라기보다, 조선시대

때 주로 지방에서 유생들을 대상으로 일종의 문예진흥책을 펼친 행사로 봐야 옳다. '白日場'이라는 한자는, 달밤에 뜻이 맞는 사람들이 모여 시를 지으면서 친목을 도모하던 '망월장(望月場)'과 대비된다. 문헌상으로는 조선왕조실록 태종 편에서 처음 확인되고 있다.

백일장의 원래 목적이 문예진흥 차원이라는 점에서 볼 때 내 경우가 너무나 모범적인 사례를 보여준 경우라 할 수 있다. 고1 때의 백일장 입상이 그동안 '나는 아무도 몰라주는 글만 쓰는 사람으로 끝날지 모른다'고 내심 초조해 하던 나에게 얼마만큼 용기를 주었는지……. 그러나 내 개인적으로는, 백일장이란 것이 제한된 시간에 자신의 문필력을 과시하는 방식이기 때문에 일종의 '문학을 중심에 둔 문화 축제' 이상의 가치를 두어서는 안 된다고 생각하는 편이다. 즉, 백일장이 문학적 역량을 평가받는 제도로 이용되는 데는 반대한다는 뜻이다. 특히 대학 입학 특전을 주는 문예제도로는 백일장이란 것이 너무도 부적절하다고 나는 생각한다.

고3 때, 어느 전문대학에서 주최한 백일장에 참가했을 때였다. 그때 시제(詩題)가 '충효사상(忠孝思想)'이었다. 제목은 자유이되 나라에 충성하고 부모에 효도하는 내용이면 좋다는 거였다. 나는 그때 이미 충효정신을 떠받드는 교과서적인 학생이 결코 아니었다. 어느새 회의주의자가 되어 제법 염세적인 작품을 써대며 학생문사로 이름을 날리고 있던 내게 충효사상은 너무나 유치한 주제였다. 마침 가까운 데 있는 우리 집으로 달려가 습작 공책을 뒤져 '충효'로 얼른 포장이 가능한 습작시를 찾아냈다. 「모정(母情)」이라는 제목으로 탈바꿈한 내 습작시가 그날 백일장의 장원으로 뽑혔다.

내 문학의 수준을 각성하게 하고, 결국 내 문학을 장려한 것이 백일장이었다는 사실에서 보듯이, 백일장의 제도적 소임은 막중하다 할 수 있다. 그러나 그것은 또한 엉뚱한 순발력을 시험하는 제도로 전락해 진지하고 무게 있게 문학을 연마해 온 문학도들의 순정을 왜곡하기도 한다. 어떻든, 내 문학은 문집에서 눈을 떠 백일장으로 좌절과 극복의 스토리를 만들면서 내 인생의 중심을 두텁게 하고 있었다.

* 앞 글은 1990년대 중반 어느 잡지에 '책과 문학'을 소재로 연재한 것 중 하

나다. 1975년 신라문화제 백일장 고교 산문부 차상을 한 글이 아래 「길」이다. 아마 주최 측에서 입상작을 어느 지면엔가 게재한 모양으로, 그해 학교에서 교지 대신 낸 교내신문에 이 글이 다시 실렸고, 이걸 나중에 내가 낸 성장소설집 『바람 속을 걷는 법』(푸른숲, 1989)에 실어 지금껏 남아 있게 됐다. 추억을 되살리는 의미로 실으니 읽고 그냥 '一笑'해 주시기를!

길

경산으로 가는 길은 하이킹 코스로 적당하다. 따뜻한 날이면 더욱 좋다.

친구와 자전거 대여점에서 자전거를 빌어 탔다. 역시 대도시 중심을 벗어나기엔 힘이 든다. 차가 많아 위험하기도 하지만 시야가 복잡해서 달리기가 힘 드는 것이다. 원래 도시 물을 많이 먹고 자란 탓인지 친구는 용케도 달리고 있다. 내가 세 번째 같이 가자고 고함을 치자 비로소 친구를 속도를 조금 줄인다.

신호등이 보이면 내려야 한다.

그렇지 않은 건널목에선 더 더욱 신경을 써야 한다. 개구쟁이 녀석들의 길을 건넘은 빠른 것 같으면서도 위험하니 말이다.

버스가 서는 곳은 버스를 내리는 사람들을 주의해야 한다. 그들은 내리는 데만 정신이 팔려 내린 직후의 일은 생각하지 못하는 것이다.

또 친구가 보이지 않는다. 저 혼자 신이 나서 저 앞서 가고 있는 모양이다. 다시 뒷모습이 보일 듯 하더니 오른 편 길로 꺾어 버린다. 나도 좀 더 속도를 낸다.

도심지를 벗어난 곳은 한산하다. 위험하지 않아 더욱 좋다.

친구의 모습이 보인다. 되돌아오고 있다. 와서 빨리 가지 않는다고 짜증을 낸다.

그러고는 다시 앞서 간다. 나도 빨리 달리려고 애쓴다.

똑바른 아스팔트 길이다. 바람이 제법 있어 그리 덥지도 않다. 길가의 나무들이 내 귀를 지나는 소리가 요란하다. 멀리 산 아래로 모내기가 갓 끝나 맨숭맨숭한 논들이 넓게 펼쳐진다.

친구가 또 돌아온다. 한 손에 뭔가 들고 되돌아오고 있다. 막대기에 꽂힌 동그란 핫도그다. 내가 탄 채로 입을 내밀자 친구가 내 입으로 넣어 준다.

내 입으로 들어가지 않고 땅바닥에 굴러 떨어지고 만다.

어느 새 등줄기에 땀이 배었다.

오르막길이다. 친구는 꼭대기에 올라가서 핫도그를 사 먹잔다. 그러자고 했다.

오르막길을 오르기가 매우 힘들다.

허벅지의 힘줄이 팽팽하게 당기도록 굴려 겨우 올랐다. 친구의 말대로 '아리랑 고갯집'이란 포장집이 있다. 친구가 자전거에서 내려 들어가더니 손에 핫도그를 잔뜩 사 들고 나온다. 타고 가며 먹잔다. 우선 나는 한개 빼어 입에 물었다. 이제껏 맛보지 못한 새로운 기운이 입 속을 감돈다.

가파른 내리막길이다. 똑바른 아스팔트 길이다. 햇살은 등 뒤에서 따갑게 비친다.

글쓰기, 열 개의 장면

1. 글은 그림이다

'글'은 '그림'에서 나왔고, '그림'은 '그리움'에서 생겨났다는 한 어원학자의 낭만적 해석을 읽은 적이 있다. 그의 해석 앞에 '낭만적'이라는 수식을 단 것은 논리적 결여를 지적하려거나 순수성을 돋아보기에 하려는 의도가, 전혀, 아니다. 그의 해석을 접한 순간 해맑은 미소가 어리던 내 입과 따뜻해지던 가슴을 새삼스럽게 기억했기 때문이다. '글'과 '그림'과 '그리움'이 서로의 어깨를 겯고 있는 장면을 마음에 그려보는 일은 얼마나 낭만적인가!

2. 헤밍웨이 유령

이따금 글을 쓰다가 막히면 나는 서재 창문을 열어놓고 우두커니 밖을 내다보며, 시인 폴 베를렌이 살았다고 알려진 프랑스 파리의 어느 주택가 방에 세를 얻어 살던 때의 헤밍웨이를 떠올리곤 한다. "이따금 새 소설을 쓰기 시작하다가 막히면 우두커니 서서 창밖으로 파리 주택가의 지붕들을 바라보며 '걱정 말게. 자넨 전에도 늘 써왔고 앞으로도 쓰게 될 거야. 자네가 지금 할 일은 진실한 문장 하나를 쓰는 것이야. 자네가 알고 있는 가장 진실한 문장을 쓰도록 하게,' 하고 생각하곤 했다." 나는 서재 창밖에서 덥수룩하게 수염이 자란 헤밍웨이를 만난다. 그리곤 다시 열심히 자판을 두드린다. 글의 유령이 불러주는 문장들을 한 글자도 빠뜨리지 않겠다는 듯.

하창수 태동기 준회원. 1978년 대구 대건고 졸업. 1987년 『문예중앙』 신인문학상 당선. 장편소설 『천국에서 돌아오다』 『1987』 『돌아서지 않는 사람들』, 소설집 『지금부터 시작인 이야기』 『수선화를 꺾다』 『서른 개의 문을 지나온 사람』, 대담집 『먼지에서 우주까지』 『뚝』 외 다수. 한국일보 문학상, 현진건문학상 대상, 강원문화예술상 수상.

3. 권위에 무릎 꿇지 않는 권위

1962년 케네디 대통령이 미국 국적을 가진 마흔아홉 명의 역대 노벨상 수상자들을 만찬에 초대했다. 1949년에 노벨문학상을 받았던 소설가 윌리엄 포크너에게도 당연히 초청장이 보내졌다. 그러나 포크너는 백악관의 초대에 응하지 않았다. 초청을 거부하는 이유를 백악관 관계자가 물었을 때, 포크너의 대답은 간명하고, 재밌고, 섬뜩했다. "이유는, 백 마일이나 떨어져 있다는 겁니다. 밥 한 끼 먹으러 가기엔 너무 먼 거리죠(Why, that's a hundred miles away. That's a long way to go just to eat)." 개인적으로 케네디를 싫어한 게 아니라면 포크너가 대통령의 초대에 응하지 않은 이유는 자명하다. 대통령이라는 권위를 싫어한 것이다. 모름지기 작가란 이 정도는 되어야 하지 않는가!

4. 글쓰기의 풍류

연전 모 방송국의 리포터 자격으로 일본 북부 돗토리(鳥取)현을 방문했을 때 일이다.

역사가 천년이 넘는다는 요시오카(吉岡) 온천에 가서 촬영을 마치고 마루에 앉아 쉬고 있는데 지배인이 두툼한 책자 서너 권을 가지고 내게로 왔다. 방명록이라 했다. 별 게 있나 싶어 후루룩 넘기는데 한 장씩 넘어갈 때마다 입이 점점 벌어졌다. 그동안 온천을 방문했던 문인, 화가, 예술인들의 천년이 그 안에 고스란히 담겨져 있었던 것이다. 그림과 시가 곁들여진 경우도 있었고, 온천의 수질과 근사한 정경에 대한 감회를 적은 제법 긴 산문도 있었다. 촬영시간에 쫓겨 황급히 일어나는 내게 지배인이 웃는 얼굴로 방명록 뒷장을 펼치더니 먹물과 붓을 내밀었다. 창졸지간이었지만, 마다할 수 없는 일이었다. 나는 방명록 하얀 종이 위에 "시문(詩文)을 짓고 읊는 풍류(風流)의 도(道)"를 뜻하는, 소아풍류(騷雅風流) 넉 자를 썼다. 천년 묵은 온천의 나이 지긋한 지배인이 허리를 굽히며 새삼스레 악수를 청했는데, 그 모습이 하도 숙연해서 약간 어지러웠던 기억이 새롭다.

5. 봉황과 꿩을 구별하지 못하는 세상의 소설

어느 해 가을, 오랜 시간 공들여 쓴 네 권짜리 장편소설을 출간하고 지인들을 집으로 초청해 술을 한잔했다. 좁은 아파트를 가득 메운 서른 명 남짓한 사람들 중에는 문인과 화가가 상당수였다. 초저녁에 시작해 깊은 밤까지 주연이 이어졌는데, 술이 거나해진 소설가 이외수 선생이 "종이를 펴자."고 제안을 했다. 고스톱을 칠 때 쓰던 군용담요가 펼쳐지고 지필묵이 나왔다. 이 선생이 큰 붓에 먹을 찍고는 한달음에 소를 한 마리 그려냈다. 이어서 마음결이 고운 선배 시인이 덕담을 남겼고, 더러는 용기로 더러는 수줍음으로, 느닷없이 벌어진 한밤의 서회가 풍성히 이어졌다. 그러다가 새로 전지 한 장이 하얗게 펼쳐졌을 때, 강산채약인(江山採藥人)이란 멋진 아호를 가진 한의사가 붓을 들어 일필휘지로 써내려갔다. 붓을 거두었을 때, 좌중은 찬물을 끼얹은 듯 고요했다. 그가 쓴 것은, 봉치불변지세(鳳雉不辨之世), 소설하익지유(小說何益之有)–"봉황과 꿩을 구별하지 못하는 세상, 소설은 써서 무엇 하리."라는 거였다.

6. 누군가를 소설가로 만드는 것

누군가 소설을 쓰게 되거나 소설가가 되려고 할 때는 반드시 그 사람만의 사연이 있게 마련이다. 남들에게 그 사연을 들려주는 게 겸연쩍어서 하지 않을 뿐, 만약 그 사연들만 모두 모아놓아도 아주 훌륭한 읽을거리가 될 거라는 데 오만 원을 걸 수 있다.

20세기 말에 나온 소설들 중에 내게 가장 인상 깊게 남아 있는 작품은 마이클 커닝햄의 『디 아워스(The Hours)』다. 당시 나는 5천매 분량의 장편소설을 펴낸 후유증을 심하게 앓고 있는 상태였고, 더 이상 소설을 쓰지 못할지도 모른다는 생각이 문득문득 떠올랐으며, 그렇게 되더라도 그다지 억울해 하지는 않을 거라고 담담히 생각하곤 했었다. 그때 잘 아는 출판사의 편집장이 커닝햄의 소설 원서를 보내주었는데, 시간이 되면 번역을 해보는 게 어떻겠냐는 메모가 책 안에 들어 있었다. 하지만 심신이 지친 탓인지 그 소설의 마지막 페이지를 넘길 때쯤 어느새 21세기가 시작되고 있었다. 커닝햄의 『디 아워스』가 가진 미덕과는 상관없이 그 소설을 다 읽고 났을 때 나는 '소설'과 '소설쓰기' 모두에 완전히 입맛을 잃어버렸다. 실제로 나는 그로부터 오랜 시간 소설을 쓰지 않았다. 사실, 이것은 내가 하려는 얘기가 아니다. 내가 하려는 것은 『디 아워스』와 이 소설에 등장하는 주요한 인물인 버지니아 울프 사이에 존재하는, 마이클 커닝햄으로 하여금 소설을 쓰게 만든 그만의 '사연'이다.

지미 핸드릭스에 빠져 있던 여드름투성이의 고교생 마이클 커닝햄은 어느 날 같은 학교 여학생으로부터 버지니아 울프의 유명한 소설 『댈러웨이 부인』을 선물로 받는다. 그녀가 커닝햄에게 이 소설을 선물한 데는 록 음악에만 빠져 있지 말라는 메시지가 담겨 있었다. 그는 『댈러웨이 부인』을 읽었고, 지미 핸드릭스의 기타가 주는 감동을 버지니아 울프로부터 받게 된다. 그리고 그날부터 그는 '소설이란 것'을 쓰게 되고, 결국 작가가 되었다. 작가가 된 그는 마치 필생의 업처럼 버지니아 울프와 그녀의 '댈러웨이 부인'에 대한 오마주인 역작 『디 아워스』를 쓰기에 이른다. 울프가 『댈러웨이 부인』의 제목으로 달고 싶어 했던 것이 'The Hours'였다는 '사소한' 사실은 마이클 커닝햄이란 한 사람의 삶을 전혀 다른 방향으로 바꾸게 된 '엄청난' 사실이었다.

몇 년 뒤, 나는 극장에 앉아 영화로 만들어진 「디 아워스」를 보았다. 니콜 키드먼의 재발견이나, 영화 전편을 휘감는 필립 글래스의 미니멀한 음악들은 그저 덤이었다. 영화를 보는 내내 열여섯쯤 먹은 여드름투성이의 한 사내아이가 뇌리에서 떠나지 않았고, 타자기를 두드리는 청년의 모습이 스크린 너머에 어른거렸다. "소설을 쓴다는 건 참 멋진 일이었다."고 회상하며 숨을 거두는 작가가 아니더라도, 소설가라면 누구나 '참 멋진' 시작을 가지고 있다. 어쩌면 그것이 전부일는지도 모른다.

7. 목에 건 밧줄을 푼 작가

40년 동안 열심히 소설을 썼지만 실패만 거듭했던 한 무명작가가 그동안 써왔던 글들을 한 데 모아놓고 불을 지폈다. 마지막 한 장의 원고가 재로 변하는 걸 지켜본 그는 대들보에 밧줄을 걸고 목을 매었다. 발밑에 받쳐놓은 의자를 걷어차려고 아래를 내려다본 순간, 불에 타지 않은 종이 한 장이 그의 눈에 띄었다. 몇 번 망설인 뒤 그는 목에서 밧줄을 걷어내고 내려가 그 원고를 집어 들었다. 하지만 그것은 아무 것도 적혀 있지 않은 빈 종이였다. 그는 자살을 육 개월 뒤로 미룬 뒤, 자신의 이야기를 써내려갔다. 그가 거둔 생애 최초의 성공작은 그렇게 시작되었다.

8. 절필에의 유혹

세상이 누군가를 고립시키면, 결국 세상은 그 누군가로부터 고립되는 것이다. 같은 논리로, 작가가 만약 절필을 해 버린다면, 세상은 더 이상 그의 글을 읽을 수가 없다. 작가들은 가끔 글에 정나미가 떨어지곤 한다. 자신의 글이 세상을 바꿀 수 있으리라는 대단한 사명감을 가지고 있지는 않다 하더라도, 일정부분, 작가는 그런 사명감을 지닌 듯 살아가는 게 사실이다. 그래서 더 이상 자신의 글이 세상을 바꾸기는커녕 더 지저분하게 만들 뿐이라는 자책과 자학에 사로잡히게 될 때, 그는 더 이상 책상 앞에 앉고 싶지 않게 된다. 그때 일어나는 절필에의 유혹은 매력적인 이성의 유혹보다 훨씬 지독하다. 자신으로부터 세상을 고립시키고 싶은 욕망은 거역하기 힘든, 세상에 대한 저항이다.

9. 나이 든 작가의 글맛

언젠가 새로 책이 출간되어서 기자와 인터뷰를 하다가 "나이는 들어도 글은 젊어야 한다고들 하는데 어떻게 생각합니까?"라는 질문을 받은 적이 있다. 이미 40대 후반으로 접어들어 있던 나는 묘하게 비틀어 대답했다. "젊음에 영원히 머물고 싶어 하는 사람은 나이 듦을 두려워하거나 거부하는 사람입니다. 그는 자신의 열망이 아니라 어리석음으로부터 배반당할 겁니다." 사실 이 말은, 미국의 에세이스트이며 비평가였던 로건 스미스가 『셰익스피어를 읽고(On Reading Shakespeare)』라는 책에서 한, "젊음은 육체의 모험을 위한 시간이고, 노년은 정신의 승리를 위한 시간"이라는 말을 윤색한 것이었다.

괴테의 『파우스트 박사』를 들먹일 것 없이 사람이면 누구나 젊음이 사라지는 것을 안타까이 여기며 가능하다면 오래도록 이 행성에 머무르고 싶어 한다. 그러나 그것이 불가능하기 때문이 아니라, 나이가 들어가는 자신을 내던져버리지 않기 위해서라도 우리는 청춘과의 결별을 과감히, 그리고 당연히 받아들여야 한다. 그렇지 않다면 우리는 일생을 사는 것이 아니라 단지 한 시기만을, 오직 좌충우돌하는 시간만을 살 뿐이다. 청춘에서 맛보았던 모든 모험, 엄청난 실패, 혹독한 시련, 찰나적인 기쁨과 즐거움, 위험천만의 쾌락, 달콤하면서도 씁쓸한 사랑, 놀라운 충동, 허무, 충격, 간

지러운 속삭임－그 모든 것을 새롭게 맛보게 되는 시간을 향해 나아가지 않는다면 우리는 다만, 눈부시도록 황홀하지만 아주 짧고도 허망한 '부분'만을 살아갈 뿐이다. 청춘은 아름답지만, 아름다운 건 청춘만이 아니다.

10. 마지막까지 소설을!

목사와 여행가와 소설가가 같은 날 죽어서 천국과 지옥이 갈라지는 길에 섰다. 갈림길 초입에 이정표가 있긴 했지만 거리만 표시되어 있을 뿐이었다. 한쪽 길엔 '1킬로미터', 다른 쪽 길엔 '1.5킬로미터'. 갈림길 앞에 서 있던 안내인이 세 사람을 번갈아보며 말했다. "일단 선택하면 그뿐, 다시 돌아올 수는 없습니다."

맨 먼저 여행가가 '1.5킬로미터'쪽을 선택했다. 목사와 소설가가 이유를 묻자 여행가가 대답했다. "당연하지 않소. 1킬로미터보다는 1.5킬로미터 길이 조금이라도 구경할 게 많을 테니까."

이번엔 목사가 양쪽 길을 번갈아가며 유심히 살피더니 '1킬로미터'쪽을 택했다. 소설가가 선택의 이유를 물었다. 목사가 대답했다. "1킬로미터 쪽 길이 1.5킬로미터 쪽 길보다 폭이 조금 더 좁은 것 같네요. 주님께선 무릇 의로운 자는 좁은 길로 가라고 하셨거든요."

목사와 여행가는 그렇게 자신들이 선택한 길을 따라 걸음을 옮겼다. 하지만 소설가는 골똘히 생각에 잠길 뿐 어느 길도 선택하지 않았다. 걸음을 옮겨놓던 목사와 여행가가 고개를 돌려 왜 그러느냐고 묻자 소설가는 아무 말 없이 그저 이별의 손만 흔들 뿐이었다. 두 사람의 모습이 아스라이 사라지고도 한참이나 지난 뒤까지 소설가는 갈림길 앞에 선 채로 이정표를 올려다보고만 있었다. 그의 눈에는 눈물까지 가득 고였다. 갈림길에 서 있던 안내인이 안쓰러운 표정으로 소설가에게 왜 그러냐고, 왜 그렇게 선택을 못하느냐고, 지옥을 선택할까봐 그렇게 걱정이 되냐고, 물었다. 소설가는 고개를 설레설레 흔들었다. 그는 눈물이 그렁그렁 맺힌 눈으로 안내인을 바라보며 힘없이 말했다.

"이 기막힌 소재를 앞에 두고도 쓸 수가 없다고 생각하니, 억울하기도 하고 안타깝기도 해서 그럽니다."

40년 전의 일기장

1977년 9월 24일(토) 맑음

이상하다. 정말 이상하다. 요사이 나의 생활이 이상했다. 6시에 일어나서 신문을 뒤적이다간 아침 먹으라는 소리를 듣고 (아니, 일어나서는 그때부터 아침을 기다린다.) 밥을 먹고는 학교에 간다. 급우들의 허튼소리에 정신없이 웃고 떠들고 이야기한다. 한참 웃다가는 다른 아이들이 나를 이상하게 보는 것 같아서 계면쩍게 입을 다물어버리는 때가 한두 번이 아니다. 점심시간에는 마치 학교에 오는 목적이 도시락을 까먹는 것인 줄 착각할 정도이다. 그러다가 수업이 마치면 가방을 들고 화랑으로 가서 죽치고 앉아 있는다. 작품 뭣 같은 것 하나 걸어놓고 잰 체하는 마음으로 빼기고 앉았다가 두리번거리다가 하며 시간을 보내다가 8시쯤 되어서야 노원동(그 무렵 내가 입주과외를 하던 동네)으로 와서 일종의 강박관념 같은 것에 짓눌린 채 저녁을 먹고 앉아 『죄와 벌』을 읽는다. 하지만 20페이지 정도 지나면 어느새 꾸벅꾸벅 졸기 시작한다.

(……)

어제 종합전을 마치고 반성회를 가졌다. 타부서들과의 마찰이나 알력이 작년보다 더 노골적으로 드러나서 싸움 직전까지 가기도 했으나 그냥 넘어갔다. 그런데 마지막에 작품을 모두 거두어들일 때 학생과장 선생님이 오지 않아서 일대 혼란이 일어났다. "택시를 불러라, 용달을 불러라!" "전화는 걸었나?" "모르겠읍니다." "그럼 걸어라." "아 참, 아까 거는 것 같대요." "학교 말이가 용달차 회사 말이가?" "글쎄요……." "한 번 더 걸어봐라." "어디 말입니까?" "두 군데 다 걸어보면 될 거 아니냐." 이런 식의 대화가 거의 한 시간

이경식 태동기 9대. 1979년 대구 대건고 졸업. 작가 및 번역가. 소설집 『상인의 전쟁』, 산문집 『청년아 세상을 욕해라』 『미쳐서 살고 정신 들어 죽다』 『대한민국 깡통경제학』 『나는 아버지다』, 음악극 · 오페라 「6월의 노래, 다시 광장에서」 「가락국기」 「칸타타 금강」, 드라마 「선감도」, 영화 「개 같은 날의 오후」 「나에게 오라」, 연극 「동팔이의 꿈」 「춤추는 시간여행」, 번역서 『헤겔미학』 『전략의 역사』 『더 박스』 등 90여 권.

동안이나 이어졌다. 그러다가 어떻게 해서 작품은 모두 학교로 가고 우리 문예부원들은 따로 모여 반성회를 하기로 하여 萬順飯店으로 모였다.

선배들까지 모두 모이니 스물대여섯 정도나 되었다. 사실 1대(우리가 9대니까 8년 선배다.) 선배이신 김상훈 형님을 위시하여 5대 류후기 형님, 6대 김영모 형님, 7대 김태홍 형님 등, 이런 나이 많은 선배님들과 같은 자리에 모여서 이야기하고 노래 부르고 술을 마시는 (나는 술이 체질에 맞지 않아 소주 두 잔에 얼굴에 달아올랐다.) 분위기는 참으로 재미있고 신기했다.

만순반점에서 나올 때 시간이 밤 10시였다. 거친 엔진 소리를 내며 오가는 버스, 승용차, 트럭, 용달, 지프 등은 보란 듯이 라이트를 뿌리며 미친 듯이 달리다가 서고 또 달렸다. 자동차 불빛이 내 몸에 닿는 게 신경질이 날 정도로 싫었다. 밤거리의 차가운 공기는 달아오른 내 얼굴을 식혀주었다. 껌을 사 씹으며 버스를 기다리는데 버스는 왜 그렇게 오지 않는지…….

집에 도착하니 11시였다. (집 시계는 표준보다 20분 빠르다.)

(……)

지금 시각 오전 11시 20분이다. 오늘 토요일은 우리 학교에서 재수생 체력장이 있어서 하루 휴일이라 지금 일기를 쓰고 있다.

1978년 4월 18일 23시 15분

근수의 형인 일수 형이 오늘 장가갔다. (또 하나의 불행이 시작된 거지.) 덕분에 오늘 근수네 지하실에서 술을 좀 마셨다. 그래서 지금 머리가 지끈지끈하다.

(……)

나는 처음 문예반에서 연 시화전 반성회 때 들었던 말을 굳게 믿는다. 무슨 말이고 하니, 그때 3학년 형들과 2학년 형들 사이로 거리낌 없이 왔다 갔다 하는 술잔이며 담배에 놀란 눈을 한 채 멈칫거리던 우리 1학년들에게, 누군지 기억이 나지 않지만 3학년 형님 한 분이 썩 일어서더니 하시는 말씀,

"너희들 그런 멋없는 폼 집어치워라. 너희들 눈에 우리가 이상하게 보이겠지만 절대로 그렇지 않다. 왜냐하면 우리는, 아니 최소한 나는, 술에 끌려 술을 마시는 게 아니라 내가 필요해서 마시는 한 술은 내게 언제든지 플러스알파가 될 수 있단 말이다. 세상일이란 게 그런 거야. 자기가 끌려

들어가는 것과 자기가 스스로 들어가라는 것은 천지차이니까 말이야. 정통에 보면 이런 말이 나오지, '유혹이 없는 사회보다 유혹이 있는 사회가 더 바람직하다. 왜냐하면 유혹에 단련되지 않은 구성은 유혹에 단련된 구성원보다 훨씬 약골이니까.'라는 말말이다. 너희들 이 말을 명심해라."

아, 이제 생각났다. 서정윤 형이다. 이 형이 비록 첫 번째 시험에는 낙방해서 재수를 한 다음에야 대학교에 들어갔다 할지라도 이 형의 목적에서 공부와 시의 비율을 찾아보면 4:6, 아니 3:7 정도이니 이 형의 의지는 결실을 보았다는 말이다. 그동안 신춘문예에서 최종심사까지 올라갔으니까……. 하지만 나는 시험과 기타의 비율을 9:1로 두고 공부하고 있으니까, 나의 이런 노력도 중간에 단절되지 않는 한 결실을 얻을 것이다.

1978년 12월 8일 저녁 9시 50분

일기를 쓸까 말까 망설이면서 잠시 누워 있다는 게 그만 깜박 잠이 든 모양이었다. 그랬다가 날카로운 걸상 소리에 벌떡 일어났다. 옆에 앉은 아이가 낸 소리였다. 아무래도 일기를 써야겠다. (장소는 독서실이었다.)

오늘 도현이와 영덕이란 놈이 둘이서 '2인 시화전'을 연 첫날이다. 우리 선배들 중에서 고등학생 시절에 개인 시화전을 가진 예는 저 멀리 거슬러 올라가보면 1대에서 3대까지 활발했었지만 그건 모두 3학년 때였다. 게다가 이번에 이 두 아이가 하는 것은 같은 동인끼리가 아니라 다른 학교 아이와 함께 한다는 점에서 선구자적인 의미가 있다. 그렇기에 이 사건은 우리 태동기 동인들의, 아니 무기력한 선배의 마음에 무한한 기대를 강하게 불어넣는 일이다.

도현이는 1학년 때부터 문학지를 사보고 하더니 장족의 발전을 했다. 이런 아이들이 계속 나와야 할 텐데……. 오늘 시험을 쳤다면서 일찍 와 있던 병조를 불러서, 얼마 안 되는 것이긴 하지만 제과점에서 과자를 사서 주었다. 수고했다고 마음속으로 열 번도 더 말하면서…….

---

* 맞춤법과 등장인물은 당시 일기장에 적힌 대로 옮겼으며 설명을 일부 추가했습니다.

봉란이

전기도 TV도 없었다. 산 그림자 길어지면 나지막한 초가지붕 위로는 저녁밥 짓는 연기 몽실몽실 피어오르고 구수한 소여물, 토장국 냄새가 다투어 담을 넘었다. 마을 한복판으로는 분처럼 뽀얀 먼지를 날리며 신작로가 지났다. 우리들은 말 타기나 가생 놀이 등 다소 과격하고 역동적인 놀이를 즐겼다. 날이 어둑해지고 "철아, 밥 먹어라!" 누부야가 데리러 오면 그때야 겨우 집으로 돌아가곤 했다. 100호 가까이나 되는 큰 마을이었다. 면 소재지는 아니었지만 술집이나 점방이 꽤 많았다. 길이 갈라지는 삼거리여서 장사가 잘 되었기 때문이다.

이웃 마을은 진성 이씨 집성촌이었다. 우리가 자랄 때만 해도 마을 앞 큰 들의 땅주인은 거의가 이씨 들이었던 것을 보면 아마도 예전에는 마을 사람 대부분이 소작농이었을 것으로 짐작된다. 대대로 뿌리를 내리고 사는 이들은 별로 없고 거의가 외지에서 흘러 들어온 뜨내기였다. 마을 이름이 '새터'란 별칭으로 불리는 걸 봐도 생겨난 지가 그리 오래되지는 않은 듯했다. 그러다 보니 남의 눈을 별로 의식하지 않는 풍조가 생겨 색시집이나 대폿집 등 아직 시골에서는 천하다고 여기는 장사도 별로 부끄럽게 여기지 않았다.

그러나 봉란이네 집은 순전히 집이 신작로 옆에 있어서 구멍가게를 열었고 가게라고 열었으면 막걸리 됫술은 필히 있어야 할 품목이었기에 술을 팔고 있었지 젓가락으로 장단을 맞추는 그런 대폿집은 아니었다. 오히려 주력은 농사일이었다.

마늘, 고추 농사가 대부분인 고향마을은 지금도 그런 편이지만 예전에는 농한기가 참으로 길기도 하였다. 가을걷이가 끝나고 마늘만 심어 놓으

장삼철 태동기 준회원. 1979년 대구 대건고 졸업. 수필가. 2006년 매일신문 칼럼 6개월 집필, 2011년 매일신문 시리즈 집필, 2013년 매일신문 칼럼 2년 집필. 1979년 여명광고사 창립. (주)문화광고 상무, (주)여명광고 대표를 거쳐 현재 (주)삼건물류 대표.

면 다음 해 봄까지는 별로 할 일이 없었다. 농한기가 되면 어른들은 땔감이나 준비해 놓고 나머지 시간은 '먹기 내기' 등 주로 여가를 즐겼다. 그 여가선용에서 술이 빠질 리 없었다. 동네가 커서 막걸리도 잘 팔렸다. 집집마다 노란 주전자 하나씩은 다 있었고 심부름은 우리 아이들 몫이었다. 그 시절의 아이들 치고 술심부름 때 주전자 주둥이에 입을 대보지 않은 이 별로 없었으리라.

농사일이 바쁜 철이면 봉란이네 부모님은 예닐곱 살밖에 안 된 봉란이에게 가게를 맡기고 들을 가곤 했는데 이 아이는 나이도 어린 것이 아주 맹랑하게 똘똘하여 마을사람들에게 이름보다는 똘똘이로 불릴 정도로 가게 물건도 잘 팔고 계산도 잘 했다. 그렇지만 모든 것이 완벽하기만 했던 똘똘이에게도 한 가지 흠이 있었으니 그것은 바로 자제 못하는 음주습관(?)이었다. 혼자 가게를 보면서 호기심에 막걸리를 홀짝홀짝 마시다가 나중에는 몽롱하게 취하는 맛까지 알아버린 것이다.

해가 빠질 무렵이면 들판에서 돌아오는 부모님한테 가게를 넘기고 봉란이는 신작로를 걸어 마실을 나오는데 이때부터 고약한 술버릇이 나오기 시작한다. 넘어지면 일어서고 또 넘어지면 툭툭 털며 일어나는 등 눈물겨운 자기와의 싸움을 시작한다. 홍수환의 4전5기나 예전에 벽에 걸어두던 7전8기는 저리 가라다. 어떨 땐 제 몸도 제대로 가누지 못하면서 무슨 일로 동생까지 업고 나와 마구 뛰다가 엎어지기도 한다.

처음에는 봉란이가 술을 마셨다는 것을 마을사람 아무도 몰랐다. 오히려 영양실조인 줄 알고 원기소나 좀 사주라고 했으니 말이다. 술이란 과하다 보면 실수가 따르기 마련인데 이는 애 어른을 따로 구분하지는 않는 모양이었다. 무엇보다 '중용의 도'가 절실히 요구되는 쪽이 음주문화이지만 그게 참 어렵다는 것은 주당들은 잘 알리라. 아무튼 술의 폐해를 온몸으로 보여주던 꼬마 술꾼 봉란이는 좀처럼 술을 끊지 못하다가 아이를 걱정하던 부모님의 용단으로 막걸리를 들여놓지 않으면서 '정상인'으로 돌아오게 된다.

내가 중학생일 때 우리 집은 이사를 하게 된다. 그 후로는 봉란이를 보지 못했다. 그러다가 한참의 세월이 흐른 뒤 군대 첫 휴가 때 우연히 조우를 하게 된다. 귀대를 앞두고 고향마을을 들렀다가 봉란이를 만난 것이다.

고등학교를 갓 졸업한 그녀는 활짝 피어 있었다. 그녀가 정말 예쁜 것이었는지, 여자에 대한 눈높이가 형편없을 수밖에 없는 '군바리'의 특성 때문이었는지 모르겠지만 어쨌든 그녀는 굉장히 예뻤다. 귀대만 아니었어도 그 '전설적인 술꾼'과 대작하는 영광을 누려볼 수 있었을 텐데.

내 여동생과는 동갑내기이기도 한 봉란이는 이젠 나이가 쉰이 훨씬 넘은 중년 부인이 되었겠다. 하지만 나의 기억에는 아직도 얼굴 빠알간 단발머리 소녀로 남아 있다. 유년시절의 재미있는 추억 한 자락을 안겨준 봉란이는 지금쯤 어느 곳에서 어떻게 살아가고 있을까. 지금도 술을 마시는지는 모르겠지만 술로 인한 좋지 않은 버릇은 없었으면 좋겠다. 주력(酒歷)으로만 본다면 이미 주선(酒仙)의 경지에 올랐겠지만.

사람의 향기

"○○ 마누라가 죽었대이!"

시골에서 홀로 사시는 어머니는 팔순 중반의 고령임에도 건강하고 정신도 맑으셔서 찾아뵐 때마다 마을에서 일어난 크고 작은 일들을 소상하게 말씀하신다. 노인들이 돌아가셨다는 말씀이야 종종 들어도 "그러셨구나!" 하고 지나치지만 그 여자가 죽었다는 소식은 꽤나 충격으로 받아 들여졌다. 그 여자는 그 마을에서 워낙 유명한 인물이기도 했거니와 아직은 나이가 나와는 동년배로 환갑도 지나지 않았기 때문이다. 어머니가 살고 계시는 시골마을은 나의 원 고향은 아니다. 내가 중학교 3학년일 때 아버지께서 그 마을의 정미소를 인수하시면서 이사를 한 곳이다. 그러다보니 이사를 간 지 40여 년이나 지났지만 아직도 서먹하다. 부모님을 뵈러 가끔 들렀지 그 마을에 살아본 적은 없었던 것이다. 그러나 부모님에겐 몇 십 년 간 정을 붙이고 사는 곳이라 이젠 고향 못지않게 정이 든 곳이다.

원래 그 여자는 내보다 서너 살 위인 ○○ 씨의 아내였다. 배운 것 없고 가진 것도 별로 없는 좀 어리숙하던 ○○ 씨는 결혼 초기부터 바로 부인에게 잡혀 심지어는 폭행까지 당한다는 소문이 돌았다. 주로 아낙네들의 입을 통해 전해지는 시골소문이라는 게 워낙 과장과 왜곡이 심해 그다지 믿을 바는 못 되지만, 시어머니가 뜯어 말려도 신랑을 올라타고 두들겨 패더라는 이야기까지 들리는 걸 보면 여간내기가 아니라는 생각이 들었다. 그러나 소문만 무성했지 정작 주인공인 그 여자를 볼 기회는 없었다. 군에서 제대를 하고 잠시 아버지가 하시던 정미소 일을 도와 드릴 때 볼 기회가 있었는데 소문과는 딴판으로 체구도 작고 곱상한 얼굴이었다.

이후 난 대구에 살면서 쉬는 날이면 부모님 일을 도우러 시골마을을 자주 들렀다. 그때마다 그 여자에 대한 소문은 끊이지 않았다. 그 여자가 술이 취해 마을에서 가장 기골이 장대하고 힘이 센 아저씨에게 먼저 시비를 걸었다는 이야기가 들리는가 하면 남편과 함께 1톤 트럭 자가용으로 친정에 갔다가 돌아오던 중 급커브 길에서 차가 전복되어 낭떠러지 아래로 굴렀다는 소식도 들렸다. 결국 남편은 죽고 본인만 겨우 살아났다는데, 한적한 시골도로라 사고차량은 밤새도록 발견되지 않고 있다가 날이 밝아서야 겨우 구조되었다고 한다. 소문은 중상을 입고도 그 긴 시간 방치되었다가 살아난 걸 가지고도 그 여자가 보통 독한 여자가 아니라는 다소 악의적인 이야기까지 덧붙여졌다.

마을 사람들은 못된 송아지 엉덩이에 뿔난다고 신랑까지 잡아먹었다는 둥 흉을 보면서도 혼자서 아이 둘을 어떻게 키우며 살아갈 것인가에 대해서는 혀를 차며 걱정을 하였다. 죽은 남편은 마을의 몇 안 되는 타성바지에다가 외동이어서 일가붙이라고는 없었다. 그땐 이미 시부모도 세상을 뜬 후라 그야말로 고립무원의 처지였다. 비록 폭행을 가할 정도로 눈에 차지 않은 남편이었으나 떠나보내고 혼자 농사일을 하자니 난감했다. 농사일이란 둘이서 손을 맞춰 해야지 혼자서는 어렵다. 더군다나 여자 홀몸으로서는. 그래도 여자는 꿋꿋하게 혼자서 농사를 지었다. 어린 아들 둘을 데리고 경운기도 직접 몰았다. 생전의 아버지 말씀에 의하면 실제로 여자가 힘이 대단했다고 한다. 남자 장정이 들기에도 버거운 분무기 호스 릴을 낑낑거리며 직접 경운기에 싣기도 했단다. 그 집 밭이 우리 밭과 이웃해서 가끔 아버지가 거들어주기도 하셨다.

그렇게 2, 3년을 혼자서 어렵사리 살아가더니 어느 날부터인가 낯선 남자와 손을 맞춰 일을 하는 모습이 보였다. 마을 사람들은 처음에는 그 남자를 놉으로 데려온 줄 알았다고 한다. 그러나 한집에 살면서 계속 일을 같이 하는 걸 보고 '그렇고 그런 사이'인 줄 알게 되었다고 한다. 그들이 어떻게 만났는지는 여러 설이 있지만 그것은 중요하지 않았다. 다만, 남자는 혼기를 놓친 노총각이었으며 어려서부터 남의 집 꼴머슴부터 시작해 농사일에는 이골이 나서 달인 경지에까지 올라 있었다고 했다. 거기다가 무척이나 부지런하기까지 했으니 여자 입장에서는 구세주나 다름없었다. 그것 때문인지는 몰라도 여자는 남자 앞에서는 나긋나긋 순한 양이 되었다고 한다. 그 난폭(?)한 여자를 휘어잡아 꼼짝도 못하게 하는 그를 보고 마을 사람들은 역시 "꿩 잡는 게 매!"라는 말을 하며 천적은 따로 있다고 입을 모았다. 그들은 비록 소유한 전답은 별로 없었으나 남의 땅을 얻어 부치면서 많은 농작물을 경작하게 되었다. 고소득 작물인 마늘과 고추의 주산지여서 힘은 들어도 부지런히 농사만 지으면 소득이 높았다. 돈이 모여졌고 아이들도 남부럽잖게 키울 수 있었다.

그런 그들에게도 위기가 있었다는데, 무슨 갈등 때문이었는지는 몰라도 여자가 남자를 내치려고 했던 것이다. 글도 모르고 자기 통장도 없이 오직 일만 열심히 했던 남자로서는 황당하기 짝이 없었을 것이다. 그때 이미 장성한 아들들이 나서서 "아버지에게 그렇게 대하면 안 된다!"라며 제 어머니를 설득했다고 한다. 암이었던지 여자는 병원에 가서는 석 달이 못 되어 죽었다고 한다. 죽기 전에 아들들에게 "너그 아부지한테 잘 해라!"라는 유언을 남겼다고 한다. 어려운 시절에 만났던 남편에 대한 감사의 뜻을 전했던 것이다. 길지는 않았지만 참으로 파란만장한 인생이었다. 그렇지만 아이들 하나는 잘 키워 놓았다고 지금도 동네 사람들로부터 칭찬이 자자하다. 아이들이 초등학교 다닐 때부터 새벽에 일찍 깨워 고추를 따러 데리고 가는 등 근면 성실이 몸에 배도록 엄하게 키운 것이다. 어머니의 엄한 교육 때문이었는지 형제는 둘 다 좋은 일자리를 얻고 참한 색시를 만나 일찍 가정을 이뤘다. 청년백수의 시대에 돋보이는 경쟁력이라고 하지 않을 수가 없는 것이다.

다른 남자와 살면서도 택호(宅號)도 없이 평생 죽은 전남편의 이름 '○○ 마누라'로 불리던 여자는 사실 불쌍한 여인이었다. 살아생전 마을사람 누구와도 교류하지 않았다. 본인이 마음의 문을 닫은 탓도 있지만 마을 사람들도 가까이 하려하지 않았다. 여자의 괴팍한 성격과 집성촌인 마을의 특성상 공동체의 어떤 동의도 없이 낯선 남자를 들여 같이 사는 그런 모습이 부정적으로 비춰졌을 것이다. 그러나 그녀의 자식교육에 대해서는 이구동성으로 칭찬을 아끼지 않는다. 여론이란 때론 엉뚱한 곳으로 몰고 가기도 하지만 비교적 정확한 판단을 내리는 법이다. 그만하면 성공적인 삶이 아니었을까 싶기도 하다. 농사 중 가장 어렵다는 자식농사를 제대로 지었으니 말이다. 영웅적인 인생을 살다 가는 이 몇이나 되겠는가. 여자의 다소 공격적이고 도발적인 행동도 신체적 콤플렉스 때문이 아니었을까 짐작된다. 여자는 사팔뜨기(斜視)였다. 그 시절 시골에서는 비교적 많이 배웠고 눈만 아니었으면 미인 편에 속했던 그녀는 자신의 처지 때문에 만난 시답잖은 남편이 마음에 들지 않았을 것이다. 또, 어려서부터 편견으로 자신을 바라보는 따가운 시선에 상처를 입었으리라. 그랬기에 자의식이 더 강하게 자리 잡았는지도 모른다. 현실과 이상의 괴리감으로 인한 마음고생은 짐작이 가고도 남을 일이다. 어쩌다 한 번씩 마주칠 때면 고개를 푹 숙이며 지나가던 모습이 눈에 선하다.

자식들은 어머니 사후에도 홀로 남은 의붓아버지를 친아버지 이상으로 잘 모신다고 한다. 꼭 저들 어머니 유언 때문은 아닐 것이다. 자신들을 키워준 데 대한 감사의 마음이 깊숙이 자리 잡고 있을 것이다. 그 아버지가 없었다면 오늘의 그들은 기대하기 어려웠을 것이다. 꼭 그것 때문이 아니더라도 근본적으로 반듯한 사고를 가진 훌륭한 젊은이들이라고 한다. 신산한 세월을 바람처럼 떠돌다가 여자의 집에 둥지를 틀었지만 다시 짝을 잃고 빈집을 지키는 남자는 그래도 귀중한 가족이 있다. 이젠 이 세상 무엇과도 바꿀 수 없는 자식들이다. 사는 이유가 분명한, 외롭지 않은 노년을 보내고 있는 것이다. 그들 부자간이 얼마나 살가운지 마을 사람들이 부러워할 정도라고 한다. 남남으로 만났지만 사랑과 보은(報恩)으로 끈끈한 관계를 이어가고 있는 이들을 보면서 사람의 향기에 대해서 생각을 해 본다. '화향백리(花香百里), 주향천리(酒香千里), 인향만리(人香萬里)'라 했다. '꽃의 향기는 백리를 가고 술의 향기는 천리를 가지만 사람의 향기는 만리를 간다.'는 뜻이다. 꽃이 아무리 아름답기로서니 어찌 사람만 하겠는가! 온갖 살벌한 뉴스가 판을 치는 각박한 세상이지만 사람이 전하는 사랑의 온도가 있어 그래도 살만한지 모를 일이다.

최대순

내가 살던 집

남산동 자취집과 덕산시장은 나의 학창시절을 기억나게 하는 곳이다. 고등학교와 대학교를 다니는 동안 나는 장바구니를 들고 덕산시장에 뻔질나게 반찬거리를 사러 다녔다. 그 시절 나와 누나와 남동생은 학교가 가깝다는 부모님의 배려로 대구시 남산동에 방을 얻어 자취를 하며 학교에 다녔다. 누나는 멀지 않은 곳의 대학교에 다녔고 나는 걸어서 10분여 거리에 있는 대건고등학교에 다녔다. 동생도 그다지 멀지 않은 곳에 있는 고등학교에 다녔는데 어쨌거나 내가 다니는 학교가 집에서 제일 가까웠다.

세를 들어 사는 자취집은 우리를 포함하여 주인집과 신혼살림을 차린 젊은 부부, 이렇게 세 가구가 한울타리 속에서 따뜻한 정을 나누며 살았다. 우리 삼남매가 세를 들어 있던 곳은 대문 앞쪽 네 평 남짓한 문간방이었다. 우리는 주인집과 부엌을 함께 사용했는데 가끔 연탄불이 꺼져서 음식을 못하는 날엔 살가운 주인집 아주머니가 밥과 반찬을 만들어 우리에게 나눠주기도 했다. 부엌 앞쪽은 우리가 사용하는 찬장과 얼마 되지 않은 식기들이 있고 뒤쪽은 주인집이 사용하는 주방 살림살이가 있었다. 그때는 대부분의 가정에서 연탄을 사용했으므로 서로 먼저 오는 사람이 연탄불을 살펴보며 새 연탄으로 갈아주기도 했다.

나와 누나와 동생은 당번을 정해 돌아가면서 식사 준비를 했다. 학교가 제일 가깝다는 이유로 늘 내가 시장에 들러 반찬거리를 사와야 했고 그런 날은 견딜 수 없는 곤혹이었다. 우리가 사는 곳에서 재래시장인 덕산시장까지는 걸어서 10분 정도 거리였고 골목길을 돌아 20미터 남짓한 곳에 간장공장이 있었는데, 새벽마다 간장공장의 높은 굴뚝에서는 흰 연기가 솟아나오고 간장 달이는 냄새가 온 동네에 퍼지곤 했다. 나는 장바구니를 들

최대순 태동기 준회원. 1979년 대구 대건고 졸업. 2013년 『문학나무』 여름호에 시가 당선되어 등단. 대림기획 편집장, 계간 교양잡지 『아름다운 인연』 발행인 역임. 공저 『숲의 정거장』 『문학나무숲』 등. 현재 도서출판 개미 대표.

고 간장공장 앞을 지나 2차선 도로를 건너 덕산시장으로 가 그날그날 먹을 반찬거리를 사와야 했다.

덕산시장은 규모는 작았지만 없는 게 없었다. 하도 여러 번 시장을 다니다 보니 시장 사람들이 나를 알아보고 단골손님으로 대하며 덤도 주곤 했다. 그 전날 누나가 나에게 적어준 하얀 쪽지의 반찬거리 목록을 하나하나 확인해 가며 두부집 아지매, 콩나물집 아지매, 생선가게 김씨 아저씨, 반찬을 손수 만들어 파는 우씨 할매 가게를 다니며 우리가 사흘 동안 먹을 반찬거리를 샀다. 가끔은 몸매가 조금 뚱뚱한 편인 인정 많은 따로국밥집 정씨 아지매 가게에 들러 국밥을 시켜 먹기도 했다. 이윽고 장 보는 일이 끝나고 묵직한 장바구니를 손을 바꿔가며 들고 오는 길에는 어느덧 해가 지고 어둠이 몰려오곤 했다.

처음엔 장 보는 일이 무척 낯설고 창피하기도 해서 부끄러워 고개를 들지 못했으나 점점 이력이 붙자 시장가는 일이 재미있는 시간이 되었다. 장을 보지 않으면 나는 물론이고 누나와 동생도 아침저녁 끼니와 도시락을 챙겨가지 못하므로 창피했지만 감당할 수밖에 없었다.

그날 사온 반찬거리를 마당 가장자리 수돗가에 펼쳐놓고 다듬고 있으면 앞치마를 두른 옆방 새댁이 나와서 도와주곤 했다. 가끔 누나가 학교에서 늦게 돌아오는 날이면 주인집 아주머니에게 도움을 청하여 틈틈이 어깨 너머로 음식 만드는 과정을 눈여겨보며 직접 만들어 보기도 했다. 내가 만든 반찬의 맛이 어땠는지는 알 수 없지만 다들 잘 먹고 도시락도 챙겨 가곤 했다.

우리가 세 들어 사는 문간방 앞엔 아담한 화단이 있었다. 거기엔 목련, 라일락, 장미, 앵두, 모과 등 갖가지 꽃나무와 과실나무들이 있었다. 남산동 자취방에서 제일 마음에 든 것은 마당이 넓고 화단이 있다는 점이었다. 봄엔 목련, 개나리, 라일락꽃이 피고 여름엔 장미넝쿨이 담장을 타고 올라 탐스런 꽃망울을 터뜨리고 가을엔 주먹만 한 모과가 특유의 향기를 뿜어내곤 했다.

우리 삼남매는 방이 좁아 조금은 불편하다는 것만 빼고는 그 집이 좋았으므로 몇 해를 살았다. 돌이켜보면 셋 다 가장 예민할 시기였는데 주인집 아주머니의 살가운 인정과 화단에서 풍겨 나오는 꽃향기에 고마움을 느끼며 살았던 것 같다. 화단의 나무에 물을 주고 꽃이 피고 지는 걸 보고 가을이면 마당에 떨어진 낙엽도 쓸면서 고향과 부모님에 대한 그리움을 달랬던 것 같다.

요즘도 가끔 대구에 가면 덕산시장에 들른다. 이젠 그 시절의 모습은 찾아볼 수 없지만 주인 바뀐 국밥집에서 뜨끈한 국밥을 안주 삼아 소주잔을 기울이며 옛 시절의 추억을 떠올려 보기도 한다.

덕산시장 앞 8차선 도로 너머 자취방을 떠올리면 지금도 그곳에 내가 살고 있는 것 같다.

글쟁이 혹은 시인의 탄생

유년기를 생각하면 늘 쓸쓸하다. 친구도 없었고 형제도 없었다. 외톨이였다. 혼자 공상을 하며 보내는 시간이 많았다. 어느 날이었던가. 일곱 살, 혹은 아홉 살. 여름 날 오후 올려다 본 하늘에는 길게 비행운이 걸쳐 있었다. 소리도 없고 배경도 없는 빈 하늘이 지금도 보인다. 달성동에 살 때는 철둑으로 가서 철로에 귀를 대고 하염없이 기다리기도 했다. 진동음이 느껴지면 아래로 내려온다. 하얀 김을 내뿜는 증기기관차가 가쁜 숨을 내쉬며 우렁차게 달려오곤 했다. 기관차가 끄는 화차 수를 헤아리는 것도 놀이 중의 하나였다.

활자를 깨우치고부터 책 읽는 것이 좋았다. 새로 교과서를 받으면 국어나 사회 책은 미리 다 읽었다. 그러다가 초등학교 5학년 때인가, 학교에서 집으로 가는 중간에 대구고등학교 바로 옆에 '경북학생도서관'이 새로 개관을 했다. 그 도서관은 초등학생용으로 열람실이 따로 있었고 당시로서는 획기적인 개가식 도서관이었다. 학교가 파하면 그 도서관으로 바로 가이 책 저 책 구경도 하고 읽기도 했다. 배가 고프면 집으로 갔다. 초등학교를 졸업할 무렵엔 그 도서관에 있던 얼마 되지 않은 책들은 거의 다 읽은 것 같다. 『알프스의 소녀 하이디』 같은 책들…….

중학교 1학년 때 국어시간에 숙제로 입학한 소감을 써 냈다. '중학생이 되어서'라는 제목이었을 거다. 어떻게 국어선생님이 그 글을 뽑았다. 일 년에 두 번 방학 때마다 발간하는 학교신문에 나의 동그란 흑백 사진과 함께 그 글이 실렸다. 내 글이 활자화된다는 게 굉장히 신기했다. 신문을 오려두고 두고두고 여러 번 읽었다. 그러다가 사춘기가 왔다.

내 사춘기는 몽정으로 징표되지 않는다. 중 2때인가, 어느 날 김동인의

하응백 태동기 9대. 1979년 대구 대건고 졸업. 경희대 국문과 졸업. 동 대학원 박사. 서울신문 신춘문예 평론으로 등단. 문학평론가. 경희대, 국민대 대학원 교수 역임. 저서 『문학으로 가는 길』 『창악집성』 외 다수. 현재 휴먼앤북스 출판사 대표, (사)한국지역인문자원연구소 소장.

「감자」를 읽다가 '복녀'를 상상하며 갑자기 한순간에 나는 어른이 되었다. 손창섭의 「잉여인간」을 읽으며 좀 더 성숙했다. 그 즈음에 고등학교에 입학했다.

대건고등학교는 다른 고등학교에 비해 자유로운 학교였다. 서클활동이 활성화되어 있었다. '태동기'라는 이름의 문예반에 들어갔다. 내가 갈 곳은 이미 그곳밖에 없었다. 그렇다고 열심히 문학 공부를 한 것도 아니다. 그냥 '문청'의 낭만을 즐겼을 뿐이다. 1, 2년 선배 중에는 문학 활동보다는 그 분위기만 좋아하는 선배들도 있었다. 군사문화의 잔재가 태동기에도 남아 있어 시화전 같은 행사가 끝나면, 기계적으로 술을 마시는 반성회를 가졌고 기계적으로 후배들에게 '빠따'를 쳤다. 그 때문에 문예반을 탈퇴한 친구들도 있었다.

하지만 태동기는 나의 보금자리이기도 했다. 일탈의 핑계도 문예반이었다. 고딩 때의 일탈이 무엇이겠는가? 몇 모금의 담배, 몇 잔의 막걸리, 몇 줄의 청춘 편지였을 터. 그러다보니 내가 변해 있었다. 외톨이였던 내가 고등학교에 와서는 제법 말도 많고 친구도 많아졌고, 심지어 친구들의 연애편지는 도맡아 대필해 주는 대서인이 되어 있었다. 내성(內城)의 울타리에서 벗어나기는 했던 것이다.

고2 때 봄이니까 1977년 3월이었을 거다. 딱 40년 전이다. 태동기 신입생을 모집하기 위해 2학년이 1학년 각 반을 돌 때다. 당시 고2 국어교과서에 이조년의 시조가 실려 있었다. "이화에 월백하고 은한이 삼경인제 / 일지 춘심을 자규야 알랴마난 / 다정도 병인가 하여 잠 못들어 하노라"라는 시조다. (이 글을 쓰면서 외어보니 40년 전에 외었는데 아직도 외우고 있다!) 나는 교실에서 이 시조를 외고, 이 시조는 500년도 더 전에, 고려 말기에 나온 시조다, 그런데 이 시조는 아직도 봄밤이면, 봄밤에 이웃 여대생을 생각하면, 우리들의 가슴을 친다, 라고 설파했다. 한 교실에서 이렇게 이야기 하고 나오자마자 한 친구가 따라왔다. "형, 난 중학교 때 그림을 그렸는데 문예반에 들어가도 돼요?" 하고 물어보는 것이 아닌가. 나는 제법 의젓하게 "뭐, 좀 어렵겠지만 노력하면 불가능은 없다."고 용기를 북돋우어 주었고, 그 친구는 정말로 열심히 문예실에 들락거리면서 청소도 하고 시도 읽고 그랬다. 그러더니 2학년 때부터 발군의 실력을 발휘해서 전국의 백일장이나 공모전 같은 것을 휩쓸고 다녔다. 그 친구가 바로 시인 안도현이다. 동갑이지만, 내가 한 살 일찍 학교에 들어가는 바람에 평생을 나에게 형이라고 해야 하는 안도현 시인을 이 세상에 문학으로 등장하게 한 것은 바로 '나'였음을, 그때 한 시인이 탄생했음을, 이 지면을 통해 분명히 밝힌다.

그렇게 고등학교를 졸업하고 국문과로 진학을 했고, 시나 소설은 때가 오지 않았음을 절감하고 평론으로 등단을 했다. 그 이후에도 글을 쓰고 산다. 문학박사가 되고, 무엇 무엇을 하고, 지금은 출판사를 차려 밥을 먹고 살지만, 나의 기본은 글쟁이다. 그 기본은 고등학교 문예반 시절에 습득한 것이었다.

'태동기'에서 내 인생의 좌표가 이미 놓여졌던 것을 이제야 깨닫는다. 그걸 모르고 오래도록 헤매었다. 내 삶은 고교시절 태동기 때 이미 정해져 있었다. 이렇게 말해 놓고 나니 편안하다. 이제 좀 안온하게 갈 수 있겠다.

곽호순

편지에 대한 단상

참 엉뚱하게도, 그리운 사람으로부터 그가 직접 만년필로 흘려 쓴 잉크 냄새 뚝뚝 묻어나는 편지 한통 받아 보고 싶다는 생각이 문득 든다. 아마 서재의 컴퓨터에 있는 이메일 함을 정리하다, 열어봐서도 안 되고 누가 보낸 지도 모르는 메일들에 화들짝 놀라 행여나 바이러스 옮을까 걱정하다가 문득, '이런 가치 없는 편지들을 내가 왜 안고 있어야 하나' 하는 불편함 끝에 그런 그리운 편지가 받고 싶은 생각이 났던 것이리라. 겉봉에는 익숙한 필체로 정성스럽게 주소가 씌어져 있고 오른쪽 귀퉁이에 작은 우표 한 장 곱게 붙인, 그래서 보낸 이가 누구인지 알고 그가 참 그리웠었다는 생각을 하며 천천히 봉투를 열 때 까닭 없이 가슴이 두근대는 그런 편지 한 장 받아 보고 싶은 생각이 절실하다.

나의 그런 편지에 대한 기억은 언제나 집배원 아저씨의 자전거 브레이크 밟는 소리와 함께 떠오른다. 글 쓰는 것을 세상에서 제일 가치 있는 일로 여기며 또 그런 사람이 되고 싶었던 고교 시절, 내 하숙집은 가파른 언덕을 제법 숨차게 오르다 잠시 한숨 돌리며 내리막길을 타는 곳의 달동네 문간방이었으니, 내게 편지를 배달하는 집배원 아저씨는 내리막길을 지나치지 않으려 브레이크 소리를 낼 수밖에 없고, 잠시 후 낮은 담장 너머 마당에 툭 편지 뭉치 떨어지는 소리를 나는 이불 속에서 뭉그적거리며 선잠을 자다가도 정확히 들었다. 혹시 빗물에 잉크가 번질까 아니면 쌓인 눈 속에 파묻혀 겉봉이 젖을까 잽싸게 마당으로 나가 편지를 집어 들면 집배원 아저씨는 뒷모습만 보일 뿐 나는 그저 고마운 인사를 속으로만 하며 마치 반가운 임을 맞듯 들뜬 마음으로 편지 뭉치를 안고 방으로 뛰어 들어갔지. 나와 같은 생각을 하는 벗들은 먼 곳에도 있었고 가까운 곳에도 있었

곽호순 태동기 10대. 1980년 대구 대건고 졸업. 계명대 의대 졸업. 의학박사. 대한신경정신의학회 정회원, 대한사회재활협회 대구경북지부 국장, 계명대 의대 정신과 외래교수, 대구대 사회과학대학 겸임교수, 영남대 문과대학 심리학과 겸임교수. 현재 곽호순병원장.

다. 가까워도 하고픈 말을 편지로 하였으며 멀리 있는 벗들은 더더욱 잦은 편지로 알은 체를 하였다. 편지글을 쓰면서 논술 공부를 하였고 편지글을 쓰면서 국어 공부를 하였고 문예창작 공부를 하였으며 청춘의 아름다운 연애를 하였다.

그때의 편지는 어느 것 하나 없이 정겨웠다. '그리운 친구에게. 간밤에 이곳에는 온 세상 추한 것들 다 덮고도 몇 뼘이나 남을 만큼의 함박눈이 내렸다. 솜털 같은……' 이렇게 시작 되는 친구의 편지. 가난한 봉투에 파도소리를 담은 우표 한 장 붙이고 그가 사는 어느 바닷가 우체국으로부터 여기까지 왔을 길고도 고단한 여정을 느끼게 하는 편지. 차마 빨리 끝날까 아쉬워 아껴가며 한 줄씩 읽을 때 키 작은 측백나무에 둘러싸인 한가한 우체국이 보이고 주저하다 결정한 듯 우체통에 넣는 그의 모습도 보이고 그때 우체국 창문에 그림처럼 걸려 있던 수평선이 보이고 나의 귓속에도 파도소리가 모래알처럼 쌓이는 걸 느낄 수 있었다.

몇 번이나 새로 고쳐 쓴 답장을 며칠 동안 부치지 못한 채 가슴에 안고 지내다 봉투 네 귀퉁이가 닳아질 때쯤 후회 안할 다짐을 하고 빨간 우체통에 넣고 돌아서는데 때맞춰 비가 내리면 가릴 것 없어 비를 맞으며 비 오는 소식을 편지에 적어 넣지 못한 것을 또 아쉬워했지. 그 편지가 열리면 언어의 반짝이는 비늘을 달고 그에게로 헤엄쳐 가서 내 얘기로 읽혀지고 또 그만큼 그에게서 올 편지를 생각하는 설렘으로 며칠을 보내는 열병 같은 기다림. 그때 모든 편지는 그리움이었다, 지금의 숱한 편지들과는 비교도 되지 않을 정도로.

오늘 아침에는 그동안 쌓여 있는 지금의 편지, 이메일들을 정리한다. 순식간에 대량으로 여러 곳에 원치 않는 사람에게도 가차 없이 날아가는 이메일. 쓰는 사람의 모습도 알 수 없고 읽는 사람에게 아무런 기대도 하지 않는 편지. 어떤 것은 열어보면 낭패를 볼 것 같아서 쓰레기통에 버려야만 하는 정말 쓰레기 같은 편지들. 그런 것들을 정리하다가 문득, 그리운 잉크 냄새 물씬 나는 만년필로 펜 끝을 살짝 누르면 작은 나뭇가지처럼 잉크가 번져가는 색 바랜 갱지에 '그리운 친구에게. 그동안 너무 긴 세월을 연락 없이 지냈네.'로 시작하는 내용이 담긴 편지 한통이 쓰고 싶어졌다.

낮고 작은 것에도 큰 의미가

아들아. 오늘은 정말 오랜만에 너와 이렇게 나란히 길을 걷고 있구나. 그동안 같이 하고 싶었던 순간들이 많았지만, 힘든 입시 준비를 하느라고 지친 네 뒷모습에 차마 같이 하자 할 수가 없었단다. 이제 어려움을 이겨내고 훌쩍 커버린 네 모습을 보며 힘든 과정을 묵묵히 잘 견뎌준 것이 고마울 따름이다.

그동안 그렇게 같이 하고 싶었던 아들과의 산책에 이 아빠는 좋아서 가슴이 벅차다. 어깨를 나란히 하고 걸으며 너와 무슨 얘기를 하면 좋을까 생각도 많이 했단다. 너와 같이 한다는 설렘으로 신발 끈을 묶다가, '아! 그래. 연탄 한 장의 가치에 대해 얘기하고 싶다'는 생각이 불쑥 들었다.

연탄. 검고 둥글고 구멍이 숭숭 뚫려 있으며 작고 보잘 것 없는 것. 지금은 관심에서 멀어졌으며 불편하고 부족하여 더 이상 사용되지 않는 것. 그 매운 연기에 눈물을 흘려가며 구멍을 순서대로 맞추는 수고를 한 번도 해 보지 못한 너에게 연탄에 대한 얘기를 하는 것은 정말 엉뚱하겠지. 그러나 비록 낮고 작은 것이라 해도 감추어진 가치와 의미가 많다는 걸 알려주고 싶어서 연탄 얘기를 하게 된 것이다.

파란 불이 활활 잘 타고 있는 연탄 한 장만으로도 행복을 느끼기에 충분했던 시절이 있었다. 그때는 연탄불이 얼마나 잘 타고 있는지에 인생의 많은 것들이 걸려 있었어. 우선 연탄불이 활활 잘 타고 있지 않으면 밥을 할 수가 없었지. 그러면 고단하고 지친 일상들이 행복할 수가 없었단다. 그래서 탄불을 제때 정확한 시간에 갈아줘야 하고 위아래 불구멍을 잘 정렬해야 했으며 공기가 잘 통하도록 공기구멍을 적절히 조절할 줄도 알아야 했던 것이야. 아주 중요한 삶의 기술이었지. 어쩌다가 탄불을 꺼트리기라도 하면, 그 난감함이란 이루 말할 수 없었어. 연탄불은 작은 불에 쉽게 붙는 게 아니거든. 연탄에 불을 붙이기 위해서는 꼭 잘 타고 있는 다른 연탄이 필요했단다. 말하자면 누군가의 뜨거운 도움이 필요했다는 말이지. 그렇게 연탄은 연탄하고만 소통을 했단다. 그래서 이웃에게 불이 잘 붙은 연탄 한 장을 얻는다는 건 그들과 아주 뜨겁게 소통을 한 것이라고도 할 수 있지.

연탄불 주위에는 언제나 사랑이 있었단다. 혹독한 겨울 연탄난로 주위에서 많은 것들이 이루어졌었어. 추운 바람에 언 손을 비비며 무거운 문을 밀고 들어서면, 활활 타오르는 연탄난로 주위에 친구들이 있었지. 그들은 언제나 반가워했고 선뜻 자리를 내어주었고 누구하나 싫은 소리를 하지 않았단다. 같이 언 손을 녹이며 둘러앉아 했던 많은 얘기들이 얼마나 가치 있고 의미 있는 것들이었는지……. 그때 연탄난로 위에서 고구마라도 익어가거나 양은 냄비에 술국이라도 데워지고 있다면 금상첨화였지. 연탄난로는 멀리하면 춥고 너무 가까우면 뜨거우니 늘 적절한 거리에 그렇게 모여서 많은 인생의 공부를 하게 해 주었단다.

연탄은 타고 나면 그만인 것이 아니었어. 눈발 날리는 겨울날, 골목 내리막길에는 어김없이 타고 남은 하얀 연탄재가 깔려 있었지. 언 길에 미끄러지지 않도록 자신의 몸을 부수어 길고 납작하게 엎드려준 것이야. 우리는 그 길을 밟으며 연탄재의 고마움에 대해 잊지 않았지. 혹은 마당이 패여 나가 빈 곳이 생기면 연탄재는 그곳을 충분히 막아주었고 큰 비 온 후 진땅 디딜 곳이 없을 때도 연탄재는 기꺼이 그곳을 자기 몸으로 덮어주었단다. 그러니 다 타고나서도 쉽게 잊히지 않는 것 또한 연탄이었어.

이렇듯 연탄 한 장처럼 낮고 작은 것이 가지고 있는 의미와 가치를 잘 살펴볼 수 있는 마음을 가진다면 크고 올바른 사람으로 성장하는데 큰 도움이 될 수 있을 거야. 이 아빠는 그것을 말하고 싶어서 철 지난 연탄 얘기를 꺼낸 거란다. 내 얘기에 귀 기울여줘서 고맙다, 사랑하는 아들아.

추억은 기억으로

뜨겁던 고교시절의 기억을 읊조려 보라면, '태동기'를 빼놓고는 결코 담론할 수 없을 정도로 특별함이 깃들어있다. 전기도 들어오지 않았던 의성의 한 골짜기에 살던 촌놈이 감히 '태동기'의 문을 두드리게 된 것은 행운이었다. 촌놈은 그때까지 단 한 번도 구경해 보지 못한 대구라는 거대한 도회지 학교에서 공부한다는 것만도 가슴 설레는 일이었겠지만, 여태까지 가슴 깊은 곳에 담아 틈날 때마다 꺼내보는 '태동기'에로의 입문도 결코 놓칠 수 없는 즐거움이었다.

'태동기'를 찾은 것은 입학식을 마치고 새 학기를 시작할 무렵이었을 것이다. 푸릇한 봄내음이 물씬 풍기던 교정, 하지만 겨울이 아직도 봄에게 자리를 내어주지 못하고 구석구석에서 서성거리고 있던 교내, 이곳저곳에 나붙어 있었던 태동기와 함께할 새내기들을 찾고 있다는 이른바 '방(榜)'을 유심히 살펴보다가 '문학'이라는 묘한 매력과 '胎動期'라는 다소 그 나이에 부끄럼마저– 왜냐하면 중학교 시절에 농업을 배웠기 때문에 '태동'이라는 단어가 무엇을 의미하는지 알고 있었기 때문에– 고여 있는 색 다른 단어에 이끌려 며칠을 잠 못 이루다가 난생처음으로 용기라는 것을 내어보기로 작정하고 두드린 곳이 바로 그 후미진 쪽방이었다.

주지하듯이 '태동기'라는 문학 동아리의 방은 바라보기만 해도 무서움이 묻어나는 3학년 선배들이 거주하던 4층(인지 5층인지) 건물 맨 꼭대기 후미진 쪽방이다. 지금 생각해 보면, 학교당국이 건물을 지을 때, 청소도구나 분필 혹은 휴지 등 각종 일상의 용품들을 보관하기 위해 확보해 놓은 공간이 아니었을까 싶다. 쪽방은 교실을 삼분의 일로 쪼개놓은 듯한 너비다. 그 방에 태동기 회장이나 총무가 가끔씩 서류를 정리할 때 사용하도록

신대원 태동기 11대. 1981년 대구 대건고 졸업. 광주가톨릭대 신학대학 졸업. 대구가톨릭대 신학대학원 졸업. 1990년 천주교 안동교구 사제 서품. 저서『정하상의 상재상서 연구』『중용 속에서 놀다』, 번역서『천주실의와 중국학통』, 시집『산길』외. 현재 천주교 안동교구 안동교회사연구소 소장.

할 목적의 용도쯤으로 보이는 책상 하나와 키 낮은 의자 하나, 그리고 책상에서 조금 떨어진 곳에 시집이나 문학잡지를 폼 나게 꽂아둘 수 있는 낡은 책장이 어쭙잖게 서 있고, 나머지 운동장처럼 넓은 공간(?)에는 동아리 식구들이 앉아서 회의나 담소를 나눌 수 있도록 배치한 긴 탁자와 철제 혹은 목재의자 같은 것들이 두서없이 놓여 있었다.

'문학'이라면 아버지가 즐겨 읽던 『사상계(思想界)』라는 책에 즐겨 등장하던 용어인데, 그 용어가 학교의 담벼락에 붙어 있을 줄이야. 산골 빈촌에서 도회지로 나와 신암동 쪽방에서 자취를 막 시작할 무렵, 유유상종이란 이럴 때 어울리는 성어인지는 모르겠지만, 수돗가에서 허기를 달래고 있는 서영길을 만났다. 통성명을 하고 자연스레 여러 가지 이야기를 나누었는데, 그 친구는 모르는 게 별로 없을 정도로 아는 것이 참 많아보였다. "영길아, 문학이 뭐꼬?" "문학, 그거 글쟁이들이 공책이나 아무 종이에다 대고 끄적끄적하는 거 아이겠냐?" "나 태동기에 함 드가 보려는데, 니는 우째 생각하노?" "그래, 좋지, 가자. 내도 이미 등록했다 아이가."

이렇게 해서 영길이와 함께 그 쪽방의 문을 두드렸고, 그 뒤에 이정하, 김경목, 김말봉, 김철정, 하병조, 진정수 등과 함께 한 동기가 되어 황금 같았던 고교시절을 찬란하게 보냈다. 그리고는 모두들 정든 교정을 그렇게 떠났고, 지금은 모두들 어디서 '소금이 되어' 살아가고 있는지? 그 가운데 서영길과 김말봉은 이미 이승을 떠나 귀천했다고 지나가는 바람이 전해 주었다. 도광의 선생님의 솥뚜껑 닮은 손바닥과 기라성 같았던 선배들의 현란한 글 솜씨들 그리고 개밥바라기처럼 초롱초롱한 후배들의 맑은 눈빛들을 그리며, 그렇듯이 화려하지는 않았지만 뜨거움을 간직한 채 또 하나의 허물을 벗어두고서 거기를 떠나 지금껏 이리저리로 부평초처럼 떠다닌다.

이제 각설하고, 시작노트로 다시 가야할 것 같다. 아래의 시는 고교시절 진해 군항제에서 개최되던 백일장에 참가하여 제출했던 것으로 기억한다. 당시 2학년이었을 것이다. 2학년이면 고교시절을 보낸다는 의미가 무엇인지 얼추 그 맛을 조금씩 밖으로 발산할 때가 아니었을까 싶다. 어느 날 일기장을 뒤지다가 발견한 것이라서 '보물'처럼 안고 여태까지 걸어왔다. 고교시절의 부푼 꿈이 담겨져 있는, 조금은 부끄러운, 그래도 시가 되어 살고 싶은 간절한 소망이 담긴 이 졸편을 뜨거웠던 시절을 추억하며 감히 여기에다 띄운다.

소금이 되어

저 바다에 소금이 되어
소금이 되어 남아 있는
자취를 알겠습니다.

맑은 날에 하얗게 살갗을 드러내고
못 견디게 아려오는 아픔같이 드러내고
더러는 파도소리를 끌어당기는
힘이 되어
햇살을 물고 반짝이는
그 자취를 알겠습니다.

이젠,
손바닥으로 댈 수 없는 반짝임 위에
내가 박혀 숨을 쉬듯이
간 밤,
무수히 떠밀려간 언어들이 잠자고 있는
그 밤에 오랜 약속으로 또렷이
남아있는 자취를 알겠습니다.

멀리 밤마다 침몰하던
수평선이 일어서고
어둠이 씻겨간 자리마다
우리들의 기다림은 소금이 되어
소금이 되어 남아있는
자취를 알겠습니다.

이재행 선배님과 박상훈 형님

1995년 8월의 어느 날, 경북 도청 문학회에서 활동하시는 박기동 시인께서 용지초등학교 정문으로 6시까지 나오라는 연락을 하셨다. 그날따라 퇴근길이 왜 그렇게 밀리는지…… 그때는 지금처럼 휴대폰이 대중화된 시대가 아니어서 연락할 방법이 없었다. 막히는 차 안에서 마음을 졸이다 한 시간이나 늦은 7시경 약속장소에 도착했다. 두툼한 서류 봉투를 옆에 낀 날카로운 눈매의 50대 중년의 노신사와 그 곁에서 안절부절 하는 박기동 형님이 기다리고 계셨다. 근처 술집으로 이동해서 박기동 형님이 옆에 분은 '대구 문협 이재행 부회장님'이라고 소개하셨다. 시원한 맥주로 더위를 식히며 이런저런 얘기를 나누다가 내가 대건고 30회라는 말에 이재행 부회장님의 깐깐하고 날카롭던 얼굴 표정이 부드럽게 바뀌더니 호탕하신 목소리로 "태동기를 아느냐?"고 물으셨다. 대건고 재학시절에는 시골 촌놈(?)이어서 동아리 활동은 생각도 못했지만, 태동기의 명성과 도광의 선생님의 문단 활동에 대해서는 익히 잘 알고 있다고 말씀드렸다. 그렇게 태동기 이야기로 인연이 되어 만경관 부근의 그루출판사와 대일출판사에서 업무를 보시던 이재행 선배님과 늦은 오후 진골목과 반월당 행복식당에서 자주 만나 회포를 푸는 사이로 발전했다.

이듬해 11월 초 일요일 오후 5시경 박기동 형님께서 전화를 하셨다. 이재행 선배님이 쓰러져서 영남대 병원 수술실에 계신다는 소식이었다. 다급히 수술실로 달려가니 수필가 엄지호 선배님과 박기동 형님이 계셨다. 수술대기실에서 한 시간쯤 기다리다 의사 선생님의 수술 경과 설명을 듣던 중에 환자가 시인이라고 하자 집도하신 의사 선생님이 놀라면서 "이재행 시인이시냐?"고 반문하더니 본인은 태동기 13대 박찬열이라고 했다.

이행우 태동기 준회원. 1981년 대구 대건고 졸업. 대구대 대학원 복지행정학과 졸업(사회복지사). 대구문인협회 신인상 수상. 2004년 『문예사조』 천료. 2010년 청소년신문사 주최 청소년지도자 문학부분 대상 수상. 한국문협 복지위원, 한국현대시인협회 회원, 대구문협 회원, 대구펜문학 회원. 현재 보람상조 대구지점장.

그 순간 태동기의 끈끈한 인연이 새삼 놀라웠다.

1998년 여름, 대건고 재학시절부터 동경의 대상이었으나 대구 문단의 거장이셔서 근엄하고 엄격하게만 생각했던 도광의 선생님을 남산동 대일출판사에서 뵙고 습작한 작품을 보여드렸다. 한참이나 돋보기안경 너머로 작품을 훑어보시던 도광의 선생님은 얼마 뒤 「어머니」 외 4편의 졸작을 『대구문학』에 추천해 주셨다. 그 후 도광의 선생님의 소개로 대구 문협에서 사무 간사로 일하면서 고 박상훈 선배님, 홍승우 선배님, 서정윤 선배님 등 대구문단의 주축으로 활동하시던 대건고 태동기 선배님을 여럿 만났다.

특히 듬직한 체구에 어울리지 않게 잔정이 많던 박상훈 형님과 밤늦도록 태동기에 대한 애착과 문학에의 열정을 토로하던 일은 잊을 수가 없다. 그 자리에는 홍승우 형님이 늘 그림자처럼 같이 계셨다. 때로는 홍승우 형님과 당번제(?)로 반월당 인정식당에서 박상훈 형님을 만나 술잔을 기울였으니 더욱 애틋하고 그리운 기억이 아닐 수 없다.

대건인의 한 사람으로써 자부심과 함께 태동기 50년을 진심으로 축하하며 앞으로 무궁무진하게 문인이 배출되기를 기원한다.

침묵

1981년의 일이다. 나는 고3이었고 문예반원이었다. 내가 다니던 고등학교의 문예반은 서정윤, 박덕규, 하응백, 안도현, 이정하 등등 미래의 쟁쟁한 작가들이 거쳐 간 곳이었다. 그들은 고교시절부터 전국의 백일장과 현상문예를 휩쓸고 다니면서 명성을 떨쳤다. 1학년 때 미술반과 문예반을 놓고 고민하던 나는, 재료비가 훨씬 적게 든다는 다분히 경제적인 이유로 문예반을 선택했는데, 훗날 그 문예반의 전통을 알고는 나의 선택이 운명적임을 깨달았다.

아무튼, 1981년에 고3이면서 문예반원이었던 나는 영남전문대 백일장에 참가했다. 당시 대구의 학생문단은 열기가 대단했다. 이른 봄부터 앞다투어 개최하는 시화전에서 서로의 작품에 대해 뜨거운 공방을 주고받는가 하면, 전국 규모의 백일장과 현상문예에 참가하여 각자의 실력을 검증받는 게 우리에게는 그 무엇보다도 중요한 일이었다.

영남전문대에서 주최하는 백일장은, 대구의 고교문사들이 공개적으로 문재(文才)를 겨루는 가장 큰 대회였다. 타 지역에서 하는 백일장은 차비가 없다거나 대학 진학을 위해 공부에 몰두해야 한다는 핑계로 참석을 꺼리던 학생들까지 대거 몰려드는 바람에 늘 성황이었다. 때문에 영남전문대 백일장에서 장원을 하면 하루아침에 대구 학생문단의 스타가 될 수 있었다.

1981년 영남전문대 백일장의 시제는 「침묵」이었다. 그거 하나뿐이었는지 아니면 두어 개가 더 있었는지는 지금은 도저히 기억할 수 없지만, 어쨌든 나는 「침묵」이라는 시를 써서 장원을 했다. 후일담에 의하면 처음에는 내 시가 차하였는데, 심사위원 중 한 분이 강력하게 주장하여 장원과 차하가 서로 바뀌었다고 한다. (안타깝게도 나는 그 심사위원이 누구인지 아직

김완준 태동기 12대. 1982년 대구 대건고 졸업. 단국대 대학원 문예창작과 박사 수료. 1986년 대구매일신문 신춘문예 시 당선. 2002년 계간 『문학인』에 소설 발표. 장편소설 『the 풀문파티』 『소설 윤심덕』, 여행서 『8박 9일』 등. 현재 모악출판사 대표.

도 모른다.)

영남전문대 백일장이 끝난 며칠 뒤, 내가 쓴 「침묵」이 전두환 정권의 횡포로 언론 통폐합을 하는 바람에 대구의 유일한 일간지였던 대구매일신문(지금은 매일신문으로 바뀌었다.)에 실렸다. 다시 며칠 뒤, 담임선생님의 호출로 교무실에 갔더니 우편환 한 장을 주셨다. 대구매일신문에서 보내온 원고료였다. 그 액수 또한 지금은 도저히 기억할 수 없지만, 그 돈으로 염매시장 곡주사에서 찌짐(부침개의 경상도식 말)과 막걸리를 원 없이 마셨던 건 아직도 생생하다. (1986년 대구매일신문 신춘문예에 시가 당선되어 시상식 때 문화부 기자로 계시던 이모 시인을 만났더니 "고교 백일장에 당선된 작품을 신문에 수록한 건 그게 처음이자 마지막이다."라고 하셨다.)

고등학교를 졸업한 뒤, 나는 글을 '잘' 쓰기 위해서는 더 이상 정규 교육을 받아서는 안 되겠다는 결심으로 대학 진학을 포기한 채, 낮에는 이창동 감독의 큰형 이필동 선생이 이끌던 극단의 조무래기 단원 노릇을 하고 밤에는 심야다방 DJ 생활을 하며 지냈다. 어느 날, 당시 대구 문학청년들의 정신적 선배이자 경제적 빈대 노릇을 하고 있던 박모 시인(이분은 얼마 전 북한음식을 소재로 한 전작시집으로 큰 상을 받았다.)이 내 또래의 까까머리 청년을 소개시켜주었다.

"장정일이라고 합니다. 김형 얘기는 많이 들었심더."

장정일은 종교적 이유로 군대를 가지 않기 위해 일찌감치 중학교를 중퇴한 채 독학으로 문학을 공부하는 중이었다. 그날 이후 우리는 자주 만났다. 대낮부터 막걸리에 취해 함께 담벼락을 향해 오줌을 내갈기던 일부터, 서로의 이삿짐을 날라주던 일, 여름날 해인사 계곡에 텐트를 치고 더위를 식히던 일, 라이브 재즈 바를 전전하며 남 몰래 연주자를 품평하던 일까지, 여러 빛깔의 추억으로 그 시절을 덧칠했다. 나중에는 그의 결혼식에서 내가 사회 겸 주례를 보기도 했다. 워낙 남 앞에 나서기를 꺼려해서 결혼식과 장례식 참석을 극도로 거부하는 장정일은, 자신의 결혼식도 작은 식당에 지인 몇 명만 불러놓고 별다른 격식 없이 해치웠다. 그럼에도 최소한의 절차는 필요했던지라 예물을 교환하고 성혼선언문을 낭독했는데, 그러한 일의 처음부터 끝까지를 내가 도맡아서 진행했던 것이다.

그렇게 오랫동안 다른 사람들이 "둘이 연애 하냐?"고 정색을 하며 바라볼 정도로 가깝게 지낸 사이였지만, 장정일과 나는 문학에 관한 얘기는 한 마디도 하지 않았다. 서로의 작품에 대해서도 일절 말하지 않았다. 딱 한 번, 이런 일은 있었다.

"김형 시가 매일신문에 실린 적 있지요?"

그날도 어김없이 대구 동성로 중앙파출소 근처의 심지다방에서 만나 죽 치고 있다가 어스름이 내리기도 전에 곡주사로 가서 찌짐에 막걸리를 마시던 참이었다. 하도 자주 만나는 사이인지라 딱히 할 얘기도 없어서 술만 벌컥벌컥 들이키던 중에 문득 장정일이 말했다.

"그 시를 오려서 책상 앞에 붙여놓고 다짐했죠. 내가 이놈보다는 시를 잘 써야겠다!"

그 말에 내가 어떤 반응을 보였는지, 그리고 그날 우리의 대화가 어떤 방향으로 흘러갔는지는 지금도 여전히 생각이 나지 않는다. 이제는 기억의 갈피 속에 빛바랜 단풍잎으로 남아 있는 그 시절이 눈물겨울 따름이다.

침묵

말하지 않으리. 말하지 않으리. 그대들은 모를 것이다. 내가 입 다물고 있는 동안, 어둠 밖으로 불을 피우고는 풀잎 속으로 몸 눕히는 태양의 支流.

어둠 가득 적막을 칠해 놓고 한줌 숨결로 채워지는 이 밤, 그대의 깊은 잠.

지붕 끝에서 새 몇 마리 날려 보낸다. 오르가즘에 허덕이는 달빛 한가운데, 별들은 몇 뼘으로 갈라져 물소리로 흐르고 은밀한 사랑을 위하여 바람을 놓아주는 나뭇가지. 그리하여 밤새도록 빈 하늘에 보이지 않는 숲을 이루고 있다.

이렇게 늦은 바람을 타고도 그대의 잠에 도달할 수 있을까?

누가 소리 죽여 적막의 가장자리로 날아간다. 사람들은 항시 낮은 곳에 모여 앉아 어둠을 준비하고, 무릎 근처에서 부서지는 그대들의 낮은 목소리.

그대들은 모를 것이다. 모를 것이다. 내가 입 다물고 있는 동안, 항시 흔들리는 空間을 모두 지워버리고 부르고 싶다. 그대 눈 뜨는 地域으로.

아름다운 악연(惡緣)

태동기 동인이라면 누구나 학창시절 선배님들과의 추억이 하나씩은 있을 것이다. 나 역시 선배님들의 애정 어린 질책을 듬뿍 물려받았다.

대학입시가 코앞이던 고3 때, 선배들의 화려한 수상 경력의 전통을 잇기 위해 각종 대회에 참가하던 우리들은 서울에서 경희대 백일장이 열린다는 소식을 듣고 밤기차에 몸을 실었다. 난생 처음 가본 경희대 캠퍼스는 중세 유럽의 도시에 온 듯한 착각이 들 정도로 아름다웠다. 당시 경희대 국문과에 재학 중이던 박덕규(8대) 선배님께서 까까머리 후배들을 환한 얼굴로 맞아주셨다. 경희대 백일장은, 장원을 한 사람이 경희대에 입학하면 졸업할 때까지 장학금이 주어지는 특전이 있어서 우리들은 최선을 다해 작품을 제출했다. 뒤풀이로 박덕규 선배님이 사주신 막걸리에 취해 비몽사몽 상태에서 대구로 내려오고 며칠 후, 나의 졸작(10대 안도현 선배님으로부터 '아직 멀었다'는 질책의 엽서를 받음)이 장원으로 뽑혔다는 소식과 함께 시상식에 참석하라는 연락이 왔다.

시상식이 평일에 열리는 바람에 참석할 수 없었던지라 박덕규 선배님께 대리 수상을 부탁드렸고, 나는 주말에 상경했다. 그런데 장원 트로피를 받아보니 모가지가 처참하게 부러져 있는 게 아닌가. 대리 수상을 하던 날 선배님께서 술이 취한 채 가지고 다니다가 그리되었다는 것이다. 나는 겉으로는 의연한 척 뭐라고 말도 못하고 부러진 트로피를 가슴에 부여안은 채 대구로 내려왔다. 원래 태동기 동인은 장원 수상이 중요하지 그까짓 트로피 따위에는 연연하지 않는다는 말을 속으로 되새기면서…….

시와 소설과 심지다방과 곡주사 막걸리로 고3 시절을 보낸 나는 대학학력고사를 쳤지만 당연히 앞선 선배님들처럼 경희대 국문과의 높은(?) 벽을 넘지 못했다. 화가 산뜩 나신 부모님에게 시집, 소설책, 습작품을 모

김현하 태동기 12대. 1982년 대구 대건고 졸업. 중앙대 불어과 졸업. 1989년~1999년 대동은행 재직. 1999년~현재 NH투자증권 재직 중.

두 압수당하고 지방대 상대로 진학했다. 문학금지령이 내려진 것이다.

지방에서 술로 방황의 세월을 보내던 1982년, 『한국문학』에서 대학생 현상문예 공모를 했다. 나는 부모님 몰래 써두었던 시 몇 편을 응모했고 그중 「뿌리의 잠」이 가작으로 뽑혔다. 그런데 이번에도 일정이 맞지 않아서 시상식에 참석할 수 없었던 나는 다시 박덕규 선배님께 대리 수상을 부탁드렸고 선배님은 흔쾌히 수락해 주셨다.

며칠 후 주말에 상경하여 선배님을 만났다.

"현하야! 이번에는 무사히 잘 받아 놓았다!"

당당하게 내미는 물건을 수령하고 보니 이번에는 전혀 파손될 염려가 없는 목재 상패였던 것이다. 그날, 선배님과 나는 목동 선배님의 집에서 대리 수상 성공(?)을 축하하며 밤새도록 술잔을 기울였다.

박덕규 선배님! 그 시절 두 번의 대리 수상 노고에 깊이 감사드립니다. 기회가 된다면 이제는 제가 결초보은(結草報恩)의 심정으로 선배님의 대리 수상을 꼭 한번 해 드리고 싶습니다!

뿌리의 잠

자신의 모습을 보지 못한
뿌리 하나,
흙 속에서 흐르는 물소리를 듣는다.

살아 있는 것들의 뒤에서
홀로 깨어 지키는 어둠의 영역

벌판은 흐르는 모든 것들이
나고 죽어가는

세상의 한 끝에
별이 처음 빛날 적부터 지켜온

몇 개의 침묵을 심고,
흐르는 물의 마지막 맥박을 느낀다.

남은 열기로
빈 밤의 적막을 꿈꾸던 흙,
그 힘의 땅은
침을 뱉어도 저항하지 않는다.

움직이지 않던 뿌리가
자신의 가장 낮은 곳으로 내리며
피가 따뜻한 안식의 손을 펼 때
우리의 남은 패배는
어디로 가서 잠드는가

더불어 깊어가는 잠,

하늘의 모든 날개 움직여
푸른 바람 일게 하고 이제
다시 살아날 지상의 생명을 위해
방황하는 모든 넋들을 거두어 간다.

별이 지나간 자리
빛의 흔적끼리만 모이고
모든 사물들 아름답게 살찌울
한 줌 따뜻한 바람은
또 어디서 잡힐지

확인되지 못한 계절이
몇 개의 불면을 지우고,
지상의 가장자리로 흐를 때

뿌리는
자신이 키우던 어둠과 함께
더욱 땅 깊이 굳어가고 있었다.

나의 고교시절

겨울이 시작될 무렵, 길을 걷고 있던 나는 쿨럭쿨럭 거리며 피를 토해 냈다. 각혈이었다. 손에 고여 있던 핏덩이가 낙화하듯 바닥으로 뚝뚝 떨어지고 있었다. 밀려오는 죽음의 공포 속에서 지나가는 겨울바람이 내게 얼마나 더 살 수 있을까를 묻고 있는 것 같았다.

각혈이 있기 훨씬 전부터 몸이 안 좋다는 생각은 하고 있었지만, 그것이 폐결핵의 한 종류인 결핵성 늑막염이라는 것을 알지 못했다. 그게 무슨 병인지 몰라서기도 했지만, 병원비 걱정 때문에 누군가에게 몸이 아프니 병원으로 데려다 달라는 말도 꺼내기 어려웠다. 일찍 세상을 뜨신 어머니에 대한 그리움과 계속되는 가난이 나를 짓누르기만 하던 1981년은 그렇게 시작되고 있었다.

그해 고등학교 3학년이 되었던 나는 학교는 다니고 있었지만 언제 학교를 그만둘지 모르는 난감한 상황이었다. 2학년 때 한 번인가 두 번인가 빼고는 한 번도 수업료를 내지 못한 나는 우리 반의 골칫거리였다. 조그만 더 기다려주시면 곧 학비를 내겠다는 말도 더 이상 통하지 않았고, 우선 나 자신부터 그 기약 없는 변명에 하루하루 지쳐가고 있었다…….

「폐결핵과 가난의 기억」 중에서(『샘터』, 2017년 7월호)

위의 글은 나의 고등학교 시절을 그려낸 에세이의 일부다. 돌이켜보면, 그 당시의 나를 지배하고 있었던 것은 가난과 폐결핵이었다. 한창 예민하고 자존심이 강하던 때라 어쩌면 폐결핵이라는 병보다도 오히려 가난으로 인해 학비를 못 내고 다녔던 것이 심적으로는 더한 고통을 수반하고 있었는지도 모른다. 중학교 3학년 말이었던 1978년 겨울, 대구에서 직물

오석륜 태동기 12대. 1982년 대구 대건고 졸업. 동국대 일문과 및 동대학원 졸업. 문학박사(일본 근현대문학 전공). 2009년 계간『문학나무』로 등단. 시인, 번역문학가, 칼럼니스트로 활동 중. 저서 및 역서로『일본어 번역 실무 연습』『일본 하이쿠 선집』『풀 베개』등 30여 권이 있음. 현재 인덕대 일어과 교수.

공장을 경영하던 아버지는 화재로 인해 모든 것을 잃어버렸다. 그 때문에 우리 집안은 쉽사리 가난의 굴레를 벗어나지 못한 채 힘든 시간을 이겨내야만 했다.

그 일이 있고 난 몇 달 후인 1979년 3월, 대건고등학교에 입학한 나는 1학년 각반으로 돌아다니며 문예반원을 모집하던 선배들의 홍보에 마음이 이끌려 문예반을 찾았다. 시인 안도현 형, 이정하 형, 김완준을 만난 것은 바로 그때였다. 그것이 '태동기문학동인회'와 나와의 첫 인연이었다. 어릴 때부터 문학에 관심이 많았지만 혼자 문예반에 들어가는 것이 부끄러웠던 나는 중학교 동기생이었던 김상훈(현재 대구 서구 국회의원)에게 같이 문예부에 들어갈 것을 권유하였는데, 그것이 그와 같은 문예반원이 된 계기였다.

우선, 보통의 고등학교 문예반과는 달리 대건고등학교 문예반은 '태동기문학동인회'라는 별칭을 사용하고 있었다. 그 별칭은 당시의 나에게는 자부심 혹은 자존감을 심어주는데 상당 부분 역할을 했던 것으로 기억된다. 그리고 문예반 지도교사이며 시인이셨던 도광의 선생님의 존재와 태동기 선배님들의 활약상은 내게 적잖은 만족감을 주었지만, 동시에 나도 그들처럼 훌륭한 문학적 업적을 쌓을 수 있을까 하는 부담감으로 작용하기도 하였다.

아쉽게도 나는 고등학교 3년을 다니면서도 도광의 선생님과의 인연은 많지 않았다. 한 번도 국어 담당 선생님이 되지도 않았을 뿐 아니라, 담임 선생님도 된 적이 없기 때문이다. 또한 문예부에는 들어갔지만, 문예부 활동을 반대하셨던 아버지의 영향으로 문학에 그다지 열중하지 못한 것도 한 원인이 될 것이다. 아버지는 원래 국문학도였지만 문인으로서도 사업가로서도 성공하지 못하였기에, 나에게 공부로 성공하길 바라는 마음을 강하게 갖고 있었다. 내가 장차 국문과로 진학하는 것에 대해서도 탐탁지 않게 여긴 분이었다.

이런 저런 이유로 어정쩡한 문예부 활동을 했지만, 대신 나는 많은 친구와 선후배님들을 알고 친하게 지냈다. 고등학교 시절과 그 이후의 삶에서 잊을 수 없는 추억의 상당부분은 '태동기문학동인회'와의 인연이라 해도 과언이 아니다. 그들은 내 삶의 중요한 동반자였고 동시에 그들은 내게 고귀한 가르침을 주었다. 돌이켜 생각하면, 지천명을 넘어 50대 중반이 된 나에게는 그들과의 교유가 큰 위안이었고 기쁨이었다.

그들은 지금 한국문단에서 중요한 역할을 하는 문인들이 되어 있다. 고 박상훈, 박기섭, 류후기, 홍승우, 서정윤, 조성순, 권태현, 박덕규, 하응백, 안도현, 이정하, 김완준(이하 존칭 생략) 등이 바로 그들이다. 또한 문학인이 아니더라도 자신의 분야에서 전문가로서의 역할에 충실한 존재가 된 동인들과 나와의 인연도 벌써 삼십 년, 사십 년 세월을 헤아린다. 한 분 한 분의 이름을 떠올리고 있는 지금, 가슴이 뭉클해진다. 그리운 얼굴들이다. 그리운 이름들이다. 그런 의미에서 '태동기문학동인회'는 내게는 무한한 축복이었고, 무한한 자극이었다.

한편, 나는 젊은 시절에는 일본문학 전문 번역가로 적지 않은 번역작업을 했다. 글을 쓰고 싶었던 내 몸속의 유전자는 번역으로 그 갈증을 채웠다. 주로 문학과 문화 관련 책의 번역을 많이 했다. 번역서만 20여 권 이상을 출판하였다. 정부나 주요기관으로부터 의뢰받아 번역한 자료도 상당한 양을 헤아리니, 어쩌면 '번역가'라는 호칭도 어색하지 않다. 아니 자연스럽다. 현대그룹 연수원에 근무하던 시절에도 많은 번역 작업을 했고, 지금도 대학에서 번역 관련 과목을 강의하고 있다.

40대 중반이 넘어 시인으로 등단하여 지금은 한국문학과 일본문학을 넘나들며 활동하고 있다. 한국과 일본문학을 동시에 경험하는 사람이기에 할 일도 많고 책임감도 적지 않지만 즐거운 마음으로 살아가고 있다. 이 모든 문학적 뿌리는 '태동기문학동인회' 사람들과의 인연, 바로 거기에서 비롯된 것이다. 사회에서 만나는 문인들 중 상당수는 '대건고등학교 문예반 출신'이라고 하면 한 마디씩 한다. "좋은 문인들을 많이 배출한 바로 그 학교 맞지요."라고.

올해가 '태동기문학동인회'가 세상에 태어난 지 50년이 되는 해이다. 올봄에 도광의 선생님을 비롯한 동인들 모두가 모인다. 벌써부터 그 설렘이 남다르다. 40여 년 전인 1979년, 열일곱 살 때 처음으로 문예부 교실이 있었던 건물 5층으로 올라갔을 때처럼 말이다.

김문하

부르고 싶은 이름들

그해 초가을 밤 성당 붉은 벽돌 벽에 그림자로 흔들리던 백열등과 불빛이 떠오른다. 짧은 여름방학이 아쉽게 끝나고 개학을 하면 곧 개교기념일이었다. 그날에 맞춰 작품 전시회가 있었다. 내게는 YMCA에서 열리던 태동기 정규 시화전보다 그 교내 시화전이 그리움으로 남아 있다. 아마 마지막 시화전이었고 그림 서예 사진도 있어서 예술축제 같았던 분위기 때문일 것이다. 제목이 4월의 끝인지 밤인지 아슴푸레하다. 노을이란 시어가 생각나고 시화 바탕이 다홍색 단색이었다는 것은 뚜렷하다.

그 시화전 때나 그 후에나 내 문필과 호주머니는 여의치 않았지만 그런 내 청춘을 함께 해 준 후배들의 모습이 아련하다. 돌아보면 삶도 태동기도 내게는 변방이었던 시절, 그들은 수시로 나를 찾아주고 술잔을 마주해 주었다. 다시 생각해도 참으로 고맙고 더 챙겨주지 못한 미안함이 밀려온다. 태동기란 울타리가 아니었다면 가능하지 못할 따뜻하고 아름다웠던 날들이다.

태동기 13대는 세 명이 전부였다. 달빛 아래 잘 생긴 흰 박 같던 찬열이와 키 크고 미남에 말수가 없던 창현이, 그리고 아웃사이더 기질에 내세울 건 없고 문하라는 이름만 그럴 듯 했던 나. 모두 1학년 6반이었던 것 같다.

나는 제 발로 들어왔고, 둘은 어떻게 들어오게 되었는지 모르겠다. 아마 그 연유를 듣긴 했겠지만 둘 다 문학을 경외하는 수준은 아니었던 것 같다. 나 또한 그랬다. 그저 일찍부터 학교 공부에 별 흥미와 소질이 없었는데 대신할 무엇을 찾다보니 그게 동아리였고 그 중 그래도 가장 나와 근접한 것이 문예반이었다. 당연히 내가 다니던 고등학교에 태동기란 쟁쟁한 문예반이 있는 줄도 몰랐다. 그런 내게 태동기 신입생 환영회는 파격이었고 시화전 뒤풀이는 충격이었다.

김문하 태동기 13대. 1983년 대구 대건고 졸업. 방송대 국문과 졸업. 1994년 월간 『에세이』 수필 등단. 현재 (주)율산개발 공동주택 관리사무소장.

글발은 부족했지만 서울에 백일장이 있으면 밤새 달리는 완행열차에 몸을 실었다. 내게는 백일장보다 서울에 있는 여자 친구를 만나는 것이 먼저였던 조계사와 세종대왕기념관이 생각난다. 훗날 인연의 부침 속에서 그 여자 친구와 결혼을 앞두고 만해 백일장에 참가하러 온 후배들을 만나기 위해 간 종로 뒷골목 술집에서 들은 후배의 장원 소식의 기쁨이 어제일 같다. 군 휴가 때 신혼집을 찾아온 후배들과 둘러앉아 수박 한 통을 나누던 기억, 캐나다를 거쳐 미국에 정착하는 긴 세월 동안 먼 타국에서도 늘 나를 생각해 준 후배까지, 돌이켜 보면 언제나 친구 같고 형제 같았던 후배들과의 시간은 태동기가 내게 준 소중한 선물이었고 자산이었다.

흔히 말하는 대로 정말 하늘같았던 선배님들의 문재와 명성이 우리 13대에서 더 이어지지 못하고 막을 내렸지만 그래도 견뎌 살아남은 자의 세월은 이렇게 추억을 말하게 해 준다. 나를 반성하고 타인을 이해한다 해도, 세상과 사람이 글을 만들 수는 있어도 글이 세상과 사람을 만들 수 없다는 자괴감으로 보내온 세월조차 희미해져 가는 요즘…… 그래도 하나하나 불러 보고픈 이름들이 있기에 나는 어쩔 수 없는 태동기의 사람이며 앞으로도 그러할 것이다.

책장 어딘가에 있던 교우지마저 보이질 않아 재학시절의 글 중 온전히 남겨진 것이 없다. 근래에 쓴 글 두 편으로 마무리를 대신한다.

무제

영화 동주를 보고 돌아오는 새벽 찬바람이 불고 희미하게 듬성듬성
보이는 저 하늘 별들이 낯설다 자화상을 쓸 만한 겨를도 없이 쉰 셋
넘는 해를 쉬이 취하고 잊으면서 살아왔구나 하늘 바람이
가까이 있다고 별과 시는 멀리 있다고 가까워서 멀어서
내 것 아니던 하늘과 바람과 별과 시가 슬프다 슬프지 않는 것들이
힘이 되는 세상을 살아 왔다는 것이 슬픈 동주를 만나고 온 새벽

돌담

잎 떨어진 담쟁이 줄기사이 아버지의 그림자가 드문드문
흔들린다 지친 발자국 소리와 깊은 한숨들이 바람으로 불어간
저 돌담 틈새로 해가 지고 여든 넘는 세월이 골목을 돌아서 오는 섣달
끝자락 저녁 손자들 앞세우고 마중을 간다 언제나 아픔처럼 아버지
어깨에 걸려있는 마른 나무 가지들 태워 고기를 굽고 아이들에게
집어주며 혼자 막걸리를 마신다 돌담 사이로 다시 지나가는
희미한 그림자 한 해가 돌담에 또 한 겹 노을로 쌓이는데

35년 전, 그때 그곳

태동기, 하면 신입부원 환영회와 함께 12대 김완준 선배님이 떠오른다. 까칠하면서도 깔끔한 구석이 있는 김완준 선배님은 내가 1학년 때, 신입부원 환영회에서 졸업한 다른 여러 선배님들과 함께 처음 뵈었다. 후배들을 자주 찾아와서 격려해 주시고 태동기에 대한 애정이 남달랐던 선배님으로 기억된다. 그게 1982년의 일이니까 어느새 35년의 세월이 흘렀다.

35년 전, 태동기 환영식이 있던 그날, 재학생과 졸업생 선배님들이 중국집에 모였다. 그 중국집, 남산시장과 헌책방 골목이 있던 대한극장 옆 강해춘반점 뒷방에 모인 우리들은 낡고 찌그러진 커다란 양은 주전자에 소주를 부어놓고 사기 물잔에 돌려 마셨다. (다른 사람들이 보면 물잔 나누어주기에 불과했다.^^;;)

난생 처음 국가가 시행하는 시험인 고입 연합고사를 멋지게 통과한 까까머리 동기들과, 장발의 선배님들이 함께 한 그 자리에서 우리들은 문예반이라는 자긍심을 느끼며 어떠한 두려움도 없었다.

그렇게 문예반 생활이 시작되었다. 어두운 중국집 뒷방에서 나누던 소주와 짬뽕 국물, 이제는 연기처럼 사라져버린 사춘기의 꿈과 원인을 알 수 없었던 고민들, 밤새도록 가슴을 설레게 만들었던 수많은 소설책과 시집들…….

지금도 가끔 그때가 그립기도 하지만, 솔직히 그 시절로 다시 돌아가고 싶지는 않다. 그때의 그 고민들을 다시 짊어질 열정이 이제는 없다. 지금은 기억도 나지 않지만, 그 시절 우리들의 가슴을 뜨겁게 달구었던 고민의 시간들을 생각하면 나도 모르게 눈시울이 붉어진다.

가난했던 가정, 너무나 성실했던 부모님의 기대와는 달리 지지부진하던 학업 성취도는 나를 온전히 문학에 몰입하지 못하게 했다. 하지만 태동기

구교탁 태동기 15대. 1985년 대구 대건고 졸업. 경북대 전기공학과 졸업. 현재 미 해군 진해부대 전기담당.

에서 맡았던 문학이라는 공기 덕분에 나의 감성은 푸르게 여물어갔고 가끔은 선배님들의 멋진 시적 표현을 흉내 내기도 했다.

토요일 오전 수업을 마치면 우리는 문예반 서클 룸에 모였다. 점심을 거른 오후, 태양은 살짝 기울어져 가고 학교 운동장으로 침묵이 조금씩 고여들 무렵, 3학년 교실 건물 복도 끝 미닫이문을 열고 들어설 때의 그 긴장감과 떨림.

그곳에서 우리는 머리를 조아리며 문학을 얘기했고 미래에 대한 두려움도 나누었고 선배님들로부터 사랑의 매(?)도 맞았다. 그런 시간을 거쳐 우리는 2학년이 되었고 다시 3학년이 되었으며 마침내는 교정을 떠났다.

대학생활과 사회생활을 하면서 나는 태동기 15대가 아니라 대건고 34기로 더 익숙해졌다. 문학과는 거리가 있는 전기설계라는 다소 딱딱한 분야에서 일하면서도 언젠가는 문예반 서클 룸을 다시 방문해 보고 싶다는 생각을 머릿속에 품고 있었다. 그곳에서 여전히 머리를 조아리며 문학을 이야기하고 있을, 나를 닮은 후배들을 만나보고 싶었다.

그러던 중 정말 반갑게도 태동기 50년 기념문집을 만든다는 소식을 들었고, 이 기회에 나도 잠시나마 35년 전의 추억을 뒤적여 보게 되었다. 이 차가운 겨울이 지나가고 포근한 바람이 부는 어느 봄날, 존경하는 선배님들과 사랑하는 후배님들, 그리고 구석진 문예반 서클 룸에서 태동봉을 함께 닦았던 그리운 동기들을 만날 시간을 떨리는 마음으로 기다려본다.

흔적의 기억

1982년 3월, 남산동 교정은 생뚱맞게 내린 눈으로 하얗게 덮여 있었다. 우리는 어린 자작나무처럼 빼곡히 운동장에 꽂혀 있었다. 정면에 보이는 건물 1층이 너희들이 공부할 교실이고 오른쪽 건물은 화장실인데 담배 피우다 걸리면 정학이라는 학생주임 선생님의 기계음이 찬바람을 타고 귓가에서 윙윙거렸다. 식이 끝나고 곧바로 1학년 6반 학생이 되었다. 그날 담임으로부터 영문 모를 귀싸대기를 맞은 뒤 한 달 후 태동기 문예반의 문을 두드렸다. 저항이었다. 그러나 그곳은 나보다 더 큰 문학이라는 저항으로 무장한 선배들이 득실거리는 소굴이었다. 기라성 같은 선배 시인, 소설가를 열거하며 태동기 '문학동인'임을 몸에 각인이라도 시키려는 듯 환영회 날 대한극장(아마 그럴 것이다.) 옆 강해춘반점에서 우짜(우동과 짜장면), 단무지, 그리고 엽차 잔에 채워진 소주로 그 무슨 태동가라는 노래를 부르게 했다. 12대 김완준 선배가 바람을 잡았다. 그 후 15대 동기들은 약간의 목돈이 생기면 쳐들어오는 졸업한 선배들로부터 토요일 오후 수시로 푸닥거리(?)를 했다. 13대는 열세 대, 14대는 열네 대, 15대는 열다섯 대라는 이상한 셈법을 애정이라 생각했다. 그리고는 여느 때와 마찬가지로 강해춘반점으로 향했다.

시에는 재주가 없어 고교 내내 백일장에서 입선 한번 못해 봤다. 백일장 주제를 받고나서는 곧바로 면식 있는 다른 학교 문예반 녀석들과 술판을 벌이다가 마감시간에 임박해 후다닥 몇 자 적어낸 것이 전부였으니 당연한 일이었으리라. 아마 목월 백일장이었을 게다. 그때 적은 시 아닌 시가 어렴풋이 기억이 난다.

이강형 태동기 15대. 1985년 대구 대건고 졸업. 미국 펜실바니아대 언론학 박사. 미주 동아일보 외신기자. 현재 경북대 신문방송학과 교수.

장날

장날 내다 팔게 없어
술지게미로 기른 시 몇 단 들고 나갔다.
주변머리 없어 이 판 저판 기웃거리다
취해서 씨발 모퉁이 술집 아지매 치마폭에
토(吐)하고 말았다.

2학년 토요일 1교시 국어시간, 선배들이 그토록 존경해 왔던 도광의 선생님에게 크게 혼이 났다. 경북교육문화회관 시화전 뒤풀이로 건물 내 골방에서 아침까지 마시고 냄새 풍기며 등교한 내 잘못이었다. 그 사건 이후 나는 더 이상 저항하지 않았다. 3학년 여름방학 때 창원으로 전학을 간 김태홍과 김시욱, 민준기 등 태동기 동기 몇이서 대낮에 염매시장 곡주사에서 막걸리를 퍼마시다 들켜 용문사(당시 역사선생)에게 채찍으로 맨살 등짝을 맞은 거 이외에는 저항을 하지 않았다. 태동기 동인의 자부심은 사라지고 나에게는 술만 남았다.

35년의 세월이 훌쩍 지나간 지금, 자작나무 단풍이 좋아지기 시작할 무렵부터 가끔 그 시절이 생각난다. 외로움 탓도 있겠지만 자본주의 세상에 맺집이 생겨버린 나의 몸이 이상 반응을 한 번씩 보일 때 그 시절의 저항으로, 아니 이제 저항할 수 없는 몸으로 한 번씩 긁적인다.

오월 아카시아

단돈 천원이 무거운 삶을 받아내는
음식물 바구니는 단백질이 늘 부족해서
바람이 불면 풀꽃으로 살다간 누이마냥 서럽다.
고단한 육신으로 막걸리 한 통, 수수풀떼기 한 그릇으로
돌아오는 밤이 되면
바구니는 중년의 구부러진 허리가 안쓰러워
먼 산 빼꾹 빼꾹 하며 꿈을 꾼다.

푸른 바다 퍼득임의 기억을 보관하는 냉장고가 되고
한때 뜨거움으로 살점을 데웠던 사랑을
내치지 못한 화덕이 되기도 한다.
그러나 아침이 되면
바람에 자신의 몸을 내어주는 오월의
아카시아를 말없이 떠나보낸다.
너무 오래 아파하지 않겠다 다짐한다.

비망록

삶의 모서리에 베어 백색 아픔을 토해 내는 파도가 말을 걸어온다.
남은 세월을 어찌 건너갈까 반문한다.
젖니처럼 돋아나는 가늠할 수 없는 어둠에 길을 나섰건만
열병은 가라앉지 않고 모든 것이 야위어만 간다.

그해.
장손이 죽어 집안이 망했다고 동네 아낙들이 수군거렸고
에미는 몸 져 누웠다.
태어나서 처음 보는 홍수가 마을을 휩쓸고 가자
에미는 남은 기억과 물건들을 챙겨 떠났다.
남산동 교정에 목련이 필 즈음
에미의 통장잔고 3천원을 보고
지나온 세월이 텅 비어 있었다는 아픔에
빈 소주병을 두고 울었다.
섬이 되리라 다짐했다.
세월은 바다를 건너 다시 돌아와 먹고살 만한 즈음
나는 애비가 죽은 나이에 비에 젖고 있다.
이제 남은 세월의 바다를 어찌 건너갈까 망설인다.
아니 건너야 하나 뛰어 들어야 하나 망설인다.

그 시절의 추억

YMCA 뒷골목, 어둠이 제자리를 잡아가는 저녁이면 전화기가 없던 시절에도 친구를 만날 수 있었던 곳. 비가 오는 날에는 막걸리에 파전 하나가, 눈이 오는 날에는 소주 한 잔에 곁들인 오뎅 국물과 라면 한 그릇이 정겨웠던 곳. 나의 태동기 시절은 그런 정겨움과 추억으로 기억된다.

고1 때였던 1987년 6월, 동성로 한복판에 울리던 군인들의 군화 발소리, YMCA 2층에서 고은 선생님의 힘 실린 시국 연설, 최루탄으로 얼굴과 눈이 따가워 어쩔 줄 모를 때 대학생 형 누나들에게 담배연기로 아픔을 낫게 해 주는 처방을 배우던 장면들이 아픈 신열처럼 간직되어 있다.

매일 수업 셋째시간에 도시락을 먹고 점심때 올라간 문예실에서 마주친 선배님들이 던져준 시제를 앞에 놓고 '시란 무엇일까?'를 고민하며 힘들어했던 시간…… 그런 것들이 지금의 나를 있게 해 준 고마운 경험이라는 생각도 든다.

저녁이면 어김없이 선배들의 가볍지만 조금은 무서웠던 시평, 그와 함께 내려지던 숙제와 얼차려, 그런 것들이 반복되면서 글을 쓴다는 게 차츰 일상의 모습으로 자리잡아갔다. 그러나 얼마 뒤 1년 위 19대 선배들의 전원 탈퇴, 계명대에 다니던 선배님이 보내준 삽화를 교우지 표지에 실었다가 폐간된 일, 대자보로 억울함을 피력하는 바람에 학교가 발칵 뒤집어진 일, 그런 사건들이 연속되면서 정말 힘든 시간을 보내야 했다.

표지 삽화 사건으로 교우지 발간 권한은 학교로, 정확히 말하면 독서토론회로 넘어갔다. 독서토론회에 다니던 친구 녀석이 교우지에 싣는다며 보여준 원고의 마지막 구절이 문득 떠오른다. 그 글의 제목은 헤밍웨이의 소설 「누구를 위하여 종을 울리나」였고 마지막 구절은 '누구를 위하여 종은 울리고 있지 않는가'였던가? 매일 방송으로 전달하는 선생님들의 글을

손영호 태동기 20대. 1990년 대구 대건고 졸업. 경북대 경제학과 졸업. 현재 삼성카드 재직 중.

지면에서 읽지 못하게 된 것도 가슴이 아팠다. 마지막으로 발간한 교우지를 손에 넣기 위해 동기 승룡이와 함께 이런저런 방법을 써 보았으나 실패했던 기억도 난다.

선배님들과 함께 만해 백일장, 밀양 아랑제, 진해 군항제 등을 열심히 참가하여 받았던 상장들…… 우리가 고3이었던 1989년, 참교육 1세대로 수많은 해직교사가 나왔던 그해, 태동기 20주년 기념행사는 아직까지 남아 있는 무수한 기억 중 최고였다. 태동기의 영원한 지도교사이신 도광의 선생님을 비롯하여 1대부터 22대까지 한자리에 모였던 그날의 감동은 아직도 생생하다. 그날 함께 어울려 어깨동무를 하며 노래를 부르던 선배들의 모습은 얼마나 멋졌던가.

누구에게나 태동기에 대한 희로애락이 존재하겠지만, 유난히도 대내외적으로 우환이 많았던 게 우리 20대가 아닌가 싶다. 그중에서 우리가 졸업하던 해 남산동 시대를 접고 월성동으로 학교가 옮겨간 것은 가장 아쉬운 대목이 아닐 수 없다.

수많은 선후배들의 열정으로 오늘날까지 이어져온 태동기의 전통은 앞으로도 영원히 계속될 것이다. '아직은 무엇이 될지 아무도 알 수 없는 무한의 가능성을 지니면서 열심히 꿈틀거리는 시기'라는 '태동기의 명제'를 다시 한 번 되새기는 오늘, 나에게 「아침이슬」이란 노래를 가르쳐주신 고 김창섭 선배의 막걸리처럼 진한 웃음이 그립다.

모자람의 눈

현란한 언어와 남다른 시선으로 표현된 문인들의 글은 늘 부럽다. 왜냐하면, 나에게 그것은 어려운 일이기 때문이다. 한 해 동안 읽은 책을 손가락으로 꼽을 정도로 나는 독서에 게으르다. 어쩌다 책을 읽게 되어도 이내 무거워진 눈꺼풀로 몇 페이지를 넘기다 멈추기를 반복한다. 그렇다 보니 한 권의 책을 완독하기가 어렵다. 학창시절 국어보다 수학이 더 재미있었던 것을 생각해 보면 당연한 일이다. 그런 내가 고등학교 시절 '태동기'라는 문학동아리에 들어가게 된 것은 아무리 생각해도 아이러니다.

고등학교에 갓 입학했던 1987년, 신입생 모집을 위해 찾아온 2학년 선배의 제법 어른스러운 모습과 문학에 대한 예찬은 나를 문예반으로 이끌었다. 무슨 이유였는지 모르겠지만, 그 선배는 그해 하반기에 전체 동기들과 함께 태동기에서 제명되었다. 그 후 나를 포함한 10명의 동기들은 바로 윗대 선배가 없는 상태에서 3학년 선배들의 지도를 받으며 태동기 시절을 보냈다. 나의 고교 3년은 시화전과 종합전, 백일장마다 있었던 여학생들과의 어울림, 은밀하게 보장된 문예실에서의 뻐끔 담배, 학교수업을 마친 후 YMCA 골목에서의 막걸리(기록을 세운다고 29일간 매일 마신 적도 있다!), 시내 연합동아리에서 가졌던 사회운동에 대한 토론 모임 등으로 기억된다.

한때 마음만은 문학청년이었던 것을 오랫동안 잊고 있었다. 태동기 50년 기념문집 발간을 위해 선후배님들과 몇 차례 만나면서 그 시절을 다시 생각하게 되었다. 내 동기 중에는 소설가나 시인이 된 사람은 없다. 국문학과에 진학한 동기는 몇 있지만, 직업은 대부분 다른 업종을 선택했다. 나 또한 고등학교를 졸업하던 해에 대구 지방공무원 9급 임용시험에 운명처럼 합격했다. 고등학교 3년 동안 또래 친구들과 인생을 고민(?)하며 마

최준교 태동기 20대. 1990년 대구 대건고 졸업. 방송대 경제학과 졸업. 1990년 대구시 지방공무원 9급 임용. 대구시 서구 내당3동 · 평리3동 · 비산5동사무소, 서구보건소, 서구문화회관, 서구청 사회복지과, 총무과 근무. 현재 비산7동 행정복지센터 총괄담당.

신 막걸리 때문인지는 모르겠지만, 나는 대학 진학을 포기할 수밖에 없었다. 그 시절 나는 언어의 절제를 배웠다. 지금에서야 그 절제가 언어에만 해당되는 게 아니라 행동에도 적용되어야 한다는 생각이 든다. 직장과 가족 관계, 자녀 교육, 노부모 부양 등 복잡하게 얽혀 살아야 하는 40대 중반의 삶은 그리 녹녹치가 않으므로.

어느덧 태동기가 50년의 세월을 살았다. 나는 아직 그 세월만큼 살아보지 못했기에 그 깊이를 가늠할 수는 없지만, 수많은 사연들이 거기에 깃들어 있을 것이다. 태동기 50년을 기념한다는 게 어떤 의미인지를 한 마디로 단언하기에는 내 삶의 깊이가 얕다.

나는 서울과 전주 등 대구 이외의 지역에서 왕성하게 문학 활동을 하고 계시는 선배님들을 2015년에야 처음 만나 뵈었다. 여든을 바라보시는 도광의 선생님과 다른 선배님들이 태동기를 기억하는 방식은 나와 다르다는 걸 만날 때마다 느꼈다. 그러면서 내 모습에 반성도 많이 했다.

2016년 4월, 태동기 50년 기념사업을 추진하기로 결정하면서 나는 김완준 선배와 함께 간사로 참여하게 되었다. 2017년 6월, 기념문집 원고청탁서를 동문들에게 보내면서 '태동기 50년 기념문집 발간사업'은 본격적으로 시작되었다. 연락을 위해 주소록을 정리하다보니 지난 50년 동안 태동기와 인연을 맺은 동문이 270여 명이나 되었다. 그 많은 동문들은 태동기에 대해 어떠한 추억을 간직하고 있을까? 아마도 무지개보다 더 다양하고 아름다운 빛깔로 수놓아져 있지 않을까? 동문들의 마음속에 우리들의 태동기가 영원히 기억되기를 바라면서 부족한 글을 올린다.

미당(未堂)과 도광의 선생님

1997년 늦가을이었다. 나는 서울 관악구 남현동 '봉산산방' 대문 앞에서 두 시간째 집주인이 낮잠에서 깨어나시길 기다리고 있었다. 봉산산방은 시인 미당 서정주 선생님의 자택이다. 미당이 지어 붙인 봉산산방(蓬蒜山房)은 곰이 쑥(蓬)과 마늘(蒜)을 먹으면서 웅녀가 됐다는 단군 신화에서 따왔다고 했다. 평소 친하게 지내던 이은림 시인의 동행으로 이곳까지 오는 행운을 얻은 터였다. 담벼락 너머로 보이는 울창한 대나무 잎사귀와 감나무 잎들이 가을 햇살에 금방이라도 쏟아져 내릴 것 같은 오후, 무슨 붕대처럼 감겨져 있는 기억들이 아스라이 풀어지고 있었다.

고등학교를 졸업한 지 4년, 군대를 갓 제대한 즈음이었지만 나는 아직도 '태동기'의 울타리를 벗어나지 못한 채 햇병아리처럼 꿈틀거리고 있었다. 문학이라고 해 봐야 백일장이나 문예 콩쿠르 등에서 소 뒷발에 쥐 잡히듯 몇 차례 상을 받은 게 전부였고, 일주일에 한 번씩 근엄한 선배들이 검사하는 습작노트와 암기해야 했던 명시들 덕분에 어설프게 시의 모양만 흉내 내고 있던 시절이었다. 그때 암기했던 시들은 미당 서정주의 「자화상」, 시인이자 지도교사이신 도광의 선생님의 「갑골길」, 태동기 선배이신 안도현 시인의 「서울로 가는 전봉준」, 곽재구 시인의 「사평역에서」, 박재삼 시인의 「울음이 타는 가을 강」 등 아름다운 시들이 많았다.

문학수업시간, 도광의 선생님은 교과서를 잘 펼치지 않으셨다. 창문 너머 먼 산으로 뿔테안경을 조율하여 지긋이 시선을 맞추시곤 폴 발레리와 라이너 마리아 릴케, 유치환, 박재삼, 미당의 시를 줄줄 읊어주시곤 하셨다.

'애비는 종이었다 / 밤이 깊어도 오지 않았다'로 시작해서 '볕이거나 그늘이거나 혓바닥 늘어뜨린 / 병든 수캐마냥 헐떡거리며 나는 왔다'로 끝나는 서정주의 「자화상」, '선운사 고랑으로 / 선운사 동백꽃을 보러 갔더니

김영균 태동기 23대. 1993년 대구 대건고 졸업. 대구보건대 방사선학과 졸업. 방송대 국문과 졸업. 현재 하나연합정형외과 사무국장.

/ 동백꽃은 아직 일러 피지 아니했고 / 막걸리집 여자의 육자배기 가락에 / 작년것만 상기도 남았습니다 / 그것도 목이 쉬어 남았습니다'라고 노래하는 서정주의 「선운사 동구」, '제삿날 큰집에 모이는 불빛도 불빛이지만 / 해질녘 울음이 타는 가을 강을 보것네'라고 읊은 박재삼의 「울음이 타는 가을 강」 등을 참으로 운율도 멋들어지게 읊어주시곤 하셨다.

가을햇살을 받아 등이 따뜻한 담벼락에 기대어 이런저런 생각에 젖어 있을 무렵, 마침내 봉산산방 대문이 열렸다. 인상 좋으신 할머니가 나오셨다. 미당 선생님의 부인이신 방옥숙 여사님이 환한 얼굴로 미당께서 이제 막 낮잠에서 깨신 것 같다며 우리를 맞아주었다. 마당에는 몇 그루의 소나무와 감나무가 은은한 향내를 뿌려놓고 있었고, 집안에 들어서니 마루 한 구석에 맥주박스가 층층이 탑을 쌓고 있는 게 인상적이었다.

잠시 후 우리는 2층 나무계단에서 하얀 모시적삼을 입고 내려오시는 미당 선생님을 마주하게 되었다. 가슴이 쿵! 하여 넙죽 큰절부터 하고 일어서니, "어디서 온 누구여?" 하신다. "대구에서 온 김영균입니다."라고 하자, 옆에 있던 이은림 시인이 "대구의 도광의 시인의 제자입니다."라고 거들어 준다. 미당께서 "오호라! 갑골길의 도광의 시인 제자라!" 하시며 내 손은 꼭 잡아주시는 게 아닌가! 참으로 감격스러운 순간이었다. 아마 그때 눈시울이 붉어졌던 것 같다.

미당이 누구던가! 「화사」, 「자화상」, 「귀촉도」, 「국화 옆에서」, 「동천」 등 수많은 명시를 창작하여 한국 문단의 큰 산맥으로 불리는 대시인이 아니시던가. 그런 분께서 술상까지 차려 맥주 한잔 하자시니 이보다 더 큰 영광이 어디 있겠는가!

『질마재 신화』, 『떠돌이의 시』, 『팔할이 바람』, 『산시』 등 주옥같은 시집이 탄생한 봉산산방 사랑채에서 두어 시간 술자리가 이어졌다. 사랑채 창문 밖 언덕 아래에 사당초등학교가 훤히 내다보이는데, 미당 선생님은 아침마다 노오란 병아리 같은 아이들이 재잘거리는 소리에 눈을 뜨게 되고, 또 월요일 아침마다 당신이 직접 가사를 써준 교가를 아이들이 합창하는 소리를 들을 때마다 전율을 느낀다고 하셨다. 팔십 세월을 살고 있지만 그 소리들이 너무 행복하다 하시는 선생님을 보며 나는 왠지 모를 쓸쓸함을 느꼈다.

저녁 어스름이 들 무렵, 봉산산방을 나서는 나에게 미당께서는 "시정신이란 건 감성으로건 지성으로건 반드시 가슴의 감동이란 걸 거쳐야만 하네. 가슴앓이 병자가 쇼크를 피하듯이……."라는 말씀을 해 주셨다. 또 잊지 않으시고 "도광의 선생께 안부 꼭 전해 주시게!" 하며 환한 웃음으로 우리를 배웅해 주셨다.

그로부터 3년 후, 2000년 끝자락에 미당의 부음 소식을 들었다. 부인이 돌아가시고 두 달 후, 선생님도 생을 마감하셨다. 미당은 일제 말기의 친일 행적으로 비판받으면서 생애 자체가 매도되기도 했지만, 그가 우리말의 아름다움을 누구보다도 높은 경지에 이르게 한 시인이었다는 점에는 이견이 많지 않을 것이다. 그래서였던가. 아이들이 재잘거리는 소리와 교가 합창하는 소리를 들을 때가 제일 행복하다고 하시던 모습에서 왠지 모를 쓸쓸함이 느껴졌던 것이.

'100년에 하나 나올까 말까 한 시인', '시선(詩仙)'으로까지 불리면서도 '몇몇 제자들 외에는 찾는 사람도 드문, 30여 년 살아온 서울 관악구 남현동 자택에서 부인과 맥주잔을 주고받으며 쓸쓸하게 노년을 보내야 했던 자신의 처지가 스스로 안타까웠을 것'이라고 누군가 말하기도 했다.

미당이 돌아가신 지 17년이나 되었지만, 나의 스승이신 도광의 선생님께 아직도 미당 선생님의 안부를 전해 드리지 못했다. 태동기 50년 기념문집을 준비하면서 도광의 선생님을 술자리에서 뵐 때가 가끔 있었다. 예나 지금이나 머리에 내린 하얀 서리 말고는 변한 것이 없으신 선생님. 대구 봉산동 행복식당 2층 후미진 자리에서도 서너 시간을 꼿꼿이 앉으신 채로 화장실 한 번 안 가시고, 맥주를 거나하게 들이키시다가 적당히 취기가 오르시면 카랑카랑한 음률로 시를 읊어주시는 도광의 선생님. 그 모습에서 문득 문득 미당 선생님이 겹쳐지곤 했다. 이 부족한 글로 미당 선생님의 안부를 늦게나마 전해 드리고 싶다.

내 인생의 전환점

목월 백일장에 참가하려면 기차를 타고 경주로 가야 했다. 고등학교에 입학을 하고 얼마 되지 않아 문예부원이 되었지만, 경주로 내려가는 기차 안에서 나는 대구로 돌아오면 문예부를 그만 두어야겠다고 생각했다. 고등학교에 입학하면 공부에 전념해야겠다는 생각을 많이 했고 부모님도 별로 반기지 않는 눈치였기 때문이다.

목월 백일장은 문예부원이 되고나서 처음 참가하는 백일장이었다. 날씨는 무척 화창했고 백일장이 열리던 경주 계림은 사람들로 붐볐다. 울창한 숲속 나무 그늘 밑에 앉자 참 묘한 기분이 들었다. 깊은 생각에 잠기기에도 좋았다. 선배들과 함께 열심히 시를 쓰기 시작했다. 당시 백일장 시제는 '길'이었다. 나는 밤늦게 귀가하시는 아버지를 기다리는 어머니의 모습을 시로 썼다.

길

울 아버지 오시는 그 길 위에는
차가워진 빗물만이 내려앉았다
주룩주룩 내리는 빗소리에도
동생들은 공부방 찬 바닥에
등대어 잠이 들고
어머니는 오늘도 홀로 서서
눈물을 마신다
비 오는 어제도 그 어제도

김기섭 태동기 27대. 1997년 대구 대건고 졸업. 계명대 한국어문학과 졸업. 경북대 사회복지학과 졸업. 현재 덕수복지재단 미소마을 원장.

어머니는 아버지를 기다리셨다
비오는 어두운 골목마다
잔뿌리로 지탱하는
그리움은 깊어만 갔다
(……)

시를 제출하고 심사를 하는 동안 숲속 여기저기를 둘러봤다. 그러면서 대구로 돌아가면 월요일에 문예부를 그만두겠다는 이야기를 하겠다고 몇 번이나 마음속으로 다짐했다. 이윽고 심사가 다 끝나고 수상자 발표가 이어졌지만 태동기의 이름은 한 번도 불리지 않았다. 마침내 장원 수상자 발표만 남았을 때는 모두가 애타는 심정이었다. 그런데, 놀라운 일이 벌어졌다.

"목월 백일장 장원! 대건고등학교 1학년 김기섭!"

심사위원의 발표가 있자마자 모두가 환호하고 함께 기뻐했다. 나는 상을 타러 앞으로 뛰어나가면서도 흥분이 가라앉지 않았다. 역전 만루 홈런의 주인공이 된 것 같았다. 수상 후 영남일보 기자님과 인터뷰를 했다. 주위에 많은 사람들이 몰려 있어서 기분이 얼떨떨했다.

그날, 목월 백일장에서 장원을 한 뒤부터 모든 게 새롭고 낯선 경험이었다. 대구로 오는 기차 안은 축제 분위기였다. 장원 트로피는 꽤 크고 빛나는 것이어서 세계 챔피언이 된 기분이었다. 학교에서도 따로 시상식을 했다. 나는 기분이 꽤 으쓱해졌다.

며칠 뒤, 문예부 지도교사이신 도광의 선생님께서 교무실로 부르셨다. 내가 쓴 시 위로 붉은 펜을 사정없이 그어가면서 칭찬보다는 지적을 많이 하셨다. 하지만 내 시 위로 그어진 빨간 줄마저 훈장처럼 느껴졌다. 선생님 앞에서 너무 긴장한 탓에 별다른 말도 못 드렸다. 교무실을 나오는 나는 왠지 특별한 대접을 받은 것 같아서 기분이 좋아졌다.

도광의 선생님은 이미 훌륭한 시인이셨으므로 나는 거대한 세계에 이제 막 첫 발을 내딛는 느낌이었다. 영남일보에도 기사가 큼지막하게 실렸다. 당시 취재를 나오신 기자님은 대건고등학교 선배님이셨다. 선배님은 내 기사를 비중 있게 다뤄주셨다. 얼굴 사진이 꽤 크게 실렸고 인터뷰 내용도 상당히 길었다. 부모님께서도 몹시 기뻐하셨다. 그 뒤로는 문예부 활동을 하는 걸 반대하지 않으셨다. 나 또한 문예부를 떠나지 않고 남는 게 당연한 것으로 생각했다.

문예부 활동의 마지막이라고 생각하고 갔던 경주가 내 인생의 커다란 전환점이 되었다. 경주를 다녀오고 나서 내 삶은 크게 바뀌었다. 주목 받지 못하는 학생에서 주목 받는 학생으로, 꿈이 없던 소년에서 꿈을 꾸는 소년으로 변했다. 무엇보다 열정이 생겼다. 무언가를 잘 한다고 생각한 적이 없었는데 글쓰기 재능을 발견하고 난 뒤부터는 하루하루가 달라졌다.

당시 야간자율학습시간에는 시집을 읽거나 습작을 했다. 국어선생님이 관심을 가져준 덕분에 국어는 예습과 복습을 열심히 했다. 국어선생님은 수업시간에 곧잘 "어이! 대건 시인! 다음 문제 풀어봐. 그것도 몰라?"라며 자극을 하셨다. 덕분에 수업시간 전에 모든 문제를 풀고 해석까지 통째로 외워서 가기도 했다. 입학 때는 바닥이었던 성적이 오르기 시작했다. 특히 수능모의고사를 잘 쳤다. 언어영역은 성적이 꽤 좋았다. 국어를 열심히 공부한 탓에 전교 2등을 한 적도 있다. 물론 언어영역만 성적이 좋았기 때문에 전체 등수는 그렇게 높지는 않았다. 어쨌든 그 이후로 꾸준히 성적이 올랐다.

모든 변화의 시작은 태동기였다. 대건고등학교에 입학한 것, 태동기에 가입한 것, 목월 백일장에 참가한 것, 그 모두가 내겐 운명적인 사건이었다. 그 운명이 살짝만 비껴갔더라도 지금의 나는 없었을 것이다. 23년 전 그날, 경주에 내려가지 않았다면 지금 내 삶은 어떻게 달라져 있을까?

졸업 후, 나는 법학과로 진학했다가 제대 후에 국문과로 옮겼다. 국문과를 졸업한 후에는 사회복지학과에 다시 입학하여 지금은 사회복지사로 살고 있다. 태동기의 흔적이라면 매년 신춘문예를 흠모하며 신문에 실리는 시를 챙겨보는 정도이다. 하지만 시를 읽을 때마다 늘 태동기가 떠오른다. 목월 백일장으로 향하던 기차 속의 설렘, 계림에 불던 바람과 푸른 숲, 장원을 발표하던 흥분된 순간까지, 그 모든 게 어제 일처럼 또렷하다.

그날 경주에서 대구로 올라오면서 나는 인생의 커다란 전환기를 맞았던 것이다. 태동기가 시작점이었다면 경주는 전환점이었다.

어머님께 올리는 편지

세상을 온통 태워버릴 것 같던 더위가 어느새 물러가고 계절의 변화가 실감나는 9월이 되었습니다. 유난히 말이 없는 어머님의 아들이 졸업한 대구 대건고 태동기문학동인회에서 50년 기념문집을 만들기 위해 원고를 모집한다기에 이 기회를 빌려 오랜만에 어머님께 편지를 써봅니다.

이렇게 어머님께 편지를 쓰는 게 20여년 만인 거 같습니다. 그 긴 세월 동안 무엇이 그리 바빠서 어머님께 편지 한 통 쓰지 못했을까, 죄송한 마음에 잠시 벽을 바라보았습니다. 말수가 적은 이 아들 때문에, 제가 무엇을 하고 다니는지, 무엇을 좋아하는지, 어떤 가치관을 가졌는지에, 그동안 어머님은 무척 궁금하셨지요? 그러나 어머님은 그 무엇도 먼저 물어보시지 않았습니다. 그 오랜 세월 동안 참고 기다려주신 어머님의 기대에 부응하기 위해 오늘은 큰맘 먹고 편지를 올립니다.

우선 저의 고등학교 생활에 대해 적어볼까 합니다. 이 글을 보시면 당신의 아들이 3년 동안 무엇을 했는지 아실 수 있으리라 기대합니다.

1994년 봄, 대구시 달서구 월성동에서 있었던 고등학교 입학식에 저는 교복을 입지 않고 참석했습니다. 유일하게 교복을 입지 않고 참석한 신입생인지라 많은 이들의 시선을 한 몸에 받았습니다. 어린 마음에 살짝 부끄럽기도 했습니다. 혼자 집으로 돌아오는 길에는 왠지 설움마저 느껴져서 길가의 돌멩이를 차기도 하고 먼 하늘을 올려다보기도 했습니다.

그러다가 문득 이런 생각을 했습니다. 지금의 이런 상황도 글을 쓰는 소재가 될 수 있을까?

며칠 뒤, 저는 문예반에 가입을 했습니다. 물론, 말이 없던 저는 어머님께는 말씀 드리지 않았지요.

김준태 태동기 27대. 1997년 대구 대건고 졸업. 현재 ㈜신세계 마케팅팀 재직 중.

그렇게 들어간 태동기에서 저는 많은 걸 배웠습니다. 책상 앞에서 하는 공부보다 인생에서 필요한 리더십과 기획력 등 참으로 소중한 걸 배웠습니다. 시화전 준비를 위해 장소를 섭외하고 계약을 하고 시화를 만드는 비용을 절감하기 위해 미술부 동기들에게 협조를 구하는 등, 학생으로써는 쉽게 경험하지 못할 일들을 태동기에서 경험했습니다.

1995년, 2학년이 되자 저는 문예반장이 되었습니다. 1년 동안 태동기를 이끌어갈 중요한 임무를 맡게 된 것입니다. 그때부터 학교 건물 지하 1층에 있는 문예실은 저에게 집보다 소중한 공간이 되었습니다. 선배님들이 물려준 많은 책들을 읽는 시간은 너무나 행복했고 일지를 쓰는 시간은 한없이 즐거웠습니다.

비록 제가 문예반장이기는 했지만, 저보다 글을 잘 쓰는 동기들도 많았습니다. 그들이 부러울 때도 있었습니다. 하지만 저는 태동기를 이끌어가는 문예반장으로서의 책임감을 느끼고 큰 사고 없이 잘해 나갔다고 자부합니다.

1996년, 3학년이 되면서는 대입 준비 때문에 문예실 출입을 자제하기로 했습니다. 그러나 그 결심은 오래 가지 않았습니다. 몸은 교실에 있었지만 마음은 문예실에 가 있는 날들이 잦아졌습니다. 대입 준비는 제게 그저 그런 일이 되어 갔습니다. 솔직히 말하면, 그때 집안 형편이 좋지 않아서 대학에 간다는 생각을 하지 않고 있었기 때문입니다.

태동기(胎動期)의 명제(命題)

모든 포유동물(哺乳動物)이 생명(生命)을 얻기 시작하면 어미의 태(胎) 안에서 크는데 그 생명(生命)이 어느 정도 제 모양을 갖추면 그 태 안에서 움직이기 시작하지요. 이 시기를 태동기(胎動期)라고 합니다. 그렇다고 인생(人生)을 문학만으로 살기로 작정하고 태어난 것은 아니고 그 가능성(可能性)을 지니면서 또 무엇이 될지 아직은 아무도 알 수 없는 무한(無限)의 가능성을 지니면서 열심히 꿈틀거리는 때라는 것입니다.

어머님, 위의 글은 제 마음을 바꾼 글입니다. 문예실에 걸려 있던 저 글, 태동기의 명제를 보는 순간, 저는 열심히 꿈틀거리고 싶어졌던 것입니다.

고등학교 입학식 때의 아픈 기억을 잊기 위해 저는 태동기에 가입했고, 그곳에서 저 글귀를 보면서 비로소 저는 그 무언가를 이루기 위해 꿈틀거리기 시작했습니다. 그리고 그 꿈틀거림을 소중하게 간직한 채 지금 이날까지 열심히 살아왔습니다.

이제 또 언제 어머님께 편지를 쓰게 될지, 10년 뒤가 될지 20년 뒤가 될지 알 수는 없지만, 저는 앞으로도 더욱 열심히 꿈틀거리며 살겠다고 다짐해 봅니다. 제 편지를 다시 읽으시기 위해서라도 어머님께서는 늘 건강하시고 오래오래 사셔야 합니다.

감사합니다, 어머님!

어머님의 말 없는 아들 드림

어둠 속에서 부르던 태동가

20여 년이 지났지만, 나는 아직도 '태동기의 명제'를 외우고 있다. 문예반에 들어가자마자 벼락같이 내려졌던 선배님들의 지시가 나를 그렇게 만들었다. 그리고 이어진 경주 청마 백일장과 목월 백일장 참가, 시화전과 종합전 개최, 대학교 주최 백일장 참가와 현상문예 투고…… 학교 측에서도 암묵적으로 동의한, 야간자율학습시간을 빼먹고 지하 1층 문예실에 모여 선후배의 친목을 쌓던 시간들…… 태동기의 명제를 외우고 태동가를 배우고 전설처럼 내려오던 선배님들의 성함과 31년간의 수상기록을 들춰보던 일…… 그런 것들이 우리로 하여금 다른 학우들보다 특별하다는 자부심을 갖게 만들었다.

무엇보다도 애틋한 기억은 졸업한 선배님들과의 만남이었다. 졸업한 선배님을 처음 뵌 것은 1대 박상훈 선배님이었다. 갓 입학하여 시화전을 준비하던 어느 날, 태동기를 만든 주역이신 박상훈 선배님께서 문예실을 방문하셨다. 아직도 그날의 기억은 생생한데, 어린 학생이었던 내게 대단한 영광이자 자부심을 느끼게 해 준 사건이었다. 뿐만 아니라 시화전 때 찾아와서 격려해 주신 5대 홍승우 선배님도 너무나 감사한 기억이다.

그밖에도 많은 선배님들이 간식거리를 사들고 방문하셔서 격한(!) 격려를 해 주셨다. 심지어는 군 복무 중에 그 귀한 휴가시간을 쪼개어 방문한 선배님도 있었다. 그 모든 분들께 무한한 감사와 존경을 드린다.

시화전과 종합전 마지막 날에는 항상 선배님과 후배들이 함께 하는 반성회 자리가 마련되었다. 졸업한 선배님들도 많이 참석하는 모임이어서 그날만큼은 학교에서는 하늘같았던 3학년 선배님들도 혹시나 1, 2학년들이 실수하지 않을까 긴장하는 모습이 역력했다.

선배님들이 후배들에게 질문을 하는 시간이 되면 꼿꼿이 세운 등줄기

김홍열 태동기 31대. 2001년 대구 대건고 졸업. 계명대 법학과 졸업. 현재 청송에서 사과 농사를 하고 있음.

에서는 열기가 훅훅 올라왔다. 손이 덜덜 떨려서 앞에 차려진 음식을 제대로 먹을 수가 없었다. 어느 재학생은 너무 긴장을 한 나머지 코피를 쏟기도 했다. 졸업한 선배님이 깜짝 놀라면서 그 후배의 노고를 치하하는 바람에 다행히(?) 화기애애하게 반성회가 끝난 적도 있었다.

반성회 마지막 순간에는 방안의 불을 끄고 깜깜한 가운데 선후배가 어울려 어깨동무를 한 채 태동가를 불렀다. 그 순간이면 마침내 통과의례가 끝났다는 시원섭섭함과 함께 묘한 성취감과 자신감이 온몸에 소름처럼 돋았다. 그 때문에 우리는 더욱 큰소리로 태동가를 불렀던 것이리라.

그런데 어찌된 일인지 그날 함께 했던 선배님들의 얼굴이 기억속에서 숨바꼭질이라도 하는지 도통 떠오르지 않는다. 애틋함과 미안한 마음만 남긴 채 우리들의 추억은 세월이라는 깊고 깊은 골짜기에 묻혀버린 것일까. 이제 세월이 더 흐르기 전에 그 시절의 얼굴들을 한 명 한 명 호출해 보고 싶다. 그리고 모두 한 자리에 모여 그날처럼 힘차게 태동가를 불러보고 싶다.

달맞이 꽃

어스름진 밭둑길 달그림자 앞서갈 제

발가락 꾸깃 접어

뽀드득 뽀드득

어메 고무신 땀에 젖어 벗겨지던

그날 여름

달맞이가 보고 싶다

신몽유도원도(新夢遊桃園圖) 단편소설

대례 날, 초야도 치르지 않고 사라진 용은 보름이 다 차도록 종적이 없었다. 사방에서 두런거리는 소리에 언짢은 기색이라도 엿보이련만 새아씨는 무슨 일이 있었냐는 듯 수(繡)놓는 일로 종일을 소진할 따름이었다. 몸이 단 건 새아씨의 계집종 홍이 뿐이었다. 요리조리 핑계를 대어 저자거리로 빠져 나와선 온갖 시답잖은 풍문을 물어다가 새아씨에게 꼬아 바쳤지만 그때마다 새아씨는 쓸데없는 소리라고 면박만 줄 따름이었다.

용의 아버지 민대감이 술이 거나해 사돈 되는 한대감을 찾아와 큰절을 하며 잘못을 빌었다는 소문이 나돌기 시작한 것은 스무날이 지나면서부터였다. 홍이 이 소문을 새아씨에게 소곤거렸을 때 새아씨는 처음으로 미간을 찌푸렸다.

"어떤 할 일 없는 작자가 그런 몹쓸 소리를……. 그래, 홍이 네년은 입 두었다 뭘 한 게야? 홍이 네년이 더 잘 알고 있지 않느냐, 언제 시어른이 오셨더란 말이냐. 시어른이 아버님께 비는 것을 정말 네 두 눈으로 보기라도 했다는 게야? 아니 보았으면 아니 보았다고 똑 부러지게 그 몹쓸 것들을 꾸짖었어야지, 고작 내게 일러바치기나 하는 게 네 년 할 노릇인 게야, 고이얀!"

"그게 아니옵고 아씨, 장안 소문이 하도 흉흉하여서 아씨도 알고 계셔야 할 것……. 이 년도 속이 새카맣게 다 타버렸습니다. 아씨."

끝내 홍이가 삐죽거리며 울음을 물었다. 새아씨는 폴싹 한숨을 내쉬고는 말갛게 홍이를 쳐다보다가 홍이를 달랬다.

"그래, 내가 왜 네 년 속을 모르겠느냐. 그렇지만 홍아, 이것은 명심해야

박상훈 태동기 1대. 1971년 대구 대건고 졸업. 1974년 매일신문에 「그날의 序章」 발표. 한국 편집 아카데미 실장, 도서출판 모음사 편집장, 월간 피아노 음악 주간 겸 상무이사, (주)청구 홍보 차장, 도서출판 맑은 책 주간 등을 지냄. 대건고 2학년이던 1969년 4월 김성일, 김시활, 이대수, 장태진, 하광웅 등과 함께 「태동기」 창단을 주도. 발표작품 「두 개의 구름바다」 「꿈에서 깨어」 「똥개」 「홍도는 울지 않는다」 외 다수. 2006년 12월 17일, 지병으로 별세.

할 것이다. 서방님이 어떤 가문이시더냐, 일등보국 충절의 집안이시다. 아무렴, 시어른이 자결을 하실지언정 예까지 오셔서 빌 분이 아니시다."

"그렇긴 하옵지만, 첫날밤도 치르지 않으시고……."

"그것도 다 까닭이 있으신 게야."

"까닭이라닙쇼?"

"너는 알 것 없다. 그러니 각별 입 조심하고……."

새아씨의 말꼬리가 떨려 나왔다. 홍이는 그런 새아씨의 얼굴을 올려다보았다. 결코 미색은 아니었지만 어디에선가 모르게 기품이 풍겨나는 새아씨. 홍이는 그 새아씨 두 눈에 잠시 물빛이 반짝이는 것을 놓치지 않았다. 어려서부터 모셔 온 새아씨는 좀처럼 눈물을 보인 적이 없다는 것을 누구보다 잘 아는 홍이었다.

"아마 머지않아 서방님의 소식이 있을 게다. 그만 네 일 보거라."

새아씨는 아무 일 없었다는 듯 수틀에 얼굴을 묻었다.

홍이가 뒷걸음질로 물러난 뒤 새아씨는 비로소 길게 한숨을 내쉬었다. 시큰거리는 어깨를 잔 주먹으로 토드락거리던 새아씨는 화각장에 원망스러운 눈길을 꽂았다.

—혼수가 필유사단인 게야.

새아씨는 서방님이 왜 초야도 치르지 않은 채 가출했는지 그 속내를 짐작하고 있었다. 가난한 선비의 서출 처지로는 도무지 어울리지 않는 혼수더미를, 새아씨의 아버지가 장만해 용이가 보낸 것처럼 사람들 눈을 속인 것이 못내 자존심을 상하게 했으리라.

욱신욱신 쑤시는 어금니 통증을 견디지 못하고 석재는 책상에서 물러앉는다. 혀끝으로 왼쪽아래 어금니를 밀치자 어금니 네 개가 힘없이 밀려나간다. 벌써 뽑았어야 할 것들이다. 풍치로 흔들리던 어금니는 원래 두 개였는데, 그날 이후 두 개가 더 흔들리고 있다. 워낙 술 곤죽이던 상태라서, 아내에게 맞았는지 아니면 자식 놈 명수에게 맞았는지 확실하게 기억은 없지만, 셋이 엉켜 돌아가다가 번쩍하는 주먹질을 당하고 나가떨어진 것은 어렴풋하게나마 기억한다. 그날 명수가 집을 나가버린 걸로 미루어 명수 짓이라고 짐작은 하지만…….

외아들 명수의 가출은 아파트를 처분해서 빚잔치를 할 때 이후 두 번째다. 아내와는 소식을 주고받는 기색인데 조개처럼 입을 꼭 다문 아내는 말이 없다. 오른쪽 어금니들은 이미 풍치로 죄다 빠져버린 뒤라 그날 이후 제대로 음식을 먹지 못하는 석재지만 아내는 아는지 모르는지 된밥만 상에 올릴 뿐이다. 석재가 명수를 찾아 나서겠다고 하자 대뜸 이런 말이 건너온다.

"또 그 난리칠라꼬? 사내 자석 나이 열여덟이마 호패를 찬다캤구마. 당신멜로 어데 가서 지 간수 모하까 바. 치우소 고마. 들어올 때 되마 들어오겠지, 머."

석재를 나무라는 아내다. 석재의 어금니는 그래서 더 아프다.

견디다 못한 석재가 치과를 찾아가 이빨을 뽑아 달라고 하자 당뇨가 있느냐고 물었다. 그렇다고 하자 의사는 기겁을 하고 큰 병원을 찾으란다. 알고 보니 당뇨 환자의 이빨, 특히 어금니 같은 경우 잘못 뽑게 되면 출혈이 멈추지 않아서 죽을 수도 있다는 거다. 그러니 어느 치과의사가 그 위험을 감수할 것인가. 미상불 대학병원 같은 곳을 찾아가거나 미련한 노릇이지만 펜치 같은 걸로 스스로 뽑을 수밖에 없는 일이다. 그러나, 차마 그럴 용기를 내지 못하는 석재는 벙어리 냉가슴이다.

석재는 담배를 부쳐 물고 새삼 방안을 둘러본다. 다섯 평 남짓한 방은 방문을 닫으면 형광등을 켜야 한다. 북쪽으로 난 손바닥만 한 들창으로 햇빛이 찾아든 적이 없다. 문을 마주하고 검은색 삼단 자개농이 놓여 있는데, 그 자개농 오른쪽 문이 조금 열려 있다. 자개로 새겨진 공작이 꼬리를 내리고 있는 농문 사이로 삐져나온 빨간 캐시밀론 담요가 그 공작의 꼬리를 살짝 덮고 있어 마치 공작이 흘린 피처럼 보인다. 금방 석재가 빠져나온 상상 속의 새아씨 방과는 너무나 동떨어진 풍경이다. 새아씨의 방은 사방 은은한 창호지 빛이 스며들 것이고 반들거리는 장판에 호사스런 화각장들이 배치되어 있을 것이다. 어디 그뿐이랴. 문방사우가 고루 갖추어진 문갑들이며 귀여운 화상함, 언제나 쉴 수 있게 놓인 능받이며 보료, 새아씨가 놓고 있는 수틀…….

"혼수라……."

석재는 혼잣말을 중얼거리며 장롱과 기역자로 놓인 갈색 낡은 문갑을 열어 진통제를 찾는다. 그러면서 머릿속으로 진통제는 이미 며칠 전에 다 먹어버렸음을 떠올린다. 석재는 문갑 위에 놓인 시퍼런 만 원권 두 장에 눈길을 준다.

"제발, 오늘은 이발 좀 하소. 아무리 집에만 틀어박혀 산다 카지만 꼴이 그게 먼교. 까치가 집을 지어도 아파트 몇 채는 짓겠네."

아내가 출근하며 던져놓고 간 돈이다. 석재는 물끄러미 그 돈을 내려다보며 조선조 말기 대감 집의 혼수 목록을 가늠해 본다.

전화벨이 울린다. 석재는 흠칫 놀라 전화기를 본다. 보라색 전화기는 계속 짖어댄다.

"내다. 전화 안 받고 머 하노. 이직도 잤더나?"

동익이 목소리는 여전히 걸쭉하고 씩씩하다. 그 목소리 너머에서 들려오는 소음이 동익의 가게가 있는 시장임을 알려 준다.

"자기는……. 그래, 아침은 묵었나?"

"야가, 야가. 니 지금 몇 신데 아침 타령이고."

장롱 맞은편에 걸린 벽시계를 쳐다보니 오후 4시가 가깝다.

"머 좀 하다 보이 그래 됐네. 시간 가는 줄도 모르고 깜박했다."

"그거 머라캤노, 니가 새로 시작했다카는 몽유병인가 먼가 카는 소설……."

"신몽유도원도."

"신몽유도원돈지 몽키 동넨지, 하여튼 그거 쓴다고 그라나?"

"그냥 뭐……."

"와?"

"지난번에 니한테 그캤지마는, 이기 조선시대가 배경인기라. 그란데 혼례 치르는 기 있는데 혼수 물목을 도통 모르겠는기라."

"빙신, 그라마 내한테 물으마 될 거 아이가. 여가 어데고. 대구서는 젤 큰, 큰 시장아이가. 여서 알아보마 빤하제."

"내가 그 생각을 몬 했구나."

"이래저래 잘 됐네. 니 좀 볼라꼬 전화했거든. 이따가 일곱 시쯤 우리 가게로 온나."

"와?"

“와는 무신 와. 니도 몽키 동넨가 뭔가 쓰는데 알아볼 끼 있다메. 그라고 오랜만에 니캉 소주 한잔 할라칸다. 머 떫나?”

“아이다. 이따 나가꾸마.”

알겠다는 말도 없이 일방적으로 전화는 끊긴다. 동익은 언제나 그런 식이다.

석재는 담배를 한 대 더 피우며 물끄러미 아내가 차려놓은 소반을 내려다본다. 뚜껑도 덮지 않은 밥그릇에 담긴 밥은 이미 고들고들 굳어 있다. 석재는 그때서야 아침도 먹지 않았다는 것을 상기하지만 전혀 시장기를 느끼지 않는다.

석재는 일어나며 문갑 위에 놓인 지폐를 집어 든다. 문을 밀치고 밖으로 나서던 석재는 마루 가득 쏟아져 들어온 햇살에 눈이 부셔 한 손으로 눈을 가린다.

언제나 그렇지만, 이사를 하고 나면 낯선 동리 길을 만나는 것은 어색한 노릇이다. 별로 할 일도 없는 석재 처지에 어슬렁거리며 동리 구석구석을 돌아다녀 보기도 하련마는 죽었다 깨도 그 짓은 못하는 석재다. 그래서 이사 온 지 반 년이 다되어 가지만 석재는 아직도 동리 길을 잘 알지 못한다. 더구나 길눈 어둡기로 소문난 석재 아닌가. 거기다가 시내에 이런 곳이 있을까 싶게 골목이 꼬불꼬불 미로처럼 이어진 이 동리는 마치 포유동물의 창자 속처럼 복잡하다.

지금 석재가 사는 집을 찾아낸 것은 아내였다. 아니 조금 더 정확하게 말하자면 완주라는 게 옳다. 아파트를 처분해 빚잔치를 끝내고 사글세 단칸방에서 술로 두 달쯤 보낸 뒤였을까. 어떻게 알았는지 완주가 찾아왔다.

“니가 죽인다 케도 내 할 말 엄다. 내가 환장을 해서 그랬다.”

완주는 무릎을 꿇었다. 한때 동업자였고, 그 이전에는 가장 친한 고등학교 동창생이 공금 일억 육천을 횡령하고 달아나서 석재를 하루아침에 몰락시킨 장본인으로 무릎을 꿇고 잘못을 빈다. 석재는 완주를 보는 순간 처음엔 머릿속이 말갛게 비어버린 듯 멍청했다. 뒤이어 머리끝까지 솟아오르던 분노도 사그라지고 아내가 술상을 디밀 무렵엔 오히려 냉정해졌다.

“다 지난 일이다.”

석재는 소주잔을 털어 넣고 어금니를 질끈 깨물었다.

"니보고 용서해 돌라는 말은 정말 몬하겠다. 그렇지만 내 니한테 입힌 손해는 우짜든지 갚으꾸마."

"필요 없다. 그 돈으로 잘 묵고 잘 살지 머하러 여까지 찾아왔노?"

"석재야, 난도 양심은 있는 놈이다."

석재가 내던진 소주병이 완주의 옆얼굴을 아슬아슬하게 비켜 나가 벽에서 박살이 났다.

"입이 백 개라도 할 말 엄다. 죽이도."

"내가 와 니 더러운 피를 내 손에 묻히노. 꼬라지도 보기 싫다, 가거라."

"석재야. 난도 사람이다. 제발 제발……."

그 뒤 석재는 완주를 피했다. 완주가 처음 석재를 찾았을 때 냉정했던 자신이 바보스럽게 여겨지기도 했지만, 한편으론 오히려 잘한 일이라고 스스로를 달랬다. 다시 완주와 대면하게 된다면 무슨 일을 저지를지 모를 석재였기에 며칠 밤을 새우며 소주를 퍼 넣고 생 속을 앓았다. 완주도 석재 앞에 다시 나서지 않았다. 그렇지만 석재의 아내를 보험회사에 취직을 시켜주며 비록 중고지만 마티스 차까지 사주었다. 석재는 못 이기는 척 아내가 하는 대로 따랐다.

"계약하러 왔을 때 형씨도 얼굴 보니 척 알겠두만. 머가 단단히 잘못돼서 이리로 굴러왔다는 걸."

이사 온 첫날 대충 짐 정리를 끝낼 무렵 맥주 세 병을 들고 올라온 집주인 권씨는 우락부락하게 생긴 거구로 산전수전 다 겪은 노장의 모습이었다.

"낡긴 했어도 비새거나 무너질 염려는 없시다. 내가 노가다 출신이라 집 손질 하난 끝내주게 했거든. 좁긴 하것지만 그래도 명색이 이층 독채 아니우. 게다가 출입문도 따로 있으니 간섭 받을 것도 없고 알고 기시겠지만 애들은 다 분가해 버렸고 우리 부부는 눈만 뜨면 장사하러 나가기 바쁘니 독채나 다름없이 조용하지. 나는 가방끈이 짧은 놈이라 형씨처럼 글 쓴다는 사람만 보믄 그저 존경스럽습디다. 자세한 사정은 모르겠시다만 집값을 올려 달란 말 일절 없을 테니 오래만 계슈."

석재보다 일고여덟 살쯤 위로 보이는 집주인은 시세말로 화끈했다. 그러나 정확히 하자면 한 가지, 조용하다는 말의 반은 공갈이었다.

집주인 말대로 한낮은 정말 조용하다. 그러나 밤, 그것도 열두 시께서 새벽까지는 창문을 열어놓고 잘 수 없게 시끄럽다.

석재가 사는 이층집은 언덕 꼭대기에 있다. 이사 오던 날 이톤 봉고트럭이 간신히 들어서는 꼬불꼬불한 골목길 양편으로 무슨 여인숙들이 그렇게 많은지 영문을 몰랐는데, 그게 다 까닭이 있었다. 골목을 내려가면 대로변을 마주하고 '장미집', '꽃돼지', '사랑' 등 요상한 간판을 단 집들이 즐비한데, 그게 이른바 '홀딱집'이라고 하는 그렇고 그런 술집들이다. 낮에는 죽은 듯이 조용하다가 어둠이 깔리면 핑크색 형광등을 켜는 그 술집에서는 동이 틀 무렵까지 온갖 싸움의 별별 소리가 다 흘러 나와 석재의 이층집으로 쳐들어온다.

"집을 얻어두, 하필이면 이런 델 얻어가지구……."

언젠가 석재가 아내에게 지나가는 말처럼 이야기하자

"그래도 사글세 단칸 셋방보다는 궁궐이지."

아내는 쌀쌀맞게 대꾸했다. 그 뒤로 집에 대해서는 다시 입도 뻥긋 않는 석재다.

가파른 시멘트 계단을 내려오며 석재는 생각한다. 언젠가 이 계단에서 한번쯤은 굴러버릴 일이 있을 거라고.

철 쪽문을 밀고 나서다 말고 석재는 멈칫했다. 철문 아래 시멘트 섬돌 밑을 비집고 아주 작은 채송화가 삐져나와 꽃을 피우고 있다. 석재는 문 닫는 것도 잊어버리고 쪼그리고 앉아 그 채송화를 쓰다듬어 본다. 원래 채송화는 키가 작은 꽃이지만 이건 작아도 너무 작다. 한 치나 될까. 짧은 거웃처럼 돋아난 초록색 잎을 달고 시멘트 섬돌과 맨땅 사이를 간신히 비집고 나온 채송화는 아주 고운 분홍빛 겹꽃을 피우고 있다.

사는 것이 이렇게 준엄할진대……. 불현듯 석재는 감상적이 되며 코끝이 아려진다. 스스로 방임하고, 스스로 포기하며 마치 일제하의 타락한 인텔리 족처럼 살고 있는 자신이 갑자기 비참해지는 석재다.

철 쪽문을 닫아걸고 털레털레 골목을 내려오면서 석재는 하늘을 쳐다보았다. 늦여름 하루가 기울어 가는 하늘에 양털 구름이 길게 지나가고 있다. 참으로 오랜만의 외출이다. 이주 전이던가, 그 난리를 치던 날 외출 후

처음이다.

앞서가는 젊은 여자의 몸짓이 풍만하다. 청바지를 뜯어 만든 듯한 반바지에 받쳐 입은 소매 없는 자줏빛 티셔츠가 풍만한 살집으로 팽팽하다. 아내와의 사이에서 이미 성욕을 상실한지 오래된 석재였지만 불현듯 성욕이 다가서는 늘씬한 글래머다. 그 글래머의 노랑머리가 힐끗 돌아본다. 스물대여섯쯤 보이는 밉지 않게 생긴 얼굴이 석재를 보고 눈이 똥그래지더니 생긋 웃는데 덧니가 예쁘다.

"안녕하세요, 아저씨."

걸음을 멈추고 돌아서며 하는 인사에 석재는 당황스럽다.

"아가씨, 나를 알아요?"

젊은 여자는 바보처럼 히 웃었다.

"이 골목에서 아저씨 모르면 간첩이게요. 아저씨, 글 쓰는 아저씨 맞죠?"

"글은 무슨……."

"빼시기는. 벌써 말씀이 다르시잖아요. 저 같은 것한테 존대를 다 하고."

"그야 당연한 거 아인교."

"그렇잖지요. 글 쓰는 사람은 어디가 달라도 달라요."

"그건 그렇다 카고 우찌 나를 아는교."

"히, 아저씨는 하나는 알고 둘은 모르는 기라예. 아저씨, 이층집에 사시잖아예."

"그런데……."

"그 집주인 아저씨가 이 골목 댓방 아입니꺼. 그라고 내 단골이기도하고."

"그래 집주인이 뭐라 카던데요."

"우리 이층에 고상한 글 쓰는 어른이 이사 왔으니 함부로 히야까시 하지 말라꼬예."

"별소릴……."

석재는 쓴웃음을 짓는다.

"참말이라예. 그란데예……."

젊은 여자는 석재에게 한 걸음 더 다가서며 낮은 목소리로 소곤거렸다.

"글 쓰는 아저씨도 남자 맞지예. 낮거리 생각 있으마 나를 찾으이소. 요 아래 장미에 있거던예. 긴 밤이마 더 좋고. 완선이를 찾으마 됩니더, 가수 김완선이 아시지예?"

석재의 얼굴이 달아올랐다. 너무나 황당스럽다. 주위를 살펴보니 다행히 인적은 없다.

"옴마야, 얼굴 빨개지는 거 보이소. 나는예, 글 쓰는 유식한 사람하고 한번 해 보는 기 꿈이라서. 쵀 머시기가 썼다카는 별들의 고향도 알고예. 아저씨가 오신다카마 공짜로 하겠심더, 진짜라예."

"글쎄……."

"싫단 말은 아이네예. 와, 진짜 기분 댓길이다. 내가 아저씨 볼 때마다 한 번 꼬시볼락꼬 얼마나 비랐는데……."

석재는 완선이라는 젊은 여자를 본다. 거짓말하거나 놀리는 기색은 아니다.

"글 쓰는 건 직업이고, 난도 한갓 늙어가는 남자에 불과한데 뭘."

"뭐라캅니꺼. 아저씨가 늙었다 카이, 말도 아이다. 그건 그렇고 아저씨예, 지금 이발하러 가는 길이지예?"

"그걸 우째 아능교?"

"화류밥 삼년이만 눈치가 백단이라예. 밖에도 잘 안 나오는 글 쓰는 아저씨가 봉두난발로 나왔을 때는 그거 아이겠십니꺼. 근데 이발소서 이발합니꺼 아니믄 미장원?"

석재는 쑥스럽다. 아내가 다니는 미장원에서 머리를 자르는 석재는 이발소에 간다고 거짓말을 할까도 했지만 완선이라는 아가씨의 솔직함에 따라 솔직해지기로 한다.

"미장원요. 골목 다 내려가서 큰길로 한참 가다가 돌아서면 있는 빌라맨션 지나 목욕탕 이층에 있는 거요."

아가씨가 빤히 석재를 보다가 픽 웃는다.

"글 쓰는 아저씨. 이 동네 길 잘 모르는구나."

"그래요?"

"그래 가마 한잠 놀아가는 길이라예. 마, 설명할 것 없이 따라오이소."

성큼성큼 앞장을 선다.

내리막 골목을 삼분의 일쯤 내려오자 완선이는 구멍가게와 대림하숙 사이 좁은 골목으로 들어선다. 석재도 이 길을 지나면서 보아온 골목이었지만 영락없이 막힌 길로 보여서 그런 줄로만 안다. 그런데 골목을 막고 있는 듯 보이던 판자벽을 꺾어 돌자 시원한 개활지가 나서며 빌라맨션이 저만치 서 있는 게 보였다. 빌라맨션을 마주한 낡은 기와집 판자 담장이 마치 골목을 막고 있는 듯한 착각을 일으키게 한 거다. 낡은 기와집 앞에는 제법 아담하게 일구어진 텃밭에서 들깨며 호박, 고추들이 싱그럽게 자라고 있다. 뿐만 아니라 해바라기 몇 송이도 큰 키를 흔들며 노랗게 웃는다.

"여가 맞지예."

"그러네요. 아주 별천지 같구먼. 이 도심 한가운데 이런 텃밭이 다 있고."

"이거는예, 대림하숙에 사는 내 같은 아들이 가꾸는 깁니더. 나도 대림하숙에 있는데예, 저 들깨하고 고추는 내 담당이라예."

"좋은 일이구먼. 나는 집에서 듣기에 밤마다 악다구니 소리만 들어서 이럴 줄은 상상도 못했는데."

"아저씨도 참말로, 우리도 사람이라예."

완선이 애교 있게 눈살을 찌푸린다.

"참 그라마 되겠다. 글 쓰는 아저씨 손 좀 조 보이소."

완선은 석재의 손을 끌어다가 반바지 주머니에서 꺼낸 볼펜으로 번호를 적는다.

"내 핸드폰이라예. 이 사람 저 사람 이목 때문에 '장미'에 오기 그라마 핸드폰 때리이소. 우리 멋진 연애 한 번 해 보입시더. 카고 보이 디게 부끄럽네. 난도 지금 내가 무슨 짓을 하는지 모르겠지마는 마카다 아저씨 때문이라예. 지는 여서 고마 갈랍니더. 이발소는 찾을 수 있겠지예?"

"그럼, 내가 무슨 어린애요."

완선은 뒤돌아서 큼직큼직한 걸음으로 왔던 길을 되돌아간다. 그러다가 문득 돌아보며 "글 쓰는 아저씨, 꼭 핸드폰 때리야 합니데이!" 소리를 지르고 골목 안으로 숨어버린다. 석재는 오랜만에 흰 이를 드러내며 소리 없이 웃는다.

용에게서 기별이 온 것은 한 달하고 이틀이 지난 후였다. 용의 기별을 먼저 접한 것은 홍이었는데 홍이는 거의 사색이 다 되어 새아씨 방으로 뛰어들었다.

"아씨, 아씨! 서방님이. 서방님이……."

"웬 호들갑인 게냐. 내 침착하라 늘 타일렀거늘."

홍이는 가쁜 숨을 몰아쉬다 못해 앙가슴을 내쳤다. 그리고도 한참 후에야 겨우 진정이 되는 듯 제대로 화색이 돌아왔다.

"다름이 아니굽쇼, 아씨."

"그래, 무슨 일이더냐?"

"서방님께서 인편으로 기별을 보내 왔사온데……."

"그런데?"

"그게 저, 말씀 드리기가……."

"기별을 들었으면 들은 대로 전하면 될 것이고, 서간이 왔으면 보여주면 될 노릇이지 무슨 호들갑을 그리 하는 게냐."

"그게 아니오라……."

"어허, 이 년이 헛것을 보았는가?"

"헛것을 본 것이 아니굽쇼, 저 초향이 마름이 서방님 기별을 가져 왔사온데……."

"초향이?"

"예, 남산골에서 유명한 기생 초향이 말씀입니다요."

"그래서?"

"저기, 서방님이 그 초향이 집에 한 달여를 묵은 듯 하온데, 돈을 보내시라는 전갈이구먼요."

잠시 새아씨의 미간에 어두운 그림자가 드리웠다. 그러나 이내 새아씨는 낯색을 고치고 홍이를 다그쳤다.

"그래, 이 일을 사랑에서도 아시는 게냐?"

"천만에 말씀입쇼. 다행히 제 년이 먼저 마름을 만났기에 함구를 시켜놓고 죽으라고 아씨께 달려온 걸입쇼."

"잘했다. 홍이 너 나가서 그 마름을 이리 들라 하거라."

"네? 어찌 천한 것을, 그것도 남정네를 ……."

"그러면 사랑으로 들일까? 냉큼 데려오지 못하겠는가!"

"예, 아씨."

"나가면서 문에 발을 치고 마름은 마루로 들여라."

홍이가 물러가자 아씨는 화각장을 열고 자그만 상자를 하나 꺼냈다.

홍이에게 불려온 초향이 마름은 새아씨가 찾은 것을 알고 잔뜩 겁에 질려 있었다.

“그래, 서방님 전갈을 가져 왔다고?”

새아씨의 목소리는 얼음보다 차가웠다.

“저기 서방님 전갈이라기보다는…….”

“보다는?”

“저희 집에 머무신 지가 한 달이온데 용채가 궁하시어…….”

“네 이 놈, 바로 고하지 못할까! 우리 서방님이 너희 집에 한 달을 머물렀는데도 돈 나올 구멍이 아니 보인다 이 말이겠지?”

“소인 죽을죄를 졌습니다요. 요 놈의 주둥아리가 변변치 못하와…….”

“그래, 초향이가 얼마를 받아 오라고 하더냐?”

“예, 여기 그 내역이 있습니다요.”

마름이 내민 서찰을 읽은 새아씨는 한동안 기척이 없었다. 그러더니 은전꾸러미가 마름의 면전에 던져졌다. 추상 같은 새아씨의 질책이 뒤따랐다.

“마름은 잘 듣거라.”

번쩍거리는 은전더미에 정신이 나가 있던 마름이 기겁을 했다.

“네 넵, 아씨.”

“내 생각 같아서는 네 놈은 말할 것도 없고 초향이 년부터 잡아다가 물고를 내고 싶다만, 서방님을 뫼시고 있음을 생각해서 참는 게다. 지금 네 놈 앞에 던져진 그 은화는 초향이가 청한 돈의 열 갑절도 넘는 거금이다. 가서 초향이 년에게 똑똑히 전하라. 어느 모로 보아 우리 서방님이 그까짓 푼돈 몇 푼에 연연하실 분이더냐고. 이 돈을 받거든 더욱 지성으로 서방님을 모시라고 일러라. 만에 하나 서방님 신상에서 머리카락 한 올이라도 잘못되는 일이 있다면, 이 세상과는 하직해야 하느니라!”

“예, 예. 여부가 있겠사옵니까.”

“돈이 필요하면 언제든지 나를 찾으라. 만약 내 아버님이나 집안의 다른 어른이 이 일을 알게 된다면 단단히 경을 칠 줄 네 놈도 알고는 있으렷다.”

“그러문입쇼, 아다마다요.”

“명심했으면 물러가라.”

초향이 마름이 은자더미를 안고 물러간 후에도 한동안 새아씨의 방에서는 기척이 없었다. 그러나 새아씨는 수틀 앞에 쪼그리고 앉아 소리 죽여 울고 있었다. 새아씨의 소리 없는 울음은 어려서부터 모아온 은자 삼백 냥이 아까워서가 결코 아니었다. 초야도 치르지 않고 기생집에 처박힌 용이 야속해서만도 아니었다. 평생을 의지해야 할 낭군 용의 행동이 너무나 용렬해서, 그리고 혼례를 치르고도 독수공방을 하고 있는 절절 끓는 자신의 젊은 피가 안타까워서 흘린 눈물일 따름이었다.

새아씨가 초향이 집에 은자 삼백 냥을 흔쾌히 보냈다는 소문이 돌고 돌아 홍이를 통해 새아씨에게 알려진 사흘 뒤, 용은 초췌한 얼굴로 밤늦게 새아씨의 방으로 찾아들었다.

"야, 이바구 쥑인다. 옛날에는 그런 낭만이 있었다카이. 요새 겉에 바라. 대빤에 이혼이다 머다 악다구니 쓰고 지랄 난리 나제."

네 병째 소주를 따며 동익이 감탄을 한다.

"그래서 우찌되는데?"

"나도 모르겠다. 끝까지 써봐야 알지."

석재의 혀는 이미 조금 꼬부라져 있다. 공복에 소주만 마신 탓이다. 술을 시작하면 거의 안주를 먹지 않는 석재다. 그래서 안주로 시킨 돼지갈비는 반 이상 숯덩이다.

"거 머라캤노. 몽유……."

"몽유도원도. 몽유도원도를 그리게 한 안평대군은 원래 세종의 셋째 아들인데, 이 양반이 명필에 걸물이었던 기라. 그런데 이 양반이 하루는 꿈을 꿨는데 기가 막힌 도원경을 구경했다 이거지. 그래서 당대의 화가인 안견에게 그 꿈을 이야기하고 그림을 그리게 한 거다 이거 아이가."

"그거는 지난번에도 이바구했고, 그라마 니는 그 천당 같다는 도원경을 소설로 쓴다 이거가? 그라이까네 초야도 치르지 않고 기생집으로 내빼 뿌린 서방한테 은자를 보냈겠지만서도."

"그기 아이야."

"그라마?"

"나중에 바라. 보믄 안다."

"그래 그건 그렇다 카고, 명수는 집에 들어왔나?"

잔을 건네며 묻는 동익의 물음에 석재는 순간적으로 정신이 번쩍 든다. 동익이 채운 잔을 단숨에 비우고 석재는 고개를 가로 저었다.

"저거 엄마하고 연락은 하는 갑더라."

동익이 잔을 비우고 주모에게 석쇠를 갈아 달라 고함을 지른다. 석재는 마지막 남은 담배를 꺼내 물고 습관처럼 담뱃갑을 쭈그려 내버린다. 그러다가 얼핏 스치는 기억에 버린 담뱃갑을 도로 주워 편다. 담뱃갑에는 아까 만났던 완선의 핸드폰 번호가 적혔다. 물끄러미 석재의 행동을 건너다보던 동익이 고개를 갸웃한다.

"니 왼쪽 빰이 많이 붓다. 이래 술 마시가 되것나."

"마, 시끄럽다. 먹고 죽은 귀신은 때깔도 좋다카더라."

다시 석재의 혀가 꼬부라진다.

"동익아, 니 핸드폰 있제?"

동익이 말없이 핸드폰을 내민다. 석재는 완선에게 전화를 한다.

"어모 어모, 정말로 핸드폰 때맀네예."

완선의 목소리가 애드벌룬을 탄다.

"우리 오늘 밤에 데이트하는 기라예?"

"그건 모르겠어요. 내가 술이 좀 취했거든요. 하여간 약속대로 전화했심데이."

"샘예, 카지 마시고 거서 고마 잡숫고 내캉 데이트하입시더. 지가 술도 사께예."

석재는 전화를 끊어버린다. 엉겨 붙는 건 질색하는 석재다.

"내 니를 보자칸 거는……."

동익이 정색을 하고 나선다. 전에 없던 일이다.

"내 마이 망설이다 니 보자캤다."

"머가 이래 심각하노?"

눙치려는 석재를 동익이 가로막는다.

"명수 문제는 그렇다. 내가 너거 집안일에 머라 칼 처지는 아이지만도, 니 친구끼네 하는 말이다. 명수는 니 자식 아이가. 가는 언젠가는 돌아온다. 난도 세상 베린 영감한테 얼메나 못되게 그랬나. 그렇지만 지금은 후

회한다. 천륜이 그런 거 아이가. 그란데 마누라는 다르데이. 돌아서믄 남인기라. 그것도 상대방의 모든 약점을 다 아는."

"그래서?"

동익은 길게 담배 연기를 내뿜고 한동안 뜸을 들이더니 어렵게 말문을 연다.

"니 근간에 완주 새끼 본 일 있나?"

완주라는 이름에 석재는 동익을 노려본다. 완주라는 이름만 들어도 피가 거꾸로 솟는 석재다.

"그 자슥을 내가 와?"

"그 직일 놈이 문젠기라. 니한테 사기 쳐놓고……."

"다 끝난 일 아이가."

"그라까네 니는 꿈만 묵고 사는 놈인기라. 나는 니처럼 유식하지는 못해도 이거 한 개는 안다. 현실은 어디까지나 현실인기라. 몽유 머도 좋지만 니가 피한다꼬 현실이 언제 니 사정 봐주더나?"

"머가 요점이고, 그거부터 말해라."

"니가 현실을 피해 소설 속으로 도망가 있는 동안 완주가 너거 마누라를 우찌했다 이 말이다. 알아듣겠나, 자슥아!"

"다시 말해 봐라."

석재는 벌떡 일어나 동익의 멱살을 잡으려 한다.

"진정하고 앉아라. 내가 니한테 머 때문에 거짓말하겠나. 더구나 이런 일을 갖고."

"거짓말이마 니 직인다."

"그래, 그래. 존대로 해라."

"말해 바라."

"니 정태 알제?"

"그라모."

"가 여동생이 여관 하는 것도 알제."

"그래, 언젠가 니하곤가 몇이 어불리서 밤새 술 마시고 땡깡부맀던 데 아이가."

"그거는 옛날 이바구고. 정태 여동생이 만촌에 근사한 모텔을 짓고 이

사했다 아이가. 그런데 정태가 머 도와줄 일이 생기서 거를 갔던 모양인데 거서 너거 집사람하고 완주를 본기라."

석재는 입안에서 침이 바싹 마른다.

"좀 더 자세히 이야기해 바라."

"명수가 집 나가기 전일 끼다. 한 삼주 됐으니깐. 점심때 정태가 그 모텔에 가서 지 여동생하고 카운터 실에 있는데 손님이 왔더란다. 조바 아줌마가 안내를 하는데 딱 보이 완주라. 그라고 그 옆에 너거 집사람이 서 있더란다. 마침 카운터 실이 카펜으로 가려져 있어서 완주는 정태를 못 봤는데, 정태가 나중에 숙박부를 확인해 보이 틀림없더란다. 그래서 조바 아줌마한테 저 사람들 다시 오면 연락해 달라고 했는데 그저께 오후에 또 왔더란다."

"그라마 정태 글마가 내한테 카제, 와 니를 통해 이 지랄이고?"

"말마라. 정태 가도 꽤나 고민한 갑더라. 모른 척 넘어가면 모두가 좋을 수도 있다고 생각도 했던 모양이던데. 마, 아래 다시 왔다는 연락을 받고는 열 받은 기라. 그래서 내한테 전화해 갖고 지가 이바구하는 거보다는 친한 내보고 이바구하라 카더라."

"정말이가?"

"일마, 내가 비싼 밥 묵고 니한테 머 때문에 이런 이바구를 헛소리로 하겠노? 생각을 좀 해 바라. 너거 여편네가 요새 니한테 우예했는지. 내가 카기는 그렇다마는 이기 니 우유부단한 성격이 맹근 결관기라. 완주 이 개새끼도 쳐 죽일 놈이지만서도."

석재의 빈약한 주먹이 동익의 면상을 친 건 그때다.

"그래, 니 내를 쳐서 속이 확 풀리마 마음대로 해라. 그렇지마는 니가 생각하는 거처럼 몽유 머라캤노, 그런 소설매로 세상은 결코 달콤한 기 아인기라, 알았나 석재야."

정신을 차려보니 석재는 제 방에 와 있다. 장롱문은 활짝 열려 있었고 황급히 옷가지를 챙긴 흔적이 역력하다.

'오늘 당신이 동익 씨를 만나러 간 것을 알게 되었습니다. 무슨 이야기를 들었을지도 짐작합니다. 참, 이제는 당신이라고 불러서도 안 되겠지요.

미련 없이 떠납니다. 명수는 내가 거두겠습니다. 몽유도원에서 행복하세요. 명수엄마 드림.'

석재가 쓰던 원고 위에 아내는 메모지 한 장에 휘갈겨 쓴 비웃음으로 남았다.

우유부단함이여. 꿈에 젖어 살던 못난 인생이여. 용기 없는 자만에 빠진 생쥐 같은 인간이여. 도원이 어디 있단 말이냐? 다만 현실은 현실일 뿐.

석재는 침착하게 장롱을 정리한다. 그리고 문갑을 열어 약솜 봉지를 꺼낸다.

―이것부터 해치워야 한다.

석재는 마루로 나와 연장함에서 펜치를 찾아낸다. 입을 크게 벌리고 펜치를 밀어 넣어 흔들리는 왼쪽 첫 어금니를 뽑는다. 빠직 소리와 함께 어금니는 쉽게 빠져나온다. 두 번째, 세 번째, 그리고 마지막 네 대째.

입 안에 피가 흥건하다. 석재는 개숫대로 가서 수도를 틀어 입을 헹군다. 약솜을 한 줌 뜯어 돌돌 말아 빠진 이빨 틈에 끼워 넣고 이를 악문다.

주저앉은 석재의 감은 눈에 별 몇 개가 깜박인다.

왼쪽 바지 주머니에 손을 넣던 석재는 봉투가 잡히는 것을 느낀다. 그러고 보니 석재를 택시에 밀어 넣으며 쓰일 데가 있을 거라고 동익이 억지로 주머니에 쑤셔 넣어주던 기억이 난다.

봉투 안에는 만 원권 오십 장이 들어 있었다. 한때 석재가 잘 나가던 시절, 어려웠던 동익을 도와준 일이 있었는데 아마도 그에 대한 갚음이리라. 석재는 그 돈을 문갑 위에 던진다. 그리고는 상의 주머니에서 구겨진 담뱃갑을 꺼내 전화기 앞으로 간다. 수화기를 들고 석재는 천천히 담뱃갑에 적힌 번호를 찍는다.

눈꽃 피던 날 단편소설

흐린 하늘 탓으로 어둠은 일찌감치 산줄기를 타고 마을로 내려왔다. 낮 동안 뜬금없이 성깔을 돋우던 바람은 산자락 끝으로 어둠이 깃들면서부터 고자누룩해졌고, 불 밝히면 한결 정다운 마을은 이제 수줍은 듯 밤의 속살 속으로 시나브로 가라앉았다.

그날도 아버지와 나는 허탈을 한아름 안고 허청허청 마을로 돌아오고 있었다. 추위와 피곤에 지친 우리의 무거운 발걸음 뒤로 내에서 썰매를 지치고 돌아오는 아이들의 유쾌한 조잘거림이 따스하게 귓불에 와 닿았다. 보지 않아도 선명한 그들의 얼굴엔 근심기 없는 해맑은 보름달이 걸려 있었다. 어디선가 컹컹 개 짖는 소리가 들리고 우리의 발걸음은 깊이를 가늠할 수 없는 땅 속으로 자꾸만 꺼져들었다. 어둠의 보푸라기가 보얀 입김 틈새로 자욱이 일었다.

아버지는 목장갑 낀 손등으로 연신 콧물을 훔쳤다. 어렵사리 귀가를 결심한 이후 줄곧 깊어 가는 아버지의 침묵은 집이 가까워 올수록 예리한 서슬이 되어 나의 심부에 숭숭 박혔다. 아버지에 비하면 그래도 나는 마음의 여유가 좀 남아 있는 편이었지만, 워낙 아버지의 마음이 상심한 쪽으로 기울어져 있어 섣불리 말길을 트기가 뭣했다. 이럴 때, 술을 자실 줄 알면 주막으로 모셔 따끈한 국물에 막걸리 한 사발을 대접해 드렸으면 안성맞춤이련만 불행히도 아버지는 담배는 골초인 반면 술은 십촌이 넘었다.

"공연히 너까지 고생시키는구나. 이럴 줄 알았으면 연락 안 할 걸 그랬다. 홑몸도 아닌데 걱정할라. 내일은 그만 올라가 봐라."

산모퉁이를 돌아 이윽고 마을의 윤곽이 토실한 어둠 아래로 우련히 드러나자 담배에 불을 붙여 문 아버지가 담담히 말했다. 깊게 들이마시는 담

이연주 태동기 준회원. 1971년 대구 대건고 졸업. 경북대 사범대 국어교육과 졸업. 매일신문 신춘문예 당선(1991년), 『현대문학』 추천(1993년)으로 등단. 대구소설가협회장, 정화중 · 정화여고 교장 역임. 창작집 『그리운 우물』, 장편소설 『탑의 연가』.

뱃불이 유난히 붉게 도드라져 반들거렸다. 지금 아버지의 가슴도 저렇듯 붉게 타고 있을 거라는 생각이 들자 아무런 도움이 되어주지 못한 내 자신이 불현듯 돌아보였다.

아닌 게 아니라 새침한 아내의 얼굴이 자꾸 눈시울을 갉작거렸다. 이런 줄도 모르고 철없는 아내는 허망하게 날수를 잘라먹을 때마다 무책임한 나를 타박하며 눈초리를 치세우고 있을 건 괭한 물속을 들여다보듯 뻔했다.

당초 계획은 방학을 하면 처가에 들러 며칠 머문 뒤 아내와 함께 할머니를 뵈러 내려올 참이었다. 그런데 방학 때를 맞추어 아버지가 느닷없이 전화를 주었다. 자세한 속내는 밝히지 않았지만 속히 내려와 달라는 당부를 거듭했다. 좀처럼 그러는 일이 없는 아버지의 서두름이 짐짐해 별수 없이 계획을 바꿔 나 혼자 귀향했다. 그것은 또한 아버지의 주문이기도 했다.

"대체 이유가 뭐래요? 꼭 그래야만 해요?"

내가 계획 수정을 밝히자 뾰로통해진 아내는 노골적인 투정질이었다. 나는 아내가 홑몸이 아님을 감안하여 별일 아니면 가능한 한 빠른 수단으로 뒤따르마고 눙쳐 터미널까지 배웅해 주는 것으로 일단 일을 무마시켰다. 나의 저자세에 다소 마음이 숙진 아내가 버스에 오르며 말했다.

"지금부터 기다리고 있을게요."

하지만 어쩌랴. 갈수록 난감한 할머니의 일을 죄다 아버지께 덤터기 씌우고 아내 곁으로 줄행랑 놓을 수는 없는 노릇이었다. 더구나 아버지는 내가 곁에 있는 것만으로도 크게 위안이 되는 듯하니…….

"아무래도 눈이 올 것 같구나. 이렇게 구름이 곱상하고 아늑한 날은 와도 많이 오는 법이다."

아버지는 자주 걸음을 멈춰 하늘을 살피며 탈기했다. 눈 걱정하는 아버지의 기분을 충분히 이해할 수 있었으므로 나는 반문하지 않았다. 아버지 따라 무심히 올려다본 하늘은 어둡다 못해 차라리 투명해 보일 정도였다. 동구의 고샅에서 빠져 나온 불빛 한 줄기가 개똥벌레처럼 어둠을 가르며 매끄럽게 다가왔다.

할머니는 그때까지도 집 안뜰에 서 있는 은행나무를 망연자실 바라보고 계셨다. 그 모습을 보자 새삼 심연의 바닥에 침잠해 있던 감정의 지스러기들이 목 줄기를 타고 뜨겁게 솟구쳐 올랐다. 이미 죽음의 올가미에 씌어 할머니가 빠져나올 구멍은 어디에도 없는 성싶었다. 지난 추석까지만 해도 허리 하나 안 꼬부라지고 짱짱하던 할머니였다. 언젠가 내가 할머니의 정정한 모습을 보고 우스개 삼아 비아냥거렸을 때, 할머니께서는 늙은이의 일이란 하룻밤을 모른다고 합죽이 웃으셨다. 마치 그 말씀을 내게 증명이라도 해 보이듯 최근 몇 달 사이 거짓말같이 늙어버리셨다. 내게는 할머니의 늙음의 양이 팔십 평생의 아득한 세월보다 요 몇 달간이 더 많은 것처럼 느껴졌다.

아버지는 어이가 없어 한동안 넋을 놓고 우두망찰 서 있었다. 미처 훔치지 못한 콧물이 인중 언저리에 번지르르 묻어 있어 흡사 속울음을 지우며 동뜨게 서 있는 것처럼 보였다.

"아무리 사정해도 눈만 빛내시니, 원."

등불을 들고 한길까지 마중 나왔던 어머니가 불평 반 하소연 반으로 뇌까렸다. 그렇다. 아직 할머니가 생존해 계심을 유일하게 확인시켜주는 것은 그 형형한 눈빛밖에 없었다. 은행나무를 겹겹이 에두르고 있는 눅눅한 어둠을 빨아들이듯 하염없이 붙박고 있는 할머니의 눈빛은 이미 이승의 그것 같지 않은 수꿀한 느낌을 주었다.

"이러신다고 둥지를 빨리 트는 게 아닙니다, 어머니."

보다 못한 아버지는 할머니를 감싸 안으며 숫제 울먹였다. 그러나 할머니는 여전히 기척이 없었다. 나는 혹시 할머니가 그런 자세로 명줄을 놓아버린 게 아닌가 하는 불안감이 일순 가슴을 쳤으나, 자세히 보니 할머니의 주름지고 부숭부숭한 얼굴에 여린 경련이 일고 있었다. 그것이 냉기로 굳어버린 할머니가 현재 할 수 있는 유일한 의사 표시임을 나는 알았다.

아버지는 안 되겠다는 결심이 섰는지 할머니를 들쳐 업었다. 아버지의 손에 의해 가뿐히 들린 할머니의 몸뚱이는 그대로 마른 수숫단이었다. 내가 업겠다고 했으나 나의 시장기를 염려한 아버지가 들어가서 저녁이나 먹으라며 굳이 자신이 업겠다고 우겼다. 나는 더 이상 고집할 수 없었다. 할머니에겐 내 왜소한 등판보다 아버지 쪽이 더 미덥고 편안할 것이기 때문이었다. 나는 파카를 벗어 황소바람이 들지 않게 할머니의 등을 꼭꼭 여며 덮어 드렸다. 문득 할머니를 상심하게 한 일련의 기억들이 총총한 불빛의 행렬처럼 또렷이 되살아났다.

"그만 들어가자."

이윽고 장독간 기둥에 등불을 매단 어머니가 긴 한숨을 끌더니 내 등을 떠밀었다. 그러나 나는 선뜻 내키지 않았다. 집으로 들어설 때까지 맹렬한 기세로 무두질하던 시장기가 한 고비 꺾인 탓도 있었지만 어쩐지 내가 아버지 곁에 있어야만 될 것 같은 예감이 들어서였다. 종일 곁에서 지켜본 나는 알고 있었다. 지금 아버지의 심정은 지푸라기라도 붙들고 싶은 기분이리라는 것을.

"아이구, 내 새끼. 니도 까치집 귀경할라고 왔쟈?"

내가 아내를 배웅하고 허겁지겁 귀향했을 때, 뒷짐 지고 안뜰을 서성이시던 할머니가 첫마디로 내뱉은 말이었다. 쇠죽간에서 아버지가 나오고 부엌에서 어머니가 나왔다. 영문을 모르는 나는 할머니로부터 느닷없이 종아리 매를 맞은 것처럼 얼떨떨해져 눈만 두리번거렸다.

"저기 봐라. 까치가 시방 참하게 집을 짓잖우."

내 곁으로 다가온 할머니는 손을 들어 은행나무 우듬지를 가리키며 덧붙이셨다. 은행나무는 변함없이 늠름한 자태로 집 안을 감싸고 있었으나, 대문 쪽의 상가지 하나가 웬일인지 무참히 찢겨 희멀건 속살을 드러내고 있었다. 그러나 어디에도 짓고 있다는 까치집은 뵈지 않았다. 나는 그제야 수상한 낌새가 느껴져 곁눈으로 아버지와 어머니를 갈마보았다. 내 눈과 마주친 어머니가 얼른 눈을 끔벅거리곤 돌아서서 앞치마에 콧물을 닦았다.

할머니의 눈치를 살피던 아버지가 슬며시 내 소매를 잡아끌었다. 장작불을 지펴놓은 쇠죽간 아궁이는 시뻘건 불꽃이 너울거렸다. 가마솥 안에서는 쇠죽이 끓으려고 픽픽 김을 뿌리며 암팡진 소리를 내지르고 있었다. 아버지는 버릇처럼 담배를 피워 물며 가만히 속삭였다.

"할머니가 이상해지셨다."

말은 쉽게 했지만 아궁이의 장작불을 멀거니 바라보는 눈매에 수심이 그득했다.

"올해는 태풍이 좀 잦았냐. 우리말이 아니라서 잊었다만, 머시냐, 추석 쇠고 며칠 뒤에 밀어닥친 그 태풍에 그만 나뭇가지 하나가 찢겼다. 그때부터 바짝 신경을 돈우시더니만……. 자꾸 눈에 헛것이 뵈는 모양이다."

아버지는 할머니를 경계하듯 이따금 마당 쪽을 곁눈질하며 쉬엄쉬엄 풀어놓았다. 아버지의 찬찬한 설명을 듣고 나서야 나는 매사에 신중하고 빈틈이 없던 평소의 아버지답지 않게 서두르던, 전화기 속에서의 목소리를 이해할 수 있었다. 그러고 보니 아버지의 이맛살이 한층 깊어 보였다.

"낭패구나. 날씨는 점점 추워지는데……."

아버지는 담배 연기와 함께 깊은 한숨을 토했다.

"참, 편지가 왔더라."

앙군 감투밥이 무색하게 시늉만 내다가 밥상을 물리자 서운한 표정의 어머니가 그제야 생각난 듯 봉투 하나를 내밀었다. 할머니의 수발에 혼을 다 뺐는지 요즘 어머니는 그런 일이 자주 있었다. 손에 들고 있는 물건을 찾느라 허둥대는가 하면 금세 치워놓은 물건을 못 찾아 안달을 내다가 뒤늦게 깨닫곤, 내 정신 좀 봐, 하며 숫저운 미소를 그리곤 했다.

어머니가 건네준 편지는 뜻밖에도 아내의 것이었다. 그새 못 참아 편지질까지 하는 아내의 조바심에 마음이 심란했으나 편지지 갈피에 끼워놓은 하트 모양의 단풍잎을 보고는 기가 차 풀썩 웃음이 터졌다. 아내는 간혹 그런 엉뚱스러움이 있었다. 분위기를 몹시 탄다고나 할까. 육(肉)은 스물여덟의 햇수를 꼬박꼬박 찾아먹었어도 영(靈)은 십 년쯤은 더디게 가는 것 같았다. 결혼 전에는 그것이 하나의 매력으로 도두보였지만.

……도대체 이게 뭐예요? 아버지와의 약속은 중하고 아내와의 약속은 깡그리 무시해도 좋고. 이젠 기다리다 지쳐 오히려 잠이 잘 와요. 거긴 어때요? 간밤엔 눈이 왔어요. 무심코 방문을 여노라니 온통 동화 속의 나라 같잖아요. 솔직히 자기가 오는 것보다 더 반가웠다고요. 오세요. 이게 자존심 한 껍질 벗기고 마지막으로 청하는 최후통첩임을 명심할 것……. 어쩌고저쩌고 밑도 끝도 없이 떠죽거리는, 장장 석 장 반의 사살은 저절로 한숨을 짓게 했다. 아마 아내가 곁에 있었더라면 나는 영락없이 머리통을 쥐어박았을 것이다. 집안 돌아가는 사정도 모르고 다분히 사춘기적 감상에 젖어 있는 아내의 갸름한 얼굴이 하얀 눈을 배경으로 졸업 앨범 속의 동그란 사진처럼 떠올랐다. 할머니가 우리의 결혼을 한사코 반대하신 까닭을 이제야 조금 알 듯했다. 하긴 태아의 건강을 위해서 좋을 것이다.

아버지는 안뜰과 마당을 바장이며 할머니를 재우려고 안간힘을 쓰고 있었다. 아버지의 입에서 가까스로 흘러나오는 「각설이타령」이 집 안을 눅눅히 적셨다. 노래라면 딱 질색인 데다 입마저 언 아버지에게 그것은 여간한 고통이 아닐 터였다. 그 타령은 할머니가 제일 즐겨 부르는 노래였다. 나는 중학교를 졸업할 때까지 사랑에서 할머니와 함께 잠을 잤기 때문에 할머니께서 즐겨 흥얼거리는 그 노래를 들을 기회가 많았다. 가끔 내가 반 농담 투로 크게 한번 불러 보시라고 떼쓰면, 그 나이에도 수줍은 듯 몇 번 빼시다가 못 이기는 척 목청을 가다듬으시기도 했는데, 정말이지 할머니의 노래 솜씨는 일품이었다. 지그시 겉눈을 감고 신명나게 엮으실 때는 나의 몸이 통째 그 노래 속으로 빨려드는 듯했고, 대단원에 이르면 늘 침이 말랐다.

얼씨구나 잘한다. 품파, 하고 잘한다. 작년에 왔던 각설이 죽지도 않고 또 왔네. 어화, 이놈이 이래도 정승 판서 자제로 팔도감사 마다하고 피천 한 닢에 팔려서 지리구지리구 잘한다. 품파, 하고 잘한다…….

가물거리는 등잔불처럼 아버지의 목소리가 점점 어둠 속으로 가라앉고 있었다. 달구지가 가파른 고개티를 오르듯 자꾸 마음이 씌었다. 저러다가 네 아버지가 먼저 쓰러지겠다고, 저녁도 안 들고 줄곧 용만 쓰는 어머니가 염려되어 나는 밖으로 나왔다. 등불 아래로 일렁거리는 아버지의 머리 위에 제법 희끗희끗한 눈가루가 덮여 있었다.

"막 잠이 드셨다. 들어가거라."

내가 다가서자 내게 턱짓을 주며 아버지가 소곤거렸다. 그러고는 얼른 끊은 마디를 이었다. 안긴 고리는 동고리. 선고리는 문고리. 뛰는 고리는 개고리. 나는 고리는 꾀고리…….

나는 착잡한 심정으로 은행나무를 올려다보았다. 달무리처럼 번져 있는 등불 아래로 우련한 윤곽만을 드러낸 채, 뿌려지는 눈발로 하여 흡사 온몸으로 오열하고 있는 것 같았다. 새삼 아버지의 존재가 그 은행나무보다 더 드레져 보였다.

내가 중학생이 되어서야 할머니가 왜 사랑 거처를 고집하셨는지 깨달을 수 있었다. 사랑문을 열면 은행나무는 정면으로 내다보였다. 7대조께서 낙향하시던 해에 심었다는 그 나무는 모진 세파에도 용케 버텨 온 우리 집의 상징물이었다. 마을 사람들은 우리 집을 '은행나무집'이라 불렀고, 근동에서도 아버지 함자를 대면 몰라도 아무 동 은행나무집이라면 알 만한 사람은 다 알았다. 산마루에서 내려다보면 마을의 몽총한 나무들을 거느리고 있는 듯 거쿨지게 솟아 있었다.

할머니는 그 은행나무에 나무 이상의 감정을 지니고 계셨다. 어느 정도인가 하면 나무 보굿을 매만지며 가만히 응시하고 계실 때는 꼭 나무와 다정다감한 대화를 나누시는 것 같았다. 그럴 때의 모습은 참으로 고고하게 보였고 섣불리 범접하지 못할 위엄이 할머니의 몸 전체에서 풍겨 나왔다. 어릴 때 나는 그런 할머니의 모습을 심심찮게 볼 수 있었는데, 지금의 국어 교사가 된 것은 순전히 그 탓이었다. 아버지는 외동인 나를 농사꾼으로 썩힐 수 없다며 도시의 고등학교로 진학시켜주었다. 일학년 때 개교기념 교내 백일장이 있었는데, 그때까지 원고지와 인연이 멀었던 나는 내 앞에 하얗게 알몸을 드러내고 있는 (20×10)자 원고지가 모내기 할 200평 논배미보다 더 망막해 보였다. 아마 문예 담당 선생님이 나의 담임이 아니었더라면 원고지에 무엇을 끼적거리는 짓 따위는 애초에 포기했을 것이다. 주어진 시간의 근 절반이 지났을 무렵이었다. 이젠 무엇인가 끼적이지 않으면 안 된다는 절박감 속에서 재깍거리는 초침소리를 듣고 있는데 놀랍게도 눈앞에 아슴푸레 떠오른 것이 그 할머니의 모습이었다. 나는 최소한 담임의 눈총만은 모면해야 한다는 강박관념 속에서 진솔하게 할머니의 얘기를 담았다. 그것이 요행 산문부 장원이 되었고, 그로 말미암아 나의 운명은 순식간에 금 그어졌다.

할머니의 하루 일과는 거의 예외 없이 은행나무의 완상(玩賞)으로부터 시작되었다. 새벽잠이 적은 할머니는 눈이 떠지면 활짝 열어놓은 방문 앞에 곧추앉아 장죽을 물고 계셨다. 얼굴의 감촉이 이상해 눈을 떠 보면 으레 등을 곧게 세운 할머니의 그런 앉음새와 직면할 수 있었다. 아무리 알알한 겨울이라도 그 일만은 거르시는 법이 없었다. 그러다 혹 새벽 까치가 나무 정수리에 깔깔하게 앉아 청아한 울음이라도 뿌리는 날이면 할머니는 잔잔한 내면에서 일렁이는 감정의 너울을 주체할 수 없어 그대로 눌러

앉아 있지 못하셨다. 까치의 울음이 청역(聽域)에서 완전히 벗어날 때까지 뒷짐 진 채 나지막하게 안뜰을 서성거리셨다. 청대 같은 새벽 공기에 씻겨 유난히 붉게 익은 귓바퀴를 보면 처녀 시절에는 참 부끄러움도 많았을 것이라는 엉뚱한 상상이 일곤 했다.

"까치는 말이다, 우리 집과는 남다른 인연이 있었느니라. 몹쓸 전란이 터졌을 때 죽은 줄 알았던 네 아비가 군에서 멀쩡하게 살아 돌아온 날도 까치는 새벽부터 저 나무 꼭대기에서 울었고, 너 낳던 해도 큼지막한 둥지를 틀고 살았느니라……."

까치가 머물고 간 날이면 할머니는 목청을 한껏 낮추고 언덕 위로 연을 날리듯 까치에 얽힌 얘기를 이엄이엄 풀어내시곤 했다. 그런 날의 할머니는 밤이 깊도록 잠자리에 들지 못하셨다. 할머니의 은근한 목소리와 알맞추 문지르는 등허리의 시원한 감촉에 녹아 나는 미처 할머니의 얘기를 다 듣지 못하고 잠들기가 일쑤였는데, 어쩌다 오줌이 마려워 잠을 깨노라면 그때까지 등잔불과 마주하여 염주를 굴리고 계시는 할머니의 모습을 볼 수 있었다.

할머니의 일련의 행위들이 할아버지와 무관하지 않다는 걸 알게 된 것은 중학교 일학년 때였다. 추석 안날이었는데 나는 할머니와 아버지가 다투시는 걸 들었다. 그때까지만 해도 나는 할아버지가 단순히 병사하신 줄로만 알고 있었다. 아버지가 6대 종손이었기 때문에 우리 집에서는 제사를 모시는 일이 잦았는데 그 가운데 할아버지의 몫도 의당 포함되어 있을 것이라고 막연히 생각했었다. 할머니의 목소리가 먼저 방문을 넘어 왔다.

"애비야, 그런 큰일 날 소리 하지 마라. 은행나무가 저렇게 버젓이 살아 있는데……. 떠나시던 전날 밤 거듭 말씀하셨느니라. 저 은행나무가 죽지 않고 살아 있거든 어딘가에 살아 있다는 증표이니……."

"제가 어찌 어머니 심중을 모르겠습니까, 허나……."

"안 된다. 엄연히 살아 있는 사람을 제살 모시다니, 천벌 받을 일이다."

"어딘가에 살아 계시다면 그새 무슨 기별이 와도 왔을 겁니다."

"애비, 너 참 이상하구나. 꼭 네 아비가 죽었기를 바라는 것 같구나."

그 말에 아버지는 더 이상 대꾸를 못하고 보름달 같은 한숨만 토했다.

나는 그날 처음으로 할아버지가 광복되기 몇 해 전에 징용으로 끌려갔다는 걸 알았다. 우리 마을에서 세 사람이 갔었는데, 유독 할아버지만 종무소식이라는 것이다. 그렇게 귀띔해 주면서 아버지는 눈시울을 붉혔다.

"이 세상에서 네 할머니만큼 지성인 분도 드물 것이다. 수십 년을 한결같이 돌아오시기만을 저렇게 허망하게 기다리시고 계시니……. 이다음에 커서 잘 모셔야 한다."

아버지는 내게 쑥 뜸을 놓듯 또박또박 말했다.

그런 일이 있고 난 뒤부터 나는 할머니의 일거수일투족이 예사로 보이지 않았다. 이제까지 무심히 보아 넘길 수 있었던 사소한 것도 야짓 할아버지의 생환을 비는 애틋한 기원과 연관되어 있는 것 같아 까닭 모를 거부감이 일었다. 이 세상에서 할머니가 제일 사랑하신 건 나고 그 다음이 은행나무일 거라고 철석같이 믿고 있었는데, 내 앞에 생각만 해도 죽음 부스러기가 서걱거리는 할아버지가 존재한다는 걸 깨달았을 때 어린 마음에 여간 서운하지 않았다. 그 다음부터 나는 왠지 할머니 곁에 누워 있어도 꼭 머리맡에 의뭉하게 웅크린 할아버지가 뜨악한 시선으로 내려다보는 것만 같아 전처럼 푸근한 마음을 가질 수 없었다. 그런 머슬머슬한 감정은 고등학교 진학을 위해 집을 떠날 때까지 계속되었다.

은행나무에 대한 할머니의 애틋함은 이미 근동에까지 소문나 있었다. 가을이 깊어 은행잎이 시나브로 떨어질 때도 함부로 다루시는 일이 없었다. 매일 꼼꼼히 쓸어 모아 두었다가 날을 잡아 모두 태우셨다. 일 년에 꼭 한 번 있는 은행잎 태우기는 일종의 성스러운 의식과도 같았다. 새물내 나는 정갈한 옷으로 치장한 할머니는 낙엽 더미에 석유를 뿌리시고 한동안 동녘 하늘을 망연자실 바라보고 계시다가 이윽고 성냥불을 그어대셨다. 불길은 삽시간에 화려한 연기를 뿜으며 맹렬히 치솟았고, 그 불길을 보면 나는 '아, 또 한 해가 저물었구나' 하는 느낌을 가질 수 있었다. 재 치우시는 할머니의 비질 소리 뒤로 언제나 겨울이 주춤주춤 밀려왔던 것이다.

노랗게 무르익은 은행이 자연 낙하를 시작하면 우리 집에서는 은행 추수를 했다. 나무의 허우대가 우람하고 해거리 하는 일이 별로 없어 추수는 보통 하루 빠듯이 걸렸다. 그 하루 동안 소일거리 없는 마을 안노인들이 빌미 삼아 몰려들어 우리 집은 흡사 할머니의 생일 잔칫집 같은 분위기를 자아냈다. 사람들이 들끓는 걸 좋아하는 할머니를 위해 어머니는 미리 장만한 음식들을 내놓았고, 노인들은 그걸 앞에 놓고 종일 사랑에서 뭉그적거렸다. 추수는 물론 몇 명의 놉을 사서 아버지 주관 하에 하지만, 아버지는 날 잡는 일부터 일일이 참견한 할머니의 지시를 꼭꼭 받았다. 그렇게 추수한 은행은 줄잡아 서너 섬은 되었다. 막 깨어난 햇병아리마냥 역한 냄새를 풍기는 황색 포의를 비집고 마침내 얼굴을 내미는 또랑또랑한 은행알을 보면 꿈 · 희망 · 사랑 · 행복 따위의 이미지들이 만일 제 모습을 드러낸다면 이런 모양과 빛깔일 거라는 생각이 들곤 했다. 할머니는 그것으로 일 년 내 미뤄둔 인심을 후하게 베푸셨다. 인사치레할 데를 새겨두었다가 아버지 앞에서 하나하나 꼽으시는 걸 보면 열 손가락도 모자랐다.

"애비야, 어르신 만나 뵙고 올해도 덕분에 많이 수확했노라고 싹 인사드려라."

진외가와 먼 친척뻘 되는 골 안 허 의원 댁으로 보내려고 아버지가 집을 나설 때면 할머니는 상기된 표정으로 거듭 당부하시곤 했다. 나는 아직도 그 집 뒷마당에 서 있다는 수은행나무를 본 일이 없지만 우리 집 은행나무는 그 집 것과 혼인을 맺었다는 것이다. 나무가 혼인을 하다니, 정말 웃기는 일이었다. 그러나 신신당부하시는 할머니의 눈을 지며리 들여다보고 있으면 그 눈빛이 얼마나 진지하던지, 옛날 어른들은 되게 할일이 없었던가 보다고 내심 비웃곤 하던 내 마음이 도리어 잘못된 것처럼 느껴질 정도였다. 또 들리는 말에 의하면 증조부와 절친했던 그 집 상노인이 할머니의 중매를 섰다고 한다. 그런 저런 인연으로 우리 집에서는 은행 추수를 하면 제일 먼저 그 집으로 보내곤 했고, 그러면 그 집에서는 답례로 반시 몇 접을 보내주곤 했다. 어떤 해는 그 집에서 먼저 보내주기도 했지만.

할머니는 그것으로 곶감을 깎아 사랑채 지붕 위에 널어두고 겨울이 깊도록 말리시곤 했다. 늙은 몸으로 사닥다리를 타고 오르내리시기에 여간 힘들지 않으실 텐데, 할머니는 궂은 날을 빼고는 하루도 거르지 않고, 그것도 여러 차례 오르내리셨다. 채반 옆에 쪼그려 앉아 이리저리 뒤적이기도 하고 그냥 말끄러미 들여다보기도 하고 그러다 문득 생각난 듯 한길 쪽으로 아득히 눈길을 드리우는 할머니의 모습은 마치 따가운 햇볕에 곶감을 말리기보다 할머니 자신을 말리시는 것 같았다. 그렇게 말린 곶감은 겨우내 나의 군것질거리로 이용되었다. 내가 그것이 먹고 싶은 심산으로 짐짓 잠투정하면 처음 할머니는 시치미를 떼고 딴전을 피우시지만 이내 뒷간 가는 척 나가서는 소들소들한 곶감 몇 개를 치마폭에 가무려 들어오시곤 했다.

"제사를 빨리 모셔야 할 터인데……."

아버지는 자주 그런 바람을 토로하곤 했다. 그게 늘 한이었던 아버지는 이미 기일(忌日)을 잡아두고 있었다. 할아버지의 생신날이었다. 집 떠난 날로 잡으려니 할머니의 가슴에 되레 한을 못 박아 드리는 격이 될 것 같아 고심 끝에 그렇게 정했노라고 어머니께 귀띔하는 소리를 나는 들었다. 그러나 한 번도 제사를 모신 적은 없었다. 생신이 다가와 아버지가 그런 낌새라도 내비치면 할머니가 먼저 알아차리고 자리를 피하시는 통에 거론조차 못하고 있었다. 그래서 할아버지의 생신날은 보이지 않은 모자간의 미묘한 대립으로 집안 분위기가 종일 가라앉아 있기 십상이었다.

할아버지의 생신날 아침에는 할머니는 여느 때보다 일찍 일어나셨다. 요행 까치가 우는 날이면 아침도 통 안 드셨고, 사닥다리를 타고 지붕 위로 오르시는 몸놀림이 한결 가든했다. 우리 집은 마을 초입의 산기슭에 자리 잡고 있었기 때문에 사랑채 지붕 위에서 바라보면 읍내로 이어지는 한길이 산모롱이까지 맺힌 데 없이 잘 보였다. 그런 때는 채반에 담긴 곶감을 돌보는 일보다 그쪽으로 눈길을 주시는 경우가 더 많았다.

그러나 그뿐이었다. 어스름이 깔리고 주위의 사물들이 잘 식별되지 않을 때쯤 다소곳이 사닥다리를 타고 내려오시는 할머니의 모습에서 실망의 빛을 읽을 수 없었다. 수십 년 안으로만 단근질해 오신 할머니에게서만 볼 수 있는 특유의 담담함이었다.

어릴 때 나의 할머니는 그런 분이었다. 내가 아버지보다 할아버지를 더 빼쏘았다고 늘상 읊조리시던 할머니. 그런 탓인지 유달리 귀염을 주시던 할머니가 나 때문에 두 번 우셨다. 고등학교 진학을 위해 아버지와 함께 집을 떠나던 날, 쉼 없이 공부하여 나라의 동량이 되라고 누차 당부하시던 할머니는 몇 번이고 나의 손짓에도 불구하고 우리가 산모롱이를 돌 때까지 지붕 위에서 눈바래기하고 계셨는데, 어머니 말에 의하면 그날 밤 할머니는 밤이 이울도록 베갯잇을 적셨다고 한다. 그리고 두 번째는 나의 결혼 때문이었다. 네 색시는 이 할미가 고르마고 입버릇처럼 되뇌시곤 했는데,

나는 할머니가 난색을 표하는 여자와 결혼하고 말았다. 신혼여행을 갔다가 처가에서 돌아왔을 때 아버지가 조용히 부르더니 귀띔해 주었다. 할머니께서 섭섭해 줄곧 우셨으니 마음이 풀어지도록 잘 위로해 드리라고. 그러나 내가 위로해 드리기는커녕 할머니의 구태의연한 결혼관을 논리적으로 반박함으로써 화톳불에 기름 들어붓는 꼴이 되었다. 할머니는 끝내 우리의 절도 받지 않고 돌아앉아버리셨다.

간신히 재운 할머니를 사랑에 눕히고 아버지가 허연 입김을 뿜으며 올라왔다. 나는 느슨해진 감정의 나사를 죄고 아버지의 손을 잡아 드렸다. 아버지의 손은 차가운 정도가 아니라 그대로 얼음 조각이었다. 손뿐만 아니고 신체 어느 부위를 만져도 얼음가루가 손끝에 보얗게 묻어날 것만 같았다. 총총히 아버지의 저녁상을 봐온 어머니는 아랫목을 점검해 보더니 이내 군불을 지피러 밖으로 나갔다.

아버지는 할머니를 재우는데 혼쭐났는지 주발의 반의반도 덜 지워 숟가락을 놓았다. 그리고 뭉실뭉실 담배를 피워 물었다. 등덜미가 선득선득할 윗목에 눌러 앉아 있는 아버지가 안쓰러워 그래도 아랫목으로 좀 내려오시라고 거듭 권해도 아버지는 괜찮다고만 연발했다. 나는 할 수 없어 이부자락을 당겨 아버지의 무릎을 덮어 드렸다. 그제야 아버지는 마지못해 궁둥이를 어기적거려 조금 내려오는 시늉을 했다.

"노래 부르시느라 혼 나셨죠?"

나는 아버지의 기분을 바꿔주고 싶어 짐짓 어리광을 부리듯 말했다. 나의 이죽거림에 아버지의 입꼬리가 처지며 조금 웃음을 머금었다. 노래는 내림이라는데 아버지는 예외였다. 생전의 할아버지의 모습을 본 적이 없는 나는 할아버지의 창 솜씨를 감상할 기회가 없었지만 할머니는 노래 끝마다 할아버지의 목청을 자랑했었다.

우리 집에는 할아버지의 모습을 보여주는 유일한 사진-실은 초상화-이 한 장 있었다. 할머니께서 용케 간직해 둔 도민증용 사진을 본으로 하여 만든 거였는데, 어느 날 아버지가 그것을 보자기에 싸서 신접살림을 차린 아파트로 가지고 왔다. 하이칼라에 신사복 차림을 한 그 사진을 보면 앉아 있는 모습이 음전해, 한창 각설이타령을 신명나게 주워섬길 때는 소리꾼 빰 칠 정도였다는 할머니의 너스레가 종시 믿어지지 않을 정도였다.

그날, 아버지가 말했다.

"명색이 손주며느린데 시조부 얼굴을 모른대서야 쓰겠느냐. 너도 곧 자식을 낳을 테고……."

그러나 연락도 없이 불쑥 찾아온 아버지의 진정한 까닭이 그 사진 때문이 아니라 할아버지 제사 때문임을 나는 곧 알아차렸다. 직사각형 액자가 든 보자기를 풀어 보이며 그렇게 운을 뗀 아버지가 아내까지 불러 앉힌 자리에서 시부저기 그 일을 거론했던 것이다. 그러나 실상 그것은 거론이라기보다 이미 결정된 심중의 사실을 아버지로서 차근차근 밝히는 데 불과했다.

"거두절미하고 말하마. 할머니 살아생전엔 아무래도 틀린 것 같다. 그렇다고 자식 된 도리로 어찌 수수방관만 할 수 있겠느냐. 모든 게 내 불찰이다만, 당분간 네가 주관해서 제사를 모시도록 해라. 너도 이제 혼례를 올렸으니 어른이 아니냐. ……기일은 할아버지 떠난 날로 다시 잡았다. 어차피 할머니 몰래 모실 양이면 그 편이 낫지 않겠느냐. ……제사는 마음이니라. 몸을 정갈히 하고 제수도 성심껏 마련해야 한다. 명색이 너는 우리 집안의 7대 종손이 아니더냐."

나는 아버지가 말끝을 놓고 잠시 뜸을 들일 때마다 알겠습니다, 잘 생각하셨습니다, 예, 하고 싹싹하게 비위를 맞추어주었다. 아버지가 그 일로 얼마나 애를 태웠는지 잘 알고 있었으므로 나로서는 달리 꼬투리를 달 입장이 못 되었다. 마지못해 곱상하게 눈을 깔고 내 곁에 앉아 있던 아내는 나의 고분한 태도가 몹시 껄끄러운지 눈길이 마주칠 때마다 이맛살을 찌푸렸지만, 나는 무시해버렸다.

"자기 집안은 왜 이리 고리타분해? 꼭 한 세대 뒤져 살아가는 족속들 같애. 다시 물릴까 봐."

종이와 볼펜을 꺼내 노파심에서 기일과 제물까지 일일이 적어주고 아버지가 돌아가자 아내의 지청구는 대단했다. 그러나 정작 제사 당일이 되자 아내는 군말 없이 제물 준비에 빨갛게 볼을 익혔다. 아내도 알고 있었다. 시조모뿐 아니라 시부모도 자신을 7대 종붓감으로 그리 달갑게 여기지 않고 있다는 걸.

아버지는 그날 늦게 올라와 제사를 주관했다.

"이상한 일이다. 겨울을 못 넘기실 것 같은 예감이 자꾸 드는구나. 증손이라도 한번 안아보고 돌아가셔야 할 터인데……."

난데없이 산달을 물은 아버지가 어림셈으로 남은 달수를 짚어보더니 허망한 표정으로 말했다. 나는 할머니의 깐깐한 신관을 들먹이며 결코 그렇지 않을 거라고 항변했지만, 나 역시 그런 예감이 불현듯 솟구치는 데는 속수무책이었다. 망령도 망령이려니와 눈자위에 저렇게 허깨비가 잡혀서는 오래 수하지 못한다는 걸, 나는 어디선가의 들은풍월로 알고 있었다.

아버지는 또 방문을 열고 바깥의 눈을 살피고 있었다. 종작없이 흩뿌리는 오색 종이처럼 낭자한 눈의 입자들이 어둠 속에 촘촘히 박혀 있었다. 아버지가 진심으로 감질내고 있는 것은 그 눈이 아니라 눈바람이었다. 북쪽 의봉산을 넘어오는 고추 먹은 눈바람은 말경에는 할머니의 여린 생명의 불을 지워버릴지 모를 일이었다.

"눈 좀 붙이세요. 내일 또 가 봐야죠."

나는 아버지의 소매를 잡아끌었다. 그제야 무엇을 훌훌 떨어버리듯 시선을 거둔 아버지가 이불 깊숙이 몸을 묻었다. 따스한 온기가 몸속에 스며들자 냉기로 움츠러들었던 피로가 일시에 덮쳐 오는 모양이었다. 지게미가 낀 아버지의 눈시울이 형광불빛 아래 새들새들한 푸새처럼 떨리며 스르르 내려앉았다. 방안이 점점 따뜻해 왔다.

귀가한 다음날부터 우리는 새벽밥을 지어먹고 집을 나섰다. 전날 밤, 할머니가 잠든 걸 확인한 아버지는 나를 은밀히 불러 갑자기 내려오라고 한 까닭을 설명해 주었다.

"너도 봤다시피 한사코 나무꼭대기만 바라보시며 둥지 다 틀기를 학수고대하시니 차마 곁에서 지켜볼 수가 없더구나. 해서, 여러 날 생각해 봤다. 아무리 생각해도 달리 묘책이 안서더구나. 부질없는 짓이라고 탓하지 마라. 날은 자꾸 추워지는데, 우선 발등의 불부터 꺼야 하지 않겠느냐. 헌데 그것도 나이라고 나 혼자서는 엄두가 안 나더구나."

나는 아버지가 무슨 말을 하려 하는지를 금세 짐작할 수 있었다. 까치집을 하나 마련하여 소원을 풀어 드리자는 얘기였다. 누가 들어도 웃을 일을 아버지는 진지하게 말했다. 나는 비로소 혼자 내려오라고 한 아버지의 의

중을 읽을 수 있었다. 모르긴 해도 아마 아내가 이 사실을 알았다면 먼저 발 벗고 나섰을 것이다. 다분히 유희적 기분으로. 아내는 조약돌이나 구슬 같은 것들을 만지작거리기를 좋아했다. 심지어 잠잘 때 내 유두나 귓불을 만지작거리지 않으면 잠이 안 온다는 아내였다. 까치 알을 생으로 먹으면 비릿하고 간간하다며요? 생각만 해도 귀여워 죽겠네. 말해 봐요. 꼭 알을 꺼내줄 거죠? 아내의 수떤 입매가 눈에 선했다. 내가 말했다.

"아버지의 기분은 십분 이해하겠습니다만, 혹 그랬다 할아버지께서 돌아오시지 않으면 더 나쁜 결과를 초래하지 않을까요?"

아버지의 표정이 하도 진지해, 나는 그것의 부당성을 그런 식으로 완곡하게 말할 수밖에 없었다. 그러나 아버지는 나의 의구심이 당연하다는 듯 자신 있게 웃었다.

"넌 나만큼 모른다. 네 할머니는 기다리는 데 이골 난 분이 아니시냐. 고비만 넘기면 한철은 그럭저럭 보내실 게다. 요는 겨울 한철이 문제다."

이미 결심이 서 있는 아버지 앞에 나는 아무 말도 할 수 없었다.

시골에서 자란 사람이라면 누구나 마을 근처의 미루나무나 흔한 감나무 상가지에 오롯이 걸려 있는 까치집을 어렵잖게 보았을 것이다. 때로는 원숭이마냥 매끄럽게 타고 올라가 짓궂게 부수기도 하고 까치 알을 끄집어내어 헤살 놓기도 했을 것이다. 초등학교 시절, 나도 그런 경험이 있다. 나는 처음 그런 단순한 기억으로 아주 쉽게 생각했었다. 그건 비단 나만의 생각은 아닌 성싶었다. 왜냐하면 마을을 벗어났을 때, 우리의 주된 관심사는 까치집 찾기가 아니라 그걸 어떻게 감쪽같이 은행나무 꼭대기에 올려놓느냐, 였으니까. 그런데 개똥도 약에 쓰려면 없다더니만, 예의 까치집은 좀처럼 우리 앞에 모습을 드러내지 않았다. 하긴 그동안 전혀 찾지 못한 건 아니었다. 하루에 대여섯 개씩은 찾아냈었다. 그러나 한결같이 아득한 나무 꼭대기에 둥지를 틀고 있어, 낫·톱·사닥다리 같은 우리의 알량한 도구로는 엄두도 낼 수 없었다. 그래서 우리는 차츰 낭패감으로 지쳐 갔다.

군불을 지피고 온 어머니가 장롱 속에서 수의와 상복에 쓸 삼베와 광목, 그리고 염이불 들에 사용할 명주를 꺼내 꼼꼼히 점검해 보고 있었다. 나는 보기만 해도 죽음 냄새가 느껴져 기분이 야릇한데, 어머니는 아무렇지도 않는 모양이었다. 손끝으로 흠질 부분을 매만지기도 하고 입으로 실보무라지를 뜯어내기도 하고 가끔 넋 없이 바라보며 큰일 났다는 듯이 혀를 차기도 하며 그것들을 보살피고 비다듬기에 골몰해 있었다. 할머니의 죽음이 한결 가까워진 느낌이었다. 어느 순간 할머니의 가슴 안에서 이승의 문을 닫으실 때, 저것들로 할머니의 정결한 영혼을 감싸리라. 할머니는 설빔처럼 저 수의로 예쁘게 차려 입고 우리의 통곡 소리를 가볍게 귓가로 흘리며 마치 사닥다리를 타고 지붕 위로 오르듯 사뿐사뿐 저승으로 오르시겠지…….

"너무 야속하게 생각지 마라. 노인이 집에 계시면 미리 준비해 두는 거란다."

어머니가 나의 기분을 눈치 챘는지 그것들을 차곡차곡 개키며 말했다.

"묏자리는 학골 선산에 잡아두었다."

주무시는 줄 알았던 아버지가 참견했다. 지난 시월 초승께 마침 지관이 들렀기에 둘러봤더니 그쪽에 참한 자리가 있더라는 것이다. 나는 은밀하게 할머니의 죽음을 준비해 온 아버지와 어머니가 좀 매정스레 느껴졌지만, 곧 이해할 수 있었다.

한동안 참따랗게 누워 있던 아버지가 천천히 몸을 일으켰다. 그리고 초저녁잠이 없는 분인데 너무 오래 기척이 없다며 사랑에 내려갈 채비를 서둘렀다. 내가 내려가 보겠다고 하자, 개킨 것들을 장롱에 넣던 어머니가 자신이 내려가 보겠다며 먼저 일어났다. 어머니가 방을 나서는 걸 보고 아버지는 다시 누울 자리를 보았다. 나도 베개를 꺼내 아버지 곁에 누웠다. 앉아 있을 땐 그리 못 느꼈는데, 온 삭신이 녹아내리듯 풀렸다.

"찬 기운에 어지간히 시달리신 모양이다. 아주 깊이 드셨다."

사랑을 다녀온 어머니가 알려주었다. 밖엔 여전히 눈이 많이 오는지 그새 어머니의 머리 위에 허연 눈송이가 검불처럼 달라붙어 있었다.

"오랜만에 부자끼리 실컷 회포나 푸려무나. 나는 사랑으로 내려가 마저 지어놓을 테니……."

오늘밤엔 별일 없겠다는 말투였다. 반짇고리에서 뜨개질감을 챙기는 어머니의 얼굴에 희미하나마 여유가 있어 보였다.

"부자가 한통속이 되어 내 욕은 하지 마라. 늙어 가면 눈보다 귀가 밝아지는 법이다."

방을 나서면서 어머니는 제법 농담까지 했다.

한아름의 냉기를 불어 넣고 닫힌 방문 뒤로 한 겹의 근심을 푸는 아버지의 커다란 기지개와 하품이 따랐다. 그리고 아버지는 담배 한 개비를 피워 물더니 반듯이 곧추 누웠다. 방 안은 이내 이승의 끝 같은 농밀한 고요가 밀려왔다. 그 고요를 휘감고 담배 연기는 곰실곰실 피어올랐다. 어머니가 군불을 넉넉히 지폈는지 방바닥이 자글자글 끓었다. 그 온기로 하여 내 몸은 자꾸 오그라드는 기분이었다. 오랜만에 느끼는 고향에서의 푸근함이었다. 그것은 늘 향수 냄새, 아내의 화장품 냄새가 알알하게 배어 있는 객지의 설면한 방에서는 느낄 수 없는 느긋한 감정이었다. 나는 모처럼 할머니가 주신 이 푸진 밤을 오래 즐기고 싶어 가물거리는 의식의 등불에 심지를 돋우는데 불현듯 불길한 생각이 언뜻 뇌리에 꽂혔다. 도대체 이런 마음의 여유가 어디서 오는 것일까. 그런 생각이 미치자 까닭 모를 불안감이 똬리를 틀었다.

"이렇게 단 둘이 누워 보기도 오랜만이구나. 어렸을 적에는 네 할머니께 빼앗기고 자라서는 객지에 빼앗기고, 지금은 네 처한테 빼앗기고……."

아버지가 나의 기분을 감지했는지 내 손을 찾아 쥐며 가만히 속삭였다.

자기 할아버지, 혹시 살아 계시는 게 아닐까요? 사할린이나 만주나 아니면 이북에……. 당신도 말 안 해서 그렇지, 그렇게 느끼고 있죠. 그죠? 그런 기분 나쁜 소리 작작해. 할아버진 돌아가셨어. 제사까지 지냈다고. 나는 결사적으로 소리쳤다. 사람에겐 영감이란 게 있어요. 자기 할머니가 그렇게 믿는 걸 보면 뭔가 짚이는 게 있어서일 거예요. 할아버지 나이가 한 살 아래라고 그랬죠? 일흔아홉이면 아직 살아 있을 만한 나이잖아요. 그만해. 그만하라고. 당신, 큰일 날 소릴 하는구먼. 나는 귀를 틀어막았다. 아내가 약 올리듯 깔깔 웃었다. 아내의 눈이 고무풍선처럼 커지면서 내 가슴 위로 덮쳐 오고 있었다. 나는 도망치기 시작했다. 발도 없는 아내의 눈이 굴렁쇠처럼 구르며 따라왔다. 아내의 눈이 말하고 있었다. 비겁해요. 비겁해요. 나는 필사적으로 도망치다 가까스로 눈을 떴다. 악몽이었다. 식은땀이 등줄기와 이마에 끈적끈적 묻어났다.

이미 문살에는 시퍼런 새벽이 가득 차올라 있었다. 내 곁에 아버지는 없었다. 나는 얼른 밖으로 나왔다. 뽀얗게 살진 세상은 수줍은 듯 부풀어 있었고, 그 요지경의 세상을 배경으로 은행나무는 흐드러진 눈꽃을 달고 한결 의젓한 자태로 서 있었다. 눈이 부셨다. 간밤의 악몽은 이 눈 때문이라고 자위했다. 눈을 몹시 좋아하는 아내는 눈만 내리면 머리의 회전 속도가 놀랍도록 빨라져 곧잘 기발한 생각으로 나를 어리벙벙하게 후리곤 했다.

아버지는 은행나무 밑에서 한쪽 무릎을 꿇은 채 할머니를 안고 있었다. 어머니도 그 곁에 혼 뜬 모습으로 조각처럼 서 있었다. 할머니의 어깨는 간밤에 어머니가 마무른 밤색 스웨터로 감싸여 있었다.

"운명하셨다!"

내가 무심코 다가섰을 때, 아버지가 나직이 말했다. 그 말이 아버지의 입에서 너무 자연스럽게 흘러나와 거짓말처럼 느껴졌다.

"운명하시다뇨?"

나는 다듬잇방망이로 뒤통수를 얼얼하게 얻어맞은 기분이었다.

"우리가 잠든 사이 나와 계신 모양이다."

아버지 대신 어머니가 덧붙였다.

"너무 서운해 하지 마라. 늙으면 언젠가 한 번은 이 길을 가는 법이다."

나는 아버지를 바라보았다. 침착하게 말하는 아버지의 얼굴은 불가사의하게도 슬퍼하는 기색이 없었다. 눈빛 때문에 더욱 환해 보이는 얼굴은 간밤에 우리가 맛본 평화가 그대로 묻어 있었다.

"이제 까치집을 찾아 나설 필요가 없어졌군요."

눈부신 은행나무의 눈꽃을 아득히 올려다보며 내가 떠듬떠듬 말했다. 그러나 내 말에는 대꾸도 없이 아버지는 잠시 묵상에 잠긴 눈빛을 지었다가 입을 열었다.

"그런데 참 기이하다는 생각이 드는구나. 운명하신 네 할머니의 모습이…… 꼭 둥주리에 알을 낳으려고 품고 있는 산비둘기 같더구나. 그 모습이 그렇게 진지해 보일 수가 없었다. 비눌기란 놈은 외로움을 많이 타는 놈이라 벗이 없으면 알을 낳지 못한다고 그러더구나. 난소의 기능이 활발해야 착란(着卵)도 되고 산란(產卵)이 되는데 외로우면 그 기능이 위축돼 버린다는 게야. 정 벗이 없으면 물속의 제 그림자라도 비춰 봐야 알을 낳을 수 있다는구나."

나는 아버지가 무슨 뜻으로 그 얘기를 들려주는지 얼른 감이 잡히지 않았지만, 할머니의 모습을 비둘기로 인식한 아버지의 기분은 충분히 이해할 수 있었다. 아버지의 말이 사실이라면 은행나무를 벗 삼아 당신의 외로움을 달래며 마지막으로 낳고자 했던 것은 무엇이었을까. 당신의 생명이 사위어 가는 줄도 모르고 그토록 뜨겁게 품어 낳고자 했던 것이…….

나는 동녘 하늘을 바라보며 깊은 상념에 잠겼다. 가끔 이 자리에 서서 오래도록 바라보곤 하시던 할머니의 동녘 하늘은 간밤의 감사나운 구름을 헤치고 언뜻언뜻 푸른 얼굴을 내밀고 있었다. 이제 머잖아 저 하늘 너머로 붉은 아침이 할머니를 모셔 갈 황금마차를 이끌고 성큼성큼 다가올 것이었다. 수의를 곱게 차려입은 할머니가 사닥다리를 타고 조용조용 하늘로 올라가는 모습이 아득히 보였다.

아버지가 할머니를 정성스레 보듬고 꾸부정히 큰방으로 올라가고 있었다.

6부

우리들의 꿈틀거림

나의 올드 댄, 나의 리틀 앤

눈앞에 어려 있는 것 같지만
이젠 흙이 되어버린
나의 올드 댄이여

너를 무심히 묻어왔던 나
사과하노라

너를 소홀히 대해왔던 나
속죄하노라

네가 있어주었다는 사실에
감사하노라

나의 리틀 앤이여!
네게는 이 참회를 되풀이 하지 않으리

김병민 태동기 49대. 2016년 대구 대건고 입학.

다시 만날 때

오래된 앨범의
빛바랜 사진속의 미소는
당신의 따스한 빛을 그대로 담고 있습니다

당신의 자리에서는
그 빛의 따스함을
더 이상
그 따스함을 느낄 수 없습니다

이제 그대는
은하수만큼 먼 곳에 계십니다
그렇다면 은하수에는 그대가 계실까요

가끔씩 밤하늘에서 내려오는 빛을 바라봅니다
그 반짝이는 빛에서 당신의 따스함을 느낄 때가 있습니다
당신은 그곳에 계신가봅니다

그 멀리 계시는 당신이여,
우리 다시 만날 때에는
작별이 없는 곳에서

바다로 가려 한다면

계곡을 옆에 두고 걸으면
강이 나오고
강을 옆에 두고 걸으면
바다가 나온다.

하지만, 물소리가 익숙해져
아득히 들리고 정신을 차려보면
이미 소리는 들리지 않는다.

정말 바다까지 가려 한다면
계곡에선 세수를 하고
강에선 낚시를 하자.

그렇게 해서 옆에 언젠가는 바다가 될
계곡과 강이 있다는 걸 기억하자.

김승준 태동기 49대. 2016년 대구 대건고 입학.

중간나무의 바램

큰 나무는 주변의 도움을 받을까
아니, 작은 나무나 그럴 뿐

큰 나무는 주변의 도움을 받고 싶어 할까
아니, 작은 나무나 그럴 뿐

큰 나무에게 도움은 그저 간섭일 뿐이니까
작은 나무는 그런 간섭 없인 살 수 없으니까

지금의 중간 크기의 나무는
간섭을 받고 싶어 하지 않는다
큰 나무가 되고 싶어서
그 간섭이 자신을 휘게 할 것만 같아서
적어도 작은 나무는 아니니까

꿈

세상은 끊임없이 싸우고 있다.
돈과 명예, 권력을 쟁취하기 위해
타인을 짓밟기 위해
몇몇은 왜 싸우는지도 모른 채
싸우고 있다.

나는,
싸움을 멈추기 위해
끊임없이 싸우고 있다.

이제 더 이상의 싸움은 없다.
희망이란 빛이 우릴 비추고
사랑이란 꽃이 마음속에 싹튼다.

눈을 뜬다.
세상은 끊임없이 싸우고 있지만
나는 싸우지 못한다.

다시 나는 꿈을 꾼다.

김정택 태동기 49대. 2016년 대구 대건고 입학.

무지개

내 마음에 주룩주룩
비가 내립니다

친구들이 저보고
무슨 일이 있냐며 걱정하네요

내가 가는 길의 목적지는
도대체 어디일까
거기엔 무엇이 있을까
아무것도 알 수가 없네요

물음의 답을 찾아 방황하던 여정 중에
그대를 처음 만났습니다

그대의 아름다운 웃음은
저의 비옷이 되었고
그대와 함께한 시간은
저의 우산이 되었습니다

언제부턴가
내 마음엔 쨍쨍한
햇볕이 내립니다

그대 닮은 무지개가 활짝 떴네요

너에게 묻는다

당신으로부터 온 답변

너는 누구에게
한 번이라도 뜨거운 사람이었느냐
하고 묻는다면
나는 그 누구보다 뜨거운 사람입니다

기침을 하자
젊은 시인이여 기침을 하자
하고 권한다면
나는 이미 내 속을 모두 기침으로 내뱉었습니다

당신
혹시 알고 있나요?

누구를 위한 뜨거움이었는지
무엇을 위한 내뱉음이었는지

당신의 답을 하염없이 기다리는
당신에게 띄워 보낸 나의 편지

김준수 태동기 49대. 2016년 대구 대건고 입학.

자책의 시

이게 아닌데
지치라고 만들어놓은 일상이 아닌데

날아갈 듯 찬란한 꿈이
매서운 현실에 짓밟히고
눈물 핑 돌아 속 쓰린 때에
현실 따위 타파해버릴 동네 친구들과
웃으며, 청춘이라 그렇다고,
속 쓰린 게 당연하니까
저마다 응어리 뱉으라고
그러라고 만들어놓은 일상인데

누군가 당신에게 선물해준
세상 가장 아름다웠던 첫사랑
이별의 기류를 맞아 눈조차 마주치기 힘들 때에
주체할 수 없었던 설렘의 체온 따위
그 체온 함께 나눈 그 사람과,
맥주 한 캔 정도로
서로 식혀버리고 이제 사랑을 꿈꾸라고
그러라고 만들어놓은 일상인데

꿈과 사랑에 지쳐 일상을 좇는 사람들

꿈꾸고 부딪히라고 만들어놓은 일상인데
원 없이 사랑하라고 만들어놓은 일상인데

바지락

민물은 바지락에게는

쓰디쓴 쏘주인 것 같다

민물 한잔 마시고 나면

미련 없이 검은 추억들을 다 해감한다

빨간 바구니 속 5000원어치 바지락이

친구들과 거하게 한잔하고

입 벌리고 누워있는 것 같아 부럽기만 하다

김택규 태동기 49대. 2016년 대구 대건고 입학.

참새

뭐 그리 급할꼬

뭐 그리 빠를꼬

비둘기도 걸어가는데

뭐 그리 무서울꼬

저 넓은 하늘이 날개 안에 있는데

뭐 그리 오늘도 힘들게 움직일꼬

등굣길

아침 해는 하늘로
소년 소녀들은 학교 갈 시간

지류에서 본류로
물줄기가 모여들 듯
이 아파트 저 아파트
이 골목 저 골목
모두 학교 뒷골목으로 모인다

그리움은 아직 사거리 즈음
황홀함은 아직 우체국 앞
떨림은, 동경은, 연모는,
어디에

구름 같은 꽃의 미소 그리며
선생님 오시기 기다리는 때
내 사랑은
아직 등교 길

류영재 태동기 49대. 2016년 대구 대건고 입학.

비(非), 비(鼻), 비(悲) 그리고 비

비가 눈부신 이유는
눈에 잡히는 물줄기가 아니다

엄마 구름 품에 안겨
아기 방울 칭얼대는 소리

어둠을 적시는 소리

여명의 햇살에 옷 갈아입는 소리

숨김없이 제 가슴을 보여주는
투명한 손가락이 두드리는
청록의 건반의 콧잔등 위로
또르르 굴러가는 소리

빗소리를 듣노라면
비의 계절의 도래를
온몸으로 받고 싶다

삶은 얼마나 갸륵한 것인지
나, 더 이상 비애는 없다

여름밤

비가 오고 난 뒤
풀벌레 소리가
찌르-르-르-르 하고 우는
여름밤의 고요함이 난 좋다.

공간의 공허함이 느껴지는 가운데
풀벌레 소리가 들리고
차가 지나며 물 튀기는 소리가 들리는
그런 평화로움이 난 좋다.

커튼을 걷고 창문을 연 뒤
밤공기를 내면에 가득 채우면
비 내음과 함께 가득 차는
고요와 평화.

여름밤, 모두가 잠든 이 밤
봄 가을 겨울도 아닌
바로 이 밤이 좋은 이유는
청록의 평화로움이 내 것 마냥
느껴지기 때문인 듯하다.

배기호 태동기 49대. 2016년 대구 대건고 입학.

달빛

고요한 어둠 속
가장 높은 곳의 은은한 달빛

낮의 흰 구름은
밤의 검은 구름이 되고
언제나 그렇듯
찬란하고 아름다운 달빛을 가립니다

영원한 것은 없습니다
달빛은 꼿꼿이 제 자리를 지키고
검은 구름은 세상의 흐름에 따라
흘러 지나칠 뿐

세상의 모든 검은 구름이
지나고 난 뒤
동이 트고
달빛은 흩어져 온 세상을 밝힙니다

저 드넓은 하늘 어딘가
바다와 하늘이 이어지는 곳 너머
어둠이 찾아오고
찌르르르 풀벌레 소리가

그대를 부르면
다시 우릴 찾아오겠지요

별고래

어릴 적 할머니가 잠결에 들려주던
바다에서 가장 큰 물고기의 전설

엉겨 붙는 사월의 바다는 차가웠고
친구들이 가라앉던 물속이 싫어

떨어진 눈물만큼 고래는 떠올라
넓은 밤하늘에 흩뿌려졌다는 이야기

하늘의 별들은 무엇을 위해 아름답고
하늘로 올라간 할머니가 그리울 적에
꼬리를 힘차게 휘젓는 별고래는
어둠 속에 배영하고 나는 올려다본다

유년의 추억이 흘러가는 밤하늘의
고래의 눈동자에 보고픔 하나
시골의 산소에다 그리움 한잔

안희준 태동기 49대. 2016년 대구 대건고 입학.

연분홍 언덕길

바람이 숨을 고르는 소리에
하얗던 꽃잎들은 떠나던 그대 발에 밟혔죠
봄은 그대로인데 그댄 나를 기억하나요?

새벽 아침 햇살마저 속삭이던 날
다시금 찾아온 연분홍 길에 그대 떠올라
굽이진 언덕길을 다시 찾네요

연분홍 언덕길을 나 홀로 걷고 있자니
그리운 목소리 다시 떠올라
괜스레 꽃망울 하나 불어봅니다

추억이란 꽃잎마저 돌고 돌아서
한 조각 나에게 또 한 조각 네게
이미 닿지 못하는 거리인데도

다시 돌아오는 길을 기억한다면
그리운 이길 다시 한 번만
나와 함께 걸어줄 순 없을까?

아직도 푸르른 하늘이 미워서
잠시 그대 떠난 길을 바라봅니다
혹시 날 찾지 못할까 해서

길

우리는 길을 걷고 있다
서로 다른 모습의 길을
무언가에 쫓기며 무언가를 좇으며
오르막길, 내리막길이 있는 길을 걷고 있다

그 길에는 돌부리들이 가득하다
돌부리에 걸려 넘어져 한참을 주저앉을 때도 있다
그럴 때는 한 번 뒤돌아보자
우리가 지나온 길이, 저 까마득한 길이 보인다
너무 까마득해 되돌아갈 수 없을 정도의 길
그 길 위에는 울고 웃던 추억의 아지랑이가 피어난다
그 광경을 보고 있으면
아지랑이 사이로 비치는 따스하고 포근한 햇살이 우릴 일으킨다

걷고, 다시 걷고, 또 다시 걷는다
그러면 어느새 그 길의 끝에 서있다
그때의 우리는 백발의 모습이다
그 길의 끝에 도착하면 우리는 없다

길은 우리고, 우리는 길이다

윤석준 태동기 49대. 2016년 대구 대건고 입학.

들꽃

이름 모를 들꽃이여
화려한 꽃들에 묻힌 너는
초라해 보이는구나

평범한 꽃망울이여
특별한 꽃망울들 속 너는
쓸쓸해 보이는구나

가여운 씨앗이여
소중한 씨앗들 가운데 너는
빛을 잃어가는구나

그래도 너는 너를 잃지 않는구나

너가 있기에 꽃들이 화려하고
너가 있기에 꽃망울들이 특별하고
너가 있기에 씨앗들이 소중하다

그러니 너는 너를 잃지 말아라

이상윤

작은 나무가 죽은 나무에게

누구나 마음속에 작은 나무를 기른다
필요한 것은, 사랑을 머금은 미소의 양분
아픔이 자아낸 눈물의 수분
소망이 내뿜는 다섯 빛깔 광채
필요한 것은, 여기에 뉘일 버팀목 하나

작은 나무는 우리 가슴속에 자리잡는다
우리 안에서, 사랑을 먹고 한 뼘 더 높이
아픔을 마시고 한층 더 두터이
소망을 두르고 보다 더 단단히
우리 안에서, 조금씩 성장을 한다

큰 나무는 열매를 맺고서 시들어간다
죽은 후에야, 사랑이 담긴 부드러운 미소를
아픔이 깃든 고요한 눈물을
소망이 사라진 빛바랜 광석을
죽은 후에야, 되돌려주듯 떨군다

떨어져 스며든 땅에
작은 새싹이 돋아나면
죽은 나무는 버팀목이 되어
그 마음속에 서서 버틴 채로
못다 이룬 꿈에 취해 안식을 청한다

이상윤 태동기 49대. 2016년 대구 대건고 입학.

폭죽

지나온 시간만큼이나
깊어가는 축제의 밤
기억에 펼쳐낸 거대한 밤하늘

이미 어둠 짙게 내린
기억 속에 쏘아올린
폭죽 하나
이윽고 수억의 파편들

조각에 비치는 수많은 추억
복잡한 감정의 소용돌이
그 속에서 마주한 어린 날의 나

숨겨왔던 전하고픈 말들은
마주친 눈동자에 사그라지다
불꽃이
그 속에서 타오르고 있었기에

파편과 함께 아스라이 사라져간
어린 날의 내 심장은
그곳에서 고동을 멈추었으나

남겨진 자리에 불씨 하나
폭죽 되어 밤하늘에 높이
타오르라
애잔한 찬란함을 간직한 채로

엉뚱한 생각에의 열망

S군은 C양이 부럽다.
자신은 언제나 시험에서 S를 받고
그녀는 C를 받는데도 부럽다.

C양은 S군에게 묻는다.
자신은 잘 할 줄 아는 게 하나도 없는데
무엇이든 잘 하는 그가 무엇이 부족하냐고.

S군은 C양에게 질문한다.
너, 혹시 지금 생각나는 거 하나만 말해줄 수 있냐?
C양은 S군에게 대답한다.

S군은 C양의 대답을 듣는다.
그리고 C양에게 말한다.
그래서 내가 너를 부러워하는 거야.

Stereotyped 군은
Creative 양을
부러워한다.

이현준 태동기 49대. 2016년 대구 대건고 입학.

이상의 날개

나는 가라앉는 방향의 반대로 가라앉고
나는 떠오르는 방향의 반대로 떠오르며
나는 중력의 방향과 반대로 떨어짐과 동시에
나는 인력의 방향과 반대로 끌려감을 느낀다

우주에 내버려진 완전한 자유
인간이 누릴 수 있는 궁극의 자유란 이런 걸까, 하고
눈을 살포시 감아 부유(浮遊)의 낙(樂)을 즐기려다가
문득 깨인 잠에서 나는

가지런히 바닥에 누인 내 몸을 보고
사그라진 나의 날개를 어루만진다

날개뼈를 어루만진다

2등 천재

어린 날 기억만이 곁에 남아
회상은 벽들로부터 나를 지켜줘
차라리 몰랐으면
그 아무렇지 않은 웃음

나를 추월하는 그림자
제자리를 찾아가는 큐브처럼
차라리 몰랐으면
내가 무의미해지는 순수한 웃음

어딘가의 천재들은 어딘가의 주제어
애매한 재능이 남긴 독
난 잘났으면 했고 성공하고 싶어서
희망과 동시에 걱정이 뻗은 손

방황과는 아직 초면인 몸
이젠 내가 보는 눈이 확실하지 않아
설익은 공포가 부어준 시커먼 기름
내 발이 항상 닿았던 그 계단은 있지 않아

김동우 태동기 50대. 2017년 대구 대건고 입학.

택배적 글들
—비행 중 낙하산을 타고

내가 꿈을 꾸는 것이 너에겐 말이 안 된데
내가 숨을 쉬는 것이 너에겐 맘에 안 든데
왜 자꾸 불평해
깊어지는 한숨보다 난 웃는 게 나은데

살아가는 비결보다 살아남는 비법
설득할 수 없는 조언들에 지쳐
몰래 서로를 잡아먹었지
내 앞에 있는 애는 무슨 생각을 숨겼을지

한편으론 고민으로 가득차기보다
자라나는 욕심을 죽이는 게 나아
너의 입장도 있겠지만
이번만큼은 귀기울여주길 바라

행복을 나누는 사람들에게 찬사를
고통 속에서 흐려진 모두에게 사과를
꿈을 잃어버린 이들에게 상상을
이센스와 코드쿤스트에게 감사를

2017년

정신을 차려보니 그때 우러러 보았던
사람과 같은 거리를 같은 높이로 걷고 있었고
너무 멀게만 보였던 2017년이 벌써 익숙해져 있고
2018년이 눈앞에서 내게 가까이 오라고 손짓 하네

저 하루살이도 빛을 향해 나아가는데
나는 무엇을 하고 있나 싫어 꾸짖을 때도
아직 두 다리가 부서지지 않아서
남들과 시작은 다르지만 꾸준히 달리고 있네

저 멀리 달리는 아이들의 발자취를 따라 뛰어가고 있지만
아직 그들의 등만 보고 달리고 있네
꾸준히 빨라지는 나를 위해 칭찬하고 싶지만
저 멀리 보이는 등을 보니
칭찬을 해야 하는 나 자신에게 자꾸 꾸짖음만 주네

박산하 태동기 50대. 2017년 대구 대건고 입학.

바다

힘들 때 사람들은
바다를 향해 걷는다.
저 꾸밈없는 광활한 수평선이
태양을 낳을 때는
그 누가 말을 걸어
파도소리밖에 들리진 않는다.

지금도 가끔 힘이 들 때에
바다를 향해 걷는다.
당황하여 이리저리 목표 없이 간 것이
어쩌면 바다를 향해 걷는 중이었는지도 모른다.

가로등

옛날, 밤하늘의 별빛을 탐낸 사람들이 있었다
그들은 기다란 철근을 땅에 박고
번쩍이는 전구로 별 대신 땅을 밝혔다

그 휘황찬란한 빛에 별들은 놀라 도망가고
달님 혼자 외롭게 밤하늘에 떠있게 되었다

밤하늘을 올려다봐도 별을 찾을 수 없게 된 사람들은
하늘을 보지 않고
허리 휜 가로등처럼
힘없이 슬픈 빛만 내게 되었다

박준완 태동기 50대. 2017년 대구 대건고 입학.

밤바다

유리처럼 맑은 바다에 밤이 찾아왔습니다
짙은 어둠의 옷을 입은 밤바다는
바다의 것을 품고 있지 않습니다
모래알과 아이들,
물고기는 온데간데없습니다

이 밤바다, 어두운 무언가는
대신 지상을 잔뜩 품어갑니다
밝은 달과 별, 바삐 출발한 배,
등대의 불빛을 따스하게 품고
낮을 기다립니다

고요

비 오는 날
창가에서
밖을 바라본다

물방울이
떨어지는 소리가
이렇게 듣기 좋았나

물방울 소리에
귀를 기울이면
다른 소리는 숨을 죽인다

오늘은
물방울 속의 그는
어떤 생각을 하고 있을까

설재상 태동기 50대. 2017년 대구 대건고 입학.

발자국

봄비가 내린 후
비에 젖은 흙 위에
그대와 함께
발자국을 새깁니다

봄 여름 가을 겨울
발자국은
변함없이 자리를 지킵니다

다시 봄비가 내린 후
그 자리에는
그대의 발자국만 사라졌습니다

형한희

내가 하늘이라면

같은 하늘을 매일 바라보더라도
어떤 이는 보람찬 하루에 스스로를 대견해하지만
누군가는 그리움에 가슴이 미어진다.
그가 열망하는 꿈의 장소로
무심히 흘러가는 구름을 본 까닭에서일 것이다.

내가 만일 하늘이라면
누군가가 사랑하는 사람의 형상을
구름으로 만들어 띄우겠다.
그리하여 그 누가 뱉은 자책의 한숨도 떠다니지 않고
옅은 희망의 표정만이 가득하도록

형한희 태동기 50대. 2017년 대구 대건고 입학.

노을

하늘에 별이 쏟아지지 않아도
어딘가에 있는 별 느낄 수 있고
저녁에 비에 젖어들지 않아도
그리움은 이렇게 짙어지는데
타는 노을 하늘에서는
어디에도 없을 새 희망을 찾네
오늘도 타는 희망과 다짐과 기대를
몰고 사라지는가

내가 파릇파릇한 잔디 밟고 뛰었을 때에도
처음 연모의 감정에 취했던 날에도
모르는 사이에 졌으리라
지금은 끝나가는 계절 하늘에 앉아
사라지는 푸르름을 바라보며
오늘을 미련으로 남기고
깊은 고독과 불안을 내게 주려
해는 지는 것일까

사물들이
마지막으로 해에게 발하는 사랑
그것을 외면하는 해

노을 붙잡으려고 허우적대는 새야
결국엔 어둠에 갇힐 줄을 모르는가

부록 | 태동기문학동인회 명단

대수	이름	비고
특별회원	박상옥	대건 13회
	이재행	대건 14회 ⧓
	백종식	대건 17회
1대	김시활	대건 20회
	박상훈	⧓
	이대수	
	이연주	준회원
	장태진	
	최철환	⧓
	하광웅	
2대	김동배	대건 21회
	김시호	
	문동근	
	이상호	⧓
3대	김길동	대건 22회
	박기섭	준회원
	성명기	준회원
	윤상철	
	정점택	
	조승제	
	한완식	
4대	김다호	대건 23회, 준회원
	김운룡	
	박재석	
	이현락	
	정임표	준회원
	채준호	⧓

대수	이름	비고
5대	류후기	대건 24회
	문경섭	
	박태윤	
	장대익	
	장호철	준회원
	지종석	준회원
	홍승우	
6대	김영모	대건 25회
	김영생	
	김진홍	
	김희근	준회원
	신욱	
	윤홍균	
	조동직	
7대	권승하	대건 26회, 준회원
	김대연	
	김성환	
	김태홍	
	서정윤	
	이성하	
	정대호	준회원
	조성순	
	하재청	
	황준원	
8대	권순경	대건 27회
	권태현	
	문준희	

대수	이름	비고
	박덕규	
	백응률	준회원
	옥민수	
	하창수	준회원
	허범만	
	황갑원	
9대	강효상	대건 28회, 준회원
	권영재	
	김용칠	준회원
	김종원	
	류한광	
	백성욱	
	서호승	▶◀
	여윤동	
	이경식	
	이기홍	준회원
	장삼철	준회원
	최대순	준회원
	최보식	준회원
	하응백	
10대	곽호순	대건 29회
	권오병	
	김상선	
	류춘우	
	박영발	
	안도현	
	우종윤	

대수	이름	비고
	정대림	
	최홍준	
11대	김경목	대건 30회
	김말봉	▶◀
	김철정	
	서영길	▶◀
	신대원	
	이정하	
	이행우	준회원
	진정수	
	하병조	
12대	김상훈	대건 31회
	김완준	
	김현하	
	박성규	
	오석륜	
	이원만	
	최연만	
13대	김문하	대건 32회
	박찬열	
	박창현	
14대	김재관	대건 33회
	김진섭	
	이강옥	
	이용무	
	제갈훈	
	최상극	▶◀

대수	이름	비고
	홍순환	
15대	구교탁	대건 34회
	김시욱	
	민준기	
	배효도	
	송재명	
	유천석	
	이강형	
16대	김동관	대건 35회
	김문수	
	박은학	
	오승엽	준회원
	장상훈	
	최종석	
17대	송태호	대건 36회
	윤지현	
	이원일	
	이창재	
	장병운	
18대	김상수	대건 37회
	김창섭	▶◀
	남종오	
	신용해	
	이선호	
	장홍기	
	하태수	
20대	권순호	대건 39회

대수	이름	비고
	김승룡	
	김원호	
	김재욱	
	손영호	
	이용주	
	이재구	
	정재엽	
	최준교	
	홍승한	
21대	김길련	대건 40회
	김대헌	
	박경호	
	심재엽	
	이태진	준회원
	추대봉	
22대	나은근	대건 41회
	염상호	
	윤창섭	
	이상렬	
23대	김영균	대건 42회
	이종하	
	정현수	
24대	김상훈	대건 43회
	빅동주	
	박영근	
	박주홍	
	윤명덕	

대수	이름	비고
	윤재문	
	윤준호	
	이병주	
	이우원	
	이은우	
26대	구본천	대건 45회
27대	강대훈	대건 46회
	김기섭	
	김완근	
	김준태	
	문동열	
	정필규	
28대	류창진	대건 47회
	박기태	
	배종규	
29대	김태욱	대건 48회
	박재흥	
	손동현	
	송재봉	
	이태호	
	황성재	
30대	박종근	대건 49회
	서동석	
	이창재	
	전영하	
31대	강우영	대건 50회
	김홍열	

대수	이름	비고
	성호영	
	전종두	
32대	김호국	대건 51회
	박용현	
34대	김경민	대건 53회
	서보영	
	신무철	
35대	곽경환	대건 54회
	김명진	
	김정수	
	박정욱	
	유준욱	
	이선영	
	임정균	
	장현석	
	최문석	
36대	김다정	대건 55회
	김한샘	
	이윤식	
37대	강주영	대건 56회
	김석만	
	김홍근	
	황성환	
38대	김선용	대건 57회
	김재한	
	남승필	
	배병조	

대수	이름	비고
	신용재	
	이도훈	
	이민웅	
39대	배현우	대건 58회
40대	김동수	대건 59회
	노진석	
	박수영	
	신호철	
	이민규	
	최재민	
	홍민기	
41대	박무성	대건 60회
	박수연	
	박준범	
	서정완	
	장재덕	
	정석현	
42대	박성환	대건 61회
	박재섭	
	박형민	
	이재준	
	진언환	
44대	김태수	대건 63회
	박준우	
	최현우	
45대	김동건	대건 64회
	나용안	

대수	이름	비고
	박규용	
	심장원	
	이인용	
48대	김상우	대건 67회
	김효일	
	박시욱	
	신현호	
	우병학	
	진성준	
	천원준	
49대	강영훈	2016년 입학
	김병민	
	김승준	
	김정택	
	김준수	
	김택규	
	류영재	
	배기호	
	배창호	
	안희준	
	윤석준	
	이상윤	
	이현준	
	채현욱	
50대	김동우	2017년 입학
	박산하	
	박준완	

대수	이름	비고
	설재상	
	이재민	
	형한희	

▶◀는 고인

대구 대건고 문예반 '태동기' 50년 기념문집
그리고, 우리는 쓰기 시작하였다

1판 1쇄 찍은 날 2018년 2월 19일
1판 1쇄 펴낸 날 2018년 2월 26일

엮은이 태동기문학동인회

펴낸곳 모악

출판등록 2016년 1월 21일 제2016-000004호
주소 전북 전주시 덕진구 기린대로 418 전북일보사 5층 (우)54931
전화 063-276-8601
팩스 063-276-8602
이메일 moakbooks@daum.net

ISBN 979-11-88071-10-4 03810

* 이 도서의 국립중앙도서관 출판예정도서목록(CIP)은 서지정보유통지원시스템 홈페이지(http://seoji.nl.go.kr)와 국가자료공동목록시스템(http://www.nl.go.kr/kolisnet)에서 이용하실 수 있습니다.(CIP제어번호: CIP2018004036)

값 15,000원